ELIZABETH BECKA | VERLETZT

Das Buch

Als Spurensicherungsexpertin Evelyn James den Tod eines Babys untersucht, dessen Eltern in der Kleinstadt leben, aus der sie selbst auch stammt, wird sie ganz unvermittelt mit ihrer eigenen Jugend konfrontiert. Eine schwierige Zeit mit schmerzvollen Erlebnissen, an die sie sich nur ungern erinnert. Die Mutter des kleinen Joshua kennt sie noch aus ihrer Schulzeit. Damals hat Dinah Evelyn stets das Gefühl gegeben, nicht gut genug für sie zu sein, da sie keine reichen Eltern hatte. Nun hingegen sucht sie Evelyns Nähe und Verständnis. Denn wenngleich Dinah nicht unter Mordverdacht steht, so doch ihr Ehemann Wilson Sinclair. Joshuas Vater versucht alle Schuld auf die Kinderfrau abzuschieben, der ermittelnde Kommissar David Milaski, Evelyns Verlobter, aber hält ihn für den Täter. Als sich herausstellt, dass Dinahs 15-jährige Tochter Jenna aus erster Ehe seit zwei Monaten verschwunden ist, häufen sich die Verdachtsmomente gegen Sinclair. Die Stieftochter soll ihm ein Dorn im Auge gewesen sein und er soll das Mädchen sogar geschlagen haben. Hat Wilson Jenna getötet? Evelyn gerät zunehmend zwischen die Fronten von Beruf und Freundschaft. Dann wird in einem nahegelegenen Wald eine Frauenleiche entdeckt. Ein Fund, der nicht nur Evelyns Fachwissen fordert, sondern auch den ganzen Schmerz ihrer Vergangenheit wieder aufleben lässt ...

Die Autorin

Elizabeth Becka ist selbst Spurensicherungsexpertin und als Mitglied der American Academy of Forensic Sciences auch als forensische Gutachterin vor Gericht tätig. Sie arbeitete fünf Jahre im Cuyahoga County Coroner's Office in Cleveland, zuständig für Stoff-, Haar- und DNA-Analysen und ist heute für die Tatort-Sicherung im Cape Coral Police Department, Florida, verantwortlich.

Lieferbare Titel

»Engelsgleich« (978-3-453-35293-3)
»Engelsgleich« (978-3-453-29017-4)
»Mit dem letzten Atemzug« (978-3-453-35133-2)

ELIZABETH BECKA

VERLETZT

Thriller

Aus dem Amerikanischen
von Angelika Naujokat

Diana Verlag

FSC
Mix
Produktgruppe aus vorbildlich bewirtschafteten Wäldern und anderen kontrollierten Herkünften

Zert.-Nr. SGS-COC-1940
www.fsc.org
© 1996 Forest Stewardship Council

Verlagsgruppe Random House FSC-DEU-0100
Das für dieses Buch verwendete
FSC-zertifizierte Papier *Holmen Book Cream*
liefert Holmen Paper, Hallstavik, Schweden.

2. Auflage
Deutsche Erstausgabe 06/2009

Redaktion | Ingeborg Ebel
Umschlaggestaltung | Hauptmann & Kompanie Werbeagentur,
München – Zürich, Teresa Mutzenbach
Herstellung | Helga Schörnig
Satz | Leingärtner, Nabburg
Druck und Bindung | GGP Media GmbH, Pößneck
Printed in Germany 2009
978-3-453-35416-6

www.diana-verlag.de

PROLOG

24. Juli

Der Geruch von Zuckerwatte und gebrannten Mandeln hing noch in der Luft, obwohl der Umzug und die Kirmes längst vorbei und die Besucher nach Hause gegangen waren. Die Rasenfläche vor dem Rathaus – mit jetzt dunklen Fenstern – war ein einziges Durcheinander. Aber die Arbeit eines Schaustellers fängt erst richtig an, wenn der Spaß vorüber ist. Also demontierten sie ihre nun still stehenden Fahrgeschäfte für den Transport in die nächste Stadt.

Jenna blieb bei dem Hula-Hoop-Karussell stehen und atmete tief durch, damit ihr nicht schlecht wurde.

Ich kann das nicht, dachte sie.

Doch, ich kann.

Sie rückte ihren kleinen Rucksack zurecht, in dem sich ihre wichtigsten Besitztümer befanden – Haargel, das Foto eines Babys, ihres Bruders, und ihr Lernführerschein –, und beobachtete einen Mann, der eine Kinder-Berg-und Talbahn überprüfte. Im Halbdunkel zog er mit einem Schlüssel an jedem der kleinen Sitze die Muttern an, mit denen sie am Boden fixiert waren. Dann rüttelte er einmal kräftig an dem Sitz, ehe er zum nächsten ging.

Kann ich mich wirklich von solchen dreckigen Händen begrapschen lassen?

Nach ein paar Gläsern aus der Whiskyflasche von Katies Dad

hatte der Plan eigentlich wie eine gute Idee geklungen, doch jetzt ...

Ich kann das nicht.

Doch, du kannst. Du musst. Wie willst du sonst hier rauskommen?

Sie strich über ihr bis auf den Rücken fallendes Haar, straffte die Schultern und schlenderte über den Weg zwischen Buden und Fahrgeschäften. Obwohl sie erst fünfzehn war, konnte sie sich wie eine Zwanzigjährige bewegen. Alle ihre Freunde hatten ihr das gesagt. Selbst im Gehen mit ihren Plateauschuhen über das unebene Gras spürte sie den verführerischen Schwung ihrer Hüften. Sie stieg über eine herabgefallene Leine mit grünen und weißen Fähnchen.

Doch die Mühe hätte sie sich sparen können. Der Schausteller sah sie erst an, als sie neben ihm stand.

Er grinste sie an, seine Zähne waren schief. Sein T-Shirt war fleckig und er roch nach Schweiß. Juli ist wohl nicht die beste Zeit, um aufs Duschen zu verzichten.

»He, du.«

»Hi«, sagte sie, bemüht verführerisch zu klingen. Doch es war nur ein Quieken.

»Was machst du denn um diese Zeit noch hier?« Er arbeitete weiter.

»Ich kam nur zufällig hier vorbei.« Sie betonte das vierte Wort.

»Gehst du jetzt nach Hause?«

Sie lächelte gezwungen. »Na klar, was sonst.«

Sein Blick wanderte über ihre schmale Gestalt, ihre jugendlich glatte Haut, ihre wohlgeformten Beine, die aus den kürzesten Shorts hervorschauten, die sie besaß. Dann wandte er sich wieder seiner Arbeit zu.

Auf ihre Frage, wo er herkomme, antwortete er ausweichend: »Letzte Woche waren wir in Columbus. Von hier geht's nach Toledo.«

Das war genau das, was sie brauchte. Immer in Bewegung, niemals lange genug an einem Ort sein, auf die Weise würde man sie nicht finden. »Da wollte ich schon immer mal hin.«

»Nach *Toledo*? Ja, sicher.«

»Doch, wirklich! Soll ich dir vielleicht während der Fahrt Gesellschaft leisten?«

»*Toledo*«, sagte er wieder.

Sie hatte nicht erwartet, dass es so schwierig werden würde, hatte nicht mit einem solchen Desinteresse gerechnet. Sie beugte sich vor, um ihm einen Blick auf ihren bereits gut entwickelten Busen in dem tief ausgeschnittenen Tank-Top zu gewähren. Ihr Herz klopfte wie verrückt und sie war sicher, dass er es durch ihre Haut sehen könne. »Es macht bestimmt Spaß, mit einem Mann wie dir zusammen zu sein.«

Er sah sie an, sagte nichts. Seinen Gesichtsausdruck konnte sie in der Dunkelheit nicht erkennen.

Du meine Güte, was soll ich denn noch tun, damit er es endlich kapiert? Hol mich aus dieser Stadt raus, dann kannst du Sex mit mir haben, du Idiot.

Bei dem Gedanken daran wurde ihr übel. Dieser dicke Kerl hätte ihr Vater sein können – wenn sie denn einen gehabt hätte. Wahrscheinlich hatte er jede Geschlechtskrankheit, vor denen der Lehrer sie in Gesundheitskunde gewarnt hatte. Ihr Magen revoltierte, und beim Aufstoßen schmeckte sie Whisky.

Vielleicht war das doch keine so gute Idee.

Und ich sollte Josh nicht allein lassen. Aber ich weiß nun mal ...

Nein. Ich will hier weg. Selbst wenn es bedeutet, mit diesem

Kerl zusammen sein zu müssen, der nicht gerade das Pulver erfunden hat.

»Ich würde gern mit dir kommen.« Sie sprach langsam und jede einzelne Silbe ganz deutlich aus. »Ich glaube, du hättest deinen Spaß dabei.«

Er rieb sich über das stoppelige Kinn und musterte sie mit harten, halb zusammengekniffenen Augen, als suchte er nach irgendwelchen Schwächen. Sie wich seinem Blick nicht aus. »Ich weiß nicht«, sagte er schließlich. »Ich lasse lieber die Finger von Minderjährigen.«

»Ich bin neunzehn. Bin bloß 'n bisschen klein für mein Alter.«

»Verstehe. Wohnst du hier?«

»Ich wohne nirgendwo. Genau wie du.« Letzte Woche Columbus, nächste Woche Toledo.

»Du hast also einfach mal Lust, wegzulaufen und da kommt dir so ein Zirkus gerade recht, wie?« Er betrachtete wieder ihre Beine.

»Das hier ist kein Zirkus, und ich laufe nicht weg.« Zwei himmelschreiende Lügen und sie hatte nicht einmal geblinzelt. Vielleicht hatte sie den Dreh ja langsam raus.

»Wie viel?«

»Ich will kein Geld«, sagte sie und seufzte erleichtert. »Ich bin nur nett.«

»Du willst weg aus diesem Kaff, wie?«

Sie stimmte zu, ehe ihr bewusst war, was sie tat. »Ja.«

Er streckte die Hand aus, als wollte er ihren Arm streicheln. Sie hielt den Atem an. Dann packte er ihren Ellbogen, fest, fast schmerzhaft.

»Komm schon, Kleine.«

»Was soll das denn? Lass mich los!« Aber hatte sie diese Reaktion nicht gewollt, nicht herausgefordert? Doch die Berührung wirkte wie ein kalter Guss. Die Vorstellung, mit ihm zu schlafen, war allein schon unerträglich – doch der Gedanke, vergewaltigt zu werden, machte sie wahnsinnig. Allerdings war er fast fünfzig Kilo schwerer und so taumelte sie über das mit Heu übersäte Gras. »Lass mich los! Lass mich sofort los!«

»Hör auf dich zu wehren. Du wirst mir noch mal dankbar sein.«

Mit tränenverschleiertem Blick sah sie, dass er sie nicht in irgendeine dunkle Ecke zerrte. Stattdessen zog er sie zu der breiten Treppe, die zum Rathaus hinaufführte, das bis auf die hell erleuchtete Eingangshalle der Polizeiwache im Dunkeln lag.

Die Polizeiwache!

Er wollte sie gar nicht vergewaltigen. Er wollte etwas viel Schlimmeres tun.

Jenna befreite sich mit einem kraftvollen Ruck aus seinem Griff, doch er packte sie sofort wieder, als sie rückwärts über eine Stufe stolperte. »Wir gehen da jetzt rein und klären diese Geschichte, denn sonst erzählst du in fünf Minuten jedem, dass *ich* versucht hätte, dich anzugrapschen. Dann wandere ich in den Knast, und mein Job ist im Eimer. Hältst du mich für so dämlich?«

»Lass mich los!«, sagte sie und weinte so kläglich, dass er vor den Glastüren mit dem Schriftzug *Polizei* stehen blieb.

»Nicht jeder ist so ein netter Kerl wie ich«, sagte er leise. »Ich lasse dich ganz bestimmt nicht gehen, damit du es mit dieser Masche noch einmal probierst, bei einem anderen Typen zu landen. Die Bullen werden deine Eltern anrufen und dich nach Hause bringen, wo du hingehörst.«

»*Bitte*!«

In dem aus dem Gebäude scheinenden Licht glaubte Jenna Besorgnis in seinen Augen lesen zu können, aber er ließ ihren Ellbogen nicht los. »Hör zu, tut mir leid, wenn du Ärger zu Hause hast. Du solltest den Bullen davon erzählen. Die helfen dir. Ich kann das nicht. Ich habe gerade mal drei Stunden, zum Zusammenpacken, dann sind wir schon wieder unterwegs.«

»Bitte«, schluchzte sie wieder, wehrte sich aber nicht mehr. Denn sie erkannte, dass ihr Plan von vornherein zum Scheitern verurteilt gewesen war. Sie konnte nicht entkommen. Sie würde niemals entkommen.

DIENSTAG
4. OKTOBER

1

Evelyn James trug die Dia-Box und den viel zu großen Leichensack mit dem toten Baby die Betonrampe hoch. Zwar stand das Rolltor offen, doch die hohe Luftfeuchtigkeit des Spätsommers verstärkte nur den Geruch an diesem Ort. Ein Verwaltungsangestellter und ein Fotograf standen am Rand der Rampe. Der Angestellte wartete darauf, die »Ambulanz« des Countys zu entladen und der Fotograf rauchte eine Zigarette. Beide grüßten sie, ohne ihr besondere Aufmerksamkeit zu schenken. Das Gerichtsmedizinische Institut war allein dafür da, den Toten von Cleveland, Ohio, einen letzten Dienst zu erweisen.

Rollbahren säumten den Gang – ein makaberes, in weiße Laken gehülltes Tableau des Todes. Das Gesicht einer friedlich im Schlaf gestorbenen älteren Frau sah trotzdem auf seltsam beunruhigende Weise starr aus. Ein Motorradfahrer – die Körperteile nur noch lose miteinander verbunden – starrte verwundert in die Luft. Zwei Deckenlampen waren wieder einmal durchgebrannt; diese Beleuchtung tauchte den Gang in das gedämpfte Licht eines Horrorfilms. Angesichts Evelyns Ärger an diesem Tag, war es keine Überraschung, dass sie sofort dem Supervisor über den Weg lief.

»Was machen Sie denn da?«, herrschte Tony sie an. »Ist das etwa eine Leiche? Warum tragen Sie eine Leiche mit sich rum?«

»Das ist eine lange Geschichte, aber sie endet mit einem Baby, das die Klinik so schnell wie möglich loswerden wollte.« Sie sah sich nach einer freien Bahre um. Der Junge wog zwar nur zwölf Kilo, aber der kleine Körper kam ihr viel schwerer vor. »Nehmen Sie doch bitte mal die Dias.«

Tony Jessick, rund wie eine Bowlingkugel, starrte sie mit einem Kaffeebecher in der Hand an. Bestimmt schon der fünfzehnte an diesem Tag.

»Die gehören Ihnen«, fügte sie hinzu. »Die Schwesternschülerinnen fanden die Fotos von dem Axtmord ganz toll.«

Er riss ihr die Dia-Box unter dem weißen Plastiksack förmlich aus der Hand. »Warum glauben Sie, eine Leiche transportieren zu dürfen?«

Evelyn verlagerte das Gewicht des toten Babys auf einen Arm und winkte ihren Freund Jonathon herbei. Der kam gerade aus dem Autopsiesaal. Sie strich sich eine rote, lockige Strähne hinters Ohr.

»Weil ich eine ordnungsgemäß zugelassene Spurensicherungsexpertin der Gerichtsmedizin bin und gerade den Kombi des Instituts fuhr. Alle Krankenwagen des Metro General Hospital hatten genug mit ihren Einsätzen zu tun und unsere waren mit diesem Verkehrsunfall auf der 71 beschäftigt. Der Chefarzt der Pädiatrie hat mich nach meinem Vortrag angesprochen. Er war sich sicher, dass Horden ausgehungerter Fotojournalisten jeden Augenblick über das Krankenhaus herfallen würden.«

»Es ist mir egal, ob sie mit Nikons bewaffnet waren und das Gebäude stürmen wollten. Wir transportieren keine Leichen. Wenn Sie es einmal zulassen, dass die Krankenhäuser mit so einem Scheiß anfangen, werden sie uns jedes Mal, wenn wir ihnen den Rücken zukehren, ihre Leichen in unsere Fahrzeuge schieben.«

»Ich weiß, was für einen Wagen Sie fahren, Tony. Zwischen die alten Zeitungen und die leeren McDonalds-Becher passt bestimmt keine Leiche mehr.«

Sie wandte sich Jonathon Tyler zu, dem jüngsten und einzigen Afroamerikaner unter den Gerichtsmedizinern des Instituts. »Ich weiß, dass du nicht noch mehr Arbeit gebrauchen kannst, aber ich habe dir einen Fall mitgebracht. Der Name des Jungen ist Joshua.«

»Ich habe mir schon so was gedacht. Gib ihn mir.« Er schob seine Arme unter ihre.

»Vorsicht!«

Ihre Blicke trafen sich über dem kleinen Bündel. »Er ist tot, Evelyn. Wir können ihm nicht mehr wehtun.«

»Ich weiß. *Ich weiß*, Macht der Gewohnheit. Könntest du bitte die Autopsie übernehmen, Jonathon? Ich habe das ungute Gefühl, dass diese Sache richtig kompliziert werden könnte.«

Der junge Arzt legte das Bündel auf eine freie Bahre und begann die weißen Plastikschichten auseinanderzufalten. Da ihnen nur zwei Autopsietische und ein dritter in einem speziellen »Verwesungsraum« zur Verfügung standen, wurden Voruntersuchungen auf dem Flur durchgeführt. Andere Mitarbeiter, die sich auf dem Weg zur Mensa der Medizinischen Hochschule nebenan befanden, gingen an ihnen vorbei, während sie sich unterhielten. Tony schlürfte seinen Kaffee und drückte die Box mit den Dias gegen seinen mächtigen Brustkorb.

»Was meinst du mit *kompliziert*?«, fragte Jonathon. »Wie alt ist er?«

»Vierzehn Monate.«

Der Junge schien von den winzigen Zehen bis zu den dunklen Wimpern normal gewachsen. Blau angelaufene Wangen umrahmten einen Rosenknospenmund; die Finger waren zu lockeren Fäusten geballt. Sie staunte aufs Neue über die Perfektion eines so kleinen menschlichen Körpers. Selbst Tony wurde ernst.

Jonathon sah Evelyn an, die Kiefer fest zusammengepresst. »Was weißt du sonst noch?«, fragte er.

»Retinale Blutungen und ein diffuses axonales Trauma.«

»Schütteltrauma. Ich hätte besser Kardiologe werden sollen. Habe ich dir eigentlich schon erzählt, dass das der große Wunsch meiner Mutter war?«

Sie tätschelte seine Hand.

»Warum macht ein totes Baby dem Metro Hospital solche Probleme?«

»Die Eltern sind offenbar stinkreich. Sie heißen Sinclair. Der Chefarzt murmelte etwas von Sinclair, Garcia und Newlan.«

Tonys Gesichtsausdruck änderte sich. »Ach ja?«

»Kennen Sie die Leute?«

Seine Pupillen schienen sich wegen seiner Lieblingsdroge – Insider-Wissen – zu weiten. Denn jetzt konnte er wieder einmal damit angeben, was er ausgesprochen gern tat.

»Haben Sie zufällig mal einen Blick auf dieses Papier geworfen, das alle zwei Wochen an die Mitarbeiter verteilt wird? Ich meine diesen Wisch, den Sie zur Bank bringen und gegen Geld eintauschen?«

»Sie meinen, unsere Gehaltsschecks?«

»Bingo«, sagte der Supervisor und nickte.

»Verdammt wenig Geld, wenn Sie mich fragen.«

»Sinclair, Garcia und Newlan kümmern sich in ihrer Eigenschaft als Finanzdienstleister um einen Großteil der öffentlichen Abrechnungen der Stadt und das heißt nicht, dass sie einfach nur über Zahlen hocken und Schecks ausstellen. Zu ihren Klienten gehören ebenfalls das Baseballstadion und der Flughafen – kein Wunder, dass sich das Krankenhaus Sorgen wegen eines möglichen Medienrummels macht. Dieses tote Baby ist ein Geschenk des Himmels, wenn an der Nachrichtenbörse mal nichts los ist.«

Jonathon zog den Bericht des Krankenhauses über den Jungen aus einem Umschlag, der am Leichensack klebte. »Wäre er aus einem anderen Krankenhaus gekommen, hätte niemand von seinem Tod Notiz genommen.«

Evelyn berührte die zierlichen Finger. »Ich erinnere mich noch gut daran, als Angels Hände so klein waren. Inzwischen kann sie einen Softball, meine Autoschlüssel und drei meiner Kreditkarten mit einer Hand umfassen.«

Jonathon durchblätterte den Bericht. »Deine Tochter ist ein tolles Mädchen.«

»Jetzt macht sie den Führerschein und ich kriege graue Haare. Würdest du ein Volksbegehren unterschreiben, dass die Fahrerlaubnis erst mit einundzwanzig erteilt wird?«

»Ich bin inzwischen siebenundzwanzig, also kannst du mit meiner Unterschrift rechnen. Haben die Eltern die Erlaubnis für die Autopsie erteilt?«

Zwar wusste Evelyn, dass die Obduktion auch ohne Zustimmung erfolgen würde, aber der Chef der Gerichtsmedizin, Elliott Stone, hatte es lieber, wenn die Angehörigen einer Sektion zustimmten. Dr. Stone war ein Mann mit dem Grundsatz der Political Correctness – vor allem, wenn er mit reichen und einflussreichen Bürgern zu tun hatte.

»Das weiß ich nicht«, antwortete Evelyn. »Der behandelnde Arzt hat sofort die Mordkommission verständigt, nachdem er ein Schütteltrauma diagnostiziert hatte. Doch die Polizei war noch nicht eingetroffen, als der Mediziner den Jungen für tot erklärte. Und ehe wir uns versahen, waren die Sinclairs verschwunden. Eigentlich hat das Metro Hospital keine Befugnis, Eltern festzuhalten, aber die Verwaltung hat wohl nicht mit ihrer Reaktion gerechnet... Na ja, normalerweise kann man Eltern nur sehr, sehr schwer dazu bringen, sich von ihren toten Kindern zu trennen.«

Jonathon löste die Bremsen der Bahre mit dem Fuß und schob sie Richtung Autopsiesaal. »Mir gefällt das Ganze schon jetzt nicht, aber ich obduziere ihn. Vermutlich werden die Cops bald hier auftauchen.«

»Darauf kannst du dich verlassen«, rief sie ihm nach und sagte dann an Tony gewandt, aber ohne den Blick von dem winzigen Leichnam abzuwenden: »Ich habe dem Chefarzt gesagt, dass wir Kopien sämtlicher Unterlagen brauchen und dass sich die Polizei ...«

»Darum soll sich Ihr Freund von der Mordkommission kümmern.« Tony öffnete die Tür zum Treppenhaus und versperrte Evelyn dabei den Weg. »Sie müssen zu dieser Besprechung.«

Der Gedanke an David zauberte zum ersten Mal an diesem Tag ein Lächeln auf ihr Gesicht, trotzdem protestierte sie: »Das hier ist viel ...«

»Wie sollen wir denn je aus diesem Dreckloch rauskommen, wenn diese dämlichen Architekten nicht endlich ihre dämlichen Pläne ausarbeiten können?« Er holte tief Luft, als würde er den wegen der mangelhaften Belüftung üblen Geruch aus Verwesung, Fäkalien und geronnenem Blut genießen.

»Der Laden mag ja vor mehr als fünfzig Jahren hochmodern gewesen sein, aber jetzt ist er verrottet. Auch wenn Sie an den hässlichen Fliesen und alten Holztüren im Keller hängen, die eher zu einer Gruft passen ...«

»Dieses Gebäude hat etwas Besonderes, das müssen Sie zugeben. Wie übrigens jeder, der hier arbeitet.«

»Und wenn Sie weiterhin hier arbeiten möchten, sollten Sie besser Ihren Hintern ins Konferenzzimmer bewegen und versuchen, diese nervtötende Innenarchitektin davon überzeugen, dass wir *Platz* brauchen und keine Gänge mit gewölbten Decken und Wänden aus Glasbausteinen.«

»Und was machen Sie in der Zeit?«

»Das, wofür ich bezahlt werde: Dafür sorgen, dass jeder seinen Job macht und dass der Laden läuft. Ach, ehe Sie zu dieser Besprechung gehen, nehmen Sie doch bitte noch Schmauchspurproben von einem Selbstmörder und einem Mordopfer. Die Leichen liegen im Amphitheater.«

»Okay«, sagte sie und seufzte. »Ich kümmere mich sofort darum. Irgendwelche Hintergrundinformationen?«

»Unwichtig«, rief Tony über die Schulter zurück, während er die Treppe hinauftrampelte. »Die Toten hießen nicht Sinclair. Beide können von Glück sagen, wenn sie auf Seite sechs in den Lokalnachrichten erwähnt werden.«

Evelyn knallte die Treppenhaustür in der Hoffnung zu, Tonys Trommelfelle zu strapazieren. Wenn ich schon seinen Zynismus ertragen muss, dachte sie, hat er das verdient. Obwohl mich sein Verhalten nicht überrascht.

Es kam selten vor, dass ein Baby reicher, weißer Eltern starb. Und noch seltener wurde eins ermordet.

2

»Werfen wir noch einen Blick auf das kurze, traurige Leben Joshua Sinclairs.«

Evelyn stand neben Jonathon Tyler in dem stickigen Diktierraum, die Gesichter dem fahlen Licht aus den Kästen zum Betrachten von Röntgenbildern zugewandt. Anderthalb Stunden waren vergangen, seit sie die Leiche Joshuas in das Institut für Gerichtsmedizin gebracht hatte. Hinter ihnen standen zwei Beamte der Mordkommission und Tony. Der war nervös.

Sie hörte, wie der junge Pathologe tief einatmete, ehe er weitersprach.

»Wir haben es hier mit einem Paradefall eines Schütteltraumas zu tun. Der Junge hat retinale Blutungen und ein diffuses axonales Trauma erlitten, dazu Hirnödeme und Hirnquetschungen.« Er deutete auf dunkle Stellen an der Vorder- und Rückseite des Schädels. »Retinale Blutungen sind Blutungen hinter den Augen. Sie weisen darauf hin, dass massive Gewalt angewendet und das Kind so heftig geschüttelt wurde, dass sein Kopf vor und zurückschlug.«

»Und das Schütteln hat zum Tode geführt?«, fragte Bruce Riley. Er war wie gewöhnlich ungeduldig, auf den entscheidenden Punkt zu kommen. Oder vielleicht wollte er auch einfach nur nach draußen, um eine Zigarette zu rauchen.

Evelyn hatte schon Leichen gesehen, die eine gesündere Hautfarbe als der altgediente Detective hatten, aber sie hatte es aufgegeben, ihm deshalb Vorhaltungen zu machen.

»Nein, eigentlich nicht. Wir wissen nur, dass Gewalt angewendet wurde, aber es hat ihn nicht getötet. Er starb wegen des axonalen Traumas. Die Nervenfasern im Gehirn reißen durch den Stress. Das Kind verliert dadurch fast augenblicklich das Bewusstsein.«

David Milaski drehte leicht den Kopf mit dem schwarzen zerzausten Haar zur Seite, als wollte er die Röntgenaufnahmen nicht mehr sehen. »Wie kann man nur ein Baby zu Tode schütteln?«

»Schätzungen gehen von bis zu zweitausend Fällen pro Jahr aus.«

»Sie sagten, er sei ohnmächtig geworden. Wenn die Mutter nun aber behauptet, der Junge sei wach und munter gewesen ...«

»Dann wäre das Kind zu diesem Zeitpunkt noch nicht geschädigt gewesen. Unter Umständen könnte es noch eine Weile geatmet haben, aber es dürfte bewusstlos gewesen sein und keine Reaktion mehr gezeigt haben.« Er schob ein weiteres Röntgenbild in die Halterung vor dem hell erleuchteten Kasten, auf dem ein heller weißer Brustkorb zu sehen war und deutete auf eine leicht verdickte Stelle an einer der Rippen. Der Bogen des Knochens schien Schichten zu haben, wie bei einer Zwiebel. »Er hat hier Frakturen an seinen hinteren Rippen. Insgesamt drei auf der rechten Seite.«

»Ist das beim Schütteln geschehen?«, fragte Evelyn.

»Das wäre meine Vermutung gewesen. Allerdings befinden sich diese Frakturen bereits im Heilungsprozess. Ich schätze, sie sind ein oder zwei Monate alt.«

»Die Verletzungen wurden ihm schon vor einer Weile zugefügt?« Warum wunderte sie so etwas immer noch? »Wurde der Junge ärztlich behandelt?«

»Nein«, antwortete Jonathon. »Laut Aufnahmeunterlagen hat ihn seit seiner Einjahresuntersuchung vor drei Monaten kein Arzt mehr gesehen. Aber da ist noch mehr. Er hat eine verheilende Spiralfraktur des linken Arms. Wie alt sie ist, kann ich nicht sagen.«

»Also handelt es sich eindeutig um Misshandlung.«

»Das kann man so nicht sagen. Es ist ein Irrglaube, dass Spiralfrakturen nur auf vorsätzliche Gewalt zurückzuführen sind. Kinder können sich solche Frakturen allein durch einen Sturz auf dem Spielplatz zuziehen. Ein derartiger Knochenbruch ist erst dann verdächtig, wenn es andere unerklärliche Verletzungen gibt oder eine Vorgeschichte. Bei einem Baby allerdings, das kaum laufen kann und angesichts der anderen Probleme, ist diese Verletzung mit an Sicherheit grenzender Wahrscheinlichkeit auf eine Misshandlung zurückzuführen.«

»Also wurde dieses Kind von reichen Eltern zu Tode geprügelt.« Tony hatte offensichtlich genug von diesem stickigen, engen Kabuff. Er öffnete die Tür einen Spaltbreit. Doch nur der Gestank von verbranntem Haar und das Heulen der Schädelsäge aus dem danebenliegenden Autopsiesaal drangen in den Raum.

Jonathon deutete nun auf die Röntgenaufnahme von den Oberschenkeln abwärts. »Sehen Sie sich das hier an. Erkennen Sie diese kleinen Splitter auf beiden Seiten des rechten Knies, die wie kleine, weiße Sprenkel aussehen? Das sind Metaphysenfrakturen, Absprengungsbrüche. Im frühen Alter sind die Bänder noch kräftiger als die Knochen. Unter Gewalteinwirkung brechen daher die Ränder des Femurs' ab.«

»Ihm wurde das *Knie* gebrochen?« Riley knirschte mit den Zähnen. »Ich bin jetzt zwanzig Jahre bei der Mordkommission, aber es gibt immer noch Dinge, für die ich jemanden umbringen könnte.«

»Sein Knie wurde ausgerenkt.«

»Wann?«

»Bereits vor einiger Zeit – ich schätze, vor vier oder fünf Monaten. Doch eindeutig vor diesen Verletzungen, weil der Knochen bereits verheilt ist.«

»Zur selben Zeit wie die Rippenbrüche?«

»Die scheinen jüngeren Datums zu sein. Etwa drei Monate alt.«

»Und das Kind wurde nicht behandelt?« Evelyn fragte sich nicht zum ersten Mal, ob sie einen anderen Beruf ergreifen solle. Man musste schon krank sein, wenn man jeden Tag mit derartigen Dingen konfrontiert wurde.

Aber wenn niemand diese Arbeit tun wollte ...

David umfasste ihre Hand und drückte sie. Seine Körperwärme breitete sich von ihren Fingern in ihrem Körper aus. Sollte diese Geste von einem der drei anderen Männern im Raum bemerkt worden sein, so ignorierten sie dieses Zeichen der Intimität. Denn Evelyn war mit David seit fünf Monaten verlobt.

»In seinem Gesundheitspass sind lediglich die regulären Untersuchungen und Impfungen eingetragen, mehr nicht.« Dann sagte Jonathon zu den beiden Detectives: »Sie sollten versuchen herauszufinden, ob die Eltern ihren Sohn woanders behandeln ließen. Doch das ist unwahrscheinlich. Erwachsene, die ihre Kinder misshandeln, vermeiden Besuche bei Ärzten, damit man ihnen keine Misshandlungen nachweisen kann. Wer wohnt sonst noch in dem Haus?«

»Bisher habe ich nur Informationen aus der Praxis des Arztes«, antwortete David. »Die Sprechstundenhilfe ist mit der Tagesmutter befreundet. Sie kommt tagsüber ins Haus, ist verheiratet, Anfang dreißig und hat gute Zeugnisse. Sie hat den Jungen ins Krankenhaus gebracht und erklärt, er sei nicht mehr aufgewacht.«

»Mmm ...«

»Warum hat niemand gemerkt, dass der Junge ein ausgerenktes Knie hatte?«, fragte Evelyn. »Er muss unter den Augen von drei Erwachsenen gelitten haben. Wie konnte das nur geschehen?«

»Es ist nicht allzu verwunderlich«, antwortete Jonathon. »Knochen und Bänder von Babys sind derart biegsam, dass ein Gelenk sich oft schnell wieder einrenkt. Außerdem sind Kleinkinder pummelig und deshalb kann man Schwellungen leicht übersehen. Sie schlafen viel und weinen oft. Also weiß man nicht, ob sie aus Gewohnheit oder vor Schmerzen weinen.« Er betrachtete noch einmal kurz die Röntgenbilder. »Andererseits haben seine Eltern möglicherweise einfach nicht aufgepasst.«

Tränen traten Evelyn in die Augen, als sie auf die Schwarzweiß-Aufnahmen vor den erleuchteten Kästen starrte, Dokumente eines viel zu kurzen Lebens. Aber sie sind nicht ausschließlich schwarz und weiß, dachte sie. Die die gebrochenen Knochen umgebenden Schatten waren grau schattiert. »Einmal ist mir Angel vom Wickeltisch gerollt und ich konnte sie gerade noch am Fußknöchel packen ...«

»Nein. Ich weiß, was du denkst, aber nein. Eine solche Verletzung kann unmöglich entstehen, wenn man ein Baby fest packt. Da waren ganz andere Kräfte am Werk, erst in die eine Richtung, dann in die andere, um eine Knickbewegung zu erzeugen. Unfälle geschehen in den fürsorglichsten Familien, aber nicht so viele bei einem einzigen Kind.«

Riley tätschelte ihr die Schulter. »Keine Sorge, Evie, ich habe meinen Sohn einmal gerade noch am Bein festhalten können, als er vom Klettergerüst fiel. Jetzt spielt er an der Uni Football, aber ich hasse diese verdammten Klettergerüste noch immer. Wäre das dann alles, Doc? Ich muss hier raus, bevor ich umkippe. Hätten Sie etwas dagegen, wenn wir in Ihr Büro gehen, Tony?«

Evelyn und die beiden Cops ließen den Arzt mit seinen Röntgenaufnahmen allein und folgten dem Leiter der Abteilung für Spurensicherung. Als sie sich noch einmal umdrehte, sah sie, dass sich Jonathon nicht von der Stelle bewegt hatte.

Evelyn holte ihren Kaffeebecher aus dem vorderen Untersuchungsraum. Die Kaffeemaschine stand in Tonys Büro, einmal wurde auf diese Weise die gerichtsmedizinischen Richtlinien bezüglich der Aufbewahrung von Lebensmitteln im Labor erfüllt, doch andererseits war er nun der Herrscher über den Kaffeenachschub. Jetzt bat er die drei mit ausladender Geste in sein Büro. Der Supervisor arbeitete nicht gern, was er sichtlich genoss, doch er genoss es noch viel mehr, zu reden, und das vorzugsweise in seinem schäbigen Reich mit vollgestopften Aktenschränken, ungelesenen Fachzeitschriften und zahlreichen Souvenirs seines Erwachsenenlebens, das er in ein und demselben Gebäude verbracht hatte.

Riley hockte sich auf einen Stapel Berichte. Zu wenig Schlaf und zu viele Zigaretten hatten in seine Haut über die Jahre so viele Falten gegraben, dass sie nun fast seinen ungebügelten Hemden glich. Doch diese Defizite hatten das Feuer in seinen Augen nicht zum Erlöschen gebracht. Opfer wie der kleine Joshua oder der achtundzwanzig Jahre alte Drogendealer, der am Tag zuvor mit zwölf Schusswunden eingeliefert wurde, waren ihm gleich wichtig. Er wollte ihre Mörder finden, und ihre Mörder sollten dafür bezahlen, weil das Gesetz es vorschrieb.

Davids Einstellung zum Beruf war etwas nuancenreicher. Er wollte, nein, er *brauchte* Gerechtigkeit – außerdem brauchte er Erfolge, Resultate, Ziele, auf die er seinen Ehrgeiz richten konnte.

Evelyn hingegen kämpfte für die Wahrheit. Sie wollte nicht nur herausfinden, *wer* es getan hatte, sondern auch *warum*.

Riley gab ein trockenes Raucherhusten von sich. »Bisher haben wir Folgendes herausgefunden: Die Mutter hielt sich wegen eines Geschäftstermins in der Innenstadt auf. Der Vater gibt an, dem Kind sei es gut gegangen, es habe in seinem Bettchen gelegen. Auf dem Weg zur Arbeit sei er vor der Tür der Nanny begegnet. Sie sagt, der Junge habe keine Reaktion gezeigt und sie habe ihn deswegen sofort ins Krankenhaus gebracht. Also, wenn ich mal eine Vermutung äußern dürfte: Jemand lügt.« Zu seinem Partner sagte er: »Wir sollten uns als Erstes einen Durchsuchungsbeschluss für das Haus der Sinclairs in Strongsville besorgen. Meinst du, du schaffst das? Versuch's mal bei Richter Rojas. Der ist normalerweise ziemlich entgegenkommend. Außerdem brauchen wir die Krankenakten aller Familienmitglieder, samt möglicher Geschwister. Wir sollten auch gleich überprüfen, ob die Nanny eine reine Weste hat oder ob irgendwelche früheren Fälle bekannt sind. Wir müssen etwaige Vorgeschichten abklären.«

»Ist das nicht eigentlich ein Fall für die Kollegen in Strongsville, weil der Junge dort misshandelt wurde?«, fragte Evelyn.

»Aber er ist im Krankenhaus gestorben und das ist in Cleveland.«

Sie zuckte mit den Schultern. Weil der Vorort Strongsville am Rand des Cuyahoga Countys lag, musste das Gerichtsmedizinische Institut im Fall eines nicht natürlichen Todes sowieso die Ursachen klären.

»Strongsville bedeutet, die Leute haben Geld«, sagte Tony. »Die meisten Häuser da draußen kosten mindestens eine Viertelmillion. Da steht in jeder Einfahrt ein BMW, und die Kinder kriegen an ihrem zehnten Geburtstag eine VISA-Karte.«

»Das gilt nur für ein paar Straßen dort. Ich wohne in einer anderen Gegend. Außerdem muss man ja nicht gleich vor Ehrfurcht auf die Knie sinken, weil der Vater Geld hat.«

Tony starrte sie mit zur Seite gelegtem Kopf an, wie ein verwirrter Gockel. »Wissen Sie, was Analysten oder Vermögensberater machen?«

»Ich habe noch nie einen kennengelernt. Ich nehme an, diese Typen raten einem, wie man sein Geld anlegen soll.«

»Das trifft für Privatpersonen zu. Aber wenn es um Konzerne oder Fonds geht, empfehlen sie denen, wie sie Gelder daraus anlegen sollen, welche mit welcher Firma fusionieren soll, von welchen Filialen oder Tochtergesellschaften sie sich trennen sollen, welchem der alten Säcke aus dem oberen Management gekündigt werden muss.«

»Toll.« Sie trank einen Schluck von ihrem Kaffee. »Das Geld anderer Leute hin und her zu schieben klingt nach einem ganz tollen Job.«

»Das ist es auch. Wenn man einen Fehler macht, ist es ja nicht der eigene Pensionsplan, der den Bach runtergeht, und man muss auch nicht dem eigenen Geschäftspartner das Messer in den Rücken stechen. Diese Typen gehen einfach in ihre Büros zurück und zählen ihre sauteuren Arbeitsstunden zusammen.«

»Und warum erzählen Sie mir das alles?«

»Ende des Jahres läuft Elliott Stones Vertrag aus.«

Jetzt machte es Klick bei Evelyn. Der Chef der Gerichtsmedizin war mit der Planung für ein neues Gebäude beschäftigt, dessen Finanzierung von den üblichen bürokratischen Hürden behindert wurde. Er musste dieses Projekt finanziert bekommen und gleichzeitig ein Budget auf die Beine stellen, das den Mächtigen da oben so gefiel, dass sie ihn weiter beschäftigten. Und ein solches Vorhaben erforderte möglicherweise ein paar kreative Reorganisationen und Umgestaltungen.

Vielleicht gehörte Tony auch schon bald zum alten Eisen. Evelyn nickte.

»Also seien Sie nett zu dem Typen. Selbst wenn er ein dreckiger Kindermörder sein sollte.«

»Wäre die Nanny als Täterin nicht wahrscheinlicher?«, fragte David. »Also, den eigenen Sohn umzubringen ...«

»In fünfzig Prozent aller Fälle sind die leiblichen Eltern die Täter«, klärte Evelyn ihn auf.

»Du kennst dich aber gut mit den Statistiken aus.«

»Wir haben es hier häufig mit Kleinkindern zu tun. Meistens sind sie jünger als ein Jahr – dann sehen wir Kinder häufig erst mit vierzehn oder fünfzehn.« An Riley gewandt, sagte sie: »Wenn wir in dem Haus der Sinclairs sind, wonach suchen wir?«

Der ältere Detective runzelte die Stirn. »Nach Beweisen für einen Mord.«

»Das ist eben das Problem«, entgegnete Evelyn. »Beweise. Joshua hat keine Hautverletzungen, also gibt es kein Blut. Als Waffe wurden die Hände eingesetzt und wir wissen nicht, wie groß die gewesen sind. Es wurde kein Gift benutzt. Speichel ist unerheblich, weil Babys auf alles sabbern. Haare und Fasern sind bedeutungslos, weil unsere Verdächtigen am Tatort wohnen.«

David zog seine Notizen zurate. »Die Nanny wohnt nicht im Haus. Sie kommt morgens, ehe die Eltern zur Arbeit fahren, und geht kurz vor dem Abendessen wieder.«

»Trotzdem ist sie jeden Tag mit dem Kind im Haus. Also müssten wir ihre Haare und Fasern ihrer Kleidung an dem Jungen finden.«

»Haare sind ohnehin nicht von Bedeutung, es sei denn, sie werden auf die DNA untersucht«, sagte Tony.

Evelyn war anderer Ansicht. »Haare sollten als Beweismaterial nicht ausgeklammert werden.«

»Man kann aber nichts weiter sagen als ›es gibt eine Übereinstimmung‹ oder ›es gibt keine Übereinstimmung‹ und das ist viel zu zeitaufwendig.«

»Das hängt von den Umständen ab. Und vor Gericht macht es sich auch immer gut, weil die Geschworenen begreifen, wovon man spricht. Haare kann man sehen, da hat man etwas Greifbares.«

»Meinetwegen.«

»Wir müssen ohnehin mögliche Spuren am Tatort sichern«, sagte David. »Sonst werden die Eltern, sobald das Wort Mord fällt, behaupten, dass irgendein Fremder in ihr Haus eingedrungen ist, das Baby geschüttelt hat und wieder verschwunden ist.«

»Das würde aber nicht die alten Verletzungen erklären. Nein, es wird folgendermaßen ablaufen: Mom und Dad werden die Nanny beschuldigen und die Nanny wird Mom und Dad beschuldigen«, sagte Riley. »Und so wird es auch bleiben, bis einer unter dem Druck zusammenbricht und auspackt. Doch du hast recht. Wenn wir zumindest mit Bestimmtheit sagen könnten, dass wir keine fremden Haare und Fasern gefunden haben, hätten wir etwas gegen sie in der Hand.«

David sah zufrieden aus. Denn Riley hatte sich doch tatsächlich seinen Argumenten angeschlossen!

Evelyn äußerte sich nicht weiter dazu, obwohl das Fehlen von Beweismitteln gar nichts besagte und sie nie auf die Idee käme, mit einer solchen Aussage vor Gericht die Beweiskraft zu erhärten. Aber sie wusste, worauf Riley hinauswollte. Der Fall musste untersucht werden, auch wenn sie kaum eine Chance hatten, tatsächlich irgendetwas zu beweisen. Sollte die Familie unschuldig sein, würde sie sich besser fühlen. Auch die Polizei würde sich besser fühlen, wenn sie alles getan hatte, um den Fall zu klären. Und vielleicht würden sie dem Täter bei ihren Untersuchungen so viel Angst einjagen, dass er einen Fehler beging.

Riley fuhr fort: »Sollte die Nanny den Jungen misshandelt haben, besteht die Möglichkeit einer Anklage gegen die Eltern wegen Verletzung der Sorgfaltspflicht. Wir können nach Notizen, Mitteilungen, Kindermedikamenten, Einkaufslisten und Ähnlichem suchen, das darauf hindeutet, dass es ein Problem mit diesem Jungen gegeben hat, von dem sie wussten, ohne entsprechend gehandelt zu haben. Im Augenblick sitzt der Täter in seinem gemütlichen Heim und glaubt, ungestraft davongekommen zu sein. Ich will mit der kompletten Mannschaft auflaufen, wenn wir da auftauchen. Ich will mit einer richterlichen Anordnung, mit Evelyn, dem Wagen der Spurensicherung und jeder Menge Fragen an ihrer Tür stehen. Wenn wir sie dazu bringen wollen, auszupacken, dann ist das der beste Weg. Und wir sollten uns damit beeilen – heute Abend spielen die Indians gegen die Mariners.«

David fuhr fort, aus seinen Notizen vorzulesen. »Die Eltern wohnen in 1350 Meadowlark. Der Vater, Wilson Sinclair, ist Finanzexperte, Partner bei Sinclair, Garcia und Newlan. Die Mutter, Dinah Sinclair, hat ein Geschäft für Raumgestaltung im Einkaufszentrum. Oh, Entschuldigung, ihr genauer Name lautet Dinah Zack Sinclair. Was genau ist Raumge ...«

Evelyns Finger umklammerten den Griff ihres Kaffeebechers. »Was hast du gerade gesagt?«

»Was zum Teufel ist ...«

»Nein. Ihr Name.«

»Dinah Sinclair.«

»Dinah Zack?«

Er überprüfte seine Notizen noch einmal. »Ja, das steht über ihrem Laden. Wieso?«

Highschool. Überfüllte Gänge. Die verhassten Volleyballspiele in der Turnhalle. Geschosse, verbale und körperliche, die sie während der Busfahrt getroffen hatten. Ihre vor Scham rot glühenden Wangen.

Die Worte fühlten sich eigenartig auf ihren Lippen an. »Ich glaube, ich kenne sie.«

3

Evelyn ließ den Hebel der Automatik-Schaltung in die Parkposition gleiten.

Ledgewood, das Nobelviertel Clevelands, war selbst im County einzigartig. Zwar gab es keine eleganten, dreistöckigen Gebäude im Kolonialstil, sondern meistens solide Farmhäuser mit Holzschindelverkleidung, die versteckt inmitten von alten Bäumen lagen. Aber die schlichten, schnörkellosen Häuser sagten trotz fehlenden Pomps mehr über den Reichtum ihrer Besitzer aus als von Portalen gesäumte falsche korinthische Säulen. Obwohl einige der Immobilien hier bereits ein halbes Jahrhundert alt waren, stiegen die Preise noch immer. Ein saudischer Prinz hatte hier ebenso ein Haus gekauft, wie zwei Baseball-Profis der Cleveland Indians und ein Football-Profi, Quarterback der Cleveland Browns. Obwohl Evelyn in Strongsville aufgewachsen war, hatte sie nie einen Fuß in eines dieser Häuser gesetzt.

Evelyn hatte ein Foto des Hauses der Sinclairs so oft in der Lokalpresse gesehen, dass sie es sofort erkannte. Ihrer Ansicht nach war allerdings der Versuch des Architekten, mit dem zweistöckigen Gebäude, der geschwungenen Auffahrt und der frei stehenden Garage eine harmonische Verbindung zu dem umgebenden Wald herzustellen, fehlgeschlagen. Die dicht stehenden Bäume bildeten einen Hintergrund aus leuchtenden Farben von Kürbisorange bis Blutrot – allerdings zu früh für Halloween. Innerhalb der Stadtgrenzen verfügten allein Farmen und Einkaufszentren über so viel Grund.

Es schien irgendwie selbstverständlich, dass Dinah hier landen würde. Aus der Schönheitskönigin vom Abschlussball war eine Art Gutsherrin geworden. Der Schritt zur trauernden Mutter war allerdings weniger folgerichtig.

Evelyn erwischte sich dabei, wie sie ihr Haar im Rückspiegel auflockerte und in ihrer Handtasche nach dem guten Lippenstift kramte, der Marke, die angeblich acht Stunden halten sollte. Und irgendwo muss meine Puderdose sein, oder? Ach, verdammt, ich habe ja meine alte Handtasche letzte Woche gegen eine kleinere ausgetauscht!

Ihr Spiegelbild war auch nicht gerade tröstlich. Ihre roten Locken waren ein einziges Durcheinander, ein Pickel am Kinn wollte einfach nicht verschwinden. Außerdem zeugten die Schatten unter ihren Augen davon, dass sie letzte Nacht lange aufgeblieben war, weil Angel wieder einmal nicht pünktlich nach Hause gekommen war. Sie brauchte dringend moralische Unterstützung von dem einzigen Menschen, für den sie immer das klügste, schönste Mädchen auf der ganzen Welt sein würde. Sie klappte ihr Handy auf und rief ihre Mutter an.

Ein Van mit dem Schriftzug *Channel 15 Breaking News* – welche Eilmeldung der Sender wohl dieses Mal verkünden würde? – und ein ziemlich unauffälliger mit *Sun-Star* beschrifteter Van parkten am Bordstein. Drei Reporter wandten sich wie Zoobären zur Fütterungszeit den Neuankömmlingen zu.

Die Streifenwagen in Strongsville waren noch immer schwarzweiß lackiert – vermutlich, um den Reichen einen Hauch von Tradition zu vermitteln. Einer dieser Wagen stand quer geparkt am Ende der extrabreiten Auffahrt und verwehrte den Zutritt.

Riley quälte sich gerade aus einem ziemlich verbeulten Grand Marquis, als ein blonder, sehr junger Polizist aus dem Streifenwagen stieg. David rührte sich nicht von Rileys Beifahrersitz.

Er hätte die vierzig Minuten dauernde Fahrt zum Anwesen der Sinclairs auch in ihrem Auto zurücklegen können, doch er hatte sich noch vorher mit dem älteren Detective besprechen wollen.

Ihre Mutter ging nicht ans Telefon. Evelyn ließ in der Hoffnung auf eine kleine frische Brise die Fenster herunter. Neben ihrem Wagen stand eine hübsche Journalistin von Channel 15. Sie sprach verärgert in ein Nextel-Handy: »Ich sehe, dass ein Zivilbeamter mit einem Streifenpolizisten spricht. Nun, tut mir leid, Kevin, aber mehr passiert im Augenblick nicht. Ich kann dir eben nicht auf Kommando ein packendes Drama liefern.« Eine Pause entstand, ehe sie rief: »Weil die Realität nun einmal anders aussieht und ich das nicht ändern kann!«

Vor der Auffahrt hielt Riley dem Officer kurz seine Marke hin. »Mordkommission Cleveland. Wir sind hier, um die Eltern zu befragen.« Evelyn hoffte, dass die Reporter diese Information nicht aufschnappen würden. Die Kamera hing locker über der Schulter des Mannes und er machte keine Anstalten, sie zu benutzen, also schien er wohl nichts gehört zu haben.

»Mordkommission? Echt? Das ist ja cool. Ich wette, da bekommen Sie eine Menge verrückte Sachen zu sehen! Aber ich kann Sie leider nicht reinlassen, äh ... Sir.«

Evelyn zuckte insgeheim stellvertretend für den offensichtlich falsch unterrichteten jungen Streifenpolizisten zusammen, dessen blasses Gesicht sich rötete.

Riley, der schon wieder zu seinem Wagen marschierte, blieb wie angewurzelt stehen und drehte sich langsam um. »Wie bitte?«

»Äh ... Detective Heaton, unser Chefermittler ..., also der hat befohlen, dass hier keiner rein- oder rausgeht, bis er da ist.«

»Und wann wird das sein?«

Der Officer warf einen Blick auf seine Armbanduhr. »In ungefähr zwei Stunden, Sir. Hängt von der Gepäckausgabe ab.«

»Der Gepäckausgabe?«

»Er war in Baltimore zu dieser Schulung und sein Flieger landet erst in anderthalb Stunden. Er hat Verspätung. Ich glaube, es gab irgendwelche Probleme mit der Elektrik ... und Sie wissen ja, wie lange das mit der Gepäckausgabe dauern kann ... aber er wollte nicht, dass irgendjemand mit den Eltern spricht, bis er vor Ort ist.«

»Und Sie glauben, das gilt auch für uns?.«

»Na ja, er ... er hat betont, das beträfe insbesondere Sie, Sir. Das heißt, andere Dienststellen. Er sagte, diese Angelegenheit falle in den Zuständigkeitsbereich von Strongsville. Ich gebe nur weiter, was er gesagt hat, Sir.« Der junge Officer legte tatsächlich eine Hand an den Kolben seiner Waffe.

Riley zog in aller Ruhe ein Päckchen Marlboro hervor, zündete sich eine an, leckte über Daumen und Zeigefinger, drückte das Streichholz zwischen ihnen aus und steckte es in die Tasche seiner Sportjacke. Nachdem er tief inhaliert hatte, sah er den Streifenpolizisten wieder an, der kurz vor dem Umkippen zu stehen schien.

»Ich verstehe das durchaus, mein Junge. Aber jetzt werde *ich* Ihnen mal was sagen. Ein gewisser Joshua Sinclair ist innerhalb der Stadtgrenzen von Cleveland gestorben, was bedeutet, dass der Mord dort geschehen ist, ungeachtet dessen, wo der auslösende Vorfall stattgefunden hat. Demzufolge unterliegt es der Verantwortlichkeit des Morddezernats von Cleveland, eine Untersuchung durchzuführen und genau das werde ich jetzt auch tun. Ihr Detective Heaton und ich können uns darüber unterhalten, wenn er hier ist. Wann auch immer das sein mag. Bleiben Sie, wo Sie sind. Wir fahren einfach um Sie herum.«

Und genau das taten sie. Evelyn steckte ihr Handy weg und bog in die Auffahrt ein, wobei zwei Räder über den dichten Rasen rollten. Der Streifenpolizist stieg hastig wieder in seinen Wagen und griff nach dem Armaturenbrett. Vielleicht setzte er sich über Funk mit seiner Dienststelle in Verbindung, aber vielleicht drehte er auch nur die Klimaanlage weiter auf. Die Presseleute warteten an der Grundstücksgrenze und beobachteten wachsam, was sich für die Nachrichten verwerten ließ.

Evelyn parkte hinter einem schwarzen Mercedes und ging zu Riley und David. »Was sollte das denn?«

Riley schüttelte den Kopf. »Es gibt in dieser Stadt einen Detective, der glaubt, dieser Fall könnte ihm zu Ruhm und Ansehen verhelfen.«

»Und was hätte er davon?«

»Finanzielle Vorteile.«

Auf der geräumigen Veranda lag keine Fußmatte, die Gäste willkommen hieß. Evelyns Hand umklammerte den Griff ihres Tatortkoffers, als sie Riley anfuhr: »Es ist schon schlimm genug, dass du kurz vor deiner Pensionierung das Zuständigkeitsprotokoll ignorierst, aber warum musst du mich auch noch in dieses Kompetenzgerangel mit hineinziehen?« Evelyn wollte nicht etwa eine Debatte beginnen, weil sie sich dagegen sträubte, herauszufinden, ob das Goldmädchen der Highschool von Strongsville noch immer so goldig war, sondern sie hatte lediglich keine Lust dabei zu sein, wenn einer Mutter mitgeteilt wurde, dass ihr Kind nicht nur gestorben, sondern ermordet worden war. »Ermittlungsarbeit gehört nicht zu meinem Job.«

»Und ob sie das tut.«

»Nein, ich leiste meine Arbeit im Labor mit Mikroskop und Spektrometer und entlocke Beweismitteln relevante Fakten. Und das Schlüsselwort hierbei lautet: leblos.«

»Wenn wir sie im Beisein einer ehemaligen Freundin verhören, haben wir einen Vorteil. Sollte die Mutter schuldig sein, wird ihre Aufmerksamkeit durch deine Anwesenheit nachlassen. Sollte sie unschuldig sein, wird sie sich eine vertraute Schulter wünschen, an der sie sich ausweinen kann. Und du kannst außerdem deine leblosen Fasern einsammeln.«

»Du hörst mir nicht zu. Wir sind lediglich in dieselbe Schule gegangen – wir haben uns kaum gekannt. Ich habe sie in den letzten zwanzig Jahren vielleicht vier Mal im Supermarkt gesehen, aber das ist auch schon alles. Wir leben auf verschiedenen Planeten. Das war schon immer so.«

David enthielt sich vernünftigerweise der Diskussion.

Eine ziemlich junge Frau mit blasser olivfarbener Haut und geröteten Augen öffnete die Tür. Über das Schrillen der Alarmanlage hinweg stellte Riley seinen Kollegen und Evelyn vor und fragte nach Mr. oder Mrs. Sinclair. »Und wer sind Sie?«, fügte er hinzu.

Die Frau trug Slacks und ein Polo-Shirt. Ihrem Akzent nach musste sie aus New Jersey stammen. »Mein Name ist Patty Fraser. Ich bin die Nanny. Das heißt, ich *war* die Nanny. Ich würde jetzt gern nach Hause gehen, aber Mr. Sinclair sagt, ich müsse erst mit Ihnen reden. Und er ist nun einmal Wilson *Sinclair*, wie Sie ja wissen.«

Riley trat ins Haus. »Ist außer Mr. und Mrs. Sinclair noch jemand hier?«

»Nein.« Sie drehte sich um und ging durch die Halle, ohne darauf zu warten, ob die drei ihr folgten. »Was soll ich denn machen? Ich werde bestimmt nicht das verdammte Hausmädchen vertreten. Ich muss nicht hierbleiben, wenn es kein Baby mehr gibt.«

Evelyn sah über Davids Schulter hinweg wie die Schultern der Frau bebten, während sie kurz schluchzte.

»Wir sind Ihnen sehr dankbar, dass Sie auf uns gewartet haben«, sagte David besänftigend.

Sie blieb abrupt vor der Tür zu einem großen Wohnzimmer stehen und winkte die Besucher herbei, von dem verzweifelten Wunsch erfüllt, ihre Aufgabe zu erledigen und zu verschwinden.

Zwei Personen hielten sich in dem Raum auf, doch Evelyn schenkte dem gut gekleideten, finster dreinblickenden Mann kaum Aufmerksamkeit. Sie hatte nur Augen für ihre alte Klassenkameradin.

Die Frau in einem eleganten, blauen Hosenanzug saß kerzengerade da. Sie wartete darauf, dass die Beamten nähertraten, das Gespräch eröffneten. Die Jahre hatten ihr nichts anhaben können, hatten sie nur noch schöner gemacht, ihrem Gesicht Charakter verliehen. Ihre Haut war immer noch makellos und ihre Augen hatten die Farbe eines tropischen Meers. Und ihr Haar, um das Evelyn sie als Teenager viel mehr beneidet hatte als um ihre reichen Eltern und ihr Cheerleader-Outfit, hing immer noch glänzend und gerade bis zur Taille herab.

Das ist doch lächerlich. Ich bin hier, um zu helfen und nicht, um fünfundzwanzig Jahre alte Fehden wieder aufleben zu lassen, dachte Evelyn.

»Evelyn Beck«, sagte Dinah. Lediglich ihre leicht verschwollenen Augen und die klägliche Reglosigkeit ihres Gesichts ließen den Verlust ahnen, den sie erlitten hatte. »Wir haben uns schon eine ganze Weile nicht mehr gesehen.«

Evelyn korrigierte ihren Nachnamen nicht. »Es ist sehr traurig, dass es unter diesen Umständen geschehen muss, Dinah. Das mit Joshua tut mir sehr leid.«

Die karibikblauen Augen glänzten. Tränen intensivierten die Farbe noch. »Ich habe keine Ahnung, warum du hier bist, aber ich danke dir für dein Kommen.«

Evelyn straffte die Schultern, ging nach vorn und zwang sich, neben ihrer ehemaligen Schulkameradin Platz zu nehmen, wobei sie sich anstrengte, in ihren fleckigen Dockers und ihrer zerknitterten Seidenbluse lässigen Chic zu verströmen.

Die beiden Detectives blieben stehen. Riley räusperte sich. »Mr. und Mrs. Sinclair, ich bin Detect ...«

Dinahs Blick wich nicht von Evelyn, während er sprach. Bisweilen huschten ihre Augen zu einer Stelle über Evelyns rechter Schulter, wo Patty wie eine verstörte Maus in einem Labyrinth auf und ab lief. Sie sah nicht ein einziges Mal ihren Mann an, der wohl hinter ihr stand, aber ein wenig abseits, ganz so, als wollte er zu dieser Situation Distanz schaffen.

Evelyn wandte den Blick ab und suchte Zuflucht in Details. Intimen Details. An den Wänden hingen ausschließlich Gemälde, keine Drucke und auch keine Fotos. Nirgendwo waren Bücher oder Spielzeug zu entdecken. Die Farben des Perserteppichs verschmolzen mit dem Mahagoni des Couchtischs. Das einzige unpassende Objekt war ein Football-Pokal auf dem Kaminsims. Evelyn sah noch einmal hin, aber er stand tatsächlich dort auf diesem Ehrenplatz direkt unter einem echten Klieburn.

Als Riley sagte: »Wir haben Grund zu der Annahme, dass Ihr Sohn ermordet wurde«, traf Dinah die Nachricht wie ein Schock. Zwar brach sie nicht in Tränen aus, doch sie schien vor den Worten zurückzuweichen. Sie zog wie aus dem Nichts ein Taschentuch hervor und presste es gegen die Nase. Ohne nachzudenken legte Evelyn einen Arm um die Schultern ihrer ehemaligen Klassenkameradin und rückte näher an sie heran. Denn sie hatte das Gefühl, Dinah würde ohne ihre Unterstützung zusammenbrechen.

Ich tröste doch tatsächlich Dinah Zack! Wie merkwürdig.

Evelyn sah zum ersten Mal zu Wilson Sinclair hinüber und

wünschte sich, dass *er* seine Frau tröstete. Er war ein attraktiver Mann mit einem Hauch von vornehmem Grau im Haar. Er trug einen teuren maßgeschneiderten Anzug. Jetzt lehnte er sich gegen ein Sideboard und brachte eine Reihe von antiken Silberrahmen zum Klirren, die wie eine Gruppe von Geschworenen dort aufgestellt waren. »Was zum Teufel ist hier los? Jemand hat unser Kind *ermordet*?« Er starrte die Nanny an. Alle Farbe wich aus seinem Gesicht.

»Was haben Sie getan, Patty?«, fragte Wilson Sinclair.

David packte Patty Fraser gerade noch rechtzeitig, ehe sie sich auf Joshuas Vater stürzen konnte.

4

Mit einem Mal waren alle in Bewegung. Riley schnappte sich Wilson Sinclair und brachte ihn in einem anderen Zimmer im Erdgeschoss in Sicherheit. David überredete Patty, sich auf den Diwan zu setzen. Evelyn stand mit Dinah Zack Sinclair in der Eingangshalle.

»Na, dann herzlich willkommen in meinem Haus«, sagte Dinah.

Die Worte hätten wohl ohne ihr hysterisches Kichern eigenartig geklungen. Dinah presste sich rasch die Hand auf den Mund und Tränen liefen ihr über die Finger.

Ein über zwanzig Jahre bestehender Neid verflog wie Staub, der von einem alten Jahrbuch gepustet wird. »Es tut mir ja so leid, Dinah. Es tut mir leid wegen Joshua und es tut mir leid, dass wir dich gerade jetzt belästigen. Mir fehlen einfach die Worte.«

Dinah holte zitternd Luft und gewann ihre Fassung wieder. »Ist schon gut. Ich weiß, dass du nur deine Arbeit tust. Wahrscheinlich ist es sogar gut, dass du hier bist – ich kann im Moment jede auch noch so kleine Ablenkung gebrauchen.« Sie stützte sich mit einer Hand auf das glänzende Treppengeländer aus Mahagoni. »Was willst du dir ansehen?«

Vor dieser Frage hatte es Evelyn gegraut. »Irgendwann im Lauf des Tages muss ich Joshuas Zimmer untersuchen – aber es besteht kein Grund zur Eile. Ich kann das später tun.«

Dinah wurde blass, fing sich aber rasch wieder. Sie richtete einen resignierten Blick auf die oberste Treppenstufe. »Nein. Lass uns ruhig nach oben gehen. Je länger ich es hinausschiebe, desto schwerer wird es.« Sie drehte sich um und machte sich auf den Weg in den ersten Stock. Evelyn nahm ihren Tatortkoffer, den sie in der Diele stehen gelassen hatte, und folgte ihr.

Berberteppiche bedeckten den Boden des Flurs. Mehrere Türen standen offen, doch Dinah blieb bereits an der ersten auf der linken Seite stehen. Sie zögerte kurz, ging dann aber mit hochgerecktem Kinn in das Zimmer. Evelyn blieb im Türrahmen stehen.

Das Kinderzimmer hatte hellblaue Wände und eine farblich abgestimmte Bordüre, weiße Möbel und ein breites Fenster, vor dem ein Schaukelstuhl stand. Es war sauber und ordentlich. Der Geruch von Babycreme hing noch in der Luft.

»Hättest du gern eine Minute für dich allein?«, fragte Evelyn.

Dinah antwortete nicht. Sie stand da und blickte auf die Stelle, wo ihr Sohn geschlafen hatte. Doch dann schüttelte sie den Kopf und drehte sich mit einem betrübten Lächeln auf den Lippen herum. »Nein. Ich möchte im Augenblick einfach nicht allein sein. Ist das nicht komisch? Ich habe mir oft im Leben gewünscht, dass mich die Menschen in Ruhe lassen würden. Das klingt jetzt wahrscheinlich schrecklich.«

»Nein, überhaupt nicht. Ich weiß noch, dass du in der Highschool nicht einmal ohne dein Gefolge auf die Toilette gegangen bist.« Aus Angst, dass ihre Worte zu harsch geklungen haben könnten, fügte Evelyn hinzu: »Es ist mir nie in den Sinn gekommen, dass du es nicht freiwillig getan haben könntest.«

Dinah gab ein undamenhaftes Schnauben von sich. »Von freiwillig konnte da wirklich keine Rede sein.«

»Gibt es jemanden, den ich für dich anrufen kann? Deinen Bruder? Deine Eltern viell ...«

»Sie sind tot«, sagte sie mit ausdrucksloser Stimme.

Evelyn fragte sich, ob das auf alle drei zutraf. In der Highschool hatte sie eine Menge über den süßen älteren Bruder gehört, ohne ihn jemals gesehen zu haben. »Tut mir leid. Gibt es vielleicht eine Freundin, die du ...«

»Ich habe nicht viele Freundinnen. Frauen wollen selten etwas mit mir zu tun haben«, fügte sie lakonisch hinzu. »Ich habe keine Ahnung, warum das so ist.«

Evelyn errötete.

»Was wirst du hier drin machen?«

Sie musste die ganze Kleidung des Babys auf irgendwelche Anzeichen von Misshandlung absuchen, wie etwa Blutstropfen oder Risse im Stoff. Außerdem musste sie das Bettzeug des Kindes mit Hilfe von Klebeband auf fremde Haare und Fasern untersuchen. Sollte Patty Joshua misshandelt haben, konnte das überall geschehen sein, doch falls Patty die Wahrheit gesagt hatte, war Joshua vor ihrem Eintreffen von dem Täter in sein Bett zurückgelegt worden. Evelyn rechnete sich keine großen Chancen aus, irgendwelche verwertbaren Beweise finden zu können, aber sie musste es versuchen.

»Ich muss sein Bettzeug mitnehmen, tut mir leid.«

»Schon gut.« Dinah trat zögernd zur Seite.

Die Schutzpolster des Gitterbetts passten zur Tapetenbordüre und hatten ein zartes Muster aus blaufarbigen Häschen. Evelyn machte ein Foto und begann damit, die Bänder zu lösen, mit denen die Polster befestigt waren. Vom Kopf- bis zum Fußende reichte eine Velours-Bettdecke, die nicht eine einzige Falte aufwies. »Hast du sein Bett frisch gemacht?«

»Nein. Vermutlich hat Patty das getan. Ich war geschäftlich unterwegs.«

Evelyn nahm ein paar braune Papiertüten aus ihrem Koffer. »Ja, das wurde mir schon gesagt.«

»Im *Marriott* findet an drei Tagen die Fachmesse für kreatives Wohnen und Einrichten statt. Heute – am Dienstag – Gott, es kommt mir vor, als wäre es schon eine Woche her – war der zweite Tag. Ich war gerade in einem Seminar über die Jacquard-Stoffe von Roberto Messini, als mich ein Angestellter des Hotels holte.« Sie drehte an einem Diamantring, der viel zu schwer für ihren Finger wirkte.

Evelyn hätte einen Jacquard-Stoff – von einem Messini-Jaquard ganz zu schweigen – nicht von einem Jutesack unterscheiden können. »Also hast du Joshua heute Morgen zum letzten Mal gesehen?«

»Nein, ich – ich habe im *Marriott* übernachtet. Das Dinner und die anschließenden Gespräche in der Besucherlounge haben so lange gedauert, dass ich mir dort ein Zimmer genommen habe. Es war ohnehin ein Pauschalangebot und im Preis inbegriffen«, erklärte sie geistesabwesend, denn sie beobachtete Evelyn, die gerade die Schutzpolster in eine Tüte steckte. »Ich habe Joshua seit Montagmorgen nicht mehr gesehen. Da schlief er noch. Ich habe nur seine Wange gestreichelt.«

»Kam er dir vielleicht fiebrig vor?« Evelyn wollte in Erfahrung bringen, ob Joshua unter seinen früheren Misshandlungen gelitten hatte.

»Es ging ihm gut. Er war perfekt. Einfach perfekt.«

Bei dem letzten Wort versagte ihr die Stimme – dasselbe Wort, mit dem Evelyn immer Dinahs Leben beschrieben hatte. Perfektes Gesicht, perfektes Haar, perfekte Brüste, perfekte Noten, perfekter Freundeskreis der nettesten Leute. Sie hatte nie Pickel gehabt, sich danebenbenommen oder auch nur eine schlechte Note nach Hause gebracht. Wie konnte ein solch perfektes Leben nur einen derart tragischen Einbruch nehmen? »Möchtest du dich setzen?«

Dinah sah den Schaukelstuhl an, als wäre sie entsetzt, und schüttelte den Kopf.

Evelyn stellte keine weiteren Fragen. David und Riley würden Dinah über ihre Rechte aufklären und ihre Antworten protokollieren. Wäre Joshua bereits Montagmorgen bewusstlos gewesen, hätten Patty oder Wilson Sinclair davon gewusst. War Dinah nicht Montagnacht nach Hause gefahren und hatte ihr Kind aus irgendeinem Grund so lange geschüttelt, bis es das Bewusstsein verlor, stand sie nicht mehr unter Verdacht. Dann konnte sie Joshua nicht getötet haben, es sei denn, alle drei Erwachsenen steckten unter einer Decke. Sollte das zutreffen, blieben Patty Fraser und Wilson Sinclair als Täter übrig.

Wenn Dinah allerdings von den früheren Verletzungen gewusst hatte, konnte man ihr Beihilfe zur Kindesmisshandlung vorwerfen. Falls das nicht stimmte, wollte Evelyn sie nicht darüber aufklären.

Doch Dinah redete ohne Aufforderung weiter. Die Worte kamen langsam aus ihrem Mund, ganz so, als zwinge sie sich, die Geschehnisse des Tages zu rekapitulieren, um sie zu verstehen.

»Die Angestellten des Hotels mussten mich erst suchen. Ich hatte meinen Piepser während des Seminars abgestellt. Ich werde so oft aus dem Laden angerufen ... Aber ich habe nicht lange bis zum Krankenhaus gebraucht, weil ich ja bereits in der Innenstadt war. Sobald ich Wilson sah, habe ich es gewusst. Ich habe ihn noch nie zuvor weinen sehen.«

Evelyn faltete den Rest des Bettzeugs zu einem Viereck, sodass Haare und Fasern im Inneren blieben und legte es dann in eine braune Papiertüte. Im Labor würde sie durchsichtiges Klebeband auf die Oberflächen pressen und damit lose Haare und Fasern abnehmen, um das Band dann auf klare Acetatfolie zu streichen. Wie sie den Kriminalbeamten bereits schon früher erklärt hatte, rechnete sie damit, dass diese Ergebnisse rein gar nichts beweisen würden. Sie arbeitete schweigend und fürchtete, dass Dinas Beherrschung durch eine plötzliche Bewegung erschüttert werden könnte.

»Doch bevor ich überhaupt fragen konnte – denn ich wollte sicher sein –, teilte mir der Neurochirurg mit, dass Joshua tot sei. Und praktisch im selben Atemzug fragte er uns, wie es mit einer Organspende aussehe. Wilson lehnte ab. Ich war froh darüber. Ich hätte nicht die Kraft gehabt, es zu tun.«

»Und Patty war auch dort? Im Krankenhaus?«

»Sie war bereits wieder gegangen.« Dinah betupfte ihre Nase mit dem Taschentuch – ganz leicht, damit sie sich nicht rötete. »Patty kann manchmal ziemlich frech werden, aber ich wollte nicht irgendeinen albernen Teenager und auch kein knackiges Au-pair-Mädchen einstellen. Sie macht ihre Sache wirklich gut. Ich hätte Joshua niemals in ihrer Obhut gelassen, wenn ich nicht geglaubt hätte, dass ...«

Dinah steckte offensichtlich in der Zwickmühle. Patty musste die Mörderin sein, andernfalls blieb nur noch Wilson. Doch wenn sie es gewesen war, was sagte das über die Mutter aus, die sie eingestellt, die ihr ihren Sohn anvertraut hatte? Dinah wollte beides: dass Patty die Schuld an Joshuas Tod trug und andererseits, dass Patty unschuldig war. »Sie kommt jeden Tag?«

»Montags bis freitags. Ich arbeite nicht an den Wochenenden – ha, dass ich nicht lache. Am Ende lande ich an den Samstagen und Sonntagen doch wieder in meinem Büro im Einkaufszentrum, aber für gewöhnlich bleibe ich nicht lange und ich nehme Joshua immer mit. Das heißt, ich habe ihn immer mitgenommen.«

»Hast du eine Hausangestellte?« Sie konnte sich Dinah kaum beim Putzen der Toilette vorstellen.

»Nein, ich erledige alles selbst – zumindest was das Haus angeht. Zweimal im Monat kommt ein Landschaftsgärtner. Er kümmert sich mit seinen Leuten auch um den Swimmingpool. Es ist beinahe Zeit, ihn winterfest zu machen.« Sie blickte prüfend durchs Fenster zum Himmel empor, als machte sie sich im Geist an diesem Oktobertag eine Notiz.

»Wann waren sie zum letzten Mal hier?«

»Am Freitag. Sie haben das Unkraut zwischen den Gehwegplatten entfernt und Mulch gestreut.«

Evelyn verschloss die braunen Papiertüten mit rotem Klebeband.

»Was machst du da?«, erkundigte sich Dinah plötzlich, doch ohne dabei beunruhigt zu klingen. »Was tust du eigentlich beruflich?«

»Ich bin Spurensicherungsexpertin. Ich sichere Spuren für das Gerichtsmedizinische Institut und untersuche Gegenstände auf Blut oder Speichel, andere Sekrete oder Haare und Fasern. Ehrlich gesagt, ist meine Arbeit hier nur Routine. Ich glaube kaum, dass sie uns weitere Erkenntnisse bringt. Aber wir versuchen, alles sofort zu sammeln, damit wir nicht wiederkommen und dich noch einmal belästigen müssen.«

»Untersuchst du auch Kugeln und Ähnliches?«

Evelyn fotografierte nun den Raum. Sie bewegte sich dabei langsam und fragte sich, warum Dinah das Kinderzimmer so spartanisch eingerichtet hatte. »Klar, auch Schmauchspuren, Farbe, Glas, Erde, alle möglichen Dinge.«

»Das ist ja toll.« Dinah lehnte sich gegen den Fenstersims und sah Evelyn zum ersten Mal interessiert an. »Du musst ziemlich verrückte Sachen zu sehen bekommen. Sagst du auch vor Gericht aus?«

»Ja.«

»Wilson musste letztes Jahr wegen einer feindlichen Unternehmensübernahme vor Gericht aussagen – der ehemalige Geschäftsführer einer Tochtergesellschaft beschuldigte seinen Nachfolger der Unterschlagung – und Wilson hatte wackelige Knie, als er aus dem Zeugenstand entlassen wurde. Wie schaffst du das nur? Ich könnte das nicht.«

Evelyn war inzwischen an diese Art von Aufmerksamkeit gewöhnt, eine Konsequenz, weil ganz Amerika seine Leidenschaft für die Kriminalistik entdeckt zu haben schien.

»Und du bist Raumausstatterin?«

»Ich bin Innenarchitektin«, verbesserte Dinah sie und straffte die Schultern. »Ich plane den Raum, beschaffe die nötigen Materialien und gebe die Bauarbeiten als Unterauftrag weiter. Ich reiche nicht nur Stoffmuster herum.«

»Klingt interessant«, sagte Evelyn aufrichtig.

Als Reaktion darauf wurde Dinahs Tonfall wärmer. »Das ist es auch. Und inzwischen weiß ich, dass meine Kunden nicht etwa renovieren, weil sie gelangweilt und reich sind und mit den Nachbarn mithalten wollen, sondern weil der Wunsch nach Veränderung für eine Veränderung in ihrem Leben steht. Sie haben etwas über sich erfahren, haben eine Erkenntnis gewonnen, etwas entdeckt und wollen es nun auf diese Weise ausdrücken.«

»Dies ist ein wunderschönes Haus«, sagte Evelyn

»Ich bin hier aufgewachsen.«

Wieder eine Überraschung. Aber hätte sie eine Minute darüber nachgedacht, wäre ihr wieder eingefallen, dass Dinah damals in Ledgewood gewohnt hatte – wo auch sonst? Allerdings hatte Evelyn das Haus nie gesehen. »Aber in der Presse ist doch immer die Rede von ...«

»Dem Haus der Sinclairs, ich weiß.« Sie lächelte flüchtig. »Brendan und ich waren die dritte Generation von Zacks, die hier wohnten, aber meine Eltern hatten ein paar finanzielle Probleme. Wir sind kurz nach unserem Highschool-Abschluss ausgezogen. Wilsons Familie hat es später gekauft.«

»Was für ein glücklicher Zufall.«

»Mag sein. Komischerweise haben Wilson und ich uns erst vor vier Jahren kennengelernt. Ich erzähle jedem, dass ich ihn nur geheiratet habe, um wieder in mein Elternhaus einziehen zu können. Das ist natürlich ein Scherz – in Wirklichkeit ist Wilson der erste Mann, der mich als ihm ebenbürtig betrachtet. Warum lächelst du?«

»Entschuldige. Ich hatte nur gerade das Bild vor Augen, wie du damals bei einem Football-Spiel mindestens von zehn Jungs umringt warst, die alle auf dich einredeten.«

Dinah verzog das Gesicht, doch sie versuchte zu lächeln. »Sie schrien auf mich ein, um den Lautsprecher und sich gegenseitig zu übertönen, bis ich Kopfschmerzen bekam. Du hast bestimmt ähnliche Erfahrungen gemacht. Bist du mit diesem Cop verheiratet?«

Evelyns Herz begann zu klopfen. Sie hatte David, seit sie dieses Haus betreten hatten, nicht einen Blick geschenkt. Da war sie sich sicher. Woher wusste Dinah nur ... »Meinst du David?«

»Den Jüngeren. Warte, da läutet mein Telefon. Ich muss den Anruf entgegennehmen. Das könnte mein Partner sein.«

Sie ging zögernd an Evelyn vorbei, den Flur entlang. Evelyn blieb allein im Zimmer ihres toten Sohnes zurück.

Sie stützte sich am Gitter des Kinderbetts ab. Sie war in dem Glauben hergekommen, Dinah ebenbürtig zu sein – sie waren schließlich beide erwachsene, berufstätige Frauen. Doch diese Menschenkenntnis, die ihre ehemalige Klassenkameradin gerade offenbart hatte, machte ihr bewusst, dass sie sich geirrt hatte. Die Dinah von heute durfte sie offenbar ebenso wenig unterschätzen wie die Siebzehnjährige damals.

5

Im Wohnzimmer geleitete David Patty zum Sofa, während sie lauthals beteuerte, dass sie dem Baby niemals hätte wehtun können. »Ich habe in meinem Leben schon viele Babys gehütet, und bisher hat sich noch nie jemand beschwert. Ich habe selber drei Kinder. Mein Mann muss ihnen jeden Abend bei den Hausaufgaben helfen, weil ich hier festsitze und mich nach dieser verwöhnten Ziege und ihrem arroganten Mann richten muss.«

David saß neben ihr und hoffte, dass seine Hose für den cremefarbene Bezugsstoff sauber genug war. Er fragte sich, wie es ihr mit dieser Einstellung gelungen war, ihren Job zu behalten. »Warum kündigen Sie nicht?«

»Ja, warum wohl? Warum glauben Sie, habe ich es überhaupt gemacht? Weil die Bezahlung gut ist und ich das Geld brauche. Selbst öffentliche Schulen kosten Geld. Und der verdammte Kindergarten ruiniert uns.«

Trauer und Wut – und manchmal auch Angst – veranlassen Menschen häufig die Wahrheit zu sagen. Das wusste David. Er unternahm keinen Versuch, sie zu bremsen. »Natürlich verstehe ich …«

»Aber ich musste ja hierbleiben, bis die beiden sich jeden Abend zum Essen hinsetzen, weil Lady Di nach der Arbeit etwas Zeit für sich braucht, um sich frisch zu machen, bevor sie etwas von Kentucky Fried Chicken auftischt. Wann, zum Henker, darf ich mir denn mal etwas Zeit für *mich* nehmen?« Sie warf sich in die gepolsterten Kissen zurück und zog ein Zigarettenpäckchen hervor. »Ich habe im vergangenen Jahr zwei Wochen Urlaub gehabt. Das ist alles. Und ich hatte das Gefühl, Dschingis Khan besiegen zu müssen, um das aus ihnen rauszuquetschen. Möchten Sie auch eine Zigarette? Ich rauche nie, wenn meine Kinder in der Nähe sind – oder Joshua –, aber das spielt ja wohl jetzt keine Rolle mehr, oder? Ich kann jetzt tun und sagen, was ich will.«

»Vielleicht ...«

»... sollte ich mir eine andere Art von Arbeit suchen? Und ob ich das sollte, und das werde ich auch. Vielleicht als Kellnerin, denn wenn die ihre Schicht hinter sich haben, ist Feierabend.« Es schien ihr großes Vergnügen zu machen, ihre Zigarettenasche in eine bleikristallene, teure Schale zu schnipsen. Die bestimmt nicht als Aschenbecher gedacht war. Man konnte durch das Glas ein paar Karamellbonbons am Boden liegen sehen. »Ich brate lieber Hamburger bei McDonalds, als wieder so was zu machen. Außerdem werde ich bestimmt kein gutes Zeugnis von den beiden bekommen, meinen Sie nicht auch? ›Ach, Patty? Ja, die hat für uns gearbeitet und mein Baby umgebracht.‹ Also das macht sich bestimmt klasse als Referenz.«

Zwar kannte David die Hausbewohner erst zehn Minuten, doch er hielt bereits Wilson Sinclair für den Hauptverdächtigen. Das machte ihm ein wenig Kopfzerbrechen. Einen reichen weißen Täter zu überführen war immer mit einem gewissen Risiko verbunden – wie beispielsweise von dem unverschämt teuren Anwalt der angeklagten Partei im Zeugenstand gekreuzigt zu werden –, aber ein derartiger Fall hatte auch Vorteile. Denn er würde vom *Court TV*, dem Gerichtssender, übertragen werden und wenn Riley den lokalen Ermittlungsbeamten weiter so auf die Nerven ging, würde er für den Fall vielleicht ganz verantwortlich sein. Allerdings war Patty trotz ihrer offensichtlichen

Trauer über Joshuas Tod leicht reizbar. Deshalb wollte er sie nicht voreilig als Verdächtige ausschließen.

»Wenn jemand dieses Baby umgebracht hat, dann bestimmt nicht ich. Damit bleiben nur die Eltern übrig. Sonst kommt hier keiner ins Haus. Es ist die ganze Zeit verrammelt wie Fort Knox. Wilson lebt in ständiger Angst. Er stellt die Alarmanlage sogar an, wenn er nur vor die Tür geht, um die Post zu holen. Was glauben Sie, was die beiden tun werden? Es der Bediensteten anhängen, was denn sonst.«

Sie verstummte, um an ihrer Zigarette zu ziehen. David nutzte sofort die Gelegenheit. »Ich muss Ihnen Ihre Rechte vorlesen.«

»Damit alles, was ich sage, gegen mich verwendet werden kann? Ich kenne meine Rechte – ich schaue mir immer *Law and Order* im Fernsehen an. Und deshalb sage ich es noch einmal: Ich habe diesem Baby nichts getan. Ich habe ihm nie auch nur ein Haar gekrümmt.« Sie zog so hastig an ihrem Glimmstengel, dass er bis zum Filter herunterbrannte. »Der kleine Junge war das einzig Gute an diesem Job.«

Endlich herrschte Stille. Pattys Augen begannen sich mit Tränen zu füllen und ihr schmaler Mund zitterte. Die immer noch glühende Asche ihrer Zigarette fiel zu Boden und brannte einen zwei Zentimeter langen Fleck in den Perserteppich, ehe einer von ihnen reagieren konnte.

»Scheiße«, sagte sie emotionslos. »Ich schätze, jetzt stecke ich in Schwierigkeiten.«

David las ihr die gesetzlich vorgeschriebene Rechtsbelehrung so behutsam wie möglich vor und ließ Patty auf der Rückseite des vorgedruckten Miranda-Papierkärtchens unterzeichnen. »Sie haben Joshua also heute Morgen in seinem Kinderbett gefunden, Mrs. Fraser?«

»Ja. Ich habe nachgesehen, warum er noch nicht wach war und sich bemerkbar machte. Aber er lag so eigenartig ruhig da.« Ihre Stirn legte sich in Falten. »Ich habe ihn erst getätschelt, dann geschüttelt, aber er ist einfach nicht aufgewacht. Ich wollte gerade Wiederbelebungsmaßnahmen ergreifen, als ich merkte, dass er atmete. Da habe ich ihn aus dem Bett genommen und bin nach Cleveland ins Metro General Hospital gefahren. Ich konnte nicht klar denken.«

»Wie haben Sie ihn geschüttelt?« David fragte sich, ob Patty möglicherweise in Panik geraten war und ihn in ihrer Angst zu grob angefasst hatte.

»Als er noch dalag. Es war mehr ein Hin- und Herschaukeln.«

Das konnte die Verletzungen nicht verursacht haben; so viel wusste er durch das kurze Gespräch mit Dr. Tyler. »Warum ins Metro? Warum nicht ins Southwest?«

»Meine Cousine ist für das Reinigungspersonal im Metro verantwortlich. Sie lässt ihre Kinder immer nur dort behandeln.« Obwohl Pattys Zigarette bis zum Filter heruntergebrannt war, zog sie immer noch daran. »Und meine Nachbarin hat schlechte Erfahrungen mit ihrem Sohn und einem übereifrigen Neurochirurgen im Southwest gemacht. Mir war klar, dass die Zeit drängte, deshalb habe ich Josh nicht erst zu seinem Kinderarzt gebracht.«

David hatte ungefähr eine Million Fragen zu Joshuas Ess- und Schlafgewohnheiten, ob er unerklärliche blaue Flecken gehabt oder unter steifen Gelenken gelitten habe, ob es regelmäßige Besucher im Haus gegeben habe, die möglicherweise mit ihm allein gewesen seien. Er war nicht gerade der beste Detective für diesen Job – Himmel nochmal, er war nicht der beste Detective für irgendeinen Job! –, aber schlimmer noch, er war der einzige Beamte der Mordkommission, der keine Kinder hatte. Wie sollte er das völlig normale Verhalten eines Babys von anormalem Verhalten unterscheiden?

Patty atmete mit nachdenklichem Gesicht tief aus und sprach ohne Aufforderung weiter: »Aber mit dem Jungen hat schon eine ganze Weile irgendetwas nicht gestimmt. Er hat viel geweint, viel geschlafen – insbesondere in den letzten Monaten.«

Hatte sie etwa vermutet, dass die Ärzte im Krankenhaus Hinweise auf vergangene Misshandlungen finden würden und schönte sie ihre Geschichte nun dementsprechend? Oder sagte sie die Wahrheit?

»Kein Kind von meinen dreien war so. Ich glaubte, Joshua litt an Koliken, obwohl er dafür eigentlich schon etwas zu alt war und er auch als Säugling damit keine Probleme gehabt hatte. Und das Medikament, das sie ihm deshalb verschrieben haben, schien auch nicht zu helfen.«

»Haben Sie ihn denn nicht zum Arzt gebracht?«

»Er hatte seine normalen Kontrolluntersuchungen, aber die letzte lag schon eine Weile zurück.«

»Haben Sie Mr. oder Mrs. Sinclair gesagt, dass Sie sich um Joshua Sorgen machen?«

»Ich habe Dinah ein paar Mal darauf angesprochen. Sie hat mir versichert, sie werde den Arzt anrufen, falls es schlimmer würde. Ich weiß nicht, was sie mit schlimmer meinte, aber offensichtlich ist der Fall nie eingetreten. Ich konnte ihn nicht zum Arzt bringen, weil Wilson mir aus Angst die Versicherungskarte nicht anvertraute. Er hatte kein richtiges Fieber oder etwas in der Art. Die meiste Zeit über war er ein süßes Baby. Er lächelte, sprach ein paar Worte, lachte.« Patty starrte auf den kümmerlichen Rest ihrer Zigarette, den sie immer noch zwischen ihren Fingern hielt.

»Leben noch andere Kinder im Haus?«

Zu Davids Überraschung sagte sie: »Nur noch die fünfzehnjährige Jenna, Dinahs Tochter aus erster Ehe. Wilson war vorher nicht verheiratet, aber das überrascht mich nicht.«

Er würde die Tochter auf Anzeichen von Misshandlungen untersuchen lassen und ihre Lehrer und ihre Ärzte befragen müssen. »Wann kommt Jenna nach Hause?«

Patty schnaubte. »Gute Frage. Sie gerät ganz nach ihrer Mutter. Hören Sie, ich will ja nicht behaupten, dass Dinah eine schlechte Mutter sei. Wenn man das, was sie tut, überhaupt als Muttersein bezeichnen kann.«

»Wie meinen Sie das?«

»Sie sieht Joshua ungefähr eine Stunde am Abend, gibt ihm die Flasche – weil es ja so einfach ist, obwohl ich ihr schon des Öfteren gesagt habe, dass er langsam mal feste Nahrung bekommen sollte – und bringt ihn dann zu Bett. Ich bin die Erste, die der Junge morgens sieht. Er hat seine ersten Schritte mit meiner Hilfe gemacht. Ich habe ihm beigebracht, wie man Ball und Auto sagt und aus einer Schnabeltasse trinkt. Kurz gesagt, ich bin ihm mehr eine Mutter als sie es ist.«

So viele Emotionen – Babys und Mütter und Ersatzmütter. Eifersucht und Sehnsucht und Missgunst. Der Detective, der aus einem solchen Durcheinander schlau werden musste, war wirklich zu bedauern. Patty machte sich vielleicht nicht viel aus Dinah, aber David war erleichert, dass Dinah nicht zu Hause gewesen war. Dass Cops völlig unvoreingenommen an einen Fall herangehen, ist ein Ammenmärchen – ebenso die Behauptung, dass man keine Theorien aufstellen sollte, bevor man alle Fakten kannte. Theorien waren notwendig, wenn man die Arbeit erledigen wollte, und ein Cop wäre ja kein Mensch, wenn er nicht mit der einen oder der andren Person Mitgefühl empfände. David wollte in Dinah nicht die Mörderin sehen. Denn jedes Mal, wenn eine Mutter ihr Kind umbringt, bedeutet das für die Menschen, dass niemals jemand auf dieser Welt sicher sein kann, nicht einmal in der Obhut einer Mutter. Und darüber möchte niemand allzu genau nachdenken.

»Ich hatte Mitleid mit Josh, aber manchmal habe ich noch mehr Mitleid mit ihr gehabt.«

David sah Patty überrascht an.

»Ich weiß, wie das ist, wenn man arbeitet. Doch wenn ich zu Hause bin, gehe ich meinen Kindern ständig auf die Nerven, weil ich sie so vermisst habe. Aber sie ... ich bin mir sicher, dass sie ihren Sohn geliebt hat. Trotzdem war er für sie nicht der Mittelpunkt des Universums.«

»Was ist ihr denn wirklich wichtig?«

Patty zuckte mit den Schultern. »Ihr Job, schätze ich. Sie hilft den Leuten beim Renovieren. Und das Geld ihres Mannes, das vor allem. Aber was ihr wirklich am Herzen liegt? Keine Ahnung.«

»Ihr Mann hat Geld?«

Das Ausmaß dieser Untertreibung bracht Patty zum Lachen. »Wollen Sie mich etwa auf den Arm nehmen? Du meine Güte, offenbar nicht. Schauen Sie sich doch mal hier um – glauben Sie denn, man könnte sich so eine Hütte leisten, weil man den Leuten dabei hilft, die Tapeten auszusuchen? Hätten Sie gewusst, dass es so gut bezahlt wird, den Firmen zu erklären, wen sie feuern und welches Unternehmen sie kaufen sollen? Was ihm wichtig ist, weiß ich wirklich nicht – und es hat mich auch nie interessiert –, aber sein Kind ist es ist ganz bestimmt nicht.«

»Er hat sich nicht um Joshua gekümmert?«

»Nicht die Bohne. Nur, wenn ganz selten einmal Leute hier waren, wie seine Geschäftspartner oder seine Golfkumpel. Dann hat er viel Aufhebens um den Kleinen gemacht, *mein Sohn* hieß es dann immer. Als würde er ihn abgöttisch lieben. Sobald sie durch die Tür waren, hat er ihn gleich wieder auf meinem Schoß abgeladen. Armer reicher kleiner Junge.« Eine Träne kullerte Patty über die Wange und sie wischte sie ungeduldig fort.

»Patty, zeigen Sie mir doch bitte, wo Sie Joshua heute Morgen gefunden haben.«

Sie stand auf und ließ ihre Zigarettenkippe zwischen den Karamellbonbons verglimmen.

Evelyn hatte Dinahs Abwesenheit genutzt, um das Kinderzimmer durchzusehen. Sie war gerade damit fertig geworden, das Spielzeug wieder in die dafür vorgesehene Kiste zurückzulegen, als ihr Handy melodisch klingelte und sie zusammenfahren ließ.

Tonys Stimme ertönte, noch ehe sie das Ding richtig aufgeklappt hatte. »Wo ist der Voranschlag für die Materialkosten?«, fragte ihr Chef in dem Tonfall eines Mannes, der an einer dünnen Schnur über einem Becken voller Haie hängt. Sie ignorierte seinen Tonfall, denn Tony redete meistens so.

»Ich habe ihn gestern auf Ihren Stuhl gelegt, nachdem Nina ihn abgetippt hatte.«

»Ich habe Ihnen das Papier zurückgegeben.«

Das war seine Standardantwort, wenn er etwas verlegt hatte. Sie klemmte sich das Handy zwischen Ohr und Schulter und öffnete den Windeleimer, aus dem ihr künstlicher Lavendelduft entgegenwehte, als sie den Deckel aufklappte. In dem weißen Plastikeimer, der mit einem Müllbeutel ausgelegt war, lag nur eine einzige, zerknitterte Windel. Sie nahm den Beutel heraus und verschloss ihn mit einem lockeren Knoten. Sie konnten die Windel im Labor auf Blut, fremde Haare oder weitere Anzeichen von Gewalt untersuchen. David und Patty Fraser tauchten im Türrahmen auf, während Tony weiter auf sie einredete.

»Ich muss ihn auf der Stelle haben! Es wurde überraschend eine Verwaltungssitzung einberufen und wir müssen alle unsere Voranschläge auf dem neuesten Stand haben und ...«

»Tony, er liegt in einer roten Mappe. Sehen Sie noch einmal nach.«

»Hier ist weit und breit keine rote ... Oh, okay. Bis dann.«

Sie steckte das Handy in die Halterung an ihrem Gürtel. »Ich wusste, dass ich den Tag noch bereuen würde, an dem er uns diese Dinger gegeben hat.«

»Tja, die moderne Technologie wird immer mehr zu einer Geißel der Menschheit. Mrs. Fraser wird das Geschehen des heutigen Morgens mit mir durchgehen.«

»Dazu gibt es nicht viel zu sagen«, sagte die Nanny und zündete sich wieder eine Zigarette an. »Ich kam rein. Der Kleine wollte nicht wach werden. Ich habe ihn aus dem Bett genommen und bin nach unten zum Auto gerannt. Den Rest wissen Sie.« Ihre Worte waren kalt, aber ihre Stimme klang eigenartig belegt. Sie inhalierte den Rauch tief.

Evelyn wollte sie gerade bitten, das Rauchen zu unterlassen, weil er Beweismittel verunreinigen könne, doch Patty klopfte die Asche in ihre Hand, anstatt sie auf den Teppichboden fallen zu lassen. »Haben Sie das Bett frisch gemacht?«

Patty nickte, den Blick auf die Winnie-the-Pooh-Lampe gerichtet. Heute ist vielleicht das letzte Mal, dass Patty dieses Haus betritt, dachte Evelyn, in dem sie in den vergangenen vierzehn Monaten fünf Tage die Woche für das Baby einer anderen Frau gesorgt hat.

»Ich habe es heute Morgen gemacht, während ich auf die Polizei wartete. Dumm von mir, ich weiß. Aber ich wollte, dass alles ordentlich aussieht.«

»Haben Sie auch das Bettzeug gewechselt?«

Pattys Stimme zitterte. »Nein, das habe ich nicht fertiggebracht. Es war doch das Letzte, was er berührt hat, wie hätte ich das einfach wegtun können?«

»Kam Ihnen irgendetwas in diesem Zimmer ungewöhnlich oder fehl am Platz vor?«

»Nicht, dass ich wüsste. Wie Sie sehen, ist es ziemlich spärlich eingerichtet. Die große Innenarchitektin hat nie die Zeit gefunden, diesen Raum zu verschönern.«

»Er ist hübsch«, sagte Evelyn automatisch und begann, Joshuas Kleidung durchzusehen.

»Hier hat sich niemand große Mühe gegeben.« Patty gab das Herumhantieren mit ihrer Zigarette auf und hielt sie einfach zwischen den Fingern über ihrer mit Asche gefüllten Handfläche. »Ich hätte ein hübscheres Zimmer nach einem einzigen Einkauf bei Wal-Mart einrichten können. Haben Sie einmal einen Blick in *ihr* Schlafzimmer geworfen?«

»Äh, nein.«

Patty wandte sich zum Gehen. »Kommen Sie nur, sehen Sie es sich an.«

Evelyn spürte, dass sie eine gewisse Neugierde überkam, doch sie ignorierte das Gefühl. Sie hatte nicht einmal Dinah wiedersehen wollen und es stand ihr noch weniger der Sinn danach, einen intimen Einblick in das Leben dieser Frau zu werfen. »Nein, das ist nicht nötig, danke.«

»Es ist mein Ernst, Sie müssen sich das ansehen. Dann werden Sie mich verstehen. Ich weiß, dass ich gehässig bin. Aber sie lässt ihr Kind von einer anderen Frau betreuen, weil sie reich genug ist, sich das leisten zu können. Wären Sie da nicht auch gehässig?«

»Bist du bald fertig hier drin?«, fragte David, als würde die spannungsgeladene Atmosphäre im Haus ihm zusetzen.

Evelyn warf ihm einen verständnisvollen Blick zu, während sie gewissenhaft einen hellgrünen Strampelanzug zusammenfaltete. »In einer Minute bin ich mit der Kleidung fertig. Es gibt nicht viel. In dem Alter wachsen sie ja schnell. Das meiste davon ist weiß oder pastellfarben, da kann man Verfärbungen leicht erkennen. Ich habe bis jetzt zwei Kleidungsstücke gefunden, aber die Flecken sind winzig. Er könnte sich das Gesicht mit einem Fingernagel aufgekratzt und etwas Blut auf dem Stoff hinterlassen haben.«

Patty starrte Evelyn an. »Blut?«

»Ja.«

Ausnahmsweise fehlten Joshuas Nanny einmal die Worte. Sie hatte gehört, wie Riley sagte, dass es sich um ein Tötungsdelikt handele, aber ihre eigene Rolle dabei abgestritten. Die Worte hatten sie nicht berührt.

Doch nun taten sie es. Irgendjemand hatte Joshua nicht nur getötet, sondern er hatte ihm wehgetan.

Vielleicht mehr als einmal.

»Es ist meine Schuld«, sagt sie. »Es ist meine Schuld, dass er tot ist ...«

Evelyns Herz begann zu rasen, und David rührte sich nicht von der Stelle. »Wie meinen Sie das?«

»Wilson hat mich angefleht, ich solle Montag über Nacht bleiben und mich um Joshua kümmern. ›Nur eine Nacht, Patty, eine einzige Nacht.‹ Er hat eine Viertelstunde gejammert, aber ich habe ihm erklärt, dass ich mein eigenes Leben, mein eigenes Haus, meine eigenen Kinder habe – auch wenn ihn das einen Dreck schert. Ich hatte nicht vor, mich auf so etwas einzulassen, denn dann wird es rasch zur Gewohnheit. Ich dachte nur, warum zum Teufel kann er sich nicht mal eine einzige Nacht lang um sein verdammtes Kind kümmern?« Eine Träne kullerte ihr über die Wange. »Jetzt begreife ich.«

»Was begreifen Sie?«, fragte Evelyn.

»Er hat ihn umgebracht.« Sie sah Evelyn an, als wäre sie gerade aus einem Traum erwacht, und sagte dann aufgebracht: »Er hat seinen eigenen Sohn getötet, weil er es nicht einmal geschafft hat, eine Windel zu wechseln! Joshua würde immer noch leben, wenn ich hiergeblieben wäre. Wenn ich ihn nicht mit ihm allein gelassen hätte.«

Sie begann zu schluchzen, sank auf ein Knie und presste ihre Faust mit der Asche darin gegen ihr Gesicht.

Patty ging ins Badezimmer, als Riley zu David und Evelyn kam. Er sah zu, wie Evelyn ihre versiegelten braunen Tüten stapelte, und seufzte. »Ich habe nicht viel aus dem großartigen Wilson Sinclair herausbekommen. Nichts sehen, nichts hören, nichts sagen, das scheint seine Devise zu sein. Zitat: ›Ich kann mit Kindern nicht viel anfangen.‹ Dinah und Patty hätten sich hauptsächlich um das Baby gekümmert. Er behauptet, er habe seinem Sohn Montagnacht die Flasche gegeben, dann sei der Junge eingeschlafen und habe noch immer geschlafen, als er Dienstagmorgen zur Arbeit gegangen sei. Damit steht Aussage gegen Aussage. Wir müssen uns unbedingt die Krankenakten von Patty Frasers Kindern ansehen.«

David überprüfte das Fenster, um sicherzugehen, dass es von innen verschlossen war. »Dinah hat eine fünfzehnjährige Tochter aus erster Ehe. Hat Sinclair etwas über sie gesagt?«

Riley schüttelte den Kopf.

»Sie hat eine Tochter?«, fragte Evelyn. Und dazu noch in Angels Alter, dachte sie. Womöglich gehen die beiden sogar in dieselbe Schule. Die Vorstellung, dass ihre Tochter an einem Tisch neben Dinahs Tochter sitzen könnte, machte ihr Angst. Flößte ihr eine irrationale, große Angst ein.

»Er hat sie mit keinem Wort erwähnt«, fuhr Riley fort, »aber er hat mich ohnehin ständig unterbrochen, um ein paar Anrufe zu erledigen. Und der an seinen Anwalt stand ganz oben auf der Liste. Ich habe die Gelegenheit genutzt, um mir den Rest des Hauses anzusehen. Ihr solltet mal einen Blick in den Keller werfen – ein passendes Verlies zu diesem Schloss.« Er schwieg und sah Evelyn an. »Evelyn? Kannst du mir folgen?«

»Äh – ja, klar. Wo steckt diese Tochter? In der Schule?«

»Anzunehmen. Warum machst du eine Zeichnung von dem Kinderzimmer? Spielt es wirklich eine Rolle, wo das Kinderbett steht und wo die Kommode?«

»Nicht für uns. Bis mich der Anwalt des oder der Angeklagten vor Gericht fragt, warum ich es nicht getan habe, da Skizzen doch vorschriftsmäßiger Bestandteil kriminaltechnischer Untersuchungen sind. Hat Sinclair wirklich heute Morgen nach Joshua gesehen?«

»Sinclair zufolge hat Joshua geatmet und seine Hand bewegt, als er ihm den Kopf tätschelte. Er hat gedacht, der Junge schlafe noch.«

»Was sollte er auch sonst sagen?«, sagte Patty. Sie hatte ihre Fassung wiedergewonnen und war zu den drei Ermittlungsbeamten ins Kinderzimmer gegangen. »Abgesehen davon, dass ich meinen Sohn irgendwann in der Nacht umgebracht habe, war alles in Ordnung?«

Die Treppenstufen vibrierten, als der Hausherr heraufkam. Seine dröhnende Stimme drang bereits aus dem Flur an ihre Ohren. »Sind Sie immer noch nicht fertig? Was tun Sie da eigentlich?« Als er Patty sah, fuhr er sie an: »Rauchen Sie etwa? Sie wissen genau, dass Sie hier drin nicht rauchen dürfen.«

Sie blies den Rauch in seine Richtung und sah ihn herausfordernd an. »Feuern Sie mich doch!«

Wilsons Gesicht wurde purpurrot. Er öffnete den Mund, aber Evelyn sagte schnell: »Wann kommt Ihre Tochter nach Hause, Mr. Sinclair?«

Er blickte die Expertin für Spurensicherung überrascht an. »Sie reden wohl von meiner Stieftochter. Woher soll ich das wissen? Und was haben Sie da in diesen Tüten?«

»Ich erwarte ja nicht, dass Sie ihren Stundenplan auswendig wissen, aber ...«

Da tauchte Dinah plötzlich auf und schob ihren Mann in den Raum. In Joshuas Kinderzimmer wurde es eng. »Sie ist nicht in der Schule. Patty, es wäre uns wirklich lieber, wenn ...«

»Ich arbeite nicht mehr für Sie.« Der Groll, den sie Wilson gegenüber an den Tag gelegt hatte, war zwar aus ihrer Stimme verschwunden und sie schenkte Dinah einen Blick, der fast so etwas wie Mitgefühl enthielt, aber Pattys Worte reichten aus, um Dinah aus ihrer Trauer zu reißen und zu reagieren.

»Ich glaube, es ist höchste Zeit, dass Sie gehen.«

»Na, das versuche ich Ihnen ja schon den ganzen Tag begreiflich zu machen. Ich bin nur wegen Josh dageblieben, nicht etwa, um als Sündenbock herzuhalten, damit sich Ihr Mann aus allem raushalten kann!«

Wilson Sinclair gab einen erstickten Schrei von sich, doch Dinah sprach weiter. »Joshua braucht Sie nicht, damit Sie für ihn ...«

»Joshua hat mich immer gebraucht! Er hatte ja sonst niemanden!«

Jetzt mischte sich David ein. »Mrs. Sinclair – wo ist Ihre Tochter?«

»Ja«, bekräftigte Patty lautstark. »Beantworten Sie doch mal diese Frage, *Mommy*.«

Wilson Sinclair hatte endgültig von der ehemaligen Nanny seines Sohnes genug. »Da ist die Tür. Raus mit Ihnen!«

Doch alle anderen ignorierten ihn und starrten stattdessen Dinah an, die von Davids Frage mehr überrascht als beunruhigt zu sein schien. »Jenna ist vor zwei Monaten weggelaufen, Detective. Wir haben keine Ahnung, wo sie ist.«

6

»Das gefällt mir nicht«, schimpfte Riley. Die drei standen schwitzend in der Nachmittagssonne in der Auffahrt und besprachen die Lage. »Ein Kind ist tot und das andere wird vermisst. Und niemand erwähnt diese Tatsache, bis zufällig das Gespräch darauf kommt? Da ist was faul im Staate Sinclair. Und das schon länger.«

David sagte: »Mrs. Sinclair dachte, wir wüssten es schon. Du kennst doch diese Bürgermentalität – die glauben immer, jede Dienststelle ist sofort informiert, was sie irgendwann einmal einem Polizisten erzählt haben, weil jeder Vorfall irgendwo in irgendeinen Supercomputer eingegeben wird. Das ist ja auch keine so unsinnige Annahme. Hätten wir uns mit Strongsville kurzgeschlossen, ehe wir hier recherchiert haben ...«

»Das könnten wir ja nachholen, falls jemand außer dem durch Abwesenheit glänzenden Detective Heaton mit uns reden dürfte. Dieser grüne Junge von der Streife weiß ja nicht mal so richtig, vor welchem Haus er seinen Streifenwagen geparkt hat.«

Evelyn warf einen Blick auf den Streifenwagen der Polizei von Strongsville. Davor saß Patty in ihrem verrosteten Cavalier. Sie hatte den Motor ausgeschaltet, die Fenster heruntergedreht und weigerte sich, noch einmal einen Fuß auf das Grundstück der Sinclairs zu setzen.

»Irgendjemand hat Joshua ständig misshandelt. Also stimmt mit der Familie schon längere Zeit etwas nicht. Vielleicht ist die Tochter deswegen weggelaufen.«

Doch sie glaubte nicht daran. Dinah war in das Haus ihrer Eltern zurückgekehrt, aber ihre Kinder hatten darin nicht leben können. Joshua war gestorben und Jenna würde nicht zurückkommen. Natürlich sprach sie das nicht aus. Als der Wissenschaft verpflichteter, logisch denkender Mensch durfte sie derartigen Gedanken keinen Raum lassen, auch durfte sie Jenna nicht als einen hoffnungslosen Fall bezeichnen. »Zumindest hat sie mit Joshuas Tod nichts zu tun.«

David zog den marineblauen Blazer aus, den sie ihm zum Geburtstag geschenkt hatte. Er schwitzte. »Glaubst du, dass Dinah so etwas zugelassen hätte? Sie scheint wegen Joshua untröstlich zu sein.«

»Ich kenne Dinah kaum, David. Vielleicht wusste sie nicht, was da passierte. Vielleicht wollte sie es auch nicht wissen. Vielleicht hat Jenna es ihr nicht gesagt. Beim Stand unserer Ermittlungen ist alles möglich.«

Er kratzte sich mit einem Stift am Kopf. »Würde Jenna nicht schon so lange vermisst, würde ich mich fragen, ob sie die Täterin ist. Mit fünfzehn ist sie alt genug, ihre Gefühle ausleben zu wollen – Mom ist mit dem neuen Baby beschäftigt, der Stiefvater hat einen Sohn und Erben, also wer braucht sie noch?«

»Aber zwei Monate. Joshua wurde nicht vor zwei Monaten tödlich verletzt. Er ist an einem kürzlich erfolgten Schütteltrauma gestorben.«

»Halten wir uns an das Wesentliche«, unterbrach Riley die beiden. »Nehmen wir einmal an, dass Jenna und ihr Bruder das Opfer eines Verbrechens wurden. Dann durchsuchen wir das Haus aufgrund dieser Vermutung.«

»Du glaubst also, dass Wilson die Misshandlungen begangen hat und nicht Patty?«, fragte Evelyn.

»Jenna ist fünfzehn. Würde sie sich von einer Angestellten

misshandeln lassen? Aber die Mutter – oder der Stiefvater –, das ist etwas ganz anderes. Sollen wir versuchen, ob die Sinclairs einer Durchsuchung zustimmen oder warten, bis wir einen Durchsuchungsbeschluss haben?«

Evelyn warf einen Blick auf ihre Armbanduhr. Angel probte nach dem Unterricht noch mit der Musikkapelle ihrer Schule und wollte anschließend mit Steve, einem Mitschüler, in die Bibliothek gehen, um an irgendeinem Projekt zu arbeiten. Zumindest hatte ihre Tochter behauptet, sie müssten an einem Schulprojekt arbeiten. Jedenfalls würde Angel frühestens um sieben zu Hause sein.

»Da wir schon einmal hier sind, können wir gleich handeln. Nutzen wir den Spielraum aus, der uns noch bleibt. Schließlich ist Jenna schon seit zwei Monaten verschwunden.«

»Ich weiß nicht«, sagte David. »Die Sinclairs haben schon eine Menge mitgemacht.«

Riley und Evelyn starrten ihren Kollegen an.

»Und Richter Newlan hat eine unserer genehmigten Durchsuchungen erst letzte Woche abgewiesen.«

Riley starrte das Haus der Sinclairs derart intensiv an, als wollte er es durch seinen Blick zum Einstürzen bringen. Doch das Haus blieb stehen, regungslos, wie in einem Vakuum.

»Richtig, aber ich bin trotzdem dafür, dass wir es machen. Wir gehen folgendermaßen vor: Du übernimmst die liebe Mommy, und ich kümmere mich noch mal um meinem Freund Wilson. Dann nageln wir sie auf alles fest, was sie uns über Jenna erzählen können – den genauen Zeitpunkt ihres Verschwindens, usw. Und dann bitten wir um die Erlaubnis für eine Durchsuchung. Ich kümmere mich auch noch einmal um Patty. Dinah sagte, sie hätten das Polizeirevier in Strongsville verständigt und ihre Tochter als vermisst gemeldet. Auch wenn ich nicht gerade scharf darauf bin, Detective Heaton kennenzulernen, so müssen wir in Erfahrung bringen, was die Kollegen wissen.« Riley ging, um mit dem jungen Streifenpolizisten zu reden.

»Du solltest Patty im Auge behalten«, rief sie ihm nach. »Wir können ihr zwar nicht verbieten, mit der Presse zu reden, aber sie könnte weiß Gott was erzählen.«

Riley nickte und ging weiter die Auffahrt hinunter. Er klopfte an die Scheibe der Beifahrerseite des Streifenwagens.

»Was hältst du davon?«, fragte David Evelyn.

»Ich wüsste gern, wo Jenna steckt. Und warum sich niemand darum kümmert, dass sie verschwunden ist. Nicht einmal Patty, die scheinbar so sehr an Joshua gehangen hat.«

Sie gingen in den Garten, blieben aber im Schatten des Hauses stehen. Die Rasenfläche war so groß wie ein halbes Football-Feld. Darin gab es einen Swimmingpool und eine mit großen Steinplatten ausgelegte Terrasse. Dunkler Mulch bedeckte die Ränder der Umfassung aus Stein. Die Oberfläche des bereits hellgrünen Wasser des Pools kräuselte sich sanft in der leichten Brise.

»Wenn man die Statistik einmal beiseitelässt, geraten Babysitter aus einem nachvollziehbarem Grund in Verdacht: es ist nicht ihr Kind.«

»Der Täter ist fast immer ein Elternteil oder eine wichtige Bezugsperson.«

»Diese Frau war fünf Tage die Woche hier. Klingt für mich nach Bezugsperson. Doch wenn ich meinem Gefühl folge, würde ich mein Geld auf Dad setzen. Hat Dinah einen der beiden beschuldigt?«

Evelyn schüttelte den Kopf. »Es wäre sehr viel erträglicher für sie, wenn Patty die Schuldige wäre. Immerhin ist Patty nur eine Angestellte, aber Wilson ist ihr Mann.« Doch selbst wenn Dinah unschuldig war, hätte sie nicht merken müssen, dass ihr Sohn misshandelt wurde?

David strich Evelyn eine widerspenstige Locke hinter das Ohr zurück. »Musst du wegen Angel pünktlich nach Hause?«

»Nein, die Schulkapelle probt heute. Außerdem wohnt Mom nebenan.«

»Gut. Vielleicht können wir dann einen Happen zusammen essen.«

»*Taco Bell*?«

Er legte seine Lippen an ihr Ohr und flüsterte: »Oder ich nasche an dir. Du siehst zum Anbeißen aus.«

»Das klingt gut. Wenn wir hinterher noch zu *Taco Bell* gehen.«

Er lachte, wurde aber schnell wieder ernst und sagte: »Weißt du, es ist wahrscheinlich gut, dass du dich um die Spurensicherung kümmerst. Wegen deiner Freundin.«

Ich bin nicht ihre Freundin. Ich bin niemals ihre Freundin gewesen, dachte Evelyn.

»Komm schon, David. Ich werde ihr Haus durchsuchen, weil wir ihren Mann verdächtigen, den gemeinsamen Sohn und seine Stieftochter umgebracht zu haben. Ich glaube kaum, dass meine Anwesenheit ihr ein Trost sein wird.«

Davids Augenbrauen schnellten überrascht in die Höhe.

In dem Moment kam Riley zurück und sagte: »Okay, los geht's. Strongsville schickt einen Sergeant Taquisha Stoltz zu uns raus. Könntest du nach ihr Ausschau halten, Evie? Ich nehme an, du wirst dich hier noch eine Weile herumtreiben, nicht wahr?«

»Geht klar.«

»Bereit fürs zweite Inning, Milaski?«

David zog seinen Blazer wieder an. »Bringen wir's zu Ende.«

Evelyn saß in einer schmiedeeisernen Hollywoodschaukel mit dicken, karmesinroten Kissen auf der Veranda. Das Schaukeln wäre mit einer kalten Limonade sogar angenehm, aber sie schwitzte und ärgerte sich über die verlorene Zeit. Tony würde kein Verständnis dafür haben, dass ihre Arbeit im Labor liegen blieb. Sollte sie das ganze Haus durchsuchen müssen, würde das Stunden dauern. Deshalb beschloss sie, nach der Arbeit im Dienst-Kombi nach Hause zu fahren und sich nicht darum zu kümmern, wenn ihr Tony die Ohren volljammerte. Denn solange sie die Beweismittel in einem Wagen verwahrte, zu dem sie den Zugang hatte, galten sie als sichergestellt, egal, wie der Strafverteidiger argumentieren mochte.

Kühne Gedanken, die einer näheren Prüfung nicht standhielten. Vielleicht könnte David die Beweismittel mitnehmen und für sie abgeben ... Er musste ohnehin nach Cleveland zurückfahren ... Er war wirklich ein feiner Kerl.

Und in der Not frisst der Teufel Fliegen.

Verdammt.

Warum nur verblassen glückliche Erinnerungen mit der Zeit und traurige bleiben wie ein Messer im Bauch stecken? Und der schneidende Schmerz fühlt sich im Rückblick ebenso schlimm an wie damals.

1981. Zehnte Klasse in der Strongsville Highschool. Die Pearl Road hatte damals nur zwei Fahrbahnen, und die meisten Geschäfte in der Stadt befanden sich noch Familienbesitz. Die Stadt Cleveland steckte in finanziellen Schwierigkeiten (wegen Zahlungsverzug), aber damit hatten die fünfzehnjährige Evelyn und ihre beste Freundin, Rachael Tiffin, nichts am Hut, als sie über die gekachelten Flure liefen. Evelyn trug ein pinkfarbenes Polo Shirt von Lacoste, das sie neulich bei einem Kirchenbasar für nur zwei Doller erstanden hatte – fast geschenkt! Für ein modebewusstes Mädchen war es das coolste Kleidungsstück im Schrank. Außerdem hatte sie in der nächsten Stunde Kunst, was bedeutete, dass sie neunundvierzig Minuten neben Tod Maello sitzen würde. Sie blieb an einem Trinkbrunnen stehen, als sich Dinah Zack gerade davor aufrichtete.

Evelyn beobachtete voller Neid, wie sich Dinah ein paar Strähnen ihrer blonden Locken über die Schulter schnipste. »Hallo, Evie. Rachael.«

»Hi«, grüßte sie überrascht. Dinah sprach selten mit ihr, obwohl sie sich regelmäßig bei den Treffen der Gruppen sahen, die für die Rahmenprogramme der Schulsportveranstaltungen verantwortlich waren, wobei sich ihre Gruppen allerdings stark unterschieden: Dinah war Cheerleaderin, Evelyn spielte in der Marschkapelle der Schule – zwei völlig verschiedene und einander nicht im Mindesten ebenbürtige Welten. »War ein gutes Spiel am Freitag.«

»Stimmt.«

Rachael schwieg. Sie stand einfach nur da. Sie machte sich absolut nichts aus Dinah, die in ihren Augen ein arrogantes Modepüppchen war, das sich für etwas Besseres hielt.

Dinah fiel das Polo-Shirt auf. Ihre Augen musterten forschend das aufgenähte Krokodil. Offenbar zweifelte sie an der Echtheit. Sollte sie doch schauen. Evelyn hatte es nicht selbst aufgenäht, es war ein original Lacoste-Shirt. Ermutigt fuhr sie fort: »Die Cheerleader waren klasse.« Ein blöder Spruch, aber ihre Eltern hatten immer auf Fairness bestanden und nun hatte sie einem Mädchen, das es gar nicht nötig hatte, ein Kompliment gemacht.

Doch ein derart egalitäres Verhalten war an Dinah verschwendet. Sie hatte den Blick noch immer auf das Shirt gerichtet. »Hast du das auf dem Basar von St. Joe's gekauft?«

»Ja.« Das Gespräch nahm eine unerwartete Wendung und Evelyns Gefühl für Fairness war erschöpft. »Woher weißt du das?«

»Weil es einmal mir gehört hat.«

Etwas schnürte Evelyn die Kehle zu. Rachael trat einen Schritt näher an die beiden heran.

»Die Flecken auf dem Ärmel da sind von einem Bleichmittel. Unser Dienstmädchen war einfach zu blöd, es richtig zu waschen. Meine Mutter hat meinen Schrank ausgeräumt und einen Kleidersack zur Kirche gebracht. Ich habe ihr das mit den Flecken erzählt, aber sie sagte, arme Leute dürfen nicht wählerisch sein«, sagte sie sachlich, ohne eine Spur Boshaftigkeit.

Da sagte Rachael laut und deutlich: »›Reiche Geschenke werden armselig, erweisen sich die Spender als gemein.‹«

Dinah warf ihr einen flüchtigen Blick zu. »*Hamlet*. Sehr eindrucksvoll.«

Für den Rest des Tages bekam Evelyn nicht mehr viel vom Unterricht mit. Ihr Gesicht brannte vor Scham, bis es beinahe die Farbe des verhassten Shirts angenommen hatte. Auch Rachaels stille Wut war ihr kein Trost. Sie war nun einmal eine Almosenempfängerin, linkisch, uncool, fand nie die richtigen Worte, trug immer das Falsche, benahm sich daneben. Dinah konnte es sich erlauben, wählerisch zu sein. Ihr widerfuhren immer nur gute Dinge. Dies schien eine unantastbare Regel zu sein, die irgendein großer, kosmischer Plan so bestimmt hatte.

Sie schwänzte den Kunstunterricht.

Zu Hause, in ihrem Zimmer, riss sie sich das Polo-Shirt buchstäblich vom Leib, zerfetzte es, sodass sie sich beinahe damit stranguliert hätte. Der Striemen an ihrem Hals brannte, doch sie weidete sich daran – denn sie betrachtete ihn als ein Symbol der Freiheit. Sie vergrub das eingerissene Shirt an jenem Abend im

Wald. Sonst hätte es ihre Mutter im Müll gefunden und Fragen gestellt, die sie nicht beantworten wollte. Denn Kleidungsstücke wurden im Hause der Becks nicht so schnell weggeworfen.

Und das war nur der Anfang gewesen, das erste kleine Scharmützel in einer sich lange hinziehenden Schlacht.

Nun saß sie auf Dinahs Veranda, bloß eine weitere Angestellte, die darauf wartete, ihre Arbeit tun zu dürfen, während ihr Herz eine Tür öffnete, hinter der sich die Glut der Erinnerung verbarg, die nun durch frischen Sauerstoff aufs Neue entfacht wurde.

Ich will Dinah Sinclair nicht helfen. Es ist mir egal, ob sie schuldig war oder nicht. Ich will einfach in mein eigenes Leben zurückkehren und vergessen, das Dinah existiert oder jemals existiert hat. Zum Teufel mit ihr!

Sie stampfte mit dem Fuß auf den Boden der Veranda und setzte die Schaukel damit wieder in Bewegung.

Ein Streifenwagen bog in die Auffahrt ein. Eine korpulente Schwarze in Uniform stieg aus und wechselte ein paar Worte mit dem jungen Cop. Die Kamera von Channel 15 surrte.

Evelyns Vernunft gewann wieder die Oberhand. Dinah hatte gewiss alle Streitigkeiten aus der Jugendzeit vergessen. Sie hatte im Lauf der Jahre sicher fähigere Gegner geschlagen. Ihr Sohn war gerade von jemandem, der ihr nahestand, in ihrem eigenen Haus getötet worden, und ihre Tochter befand sich möglicherweise in Gefahr. Sie brauchte jemanden, der ihr dabei half, dieses Unrecht wiedergutzumachen. Jetzt waren sie Verbündete.

Ungeachtet der Hitze begann Evelyn zu frösteln.

7

Die Polizistin betrat die Veranda und Evelyn stellte sich ihr vor.

»Sergeant Taquisha Stoltz, Strongsville Police Department. Nein, stehen Sie nicht auf! Ich setze mich zu Ihnen.« Die Frau nahm neben Evelyn Platz und versetzte die Schaukel in eine heftige Wellenbewebung, als sie ihre Beine streckte. »Ich bin schon den ganzen Tag auf den Beinen und brauche etwas frische Luft. Es gibt doch keinen Grund zur Eile, oder? Der Kleine sagt, dass das arme Baby umgebracht wurde und Jenna noch immer vermisst wird.«

»Kommt Detective Heaton auch noch?«

»Er ist immer noch gut sechstausend Meter über der Erde, meiner Ansicht nach ist das der richtige Ort für ihn. Aber verraten Sie ihm bitte nicht, dass ich das gesagt habe.«

Evelyn grinste und berichtete Sergeant Stoltz dann alles, was sie über den Fall wusste. Kompetenzstreitigkeiten zwischen den einzelnen Dienststellen hatten für sie keine Bedeutung; außerdem hatte Riley um die Anwesenheit des Sergeants gebeten. Deren freundlicher Gesichtsausdruck blieb unverändert. Sie betrachtete die Fleißigen Lieschen, die bis in den Herbst hinein blühten, bis Evelyn geendet hatte.

»Vernehmen Ihre beiden Detectives die Eltern gerade wieder?«

»Ja. Dieses Mal wegen Jenna.«

»Dann will ich sie lieber nicht stören. Ich hasse es, selbst, wenn man irgendeinen Schwachkopf gerade so weit hat, dass er gesteht, wie er an den gestohlenen DVD-Player gekommen ist, und dann steckt irgendein Idiot von einem Kollegen seinen Kopf zur Tür rein, weil er wissen möchte, ob man was bei der Football-Wette setzt. Heaton wird allerdings nicht sehr erfreut sein. Er schmeißt den Laden lieber allein. Aber das soll er Ihnen selbst sagen.«

»Sergeant, was hat es eigentlich mit dem Verschwinden von Jenna auf sich?«

Taquisha Stoltz seufzte. Jetzt sah sie weniger freundlich aus, sondern nur noch müde. »Das ist eine lange Geschichte.«

Sie schaukelten eine Weile. Die Stille des dunstigen Herbsttages wurde nur durch Taubengurren und einem entfernt brummenden Rasenmäher unterbrochen. Die Reporter von Channel 15 gaben endlich auf und fuhren davon. Evelyn hoffte, dass das Filmmaterial von Sergeant Stoltz und ihr – diese geglückte Version eines sonntäglichen Höflichkeitsbesuchs – nicht gesendet würde. Die Reporterin des *Sun-Star* blieb.

»Jenna ist fünfzehn. Sie geht in die hiesige Highschool.«

Unsere Töchter gehen in dieselbe Schule, dachte Evelyn wieder. Sie sind zwar in verschiedenen Klassen, aber es ist trotzdem eigenartig, dass ich Dinah noch nie dort gesehen habe. Doch wenn die Töchter ihren Müttern ähneln ... Jenna brilliert wahrscheinlich im Theater-Club und organisiert Reisen nach Frankreich, während Angel genau wie Evelyn in der Schulband spielt. Sie erwartete, Neid zu empfinden, tat es aber nicht. Da war nur ein plötzliches Gefühl der Wärme, dass Angel zumindest in dieser Beziehung nach ihr geriet.

Möglicherweise hatte Dinah das Thema in der Hoffnung bewusst gemieden, dass die Polizei ihre Ermittlungen abschließen würde, ohne auf den Gedanken zu kommen, Fragen über ihre Tochter zu stellen. Das war gar nicht so unsinnig. Ob unschuldig oder schuldig, Dinah war nicht dumm. Ihr war sicher klar, welchen Eindruck es erwecken würde, nicht nur ein totes Kind, sondern auch noch ein vermisstes zu haben.

Andererseits hätte Dinah eine gute Gelegenheit gehabt, die Polizisten darauf zu drängen, die offenbar ins Stocken geratenen Nachforschungen im Vermisstenfall ihrer Tochter wieder aufzunehmen.

Wenn es um Angel ginge, würde ich nichts unversucht lassen, um die Polizei dazu zu bringen, weiter nach ihr zu suchen, selbst wenn ich mich oder meinen Ex, Rick, damit verdächtig machte!, dachte Evelyn.

»Sie ist eine ganz passable Schülerin«, fuhr Sergeant Stoltz fort. »In dieser Hinsicht gibt es keine Schwierigkeiten. Ziemlich beliebt, wie es wohl jedem Kind aus diesem Nobelviertel geht. Wenn man schon selbst nicht reich ist, sollte man wenigstens reiche Freunde haben. Wenn Sie verstehen, was ich meine.«

Evelyn nickte. Das verstand sie nur zu gut.

»Eines Nachts, vor zweieinhalb Monaten, als hier in Strongsville gerade Kirmes war – wissen Sie, einmal im Jahr veranstalten wir ...«

»Ja, ich weiß. Ich habe den größten Teil meines Lebens hier gelebt.«

»Ach ja? Nun, es war so gegen ein Uhr früh und dieser Typ, der gerade sein Fahrgeschäft abbaute, zerrte eine schreiende Jenna Sinclair in die Eingangshalle der Polizeiwache. Offenbar hatte sie mit den Schaustellern weglaufen wollen. Der Typ war wohl deshalb beleidigt, weil Jenna glaubte, dass in seiner Zunft automatisch alle pervers sind.«

»Was hat Jenna dazu gesagt?«

»Sie wollte nicht, dass wir ihre Eltern informieren. Sie hat sich nicht einmal die Mühe gemacht, die Geschichte dieses Typs abzustreiten, benahm sich einfach nur weiter hysterisch. Sagen

Sie bloß nichts meinen Eltern, schrie sie immer wieder. Aber dazu sind wir natürlich verpflichtet. Teenager wollen das einfach nie begreifen.«

»Warum wollte sie denn weglaufen?«

»Keine Ahnung. Sie hat sich geweigert, uns etwas zu erzählen. Hat mit keinem Wort erwähnt, dass ihre Eltern sie schlagen oder sonst was in der Richtung. Hat uns nur angefleht, ihnen nichts zu sagen. Ich hatte in jener Nacht Dienst und sie hat auf der ganzen Nachhausefahrt auf mich eingeredet: ›Müssen wir es ihnen wirklich sagen? Sie schlafen doch, wecken wir sie nicht auf. Ich werde auch ganz bestimmt zu Hause bleiben, das verspreche ich Ihnen.‹ Ich hielt sie nur für eins dieser verwöhnten reichen Kids, das noch nie in Schwierigkeiten geraten war und nun glaubte, die Welt würde tatsächlich untergehen. Sie wissen ja, wie emotional Mädchen in dem Alter sein können.«

»Und wie ich das weiß!«

Sergeant Stoltz sah Evelyn grinsend an. »Ich habe drei, und Sie?«

»Eine.«

Sie wurde wieder ernst. »Die ganze Geschichte hat mir aber irgendwie nicht gefallen.«

»Wie haben sich denn die Sinclairs verhalten?«

»Wie erwartet. ›Was hast du dir nur dabei gedacht, du bekommst für die nächsten Monate Hausarrest, junge Dame.‹ Nichts, was bei mir die Alarmglocken läuten ließ. Ihr Vater schien sich mehr darüber aufzuregen, dass ein Streifenwagen vor seinem Haus stand. Man konnte seine Gedanken förmlich lesen: Was sollen nur die Nachbarn denken? Ich habe Jenna ihren Eltern übergeben und bin wieder gefahren. In der darauf folgenden Woche war ich in Mrs. Sinclairs Geschäft im Einkaufszentrum und habe mich nach ihrer Tochter erkundigt. Sie hat dort ein wirklich tolles Sofa in einem blaugrünen Leder stehen. Die Frau ist ein echtes Einrichtungsgenie. Wenn ich mir das doch nur leisten könnte! Wie dem auch sei, sie versicherte mir, dass es Jenna gut gehe.«

»Ist Jenna um jene Zeit verschwunden?«

Sergeant Stoltz zerrte an ihrem Kragen und fächerte sich mit der eigenen Bluse Luft zu. »Nein. Jenna hat nach Aussage der Lehrer die ersten anderthalb Wochen des Schuljahres regelmäßig am Unterricht teilgenommen. Hat keinen Tag versäumt. Am 27. August, einem Samstag, rief Dinah Sinclair dann die Polizeiwache an und erklärte, dass Jenna am Donnerstag, dem 25. nach der Schule nicht mehr nach Hause gekommen sei und sie seither nichts von ihr gehört hätten.«

»Die Eltern haben nicht gleich die Polizei verständigt?«

»Nein. Angeblich wollten sie Jenna etwas Zeit lassen, um freiwillig nach Hause zu kommen. Sie dachten, ihre Tochter sei bei einer Freundin, weil sie sich über irgendetwas gerärgert habe und versuche nun, ihnen einen Schrecken einzujagen. Aber sie hätten nicht gewollt, dass ihre Tochter aktenkundig werde. Mom und Dad dachten dabei natürlich immer nur an Jennas Zukunft.«

Evelyn wurde das Herz schwer. Sie hätte gern geglaubt, dass Jenna nichts weiter als ein verwöhntes, reiches Mädchen war, das sich aus dem Staub gemacht hatte. Doch die Geschichte klang gar nicht gut. Wenn sich Angel auch nur um eine Stunde verspätete, hatte sie bereits das Telefon in der Hand und rief die Nationalgarde an. Aber zwei Tage abzuwarten ...

»Sie ist an dem Tag, an dem sie verschwand, noch zur Schule gegangen, hat jede Unterrichtsstunde besucht, ist nicht mit dem Bus nach Hause gefahren – was aber öfter vorkam – und sie war danach einfach verschwunden. Der Aufseher des Parkplatzes hat sie nicht in ein Auto einsteigen gesehen. Keiner ihrer Freunde gibt zu, sie mitgenommen zu haben, und es wäre ein verdammt langer Spaziergang bis nach Hause.«

Evelyn überschlug die Daten in Gedanken noch einmal. Jenna wurde seit knapp sechs Wochen vermisst. Also, warum hatte Dinah von zwei Monaten gesprochen? »Haben Sie irgendwelche Hinweise?«

»Nichts. Es ist so, als wäre das Mädchen einfach von der Erde verschluckt worden. Also, Ms. James ...«

»Sagen Sie doch Evelyn zu mir.«

»Evelyn, ich kenne mich mit Teenagern aus. Ich habe ja selbst drei. Sie können sich nicht vor mir verstecken. Die Kids, die mit einem goldenen Löffel im Mund aufwachsen, finde ich immer. Die verwischen ihre Spuren nicht, weil sie es im Grunde gar nicht wollen, verstehen Sie? Sie wollen Mommy und Daddy nur eine Lektion erteilen, damit sie für einen neuen Gameboy oder ein neues Auto oder was auch immer gerade auf ihrer Wunschliste steht, berappen. Ich hatte nicht vor, mir meine Aufklärungsquote von einem kleinen, reichen Mädchen verderben zu lassen. Aber Jenna hat es geschafft. Und wie sie es geschafft hat.« Ihre mit Stiefeln bekleideten Füße setzten die Schaukel mit einem plötzlichen Stoß in Bewegung. »Ich habe mir gemeinsam mit dem Vertrauenslehrer ihren Spind angesehen, habe die Krankenhäuser angerufen, sämtliche leer stehenden Gebäude der Stadt von unseren Streifenpolizisten überprüfen lassen. Wir haben ihre Eltern, ihre Lehrer, ihren Arzt und ihre Freunde befragt. Ihre beste Freundin ist übrigens ein Mädchen namens Katie, das nebenan wohnt, direkt dort drüben, rechts von uns. Was Katie nicht über Jenna weiß, ist es nicht wert zu wissen. Aber Katie ist ein zähes, kleines Luder. Sie hatte immer irgendeine vorfabrizierte Antwort parat, die mich aber nicht weitergebracht hat.«

»Glauben Sie, Katie weiß, wo Jenna steckt?«

»Ich bin mir nicht sicher. Ich muss Stunden mit diesem Mädchen geredet haben und bin mir immer noch nicht sicher. Entweder hat sie diesen Fluchtplan zusammen mit Jenna geschmiedet – und ich habe das Gefühl, als ob sie ganz schön unter Jennas Fuchtel steht – oder sie hat keinen Schimmer, wo ihre Freundin steckt. Sie benimmt sich, als wäre sie krank vor Sorge. Jedenfalls habe ich Jennas Kreditkarten und ihr Bankkonto überprüft. Ich habe sogar herausgefunden, ob sie ihre Krankenversicherungskarte benutzt hat – was nicht der Fall war. Ihrer Mutter zufolge hat nichts aus ihrem Zimmer gefehlt, weder Kleider noch irgendwelche persönlichen Dinge, die ein Teenager mitnehmen würde, wenn er wegläuft. Ich habe bei Fluglinien und Busbahnhöfen und sogar bei Taxiunternehmen nachgeforscht. Nichts. Sie hatte weder einen Job noch ein Auto – was man vielleicht für naheliegend halten könnte, weil sie keinen Führerschein besitzt. Aber hier in Ledgewood fangen die Kids mit ihrer Spielzeugsammlung schon recht früh an. Schließlich haben Mommy und Daddy Superautos, ein Boot, sogar ein Privatflugzeug. Ich hatte um ihren Computer gebeten, aber Mr. Sinclair wollte ihn mir nicht geben. Sagte, er wolle ihn sich selbst ansehen. Ich habe versucht, ihm begreiflich zu machen, dass ein kriminaltechnischer Computerspezialist Dinge finden kann, die ein Laie nicht findet, hatte aber keinen Erfolg. Ich habe mir das Ding so gut es eben ging hier angeschaut, aber ich bin nun mal nicht Bill Gates. Falls Jenna ihr Verschwinden geplant hat, dann hatte sie auch genug Zeit, um gründlich aufzuräumen, was E-Mails, Webseiten-Favoriten, Chatrooms usw. angeht. Ich habe ihre Personalien auch in die LEADS-Datenbank eingegeben, um zu sehen, ob man sie möglicherweise irgendwo bei einem Eigentumsdelikt erwischt hat, aber es ist nichts dabei herausgekommen.«

»Hat sie sich irgendjemandem gegenüber geäußert, dass es zu Hause nicht gut lief?«

Die Polizistin schien Evelyns Frage zu überdenken und sah die Spurensicherungsexpertin mit ihren braunen Augen nachdenklich an. »Nach dieser Sache mit Joshua erscheint nun alles in einem anderen Licht, nicht wahr? Aber Jenna hat sich offenbar niemandem anvertraut. Zumindest keinem Erwachsenen. Hat nie einen Pieps gesagt, weder zu ihren Lehrern noch zu ihrem Studienberater.«

»Sie hatte einen Studienberater?«

»Um sie Richtung College zu bugsieren, sprich die Teilnahme an Vorbereitungskursen und Aktivitäten, die ihr bei der Bewerbung Punkte einbringen könnten. Es ist nie zu früh, darüber nachzudenken, wie man seinem Kind einen Platz in Harvard sichert. Das hier ist Ledgewood, verstehen Sie? Auch wenn man inzwischen den Eindruck hat, als würde sich die ganze Stadt in einen einzigen, riesigen Wohnpark mit Schranken am Eingang verwandeln, so hat dieses Viertel noch immer diesen geheimnisvollen Zauber von altem Geldadel.«

»Oh, ich verstehe das sehr gut.«

»Stimmt, Sie sind ja von hier. Jenna hat ihrem Berater erzählt, dass sie auf eine Uni in einem anderen Bundesstaat gehen will. So weit wie möglich von zu Hause weg. Aber er hat das nicht allzu ernst genommen, weil er so etwas ständig zu hören bekommt. Die meisten wollen nach Berkeley oder wer weiß wohin, wo sie surfen können und außer Reichweite von Mommy und Daddy sind. Nein, Jenna hat keinem Erwachsenen ihre Geheimnisse erzählt. Was allerdings ihre Freunde angeht ...«

»Haben die eine andere Geschichte zu hören bekommen?«

»Sie hat ihr Zuhause gehasst, konnte Mom und Mommys Freund – so hat sie Mr. Dinah Nummer Zwei immer genannt –

nicht ausstehen. Obwohl seine Familie in Geld schwimmt, sei er total unfair und – schlimmer noch – uncool. Also wieder einmal das, was jeder Teenager über seine Eltern erzählt. Nicht ein Einziger ihrer Freunde hat dem, was Jenna gesagt hat, irgendeine Bedeutung beigemessen. Sie beschweren sich alle auf die gleiche Weise über ihre Familien.«

»Wo ist ihr leiblicher Vater?«

»Da muss ich Sie enttäuschen. Ihr leiblicher Vater ist vor fünf Jahren bei einem Autounfall ums Leben gekommen. Zu dem Zeitpunkt hatte er sie schon vier Jahre nicht mehr gesehen.« Sergeant Stoltz nickte, als sie den Ausdruck auf Evelyns Gesicht sah. »Ja, ich weiß. Ist das Leben nicht großartig? Ihre Mutter heiratet wieder und bekommt ein zweites Kind, und die kleine Jenna hat nichts weiter als einen Vater, der sich nicht für sie interessiert und dann tot ist. Kinder spinnen sich ja immer irgenwelche Fantastereien über das abwesende Elternteil zusammen, dass der oder sie zum Beispiel mit einer guten Fee bei ihnen auftauchen und sie im Handumdrehen nach Frankreich mitnehmen werden, wo sie nie wieder Hausaufgaben machen müssen.«

»Und Jenna hatte diese Hoffnung verloren.«

»Genau.«

»Sie haben also keinen Hinweis darauf gefunden, dass ihre Mutter oder ihr Stiefvater sie misshandelt haben könnten?«

»Keinen Einzigen. Außer möglicherweise der Drohung, ihr *kein* Auto zu ihrem sechzehnten Geburtstag zu schenken.« Sergeant Stoltz gab ein betrübtes Kichern von sich. »Schrecklich, nicht wahr? Ich hatte mein erstes Auto mit zwanzig. Es war ein uralter Mazda, der nur noch von Klebeband und Kaugummi zusammengehalten wurde.«

»Ich war zweiundzwanig und habe an einer Tankstelle gearbeitet. Ein ganzer Gehaltsscheck ist damals dafür draufgegangen. Hat sie eigentlich jemals zu ihren Freunden über ihren kleinen Bruder gesprochen?«

»Sie hat ständig von ihm gesprochen. Die Kids sagten, das wären die einzigen Male gewesen, wo sie gelächelt hat.«

Die beiden Frauen schwiegen. Sie versuchten sich das aus dem Lot geratene Leben von Jenna Sinclair vorzustellen, einem Teenager, der versuchte, aus einem Leben zu fliehen, das alle nur erdenklichen Vorteile bot. Es war keine Überraschung, dass ein junges Mädchen verrückt nach ihrem kleinen Bruder war, der einer lebenden Puppe glich, aber eine beliebte fünfzehnjährige Jugendliche sollte sich eigentlich über andere Dinge in ihrem Leben freuen. »Gab es irgendwelche Jungs?«, fragte Evelyn.

»Jungs ja. Da sind einige in ihrer Clique, aber kein Freund. Laut ihrer Mutter wollen sie das erst erlauben, wenn sie sechzehn ist. Aber wenn man Katie glauben darf, war das nicht das Problem. Jenna hatte – ich zitiere: ›bloß noch niemanden gefunden.‹«

»Bei wem könnte sie also Zuflucht gesucht haben?«

»Das ist die Frage, die mich beunruhigt«, sagte Sergeant Stoltz seufzend. »Sie hat ihr ganzes Leben hier verbracht. Sie hat keine entfernt wohnenden Freunde. Es gibt ein paar Cousins und Cousinen, die über das ganze Land verstreut sind, die sie aber kaum kennt, Tanten und Onkel, die Dinah sofort angerufen hätten, wenn sie bei ihnen aufgetaucht wäre. Jenna ist nicht gewieft. Ihre Vorstellung vom Leben auf der Straße wäre wohl eine Suite im *Wyndham*. Und alles das gefällt mir nicht.« Sie stand auf und beugte sich vor, um die Falten ihrer Hose zu glätten. »Es gibt keinen Ort und niemanden, wo sie hingehen könnte. Trotz all der Vorteile eines Lebens im Luxus war sie offenbar ein verdammt einsames kleines Mädchen.«

Die Haustür wurde geöffnet und David und Riley traten auf die Veranda hinaus.

»Hauen Sie ab!«, ertönte Wilson Sinclairs dröhnende Stimme. »Und schaffen Sie dieses Miststück, das meinen Jungen umgebracht hat, aus meiner Einfahrt.«

Riley setzte an: »Also, Mr. Sinclair ...«

»Nein. Nein! Ich erlaube nicht, mein Haus zu durchsuchen. Dinahs Großvater hat es gebaut, als es in Strongsville noch nicht einmal asphaltierte Straßen gab. Wir haben Sie hereingelassen, wir haben Ihre Fragen beantwortet, aber jetzt ist Schluss. Ich habe Ihnen den Namen meines Anwalts genannt. Reden Sie mit ihm.«

»Wir suchen lediglich nach Hinweisen, die uns Jennas Aufenthaltsort verraten könnte.«

Wieder gelang es Riley, sein aufbrausendes Naturell im richtigen Moment zu zügeln und vernünftig auf Sinclair einzureden, auch wenn es ihm schwerfiel.

Von der Auffahrt her war das Aufheulen eines Motors zu hören. Patty war offenbar der Ansicht, dass Sinclairs jüngster Ausbruch der letzte war, den sie ertragen konnte. Sie ließ sich nicht einmal von den vier Streifenwagen abhalten, die ihrem Chevy im Weg standen, gab Gas und fuhr einfach über den Rasen und drückte dabei die Blumen platt.

Jetzt verdüsterte sich Wilson Sinclairs Gesicht noch mehr, doch er ließ sich nicht vom Thema abbringen. »Sie haben Joshuas Zimmer durchsucht und das reicht. Ich werde Ihnen nicht gestatten, in meinem Aktenschrank oder in der Unterwäsche meiner Frau rumzuschnüffeln. Sie wissen, wer meinen Sohn getötet hat. Heften Sie sich an ihre Fersen. Wir sind bereits genug von Ihnen belästigt worden.«

Die Herablassung seiner Worte ärgerte Evelyn. Als ob Dinah nichts Wertvolleres im Haus hätte als Unterwäsche. Wahrscheinlich verdient sie mehr als du, dachte sie, sagte aber. »Ich fürchte, davon kann wirklich keine Rede sein, Mr Sinclair. Noch nicht.«

Dinah sagte mit einem gequälten Blick zu der Spurensicherungsexpertin: »Evelyn, du kannst deine Kollegen doch sicherlich zur Vernunft bringen. Wir haben einfach heute schon genug mitgemacht.«

»Ich verstehe das ...« begann sie, erkannte aber sogleich die Dummheit ihrer Worte. Sie hatte keine Ahnung, wie man sich fühlte, wenn man ein Kind zu verloren hatte und vielleicht ein zweites zu verlieren drohte. Sie hatte nicht die geringste Vorstellung davon und wünschte sich auch nicht, diese Erfahrung zu machen.

Riley, unbarmherzig wie immer, fiel ihr ins Wort: »Möchten Sie Ihre Tochter denn nicht finden, Mrs. Sinclair?«

Dinahs Kopf schnellte zurück, als hätte sie eine Ohrfeige bekommen.

Sinclair antwortete an Stelle seiner Frau. »Nein, Dinah, antworte nicht darauf. Sie wollen es den Reichen anhängen, anstatt sich die Nanny vorzunehmen. Wenn du denen nur den kleinen Finger reichst, bist du geliefert.«

Dinah gab nicht zu erkennen,ob sie ihren Mann überhaupt gehört hatte. Sie packte die Haustür und knallte sie so heftig zu, dass der Rahmen zitterte. Die vier auf der Veranda stehenden Beamten hörten, wie das Schloss so heftig einrastete, dass sie einander vielsagende Blicke zuwarfen.

»Sergeant Stoltz?«, fragte Riley.

»Ja, das bin ich. Daddy hat sich also einen Anwalt besorgt?«

»Sieht ganz so aus.«

Ihr Seufzen drückte aus, was alle dachten.

8

»Wie lange probt die Band?«

»Nur eine Stunde. Aber danach wollte sie noch in die Bibliothek.« Evelyn ließ die Soße von ihren Linguine Alfredo abtropfen, bevor sie sie mit der Gabel drehte – das Mantra jeder Frau in mittleren Jahren lautet inzwischen, jede nur mögliche Kalorie zu vermeiden. Der Tisch wackelte leicht. Davids Wohnung war im Stil »Frühe Heilsarmee« eingerichtet. »Warum?«

»Na ja, für gewöhnlich bleibst du nicht – nicht, dass ich mich beschwere.«

Riley war ins Morddezernat zurückgekehrt, um dafür zu sorgen, dass der Richter einen Haftbefehl für Wilson Sinclair wegen der Ermordung seines Sohnes ausstellte samt eines Durchsuchungsbeschlusses wegen des Verschwindens Jenna Sinclairs. Angel hatte eine Nachricht hinterlassen, dass sie nach der Probe mit ihren Freunden essen gehen würde. Das bedeutete höchstwahrscheinlich einen großen Eisbecher, aber Evelyn tröstete sich damit, dass er wenigstens Kalzium enthielt und ihre Tochter immerhin Bescheid gesagt hatte, was zunehmendes Verantwortungsbewusstsein erkennen ließ. Nachdem Angel ihre Mutter im vergangenen Jahr beinahe durch die Attacke eines Serienmörders verloren hätte, war sie sehr viel rücksichtsvoller geworden, ein Verhalten, mit dem Evelyn erst nach Abschluss des Studiums ihrer Tochter gerechnet hatte.

Also ging Evelyn zu David, blieb zum Essen und ließ sich sogar zu Nudeln vom West Side Market überreden, anstatt ein Gericht beim Mexikaner zu bestellen. Durch das offen stehende Fenster drang ein Geruch nach Fisch vom Cuyahoga-Fluss ins Zimmer. Davids Hund, Harry, lag auf ihren Füßen. Evelyn lächelte zufrieden und griff nach ihrem Glas. »Ich bin gern in deiner Nähe.«

»Das höre ich gern. Hat Dinah eigentlich schon in der Highschool so umwerfend ausgesehen?«

Evelyns Hand zuckte gegen das Weinglas. Es fiel um. Sie legte rasch ihre Serviette auf die sich ausbreitende rote Lache. Harry blickte interessiert auf, weil ein paar Tropfen auf seinen Pfoten gelandet waren. »Entschuldige.«

»Ist doch bloß Resopal.«

»Nein, ich meine, weil ich Harry mit Wein bespritzt habe. Sieh nur, er will mehr davon. Kommt gar nicht in Frage, mein Lieber. Sonst liegst du demnächst besäuselt in der Gosse und bist zu faul zum Jagen.«

David füllte ihr Glas wieder auf. »Also?«

»Ja. Sie hat schon in der Highschool so ausgesehen.«

»Du hast irgendein Problem mit ihr, stimmt's?«

Evelyn knüllte langsam ihre Serviette zusammen. Die Lust am Essen war ihr vergangen. Sie wählte ihre Worte sorgfältig, war nicht so naiv zu glauben, dass eine Frau wie Dinah keine Wirkung auf einen heißblütigen Mann wie David hatte. Weniger attraktive Frauen dürfen gut aussehende Frauen nicht kritisieren. Wenn sie es trotzdem tun, gelten sie schnell als kleinlich, gehässig und eifersüchtig. Diesbezüglich hatte sich seit ihrer zehnten Klasse nichts geändert.

»Du und Riley, ihr scheint der Auffassung zu sein, dass wir zwei ehemalige Freundinnen seien. Das stimmt nicht. Wir haben uns früher flüchtig gekannt und wissen heute nichts mehr voneinander. Sie ist eine Fremde für mich. Ich kann nicht einfach dort reinmarschieren und ihr meine Schulter zum Ausweinen anbieten. Und falls sie vielleicht doch etwas mit dem Tod ihres Sohnes zu tun haben sollte, will ich das auch gar nicht.«

»Verstehe.«

»Ich versuche einfühlsam und verständnisvoll zu sein, wie ich es bei jedem Menschen sein würde, der erst kürzlich einen geliebten Menschen verloren hat. Aber ich muss trotzdem meinen Job erledigen.«

»Natürlich. Und du machst das ja auch alles ganz toll.« Er strich mit einem Finger an ihrem Kinn entlang. »Das meinte ich gar nicht. Aber du wirst stocksteif, wenn nur der Name dieser Frau fällt. Und dein Gesicht wird ausdruckslos. So als wolltest du gar nicht dort sein. Das erinnert mich an Harry, wenn ich mit ihm zum Tierarzt gehe.«

»Vielen Dank auch. Jetzt werde ich schon mit einem Hund verglichen – der übrigens immer noch nach meinem Weinglas schielt.«

Aber David blieb hartnäckig. »Also, was hat es mit Dinah Sinclair auf sich?«

Evelyn stellte Harry den Teller mit ihren restlichen Nudeln hin, und der Hund vergaß daraufhin nur zu gern den Wein. Sie stand auf und begann das Geschirr in die kleine Küchenspüle zu stapeln.

»Zerbrich es nicht.«

»Tu ich doch gar nicht!«

»Dem Klirren nach zu urteilen versuchst du es aber.« Er blieb am Tisch sitzen und sah für ihren Geschmack immer noch zu amüsiert aus. »Was hat sie angestellt? Dir den Freund ausgespannt?«

Sie betrachtete das Wasser und schaute zu, wie es mit dem Spülmittel reagierte und einen Schaumhügel produzierte. »Ich habe nie etwas besessen, das Dinah Sinclair als stehlenswert erachtet hätte.«

Arme Leute dürfen nicht wählerisch sein.

Sie erzählte ihm in knappen Worten von dem pinkfarbenen Lacoste-Shirt.

»Das war bestimmt etwas peinlich«, sagte er, als sie geendet hatte.

»Etwas? Weißt du nicht mehr, wie es in der Highschool gewesen ist, David?«

»Doch, das weiß ich. Ich erinnere mich noch gut daran, wie mir dieser Riesenjunge aus dem Chemiekurs in der Umkleidekabine die Unterhose bis zum Kinn hochgezogen hat und auch, wie mein Geschichtslehrer vor der ganzen Klasse an meinem Aufsatz über die Römer rumgemäkelt hat. Ich erinnere mich an alle möglichen Sachen, aber das war's schon. Es sind undeutliche Erinnerungen an Geschehnisse, die eigentlich nicht wirklich wichtig waren.«

»Dinah hat mir damals mit ihren Worten gesagt, wer ich eigentlich bin. Und wer nicht. Für mich war das wichtig.«

David stellte seinen Teller ins Spülwasser und legte sein Kinn auf ihre Schulter. Sein Körper wärmte ihren Rücken. »Und jetzt sinnst du auf Rache für die damaligen Demütigungen.«

»Nein«, entgegnete Evely ehrlich. »Auf Rache bin ich nicht aus, eher auf Wiedergutmachung.«

»Und wie willst du das anstellen?«

»Ich weiß es nicht, denn ich habe Rachael nach der Highschool nie wiedergesehen.« Evelyn entzog sich ihm. Sein Werben ging ihr heute auf die Nerven. »Ihr Vater ...«

Das Telefon läutete. David nahm ab und hielt den Hörer ein Stückchen von seinem Ohr weg, um Rileys dröhnender Stimme zu entgehen. »Zieh deine Hosen wieder an, mein Junge. Der Richter hat gerade den Durchsuchungsbeschluss für Sinclairs Haus unterschrieben.«

»Wegen Joshua? Das ist großartig, Riley, aber ...«

»Nicht nur wegen Joshua. Sondern zur Sicherstellung von Informationen, die das Verschwinden von Jenna Sinclair erklären könnten.«

9

»Das ging ja schnell«, sagte Evelyn zu Riley, der wie ein menschlicher Rammbock drohend auf die Haustür der Sinclairs zumarschierte.

»Der Richter hat selbst drei Kinder. Er war Wachs in meinen Händen.« Er wedelte mit dem zusammengeklammerten Bündel Papier. »Das hier schließt ihr Haus, ihre Autos und das Grundstück ein.«

»Gratuliere. Wonach soll ich suchen?«

»Irgendwas, damit wir diesen Kerl überführen können, Evie.«

»Mal sehen, was ich tun kann.« Sie versuchte, ihr Gespräch während des Abendessens mit David zu vergessen und sich auf das Tötungsdelikt an Joshua Sinclair zu konzentrieren. Haare und Fasern besagten gar nichts. Da Joshua nicht geblutet hatte und es keine Hinweise auf sexuelle Übergriffe gab, musste sie wenigstens nicht nach Körperflüssigkeiten suchen. Sinclair hatte zwei Monate Zeit gehabt, um alles zu vertuschen, was er Jenna angetan hatte – wenn er ihr denn überhaupt etwas angetan hatte. Falls sie nicht erschossen, erstochen oder zu Tode geprügelt worden war, standen die Chancen schlecht, Beweise zu finden.

»Ich werde sämtliche Oberflächen mit der UV-Lampe absuchen. Mal sehen, was ich finde. Anschließend untersuche ich Jennas Kleidung auf Körperflüssigkeiten und sehe mich nach möglichen Waffen um. Danach sind belastende Unterlagen an der Reihe. Wir werden auch sämtliche Fotos und Videos überprüfen müssen. Sollte Jenna misshandelt worden sein oder gewusst haben, dass Joshua misshandelt wurde, hat sie es vielleicht jemandem erzählt oder geschrieben, hat jemanden angerufen. Vielleicht hat sie auch Tagebuch geführt. Das wissen wir erst, wenn wir alles überprüft haben.«

David läutete an der Haustür. »Und falls sie tatsächlich weggelaufen sein sollte, hat sie uns vielleicht irgendeinen Hinweis hinterlassen, dem wir nachgehen können. Wir müssen sie unbedingt finden und zu Joshuas früheren Misshandlungen befragen. Dann hätten wir genug Beweismaterial, um Sinclair – oder auch Patty – anzuklagen.«

Dinah öffnete gleich nach dem ersten Läuten die Tür, so als hätte sie darauf gewartet. Sie hatte sich umgezogen und trug nun ein einfaches T-Shirt und Jeans. An ihr sah die lässige Kleidung allerdings aus wie vom Modedesigner. Sie wirkte verstört. »Was wollen Sie denn jetzt schon wieder?«

Riley erklärte es ihr, und sie verlor fast die Beherrschung.

»Soll das etwa heißen, dass Sie unser Haus auf den Kopf stellen dürfen?«

»Ich fürchte ja, M'am.«

Zu Evelyn sagte sie: »Ich muss in ein paar Tagen meinen *Sohn* beerdigen.«

Evelyn hatte es bis zu diesem Augenblick noch nie bedauert, sich für diesen Beruf entschieden zu haben. Doch nun tat sie es. Sie musste sich zwingen, dem Blick ihrer ehemaligen Klassenkameradin nicht auszuweichen. »Es tut mir leid, Dinah. Aber es muss wirklich sein.«

»Aber *warum*?«

Evelyn spürte, dass ihr Tränen in die Augen traten. Dabei kann ich diese Frau nicht einmal leiden!

»Wir versuchen, das alles so schnell wie möglich zu erledigen«, versprach Riley.

Am anderen Ende der Diele tauchte eine Gestalt auf. »Dinah? Was ist da los?«

Dinah schwankte leicht, als sie sich umdrehen wollte. Sie legte eine Hand auf Davids Arm, um sich abzustützen. »Die Polizei ist wieder da, Wilson.«

Evelyn ging zuerst in Joshuas Zimmer, um nachzusehen, ob dort seit ihrem Besuch am Nachmittag irgendetwas verändert worden war. Doch es schien alles unverändert. Dann ging sie nach draußen, um die Autos zu untersuchen, ehe es Nacht wurde. Ein Streifenpolizist des Strongsville PD bewachte wieder einmal die Einfahrt, ein Vertreter der örtlichen Behörde. Sergeant Stoltz hatte inzwischen dienstfrei.

Es überraschte sie nicht, dass Wilson Sinclair ein schwarzes Cadillac Coupé mit Ledersitzen fuhr. Der Wagen war zwei Jahre alt, roch aber immer noch wie neu. Wahrscheinlich erlaubte er in seinem Luxusschlitten weder Zigaretten noch Babys. Auf der Fußmatte fand sie nur ein paar Mulchspäne, die zweifellos aus dem Garten stammten. Obwohl es sinnlos war, nahm sie Fasern und Haare mit transparentem Klebeband von den makellosen Polstern ab, weil es irrelevant war, wenn sie Jennas Haare im Wagen ihres Stiefvaters fand. Die darin herrschende Sauberkeit erleicherte ihr die Arbeit. Meistens sind zu untersuchende Fahrzeuge seit Ewigkeiten weder von innen gesäubert oder außen gewaschen worden und hatten aus irgendwelchen Gründen oft rote Sitze, was ihre Suche nach eventuellen Blutflecken nicht gerade erleicherte.

Sie schleppte die schwere Kabeltrommel von ihrem Dienst-Kombi zum Caddy und schloss das Verlängerungskabel an eine Außensteckdose an, um ihre UV-Lampe einschalten zu können. Blut fluoresziert nicht, absorbiert aber UV-Licht und erscheint als dunkler Fleck. Blut fluoresziert nur, wenn man es mit Luminol besprüht. Einen Augenblick spielte sie mit dem Gedanken, Wilson Sinclairs sorgfältig gepflegten Cadillac zu besprühen, aber das bedeutete, dass sie warten musste, bis es dunkel war, und außerdem wäre ihr Vorgehen niederträchtig gewesen, auch wenn Luminol keine Flecken hinterließ oder etwas beschädigte.

Die UV-Lampe zeigte ihr außer einer kleinen fluoreszierenden Fläche auf dem Fahrersitz – an der Stelle, wo sich normalerweise der rechte Oberschenkel befindet – nichts von Interesse. Das schwache Glühen könnte ein Hinweis auf Sperma sein, die am stärksten fluoreszierende Körperflüssigkeit. Aber ebenso kamen für diese Reaktion Milch, Speichel oder Mayonnaise in Frage. Also musste sie eine Probe davon nehmen. Sexueller Missbrauch wäre für Jenna ein zwingendes Motiv gewesen, von zu Hause wegzulaufen. Es war eins der häufigsten Motive.

Evelyn befeuchtete einen Tupfer mit sterilem Wasser und machte von der betreffenden Stelle einen Abstrich, ehe sie ihn in einen luftdichten Behälter legte. Sie hätte das Leder auch abrasieren können, wollte aber möglichst behutsam vorgehen und außerdem war Leder kein gutes Trägermaterial für DNA-Proben.

Im Handschuhfach fand sie nur die Autopapiere, einen Reifendruckmesser, Kleingeld, eine Haarbürste und einen Strafzettel wegen zu schnellen Fahrens, den Wilson eine Woche zuvor in Linndale bekommen hatte. Das sprach nicht unbedingt gegen ihn. Beinahe jeder, der durch Linndale fuhr, bekam irgendwann einmal einen Strafzettel.

Sie griff erneut zu ihrer UV-Lampe und entdeckte dieses Mal einen Schimmer auf der Unterseite der Lenksäule. Sie schaltete die Lampe auf Weißlicht um und nahm ihre UV-Schutzbrille ab.

An der Lenksäule war etwas befestigt, das auf den ersten Blick nicht auffiel – schwarzes geformtes Plastik auf schwarzem Plastik. Sie betrachtete den Gegenstand eine Weile nachdenklich und zog dann ihr Handy hervor. Wenn Tony sie schon zwang, mit diesem Ding durch die Gegend zu laufen, konnte sie es auch benutzen. Allerdings waren nur Mitarbeiter der Gerichtsmedizin in dem elektronischen Telefonbuch gespeichert. Schließlich rief sie die Zentrale des Instituts an und ließ sich von der mürrischen Mrs. Anderson weiterverbinden. Es wäre einfacher und vor allem schneller gewesen, ein richtiges Telefonbuch zu benutzen.

»Cleveland Police Department.«

»Die Verkehrspolizei, bitte.«

Eine Serie von Klicklauten später war die Verbindung zur Verkehrspolizei hergestellt und sie hatte den hauseigenen Technikfreak, den hyperaktiven Leroy Lee, in der Leitung. Er wusste alles über jedes, jemals gebaute Auto, auch wenn er aussah, als wäre er noch zu jung für den Führerschein.

»Mmm?«

»Lee? Bist du das? Was machst du gerade?«

»Ich esse Lakritze. Und was treibst du so, Evie?«

»Ich checke gerade einen Wagen ab und glaube, ich habe einen dieser Daten-Schreiber gefunden.« Sie beschrieb ihm den Gegenstand. »Es steht SyTech drauf.«

»Das ist auf jeden Fall ein digitaler Fahrtenschreiber, ein gutes Gerät noch dazu. Bist du am Unfallort?«

»Nein, es geht nicht um einen Unfall, sondern eventuell um Mord. Ich habe da so eine Idee.«

Sherlock Holmes vertrat die Meinung, man solle Fakten nicht vorgreifen, aber Sherlock Holmes musste sich auch nicht mit zwei oder drei Morden pro Woche, ebenso vielen Selbstmorden sowie Arbeitsunfällen und verdächtigen Todesfällen befassen. »Wir suchen ein Mädchen, das an einem bestimmten Tag verschwunden ist. Falls der Täter diesen Wagen gefahren hat, um die Leiche loszuwerden, könnte uns dieses Ding vielleicht sagen, wohin er gefahren ist?«

»Kommt drauf an. Wenn diese Geräte vom Hersteller eingebaut sind, handelt es sich um reine Unfalldaten-Schreiber, die nur die Zeit unmittelbar vor einem Unfall speichern. Aber wenn es an der Lenksäule oder unter dem Sitz angebracht wurde, hat der Besitzer des Wagens es selbst installieren lassen. Muss ein Autofreak sein. Diese Dinger sagen dir alles, vom Benzinverbrauch über die abgerufene Motorleistung bis hin zur Luftzufuhr. SyTech ist ein Spitzengerät. Es zeichnet das alles auf und außerdem noch Datum, Uhrzeit und die zurückgelegte Strecke jeder Fahrt. Wie lautet die Nummer des Modells?«

»Ich sehe mal nach.« Sie schob sich auf dem Rücken liegend, die Beine aus dem Fahrzeug herausgestreckt, unter Wilson Sinclairs Armaturenbrett. Der Rand des Fahrgestells erwischte sie am Lendenwirbel. »Was tut man nicht alles für diesen Job ... lass mir noch ein paar Lakritzebonbons übrig.«

»Hah! Das kannst du vergessen!«

Evelyn las die Nummer ab und hörte, wie seine Finger über die Tastatur tanzten.

»Muss dein Glückstag sein, Evie. Dieses Modell hat ein eingebautes GPS, ein Globales Positionsbestimmungssystem.«

Sie hangelte sich unter dem Lenkrad hervor und holte sich dabei eine Schramme am Ellbogen. »Also wissen wir genau, wo dieses Auto zu jeder Minute gewesen ist, und das reicht wie lange zurück?«

»Die letzten dreihundert Stunden Fahrtzeit. Alles, was vorher gewesen ist, dürfte gelöscht sein, es sei denn, das Modell wurde aufgerüstet. Dann kann es bis zu sechshundert Stunden aufzeichnen.«

»Unser möglicher Täter ist der Typ, der alles auf- und nachrüsten und verbessern lässt, aber dreihundert Stunden würden ohnehin reichen. Er pendelt jeden Tag zwischen seinem Haus in Strongsville und Downtown Cleveland hin und her. Hin und zurück dürften das ungefähr zwei Stunden Fahrzeit sein, plus einer weiteren Stunde pro Tag, damit wir auf der sicheren Seite sind, macht etwa hundert Tage, was für unsere Untersuchung mehr als genug ist. Eine Frage habe ich noch: Wie bekomme ich diese Daten, ohne sie zu zerstören?«

»Hat der Schreiber einen USB-Anschluss?« Als sie nicht sofort antwortete, fügte er hinzu: »Eine kleine, rechteckige Öffnung mit zinkenartigen Dingern in der Mitte?«

»Ja.«

»Hast du einen Laptop?«

»Machst du Witze? Ich arbeite fürs County. Ich kann mich glücklich schätzen, dass ich Latex-Handschuhe habe.«

»Dann nimm den Wagen mit. Nein, warte, die Jungs, die Autos beschlagnahmen, würden mich killen. Ich habe ihnen schon heute Morgen drei Wagen aufs Auge gedrückt und sie haben keinen Platz mehr. Hör zu, solange der Motor nicht läuft, kannst du einfach die Halteschrauben lösen und das Gerät abnehmen. Es ist so einfach, als würdest du ein Druckerkabel herausziehen.«

»Und keine Daten werden gelöscht, wenn ich es dir zur Auswertung schicke?«

»Nein. Du kannst mir vertrauen. Aber deine Lakritzebonbons musst du dir schon selber kaufen.«

Nachdem Evelyn den Fahrtenschreiber entfernt und vorsichtig verpackt hatte, wandte sie sich dem Kofferraum zu. Falls Wilson Sinclair mit dem Verschwinden seiner Stieftochter etwas zu tun und sie womöglich getötet hatte, musste er die Leiche loswerden. Sie hatte vielleicht geblutet, womöglich sogar sehr stark. Selbst wenn sie erwürgt oder erstickt worden war, wäre es zu einem Austreten von Körperflüssigkeiten gekommen. Mörder erkannten meistens erst zu spät, was für eine schmutzige Arbeit das Beseitigen von Leichen war.

Sie wusste bereits, dass Riley keine Spur von Jenna im Haus gefunden hatte. Falls sie tot war, wäre ihr Leichnam inzwischen völlig verwest und würde einen entsprechenden Geruch verströmen, sollte er nicht in einem Gefrierschrank liegen. Im Garten gab es keine Anzeichen irgendwelcher Grabungen, obwohl sich das Grundstück bis in einen kleinen Wald ausdehnte. Von der Einfahrt aus konnte Evelyn durch die Bäume keine anderen Häuser sehen – das Anwesen war groß und abgelegen genug, um ein frisches Grab zu kaschieren. Aber es in diesem Gelände zu finden, war problematisch. Und weder Wilson noch Dinah schienen ihr dafür die nötige körperliche Konstitution zu haben.

Sie glaubte nicht, dass Dinah Joshua getötet hatte, aber das sagte nichts über Jennas Schicksal aus. Doch falls Dinah ihre Tochter getötet hatte, hieß das, dass zwei Mörder im selben Haus lebten, und das erschien ihr sehr unwahrscheinlich. Weder Joshuas Tod noch Jennas Verschwinden schienen geplant gewesen zu sein.

Falls Jenna tot war – und Evelyn musste sich diese Hypothese, wenn auch nur widerwillig, eingestehen – schien es am wahrscheinlichsten, dass Sinclair sie in den Kofferraum gelegt und irgendwo abgeladen hatte.

Der Kofferraum war fast so sauber wie das Innere des Caddys und es lagen nur ein Reservereifen und ein Erste-Hilfe-Kasten darin. Sie fragte sich, ob er kürzlich gesaugt worden war. Sie schaltete die UV-Lampe ein.

Hinter ihrem Rücken hörte sie einen Mann sagen: »Na, wenn das nicht die kleine Evie Beck ist.«

Evelyn drehte sich um. Zuerst kam ihr der Mann wie eine korpulente Version von Riley vor – dieselbe hoffnungslose Art sich zu kleiden, dieselbe schwammige Haut, dunkles schütteres Haar. Aber dieser Typ schien weniger aus Nachlässigkeit kaum Wert auf sein Äußeres zu legen, sondern schlampig aus reiner Provokation zu sein. Sie hatte keine Ahnung, wer dieser Mann war. Hinter ihm stand wieder der Van von Channel 15 an der Bordsteinkante, und am Fuß der Auffahrt parkte der Streifenwagen von Taquisha Stoltz. Die Polizistin lächelte Evelyn mitfühlend an und kramte einige Dinge aus dem Kofferraum ihres Streifenwagens.

»Für dein Alter siehst du verdammt gut aus.« Sein abschätzender Blick wanderte über ihren Körper.

»Sie glauben offenbar, dass wir uns kennen ...«

»Oh, ja, das tun wir.« Er wartete, wurde langsam ungeduldig. »Du hast keine Ahnung, wie?«

»Nein.« Nichts an ihm kam Evelyn bekannt vor. Sie unterdrückte den Drang, sich zu entschuldigen.

»Jerry Heaton.«

»Das war ja wirklich ein langer Flug.«

Heaton grinste. »Der Start wurde dreimal verschoben. Und die Airlines fahren jetzt auf dieser Ehrlichkeit-währt-am-längsten-Linie und erzählen den Passagieren ganz genau, was los ist. Offenbar gab es eine defekte Dichtung im Motorraum, aber dann schien plötzlich alles wieder in Ordnung zu sein und wir durften in diesen fliegenden Metallsarg steigen, um in sechstausend Metern Höhe mit der Vorstellung, dass der Riesenvogel gleich abschmiert ... du erinnerst dich wirklich nicht an mich, oder? Strongsville Highschool. Du und ich und die Prinzessin da drin, wir waren alle in derselben Klasse. Ich habe in der Football-Mannschaft gespielt.« Er wartete, gab ihr noch eine Chance.

Angesichts seiner Beharrlichkeit musste sie unwillkürlich lachen. »Ich bin nie ein Sportfan gewesen.«

»Du warst bei allen Spielen dabei!«

»Ich war in der Schulband.« Sie war mehr als einmal nach Hause gegangen, ohne zu wissen, welche Mannschaft gewonnen hatte, immer mehr daran interessiert, mit ihren Freundinnen rumzualbern, als das Spiel zu verfolgen.

»Ja, ihr hattet immer diese niedlichen kleinen Hüte auf. Du siehst heute besser als damals aus – du hattest so was von einer Streberin an dir. Aber du hast dich wirklich ganz gut gemacht.«

Für einen Moment war sie bereit gewesen, ihn zu mögen, doch der Moment verging schnell. »Das ist ja ein richtiges Klassentreffen.«

»Kann man wohl sagen. Glaubst du, dass die Eisprinzessin da drin ihr eigenes Baby kaltgemacht hat?«

»Nein, das glaube ich nicht.« Warum bin ich mir da plötzlich so sicher? Bloß weil mir dieser Typ auf die Nerven geht?

»Also, unser stinkreicher Mr. Sinclair kann es ja wohl kaum getan haben.« Er sah Sergeant Stoltz an, die gerade mit zwei Notizblöcken, einem alten Kassettenrekorder und Kugelschreibern auf die beiden zuging. »Genau das hat bereits unser allseits geschätzer Mr. Hizzoner verkündet. Denn Sinclair leistet einen Beitrag zum Wahlkampf, um dessen Wiederwahl zu garantieren. Doch darüber hinaus finanziert er mit seinen Steuern allein die Kosten für den Unterhalt aller Parkanlagen der Stadt. Das ist kein Witz! Ich habe Jennas Verschwinden dazu genutzt, meine finanzpolitische Neugierde zu befriedigen. Verstehst du, was ich dir damit sagen will?«

»Ich bin mir sicher, dass du es mir gleich erklären wirst.«

Heatons anzügliches Grinsen verschwand. »Es ist mir scheißegal, ob der Kerl mir persönlich das Gehalt zahlt. Wenn er seinen Sohn umgebracht hat, ist er fällig.«

Dieser Mann schwirrte schneller zwischen unausstehlich und

sympathisch hin und her als ein Elektron seine Umlaufbahn wechseln konnte. Evelyn belohnte ihn mit einem Lächeln, was ihr angesichts seiner nächsten Worte rasch wieder verging.

»Also, was haben die Kollegen aus Cleveland in meinem Revier verloren?«

Sie legte die UV-Lampe zur Seite. »Ich hole Detective Riley. Dann kannst du mit ihm reden.«

»Nicht nötig. Ich finde ihn schon. Kommen Sie, Stoltz.«

»Sie befragen gerade ...«

»Meine Zeugen. Ja, ich weiß.« Mit schmalen Augen musterte er Evelyn erneut, ein gnadenloser Blick, der ihr eine Gänsehaut über den Rücken jagte. »Keine Sorge, ich werde sehr taktvoll sein.«

Und damit wandte er sich ab und ging mit Sergeant Stoltz ins Haus. Evelyn blieb mit ihren Befürchtungen allein zurück. Ihr fiel auf, dass der Kameramann von Channel 15 jedem von Heatons Schritten folgte. Seine letzten Worte waren ihr kein Trost – sie bezweifelte, dass er imstande war, Zurückhaltung zu üben, selbst wenn sein Leben davon abhing. Aber das war nicht ihr Job, zwischen zwei rivalisierenden Polizeieinheiten zu vermitteln, und Riley konnte auf sich selbst aufpassen. Sie musste ihre Arbeit erledigen. Außerdem hatte Heaton nicht ganz unrecht. Auch wenn Riley niemals einen Fall abgeben würde, an dem er bereits zu arbeiten begonnen hatte, war Joshua offenbar in diesem Haus misshandelt worden, womit er in den Zuständigkeitsbereich des Strongsville PD fiel. Ihrer Heimatstadt. Ein Ort, der ihr immer egal gewesen war, der ihr nie das Gefühl gegeben hatte, dort hinzugehören, an den sie keinen Gedanken verschwendete, während sie jeden Tag in Cleveland arbeitete. Sie war nur ihrer Mutter wegen dort geblieben und um ihrer Tochter einen Platz in einem Schulsystem zu ermöglichen, das auf einem hervorragenden 22. Platz im bundesstaatlichen Bewertungsverfahren lag. Doch die Stadt hatte sie zurückgerufen, um sich mit der einen Frau zu befassen, die ihr immer noch Minderwertigkeitsgefühle einflößte. Und jetzt war auch noch ein Typ aufgetaucht, der ihr ihre damalige Gleichgültigkeit ihm gegenüber heute immer noch so zu verübeln schien wie vor zwanzig Jahren.

»Er hat sie umgebracht.«

Evelyn zuckte zusammen. In der Auffahrt stand ein Teenager, dessen platinblondes, gewelltes Haar im Licht der untergehenden Sonne in Flammen zu stehen schien. Sie trug enge, abgeschnittene Jeans und ein T-Shirt und hatte die Arme vor dem üppigen Busen gekreuzt.

»Du musst Katie sein.«

10

Wilson Sinclair war ein aufgeblasener Hohlkopf, was Davids Arbeit nicht gerade erleicherte, denn er hatte kaum eine Chance, dass der Mann die Misshandlungen an seinem Sohn gestehen würde. Außerdem hatte er den Fehler gemacht, den Tatverdächtigen in dessen Arbeitszimmer zu befragen. Sinclair schien sich hier inmitten seiner polierten Mahagoni-Möbel und den kostspieligen Kinkerlitzchen – darunter ein antiker Globus und ein teures Teleskop – sehr wohlzufühlen. Nur in drei Regalbrettern standen Bücher, ausschließlich zur Thematik Buchführung und Finanzen. Obwohl in einer Ecke des Zimmers eine Sitzgruppe stand, hatte Sinclair hinter seinem ausladenden Schreibtisch Platz genommen und David keine andere Wahl gelassen, als sich in einen unbequemen, niedrigen Sessel zu quetschen, so als wäre der Polizist die zu befragende Person.

Welche Taktik hätte Riley wohl bei diesem Kerl angewendet? Die Von-Mann-zu-Mann-Masche würde bestimmt nicht funktionieren. Wegen der abfälligen Art und Weise, mit der Sinclair Davids Kleidung musterte, war es unwahrscheinlich, dass er den Polizisten als ihm ebenbürtig betrachtete. Und Aggressivität würde ebenfalls nicht funktionieren, denn an der Wand hing ein gerahmtes Foto von ihm mit dem Gouverneur von Ohio.

Damit bliebe nur ein Appell an Sinclairs Gefühle. Aber David konnte nirgendwo ein Foto von Sinclair mit seiner Frau oder seinem Sohn entdecken. Er fragte sich, ob der Mann überhaupt eine menschliche Seite hatte. Doch in Ermangelung eines besseren Konzepts trat er die Flucht nach vorn an. »Ich bedauere diese ... Unannehmlichkeiten, Mr. Sinclair und weiß, dass Sie einen schrecklichen Verlust erlitten haben. Doch ich möchte Sie bitten, das Geschehen einmal aus unserer Perspektive zu betrachten. Sie möchten doch sicher, dass wir den Täter finden, der am Tode Ihres Sohnes schuld ist, nicht wahr?«

Der sanfte Ton brachte David lediglich einen vernichtenden Blick Sinclairs ein. »Stellen Sie einfach Ihre Fragen. Sie sollten Sie besser loswerden, ehe mein Anwalt eintrifft. Sie können sich sicherlich vorstellen, wie sein Rat lauten wird.«

»Warum beherzigen Sie ihn dann nicht?«

»Weil ich mir von niemandem vorschreiben lasse, was ich zu tun habe, ganz besonders nicht von Anwälten. Außerdem habe ich nichts zu verbergen. Machen Sie schon, fragen Sie.«

»Sie waren den ganzen Abend mit Joshua allein?«

»Zum fünfzehnten Mal, ja. Patty hat eine Flasche für ihn fertig gemacht, bevor sie ging.«

»Wann ist sie gegangen?«

»Gegen sechs.« Sinclair trank einen Schluck Eiswasser aus einem Glas und wischte geistesabwesend die Tropfen Kondenswasser von dem polierten Kirschholz-Schreibtisch. »Ich habe ihm gegen sieben die Flasche gegeben und ihn dann in sein Bett gelegt. Es ging ihm gut.«

»Haben Sie Joshua oft die Flasche gegeben? Seine Windeln gewechselt?«

»Nicht wenn es sich vermeiden ließ.« Er grinste plötzlich – nichts weiter als ein rasches nach oben Ziehen der Mundwinkel – und lockerte seine Krawatte. Vielleicht funktionierte die Von-Mann-zu-Mann-Masche ja doch. »Ich bin kein häuslicher Typ. Dinah und Patty haben sich gut um das Baby gekümmert.

Sie brauchten mich nicht. Ich wäre an der Reihe gewesen, wenn er das Alter erreicht hätte, einen Baseball zu werfen.«

Aber klar doch. »Haben Sie jemals seine Windeln gewechselt?«

»Ein oder zwei Mal.«

»Haben Sie es an jenem Abend getan?«

»Ja, bevor ich ihn zu Bett gebracht habe. Das habe ich alles schon Ihrem Kollegen erzählt.«

»Detective Riley. Ja, ich weiß. Was haben Sie mit der schmutzigen Windel gemacht?«

»Hm.« Sinclair trommelte mit seinen manikürten Fingernägeln auf die saubere Schreibtischunterlage. »Das weiß ich nicht mehr.«

David wartete.

»Möglicherweise habe ich sie in den Windeleimer in seinem Zimmer geworfen oder auch hier unten in die Küche gebracht, damit es oben nicht so stinkt. Ich kann mich wirklich nicht mehr erinnern.«

»Ich habe keinen Abfalleimer in der Küche gesehen. Steht er unter der Spüle?«

»In dem Wandschrank neben der Vorratskammer. Aber wir haben ihn heute Morgen geleert.«

»Wirklich?«

»Ja«, erwiderte Sinclair und wirkte dabei ziemlich zufrieden mit sich. Vielleicht glaubte er, damit Punkte für gute Haushaltsführung kassieren zu können. David wusste, dass Evelyn eine schmutzige Windel in Joshuas Zimmer gefunden hatte und wunderte sich über Sinclairs ausweichende Antwort. Natürlich hätte auch Patty die Windel dort hineingeworfen haben können. David wusste nicht viel über Babys, aber er nahm an, dass sie ziemlich viele solcher Einwegwindeln verbrauchten.

Sinclairs Blick prallte so schnell wieder an David ab wie er auf ihn gefallen war und kehrte immer wieder zu einer Gruppe gerahmter Fotografien zurück, überwiegend förmliche Schwarzweiß-Aufnahmen von Menschen, die vor großen Häusern standen. In der Mitte war das Sinclair-Haus mit einer fünfköpfigen Familie im Vordergrund zu sehen.

»Ist das da Dinah auf diesem Bild?«, fragte er. Sie musste damals ungefähr zehn Jahre alt gewesen sein.

»Wie bitte? Oh. Ja, das sind ihre Eltern und ihr Großvater. Sie haben vor meiner Familie hier gelebt, was sie mich niemals vergessen lässt.« Bei diesen Worten lächelte er kurz, als mache er einen Scherz. Oder das, was in seinen Augen ein Scherz war. »Sie gehörten zum alten Geldadel, während mein Vater für sein Vermögen als Anwalt geschuftet hat und anfangs Krankenwagen hinterherjagte, um Klienten zu gewinnen. Zwei meiner Onkel und drei meiner Cousins sind ebenfalls Anwälte, also müssten Sie sich auf jeden Fall vorsehen, auch wenn ich nicht vermögend wäre.«

David schluckte den Köder nicht. »Wer ist der Junge auf dem Foto?«

»Ihr Bruder, Brendan.«

»Wohnt er ebenfalls in Strongsville? Weiß er, dass sein Neffe nicht mehr lebt?«

»Brendan lebt nicht in den USA und er weiß nicht einmal, dass er einen Neffen hat. Dinah hat schon viele Jahre nicht mehr mit ihm gesprochen.«

»Haben Sie sich verkracht?«

Der abhanden gekommene Bruder schien Sinclair nicht zu kümmern. »Nein, er macht sich nur nichts aus dem Leben in der Vorstadt.«

»Was ist mit Dinahs Eltern?«

»Die sind tot. Haben sich zu Tode gesoffen, was eine ziemliche Enttäuschung für Großvater gewesen ist. Er hat das Geld gemacht, und sie haben es durchgebracht.« Sinclair lehnte sich in seinem Schreibtischsessel zurück, schien sich zum ersten Mal zu entspannen. Offenbar sprach der Mann gern über Geld. »Dinahs Großvater kam 1901 in einer Mietskaserne in Ohio City zur Welt. Als er das Teenager-Alter erreicht hatte, war Cleveland die fünftgrößte Stadt des Landes und Euclid Avenue wurde ›Straße der Millionäre‹ genannt.« Er öffnete ein mit Stoff bezogenes Kästchen, nahm zwei chinesische Meditationskugeln heraus und ließ sie mit den Fingern auf der Handfläche seiner rechten Hand kreisen, sodass durch den Klangmechanismus im Inneren der Kugeln ein zartklingender Ton erzeugt wurde, der ihr Gespräch untermalte.

»Rockefeller, Hanna, alle haben da gewohnt. Das da drüben ist ein Foto von Rockefeller. Er hat zuerst in Strongsville gelebt und dann in Cleveland. Neben dem Haus seiner Familie ist das da ein Bild von der Villa Samuel Mathers und daneben das Tiedemann Castle. Großvater ist ihnen allen irgendwann einmal begegnet. Elektrizität wurde immer beliebter, und der Preis für Gas und die nötigen Geräte dazu fiel. Großvater Zack hat alles aufgekauft und damit begonnen, die Versorgung auszuweiten, als die geburtenstarken Jahrgänge in die Vorstädte flüchteten. Als er 1961 hierherzog, war Strongsville gerade erst zu einer Stadt gewachsen, doch es gab nichts außer Kühen und Schotterstraßen. Also keine Infrastruktur. Dinah behauptet, er habe eine Vision gehabt, wie die Stadt einmal aussehen würde, sobald die Interstate erst einmal hier vorbeiführte. Sie kann stundenlang von ihm erzählen. Dabei hat er sie nie beachtet.« Ein fast mitleidiger Ausdruck erschien auf seinem Gesicht, und für einen Augenblick kam er David sogar menschlich vor. »Dabei war sie die einzige Frau in einer Familie von Loosern, Verlierern. Aber weiblichen Wesen schenkte er keine Beachtung.«

Doch David verfolgte hartnäckig seine Befragungsstrategie. »Sind Sie Teilhaber Ihrer Firma?«

»Ich besitze die Mehrheitsbeteiligung.«

»Was genau macht Ihre Firma?«

»Wir sind Unternehmensberater und Wirtschaftsprüfer. Wir beraten verschiedene Unternehmen, die zu der Gruppe der fünfhundert größten der in der Zeitschrift *Fortune* veröffentlichten Firmen gehören. Außerdem prüfen wir die Bücher zahlreicher öffentlicher Unternehmen im Raum Cleveland.« Er sah David nach Anerkennung heischend an. »Samt Police Department. Mit anderen Worten: Wir unterschreiben Ihre Gehaltsschecks. Mehr müssen Sie nicht wissen.«

David war klar, dass jetzt Verärgerung von seinem Gegenüber als Schwäche gedeutet werden würde, trotzdem durfte er diese letzte Bemerkung nicht unkommentiert lassen. »Ich entscheide lieber selbst, was ich als wichtig betrachte und was nicht. Gab es in letzter Zeit irgendwelche Probleme bei der Arbeit?«

Sinclair schnaubte. »Bei der Arbeit? Das klingt so, als würde ich Fleisch abpacken, um meinen Lebensunterhalt zu verdienen. Entschuldigen Sie, ich wollte nicht ... das klang einfach komisch. Ja, wir haben Probleme. Wenn unsere Klienten keine Probleme hätten, würden sie uns nicht beauftragen.«

»Ich meinte irgendetwas, das aus dem Rahmen fiel? Drohungen? Erpressungsversuche? Verärgerte Mitarbeiter?« Wäre Sinclair gerissen, würde er darauf anspringen. Irgendein armer Idiot, den er gerade gefeuert hatte, gäbe einen wunderbaren Sündenbock ab. Vielleicht hatte er eine Fusion vermittelt, bei dem eine Menge Leute arbeitslos geworden waren oder die Zahl der Vorstandsmitglieder halbiert wurde.

»Nein. Nichts dergleichen. Es geht alles seinen gewohnten Gang.«

War er etwa unschuldig? Oder einfach nicht klug genug? Andererseits hatte er ja schon eine Schuldige in Patty gefunden.

»Haben Sie irgendwann an jenem Abend noch einmal nach Joshua gesehen?«

»Nein.«

»Nein?«

Sinclair zerrte erneut an seiner Krawatte, als verärgerte ihn die unausgesproche Kritik. »Hören Sie, ich habe ihn ins Bett gebracht. Ich dachte mir, sollte er hungrig werden oder nass, wird er schon weinen. Ich würde ihn hören und mich um ihn kümmern. Wenn er schlief, wollte ich ihn nicht stören. Das Letzte, was ich gebrauchen konnte, war ein übellauniges Baby, das mich die ganze Nacht wach hielt. Ich hatte Dienstagmorgen schon früh eine wichtige Besprechung.«

»Verstehe.«

»Nein, das tun Sie nicht. Sie halten mich für einen Scheißkerl, weil ich den Jungen überhaupt aus den Augen gelassen habe. Aber warum hätte ich das nicht tun sollen? Ich machte mir um ihn keine Sorgen. Patty und Dinah kümmerten sich immer ganz wunderbar um ihn und es ging ihm gut!«

»Schon okay«, beruhigte David Sinclair. Seiner Stimme war nicht anzumerken, dass er diesen arroganten Typen am liebsten erwürgt hätte. »Sie haben geglaubt, alles wäre in Ordnung. Das ist ja auch verständlich. Wann haben Sie sich am Dienstagmorgen um Joshua gekümmert?«

Sinclair dachte nach. Er starrte auf die Schreibtischplatte und konzentrierte sich dabei so sehr, dass sich auf seiner Stirn kleine Furchen bildeten und sich der Rhythmus der Kugeln verlangsamte. »Gar nicht. Als ich nach ihm sah, schlief er noch immer, also habe ich ihn in Ruhe gelassen, mich angezogen und abfahrbereit gemacht – ich sagte Ihnen bereits, dass ich eine frühe Besprechung hatte. Auf dem Weg nach draußen bin ich Patty begegnet.«

»Was haben Sie zu ihr gesagt?«

Die Kugeln gaben weiterhin diesen klingenden Ton von sich. »Keine Ahnung. Wahrscheinlich ›guten Morgen‹ oder etwas in der Art.«

»Irgendetwas über Joshua?«

»Nein.« Sinclair blickte auf. »Was hätte ich denn da sagen sollen?«

Ja, was auch? »Und dann haben Sie Ihren Sohn im Metro Hospital wiedergesehen?«

»Genau«, erwiderte Sinclair, als wären sie zu irgendeinem Ergebnis gelangt. Die Kugeln verstummten. »Damit dürfte wohl alles klar sein.«

»Klar? Was denn?«

»Dass Patty es getan hat. Sie war mit ihm allein. Wann werden Sie das endlich kapieren?«

Das werde ich dich zum richtigen Zeitpunkt schon wissen lassen, du Bastard, dachte David, sagte aber: »Erzählen Sie mir von Jenna, Mr. Sinclair.«

Die Kugeln begannen wieder zu kreisen.

Die Tür des Arbeitszimmers wurde abrupt geöffnet und ein adretter junger Mann mit perfekt überkronten Zähnen und modisch kurz geschnittenem Haar trat hastig ein. Selbst ohne Krawatte und Aktenkoffer hätte es sich unschwer erraten lassen, welchen Beruf er ausübte.

»Das wird er nicht. Mr. Sinclair wird Ihnen gar nichts mehr erzählen. Ist Ihnen klar, dass sich draußen schon die Paparazzi versammelt haben, um seine Verhaftung zu filmen? Ich bin sein Cousin, Evan Sandowski. Und außerdem sein Anwalt.«

Seltamerweise schienen weder Sinclair noch David über das Erscheinen des Anwalts glücklich zu sein. Vielleicht lag es an dem jugendlichen Aussehen Sandowskis. David kam sich alt neben ihm vor, fast, als müsste er bald am Stock gehen.

Aber für Sinclair musste es noch schlimmer sein. Obwohl er erst achtunddreißig war, sah er zwanzig Jahre älter aus.

Müde sagte er: »Wo hast du so lange gesteckt, Evan?«

11

»Wer hat wen umgebracht?«, fragte Evelyn den Teenager.

»Jennas Stiefvater hat Jenna umgebracht. Dieser Wilson«, antwortete sie in abfälligem Tonfall.

Nach siebzehn mit ihrer Tochter Angel verbrachten Jahren war Evelyn inzwischen für melodramatisches Getue unempfänglich geworden. Sie streckte die Hand aus. »Mein Name ist Evelyn James und ich arbeite als Spurensicherungsexpertin für das Gerichtsmedizinische Institut.«

Der Händedruck des jungen Mädchens war kraftlos. »Ich bin Katie. Katie Ryan. Ich wohne nebenan.« Katie machte eine Kopfbewegung. Das Haus »nebenan«, eine große, terrassierte Villa von rustikalem Aussehen, stand etwa hundert Meter entfernt.

Katie ging in dieselbe Schule wie Angel, das sagte Evelyn aber nicht. Die Highschool war knallhart, auch ohne dass die Kids glaubten, die Mutter ihrer Mitschülerin habe einen makabren Beruf. »Du weißt schon, dass Joshua tot ist, nicht wahr?«

Katie schossen Tränen in die Augen und ihr Kinn zitterte leicht. »Natürlich weiß ich das. Das Baby hat er auch umgebracht, stimmt's?«

Evelyn beugte sich wieder über den Kofferraum des Caddys. »Ich muss den Kofferraum auf Spuren untersuchen. Du kannst aber gern mit mir reden, während ich weiterarbeite.«

Aus rechtlichen Gründen hätte sie es normalerweise vermieden, sich ohne die Anwesenheit eines Officers mit einem in den Fall involvierten Beteiligten zu unterhalten, aber man konnte

Katie weder bei dem Mord an Joshua noch bei Jennas Verschwinden mit irgendeiner triftigen Begründung als Verdächtige ansehen.

Katie lehnte sich leicht schmollend gegen die Stoßstange. Sie hatte wohl damit gerechnet, Evelyns volle Aufmerksamkeit zu verdienen. »Er hat Jenna gehasst. Er hat sie geschlagen.«

»Lass uns mal ganz von vorn anfangen. Wie lange kennst du Jenna schon?«

»Seit sie und ihre Mom hierhergezogen sind. Das ist jetzt drei Jahre her. Vor zwei Jahren hat ihre Mom dann diesen Wilson geheiratet.«

»Und er hat Jenna adoptiert?«

»Das war Dinahs Bedingung – damit, egal was auch passierte – Jennas Studium bezahlt wurde. Sie ist nicht dumm. Und das war ganz bestimmt nicht Jennas Idee oder Wilsons.«

»Und wie hat sich Jenna dabei gefühlt?«

»Sie reden wie meine Therapeutin. Wie sie sich dabei *gefühlt* hat? Sie konnte den Kerl von Anfang an nicht ausstehen. Sie nannte ihn immer nur den Schwätzer oder auch den Kotzbrocken. Zuerst war er ihr eigentlich egal. Solange sich ihre Mutter um ihn kümmerte und sie ihre Ruhe hatte, war die Sache für sie in Ordnung.«

Katie schmollte nicht mehr. Sie konnte es sich nicht verkneifen, Evelyn mit einem gewissen Interesse bei der Arbeit zuzusehen.

»Aber als die beiden geheiratet haben, wurde alles anders.«

»Wie das?«

»Der Kotzbrocken dachte, dass er nun nicht mehr den netten Kerl spielen müsse. Er hat Jenna und ihrer Mutter ständig alles vorgeschrieben. Dinah musste immer pünktlich zum Abendessen zu Hause sein. Sie musste alle zwei Wochen mit dem Auto durch die Waschanlage fahren. Sie durfte sich das Haar nie mehr als zwei Zentimeter kürzer schneiden lassen und musste es glatt tragen.«

Die Vorstellung, dass Dinah zu Hause derart kuschen musste, war für Evelyn unerwartet. »Und Jenna hat das gestunken.«

»Natürlich hat es das! Mit welchem Recht durfte er ihr überhaupt irgendetwas vorschreiben? Etwa bloß, weil er ein verdammter *Sinclair* ist? Aber das war trotzdem lange Zeit nicht wirklich ein Problem. Jenna mied ihn oder ignorierte ihn. Und solange sie außer Sichtweite blieb, war es ihm scheißegal, was sie tat. Bei dem Kotzbrocken dreht sich immer alles nur um ihn selbst. Er scherte sich nicht darum, ob sie ihr Zimmer aufräumte oder wie sie mit ihrer Mutter redete, aber wenn sie ihm unter die Augen kam, schikanierte er sie ständig.«

»Hm, hm.«

»Nach ein paar Monaten hat er dann angefangen, sie zu schlagen.«

Evelyn strich beiläufig einen der Klebestreifen mit den gesicherten Spuren auf Acetatfolie. Die untergehende Sonne wärmte ihr den Rücken. »Ach ja?«

»Anfangs war es nur ein Klaps, weil sie sein Arbeitszimmer betreten hatte. Da durfte niemand rein, bloß die Putzfrau. Dann hat er sie eines Tages, bloß zwei Monate, nachdem er ihre Mom geheiratet hatte, in den Magen geboxt, weil irgendjemand für ihn angerufen und sie vergessen hatte, es ihm auszurichten. Danach prügelte er sie mit schöner Regelmäßigkeit.«

»Wo war Dinah, wenn er sie schlug?«

Katie schnaubte verächtlich. »Sie stand daneben, was glauben Sie denn?«

»Und sie hat ihren Mann nicht daran gehindert?«

Katie verzog angewidert das Gesicht und schnipste den blonden, seidig glänzenden Pferdeschwanz über ihre schmächtige Schulter. »Nein. Sie hat tatenlos zugesehen, wie ihre Tochter von diesem Idioten verprügelt wurde. Sie hat ihn nicht einmal gebeten, damit aufzuhören. Das hat Jenna am meisten zugesetzt.«

»Hat Jenna das in der Schule gemeldet? Oder der Polizei gesagt?«

Katie verlagerte ihr Gewicht auf eine Hüfte. Sie bemühte sich ganz offenbar, ihre Worte mit Bedacht zu wählen und dabei sachlich und erwachsen zu wirken. Abgesehen von ihrem melodramatischen Getue schien sie Jenna wirklich zu mögen, vielleicht sogar viel mehr als jeder Erwachsene.

»Also, er hat ihr nie so richtig wehgetan. Er hat sie in den Bauch und auf den Rücken geboxt, wo man die Blutergüsse nicht sehen konnte, und meistens waren die Schläge auch gar nicht so schlimm. Er hat sie bloß so fest geschlagen, dass es wehtat, aber nicht fest genug, dass sie ernsthaft verletzt wurde. Sie dachte, es würde ihr niemand glauben, und ihre bescheuerte Mutter hätte sie bestimmt nicht unterstützt. Im Übrigen ging es nie wirklich um das, was dieser Kerl ihr getan hat, sondern wie er sich benahm, wenn er es tat.«

Evelyn war mit dem Sichern der Spuren im Kofferraum fertig und richtete sich auf. »Wie meinst du das?«

»Jenna sagte, er würde dabei so einen komischen Blick bekommen. Er wäre wie weggetreten, als hätte er sich in einen anderen Menschen verwandelt. Ganz so, als sei er nicht mehr bloß dieser Kotzbrocken, dieser langweilige Finanzheini, sondern ein ...« Katie biss sich auf die Unterlippe und schlang die Arme um ihre Taille. »Ein Monster. Das hat Jenna Angst gemacht. Körperlich war es vielleicht immer nur ein Schlag. Aber sie hat dabei jedes Mal mit der Furcht gelebt, dass er sie umbringen würde.«

»Und Dinah wusste davon?«

»Wie schon gesagt, es geschah direkt vor ihren Augen. Wo immer dieser Mistkerl war, da musste auch Jennas Mom sein, sonst fing er an zu schreien. Nein, Dinah hat sich einen Scheißdreck um Jenna geschert. Jenna war passé. Dinah hatte ihr Geschäft und ihr Baby.«

»Uns wurde immer nur berichtet, dass Jenna Joshua gern gehabt hat.«

»Josh? Den hat sie vergöttert.« Katie wischte sich eine Träne aus dem Augenwinkel. »Sie hat mehr an dem Kleinen gehangen als an irgendjemand sonst, sogar mehr als an mir.«

»Sie war nicht eifersüchtig, dass ...«

»Ach was! Sie glaubte, dass Joshua und sie in einem Boot säßen, dass sie beide später einmal gegen den Kotzbrocken und die Schlampe zusammenhalten würden. Sie wollte ihn *beschützen.*«

Evelyn setzte wieder ihre Schutzbrille auf und schaltete die UV-Lampe ein. Kein Zeichen von Blut oder Sperma. Der Kofferraum wäre nicht sauberer gewesen, wäre der Wagen gerade erst ausgeliefert worden.

»Was ist das? Wonach suchen Sie da?«

»Nach Körperflüssigkeiten. Wenn Jenna so an Joshua gehangen hat, warum ist sie dann weggelaufen?«

Diese Frage provozierte die erhoffte Reaktion. »Ich sagte Ihnen doch, sie ist nicht weggelaufen! Er hat sie umgebracht!«

»Und wie hat er das angestellt?«

Katie quiekste vor Entrüstung. »Keine Ahnung! Woher soll ich das wissen? Das ist doch Ihr Job!«

»Und ich versuche ihn gerade zu machen. Ich frage dich, ob du irgendwelche Beweise oder auch nur einen Hinweis hast, dass Jenna tot ist oder dass sie von ihrem Stiefvater ermordet wurde?«

»Ich kann's nicht fassen! Sie hören mir nicht zu!«

Evelyn versuchte es mit strengem Blick und kühlem Tonfall. Bei Angel funktionierte das immer. »Du bist doch nicht dumm, Katie. Also tu bitte nicht so. Du weißt, dass wir ihn nicht verhaften können, weil du es gern hättest. Du bringst hier eine sehr schwerwiegende Anschuldigung vor und ich muss wissen, worauf sie sich gründet.«

Wenn Katie aufgebracht war, stemmte sie die Arme in die Hüften. Wenn sie sich zu beruhigen versuchte, schlang sie sie sie um die Taille. Das tat sie nun wieder. »Weil Jenna nicht ohne Josh gegangen wäre. Weil der Kotzbrocken an dem Tag, an dem sie verschwand, früher von der Arbeit nach Hause kam. Als ich aus dem Bus stieg, war sein Auto – *dieser* Wagen – hier geparkt. Das fiel mir auf, weil ich auf der Suche nach Jenna war. Ich hatte keine Ahnung, warum sie nicht mit mir im Bus war, und als ich seinen Wagen sah, dachte ich, dass vielleicht etwas passiert ist. Er ist nie vor sieben zu Hause, und bis dahin haben wir den großen Plasma-Fernseher für uns. Wir können immer gerade noch das Ende von *Buffy* sehen – also die Wiederholungen, die sie gerade zeigen – und dann müssen wir uns verziehen, bevor er reinplatzt. Ich habe Jenna auf ihrem Anschluss angerufen und andauernd aus dem Fenster gesehen, um nach ihr Ausschau zu halten. Und dann fiel mir auf, dass er sein Auto in die Garage gefahren hat. Was beide sonst nie tun. Die Fernbedienung fürs Garagentor ist kaputt und sie sind zu faul, jedes Mal auszusteigen und das Tor zu öffnen. Deshalb stehen ihre Autos immer in der Auffahrt.«

»Woher wusstest du, dass sein Caddy in der Garage gstanden hat?«

»Weil ich es von meinem Fenster aus gesehen habe.« Katie zeigte hinüber zum Nachbarhaus. »Als er das Tor zuzog, habe ich den Wagen gesehen. Danach musste ich zum Abendessen raufgehen. Meine Mom ist echt krass, wenn es um das gemeinsame Essen geht. Und als ich Jenna danach am Telefon immer noch nicht erreichen konnte, bin ich rübergegangen und habe an die Tür geklopft, was ich sonst nicht tue.«

»Warum warst du so hartnäckig?«

Katie schien überrascht. »Na ja, weil wir uns immer getroffen haben. Jeden Tag. Was blieb uns denn sonst groß zu tun? Abgesehen von dem blöden Essen waren wir immer jeden Abend zusammen.«

»Bei dir drüben oder hier?«

»Je nachdem. Aber meistens bei uns. Meine Eltern haben den halben Keller für meine Großmutter umgebaut und als sie starb, durfte ich runterziehen. Wir können da unten am Computer sitzen oder kochen. Und ich habe auch einen ziemlich großen Fernseher. Bei ihr haben wir mit Joshua gespielt, wenn wir nicht fernsehen konnten.«

»Und was ist passiert, als du an der Tür geklopft hast?«

»Der Kotzbrocken sagte, sie sei nicht zu Hause. Ich habe gefragt, wo sie sei und er sagte, er wisse es nicht. Als ich ihn fragte, ob sie von der Schule nach Hause gekommen sei, da sagte er, er habe keine Ahnung. Sie haben keine *Ahnung*, habe ich gefragt und er antwortete bloß: ›Ist mir doch scheißegal!‹ Und dann hat er mir die Tür vor der Nase zugeknallt.«

Ob Sinclair während dieser Zeit Jennas Leiche in seinen Wagen geladen hatte? Falls er das getan hatte, besaß er offenbar nicht viel Talent, sich aus dem Stegreif eine plausible Erklärung auszudenken. Oder hatte er die Wahrheit gesagt, Jennas Abwesenheit nicht bemerkt und sich nicht weiter darum gekümmert? »Wo war währenddessen Dinah?«

»Hier. Ihr Wagen stand in der Auffahrt. Sie muss nach Hause gekommen sein, während ich beim Essen war.«

»Okay. Und was ist dann passiert?«

Katie schien sich zum ersten Mal unbehaglich zu fühlen. »Nichts. Ich hab aufgegeben und bin nach Hause gegangen, dann ferngesehen und eingeschlafen.« Ihr Kinn begann wieder zu zittern. »Ich habe Jenna einfach vergessen und bin eingeschlafen.«

»Das ist nicht deine Schuld, Katie«, beruhigte Evelyn den Teenager. »Du hast alles getan, was möglich war. Erinnerst du dich noch an was anderes, das an jenem Abend geschehen ist? Vielleicht an Leute, die kamen oder gingen oder an irgendwelche Autos?«

»Als ich am nächsten Morgen aufstand, um mich für die Schule fertig zu machen, da stand sein Wagen wieder in der Auffahrt. Das ist alles.«

»Katie!«, rief da jemand von der Einfahrt nebenan. Evelyn drehte sich um und sah eine Frau, die barfuß, mit offenem Haar bis zu ihrer schlanken Taille, über den Rasen auf sie beide zuging.

»Das ist meine Mom.«

»Die so gern im Familienkreis isst.«

Katie grinste. »Genau die.«

»Ich muss dich warnen«, sagte Evelyn. »Du wirst das Ganze noch einmal den Polizisten erzählen müssen, sollten sie dich befragen. Jede Kleinigkeit, die du auch mir erzählt hast und auch alles andere, was dir vielleicht noch einfällt.«

Katie zuckte mit den Schultern. Ihr Gesichtsausdruck war in der Dämmerung nur schwer zu erkennen. »Klar, das macht mir nichts aus. Ich habe es ja schon Sergeant Stoltz erzählt.« Sie beobachtete, wie ihre Mutter sich näherte.

»Katie, dein Vater und ich haben heute Abend ein Geschäftsessen und ich möchte, dass du zu Hause bist, ehe wir losfahren. Außerdem solltest du diese Leute nicht belästigen. Sie müssen arbeiten. Hallo, ich bin Marian Ryan, Katies Mutter. Ermitteln Sie wegen Jennas Verschwinden oder wegen Joshuas Tod?«

»Wegen der beiden.« Evelyn erklärte noch einmal, in welcher Funktion sie hier sei. »Die Polizei wird Sie sicher noch befragen.«

»Sie wird den Kotzbrocken verhaften«, sagte Katie. Ihr Verhalten wurde in Gegenwart ihrer Mutter aggressiver. »Der Kerl wird auf dem elektrischen Stuhl landen.«

»Ich weiß nicht, was passieren wird«, sagte Evelyn.

»Keine Sorge, ich bin Katies theatralisches Getue gewöhnt«, sagte Marian Ryan, »und bin sicher, dass hier nichts Schlimmes geschehen ist.«

»Doch, es ist etwas Schlimmes passiert. Aber noch ist nicht geklärt, wer dafür verantwortlich ist.«

Mrs. Ryan wies die Behauptung zurück. Sie schüttelte vehement den Kopf. »Ich wollte damit nur sagen, dass ich mir nicht vorstellen kann, dass einer der Sinclairs das eigene Kind getötet hat. Also, ich meine Joshua.«

»Woher willst du das denn wissen?«, fauchte Katie ihre Mutter an. »Du bist doch nie hier. Du hast doch keine Ahnung, was hier vor sich geht.«

»Ich bin jeden Abend hier, Katie«, entgegnete ihre Mutter in schneidendem Ton. »Wie du wohl weißt, besitzen dein Vater und ich ein Geschäft, das nicht von allein läuft. Es ist eine Menge Arbeit. Nur weil ich dich nicht nach der Schule jeden Tag mit selbst gebackenem Kuchen empfange, heißt das nicht, dass du vernachlässigt wirst.« Mrs. Ryan sah Evelyn für einen Moment prüfend an. »Haben Sie Kinder?«

»Eine Tochter.«

»Dann wissen Sie ja, wie das ist, berufstätig zu sein und eine Familie zu haben.«

»Nur zu gut«, sagte Evelyn mit liebenswürdigem Lächeln. Aber sie fragte sich, ob diese Aufgabe nicht einfacher in einer

Nachbarschaft war, wo die Leute ohne Mühe ihre Hypotheken abzahlen konnten. »Wie lange wohnen Sie schon hier?«

»Wir sind kurz nach Katies Geburt hierhergezogen und wussten nicht einmal, wie Wilson aussieht, bis Dinah bei ihm eingezogen ist. Er ist ein unangenehmer Mensch. Aber die Mädchen sind gute Freundinnen geworden.« Sie strich ihrer Tochter über den Kopf. »Sie haben Katie sogar einmal während der Osterferien mit in ihr Haus auf den Cayman-Inseln genommen. Die beiden waren unzertrennlich. Das Ganze ist sehr schwer für sie.«

Katies Augen füllten sich erneut mit Tränen, doch offenbar wollte sie nicht zulassen, dass sich ihre Mutter mit ihrer neuen Freundin anfreundete. »Also schön, dann lass uns gehen.«

»Viel Glück«, sagte Marian Ryan zum Abschied und ging ohne ihre Tochter, die noch kurz bei Evelyn blieb.

»Deine Mutter kann Wilson Sinclair offenbar auch nicht leiden.«

»Er rät gerade irgendeiner größeren Firma, Mom und Dads Geschäft aufzukaufen, das ist alles. Es hat nichts mit Jenna zu tun«, gestand sie Evelyn mit einem verbitterten Unterton. »Aber sie hält sich für eine bessere Mutter als Dinah.«

»Schlägt dich dein Vater?«

Katie blickte sie überrascht an. »Nein!«

»Dann ist sie auf jeden Fall eine bessere Mutter.«

12

Nach einer gründlichen, aber erfolglosen Untersuchung von Dinahs mustergültig gepflegtem BMW flüchtete Evelyn vor den in der Dämmerung aktiv werdenden Stechmücken ins Haus. Da beide Detectives immer noch mit der Befragung der Sinclairs beschäftigt waren, konnte sich Evelyn mit Sergeant Stoltz in der Villa umschauen.

Eine Treppe in der Nähe der Eingangshalle ging in den Keller hinunter. Offensichtlich hatte dieser Teil des Hauses nicht von Dinahs Talenten profitiert. Das schlecht beleuchtete Labyrinth von Räumen schien ausschließlich der Lagerung und Aufbewahrung verschiedenster Gegenstände zu dienen. Billige, getäfelte Wände und Türen unterteilten den Keller in kleine, gefängniszellen-ähnliche Räume, die durch einen kreisförmigen Gang miteinander verbunden waren. Über eine zweite Treppe im hinteren Teil des Kellers gelangte man wieder ins Parterre.

»Reichlich Lagerraum«, sagte Sergeant Stoltz. »Aber die Beleuchtung lässt zu wünschen übrig.«

Jede Tür war mit einem Haken und Vorhängeschloss versehen, doch fast alle Schlösser waren offen. In einem Raum lagen Weihnachtsdekorationen samt einer gut zwei Meter hohen künstlichen Fichte, an der noch die Lichterkette hing. In einem anderen Raum standen teilweise geöffnete und unbeschriftete Kisten mit Kleidung. Durch eine schmale Reihe von Glasbausteinen in der Nähe der Decke drang Licht auf einen Ständer mit Wintermänteln, die in Plastikhüllen aus der chemischen Reinigung steckten.

Im nächsten Raum entdeckten sie das kitschige, beinahe lebensgroße Gemälde eines Ponys. Eine ganze Reihe Leinwände in demselben schwülstigen Stil lehnte unsigniert an der Wand. Tabletts mit Farbtuben und einigen vor sich hinrostenden Malermessern lagen unter einer dicken Staubschicht. »Da hat wohl jemand künstlerische Ambitionen gehabt.«

Sergeant Stoltz betrachtete das Ponybild. »Man kann nur hoffen, dass sich dieser Maler ein anderes Hobby gesucht hat.«

Nur zwei Kellerabteile waren mit robusten, neuen Vorhängeschlössern ausgestattet und verschlossen. Evelyn würde Riley darüber informieren. Falls Jenna in einem dieser Räume gefangen sein sollte, gab sie keinen Laut von sich und sollte ihre Leiche darin liegen, war sie geruchssicher verpackt. Kein Summen eines Gefrierschranks oder einer Tiefkühltruhe war zu hören, die groß genug gewesen wären, um eine Leiche darin zu verstecken.

Hier stehe ich also vor einer Kellertür, dachte sie und schnuppere daran, weil die Möglichkeit besteht, dass die Leiche eines fünfzehnjährigen Mädchens dahinter verwest. Will ich diesen Job wirklich machen?

Wie immer lautete die Anwort verblüffenderweise *ja.*

Stoltz rüttelte an den Vorhängeschlössern. »Ich werde mich mal auf die Suche nach den Schlüsseln für diese Dinger hier machen.«

Die zweite Treppe führte ins Esszimmer, neben der Küche gelegen. Abgesehen von einer atemberaubenden Menge Geschirr im Schrank hatte ihnen der Raum nichts weiter zu sagen. Während Stoltz jeden Schlüsselring einsammelte, den sie finden konnte, arbeitete sich Evelyn durch das Erdgeschoss, bevor sie sich an den ersten Stock machte.

In Jennas Zimmer war bei der Inneneinrichtung offensichtlich ebenso gespart worden wie im Zimmer ihres Bruders. Es war ein großer Raum auf der Rückseite des ersten Stocks mit einem eigenen Balkon. Dort sah es aus wie in einem Katastrophengebiet, bei einem Teenager keine allzu große Überraschung. Überall lagen Kleidungsstücke herum. Das Bett war mit einem Meer Kissen, Stofftiere, Sweatshirts und einer halb gegessenen Tüte Chips bedeckt. Auf dem Schreibtisch lagen Schulbücher und Liebesromane – die einzigen Bücher, die Evelyn bisher im Haus gesehen hatte. Eine kleine Stereo-Kompaktanlage stand da und ein leeres Aquarium. Aus dem Schrank starrten ihr ein großer Fernseher, ein Videorekorder und ein DVD-Player entgegen. Um festzustellen, ob irgendwelche relevanten Beweise vorhanden waren, blieb ihr nichts anderes übrig, als jede Socke, jede Haarbürste und jeden Fetzen Papier in diesem Zimmer zu untersuchen. Evelyn rief zu Hause an, hinterließ eine Nachricht für ihre Tochter und fand sich damit ab, dass ihr eine lange Nacht bevorstand.

Sie streifte Latex-Handschuhe über und begann in der Ecke mit dem Schreibtisch. Bei näherer Betrachtung entdeckte sie, dass das kleine rechteckige Aquarium doch einen Bewohner hatte: Ein einsamer, goldener Fisch schwamm tot an der Oberfläche. Jenna hatte ein Foto der Korallenriff-Ausstellung des John-Shedd-Aquariums auf die Rückseite des Beckens geklebt, um dem Fisch ein Gefühl von Heimat zu vermitteln.

Sie fragte sich, ob Jenna Fische mochte oder ob sie nicht die Erlaubnis bekommen hatte, ein anderes Tier zu halten. Rachael behauptete immer, dass man einen Menschen danach beurteilen konnte, welches Haustier er liebe. Leute, die Hunde mochten, wollten einen Freund. Andere, die Katzen mochten, wollten etwas Warmes, Kuscheliges, aber Pflegeleichtes. Die, die Fische hielten, wollten ihre Ruhe. Stilles Wasser beruhigt, während ständige Bewegung ablenkt.

Evelyn verspürte einen vertrauten Schmerz, wenn sie an ihre alte Freundin dachte. Rachael war ein molliges Mädchen mit einer spitzen Zunge gewesen, das durch ein Leben ohne Mutter und mit einem alkoholkranken Vater geprägt worden war. Rachael fehlte Evelyn noch immer. Am Tag nach dem Vorfall mit dem Lacoste-Shirt hatten sie sich im Bonnie Park, ihrem üblichen Treffpunkt, auf die Wiese gelegt. Rachael nahm nie jemanden mit nach Hause, und der Park gab ihnen die Möglichkeit, Szenarien aus Spionageromanen und Videospielen nachzuspielen und sich gelegentlich auf dem Tennisplatz auszutoben. »Das schreit nach Rache«, hatte sie damals Evelyn erklärt.

»Wieso? Es ist doch nicht ihre Schuld, dass sie reich ist und ich nicht.«

»Aber sie war ja nicht gerade das Taktgefühl in Person.« Rachael las eine Menge englischer Romane.

Evelyn widmete sich ihrem Mittagessen, das nur aus einer Orange bestand. Magersucht entwickelte sich langsam zu einem Modetrend, dem sich Rachael allerdings entzog. Sie kaute geräuschvoll einen Schokoriegel. »Was soll ich deiner Ansicht nach tun? Ihr eins mit deinem Hockeyschläger überbraten, weil sie den Mut hatte, mir die Wahrheit zu sagen?«

»Du gibst dir viel zu viel Mühe, immer gerecht zu sein, Eve. Das ist nicht nötig. Die Leute können sehr gut selbst auf sich aufpassen, und Dinah Zack kann das besonders gut.«

»Außerdem fällst du zurzeit eh verletzungsbedingt aus.«

Rachael musterte den schmuddeligen Gips an ihrem Handgelenk, als gehörte er zu jemand anders. Sie hatte sich angeblich beim Rollschuhlaufen den Arm gebrochen und ihren Unfall ausführlich und lustig beschrieben. Aber Evelyn glaubte ihr kein Wort. Sie hatte allerdings gelernt, Rachael nicht zu drängen, wenn es um deren Säufer-Vater ging.

»Der Arzt nimmt den Gips nächste Woche ab. Aber Eierwerfen und Häuser mit Toilettenpapier behängen ist viel zu ordinär. Wir brauchen etwas Raffinierteres, als fiktive Rendezvous mit süßen Jungs zu arrangieren oder ihre Adresse auf Abo-Karten für Sadomaso-Zeitschriften zu setzen.«

»Igitt! Aber sollten wir das machen, müssen wir Handschuhe tragen. Man kann nämlich auf Papier Fingerabdrücke nachweisen.«

»Oder mit Benzin gemeine Sachen auf ihren Rasen schreiben«, fuhr Rachael ungerührt fort. »Es wäre nicht einmal genug, ihre Autoschlösser mit Sekundenkleber zu verschließen. Schließlich sind die Reichen anders als wir.«

»Es ist immer ein schlechtes Zeichen, wenn du Fitzgerald zitierst, weißt du das?« Evelyn zielte mit ihrer Tüte voller Orangenschalen auf den Mülleimer und machte sich nichts daraus, als sie danebenwarf, denn sie war stolz, dass sie das Zitat erkannt hatte. Zum Teufel mit Dinah. Was war Schönheit schon im Vergleich zu Intelligenz?

Rachael lächelte. »Ich laufe mich gerade erst warm.«

Als David eine halbe Stunde später den Kopf zur Tür hereinsteckte, war Evelyn immer noch mit Jennas Schreibtisch beschäftigt.

»Riley durchsucht den Keller. Dinah und Sinclair haben eine vertrauliche Besprechung mit ihrem Anwalt und Heaton, der ihnen noch einmal dieselben Fragen stellen wird, die wir ihnen schon gestellt haben. Der Kerl ist nicht ganz astrein, wenn du mich fragst. Und der Anwalt, dieser Sandowski ...«

»Evan Sandowski? Ach, du meine Güte!«

»Ja, sein Ruf eilt ihm voraus. Er hat das Verbrechen bereits aufgeklärt. Scheinbar bekommt Sinclair einige fiese Anrufe und E-Mails von einem Mann namens Edgar Grant, dessen Firma wohl aufgrund von Machenschaften unseres lieben Wilson aufgekauft wurde. Der Anwalt vertritt die Theorie, dass dieser Grant Joshua aus Rache umgebracht habe. Seltsamerweise hatte ich Sinclair kurz zuvor gefragt, ob es irgendwelche beruflich bedingten Probleme oder Anfeindungen gebe und ihm wollte nichts dazu einfallen.«

Evelyn rieb sich den Nasenrücken. »Anwälte sind sehr gut darin, Theorien über ein begangenes Verbrechen aufzustellen.«

»Wie läuft's bei dir?«

»Wer auch immer vorgibt, wir würden bald in einer Gesellschaft ohne Papier leben, sollte sich mal ein Mädchenzimmer ansehen.«

»So schlimm?«

»Sie hat Bücher, Schulkladden, zwei Adressbücher, Briefe von Freunden, Aufgabenlisten und nicht weniger als drei herzförmige Notizblöcke, in denen allerdings nichts geschrieben steht. Parfümiert sind sie noch dazu. Außerdem habe ich mehrere schematische Zeichnungen von Wohnungen gefunden. Vielleicht haben wir es mit einer angehenden Architektin zu tun. Sie baut die Häuser und ihre Mutter richtet sie ein.«

»Ich dachte, sie könnte nicht so gut mit ihrer Mom.«

»Sie hat sich Notizen am Rand gemacht, in denen die Entfernungen zwischen Wohnung und *Starbucks* und dem Einkaufszentrum vermerkt sind. Vielleicht plant sie für ihre Zukunft. Ich habe als Kind dasselbe getan.«

»Ach ja?« David lehnte sich gegen den Türrahmen.

»Jedes Mädchen hat Fantasievorstellungen von seiner ersten tollen Wohnung.«

»Und kam deine erste Wohnung diesen Vorstellungen nah?«

»Ich bin nie eingezogen. Ich habe stattdessen geheiratet und bin vom Haus meiner Eltern in das meines Mannes gezogen.«

Evelyn legte die Grundrisse wieder in das abgenutzte Spiral-Notizbuch zurück, aus dem sie die Skizzen herausgenommen hatte. »Ich hoffe, sie schafft es.«

»Wenn du noch immer auf diese gewisse Atmosphäre der ersten eigenen Wohnung scharf bist, kannst du ja bei mir einziehen, statt umgekehrt. Nein? Das kann ich dir nicht mal verübeln. Sogar meine Kakerlaken sind ausgezogen. Jenna hat nicht zufällig irgendwelche Adressen für diese Fantasie-Wohnungen notiert?«

»Nein. Nichts in der Art. Ich habe auch keine Monatskarte für den Bus, abgerissene Kinokarten oder Briefe von irgendwelchen Brieffreunden gefunden. Ihr ganzes Leben spielte sich in der Highschool und in diesem Haus ab.«

David ließ den Blick über das Chaos wandern. »Sieht es in Angels Zimmer auch so aus?«

»Wenn ich mich ausnahmsweise einmal reinwage, ja. Nahezu identisch. Außer, dass Angel ungefähr eine Million Fotos hat und Jenna bloß das hier.« Sie reichte ihm einen Rahmen, der mit pinkfarbenen Glitzersteinchen besetzt war. »Das ist also Jenna. Sie sieht aus, wie ihre Mutter sie beschrieben hat.«

»Das andere Mädchen ist Katie. Katie wohnt nebenan und behauptet, dass Jenna von ihrem Stiefvater ermordet wurde.«

»Ach, wirklich?«

Evelyn berichtete kurz von ihrer Unterhaltung mit Katie.

»Seltsam. Ich habe fast eine Stunde mit Mr. Sinclair geredet und er hat mit keinem Wort von irgendwelchen körperlichen Auseinandersetzungen gesprochen.«

»Was hat er denn gesagt?« Evelyn ging zu Jennas ungemachtem Bett hinüber. Die relativ sauberen Laken hatten keine verdächtigen Flecken. Die einzigen Haare, die sie fand, schienen die langen, hellbraunen des Mädchens zu sein.

»Er gibt zu, dass er mit Jenna nicht gut ausgekommen ist, seiner Ansicht nach eine natürlich Reaktion, weil ihre Mutter die Tochter in den Jahren als Alleinerziehende zu sehr verhätschelt hat. Seine Versuche, ihr wieder Disziplin beizubringen, sind angeblich bei beiden Frauen auf Widerstand gestoßen und daher hätte er seine Bemühungen aufgegeben. Dass seine Versuche auch mit körperliche Gewalt geschahen, davon hat er nicht geredet. Macht diese Katie einen glaubwürdigen Eindruck?«

Evelyn schüttelte die Laken auf und strich sie glatt. »Das ist eine gute Frage. Sie scheint sich sehr sicher zu sein. Andererseits ist sie ein Teenager und Jennas beste Freundin und war nie Zeugin dieser Tätlichkeiten.«

»Also beruht ihre Aussage bestenfalls auf Hörensagen.«

»Es gibt einen Augenzeugenbericht über Mr. Sinclair, wie er seinen Mercedes mehrmals woanders parkte. Was bestenfalls ein Indizienbeweis wäre, falls Jenna tot ist und falls Sinclair sie getötet hat und falls er seinen Wagen benutzt hat, um die Leiche zu transportieren.«

»Ich hasse Fälle, bei denen Kinder die Opfer sind«, sagte David zornig.

»Ich weiß nicht, wie Dinah diese Situation aushalten kann. Ich muss immer daran denken, wenn Angel sich in dieser Lage befände ...«

Er warf einen Blick auf den Flur, um sicherzugehen, dass sie allein waren und schlang dann seine Arme um sie. »Das ist sie aber nicht.«

»Aber nicht zu wissen, was passiert ist! Es wäre schon schlimm genug, wenn sie verletzt oder weggelaufen wäre ... aber es nicht zu wissen ...«

»Vielleicht weiß sie es ja.« Evelyn blickte überrascht auf, und er trat zurück, ohne sie jedoch loszulassen. »Du kanntest diese Frau ...«

»Wir waren nie Freundinnen. Aber du sagtest gerade, dass sie todunglücklich wäre.«

»Das ist mein Eindruck von ihr. Vielleicht irre ich mich auch. Wir dürfen hier keine Vermutungen anstellen, weil ich – wir – es uns nicht erlauben können, Fehler zu machen. Ich tippe auf den Stiefvater, aber der hat bereits den besten Strafverteidiger angeheuert, den er für Geld kriegen kann. Falls du irgendwelche Ideen haben solltest, wie wir am besten vorgehen, bin ich ganz Ohr.«

Evelyn hob einen verschlissenen Teddybären auf. »Ich schlage vor, wir suchen Jenna Sinclair.«

MITTWOCH
5. OKTOBER

13

»Mr. Grant? Cleveland Police. Wir würden Ihnen gern ein paar Fragen stellen.«

Edgar Grant wohnte in einem gutbürgerlichen Teil Old Brooklyns, wo die Leute noch Schaukelstühle auf ihrer Veranda vor dem Haus stehen hatten und Cops zu den Guten zählten – eine schnell schwindende Erinnerung an das, was in Cleveland und jeder anderen Stadt früher einmal normal gewesen war. Er sah mit leicht wässrigen Augen und scheinbar ohne jede Besorgnis zu ihnen auf.

»Nur zu! Ich habe schon auf Sie gewartet. Ich wette, Sinclair, Garcia und Newlan konnten es kaum erwarten, Ihnen meinen Namen zu nennen.«

»Eigentlich hat uns ein Reporter von Channel 15 angerufen. Er sagte, sie hätten einen anonymen Tipp bekommen.«

Zu Davids und Rileys Überraschung grinste der alte Mann. »Das war dieser Cavenaugh, richtig? Dem habe ich heute Morgen fast eine Stunde die Ohren vollgequatscht. Also hat er mich verraten, nachdem er mich bis aufs Blut ausgesaugt hat – wenigstens sagt er das offen raus. Keine Sorge, ich werde mit Ihnen reden. Was anderes habe ich zurzeit ja eh nicht zu tun.« Er knöpfte seine Strickweste zu. Der Himmel war den ganzen Tag über bedeckt gewesen; es war kühl geworden.

David stellte sich seinen Vater vor, wie er den Rollstuhl selbst bei eisigem Wetter auf die winzige Terrasse hinter dem Pflegeheim gefahren hatte, um an der frischen Luft zu sein. Die Vergegenwärtigung der eigenen Sterblichkeit war wie ein Schlag in die Magengrube gewesen. War das alles, was ihn erwartete, der langsame Verfall des eigenen Körpers, bis alle Funktionen versagten?

»Würden Sie lieber hineingehen?«

Der Mann machte eine Geste mit seiner wettergegerbten Hand. »Wir sollten uns lieber hier draußen unterhalten. Meine Frau kann es nicht mehr hören.«

David lehnte sich gegen die breite Steinbrüstung. Ob es wohl half, verheiratet zu sein, wenn man so große Verluste erlitten hatte? Oder wurden sie dadurch noch schlimmer?

»Uns ist zu Ohren gekommen, dass Sie Wilson Sinclair recht übel beschimpft haben.«

»Wie heißt es noch so schön *Stock und Stein brechen mein Gebein, doch Worte bringen keine Pein*. Ist es das, womit sich unsere Polizei heutzutage beschäftigt? Ein Junge darf sein Pfadfindermesser nicht mehr mit zur Schule nehmen, und jetzt darf ein erwachsener Mann einem anderen erwachsenen Mann nicht einmal mehr sagen, was er von ihm hält?«

»Eine Meinung zu äußern ist das eine. Doch Drohungen auszusprechen, jemanden wie einen räudigen Hund abzuknallen, ist etwas ganz anderes.«

»Das wäre noch zu gut für diesen Kerl!«, erwiderte Edgar Grant düster. »Sie wollen bestimmt nicht die ausführliche Version meiner Geschichte hören, also werde ich mich kurz fassen. Vor fünfundsechzig Jahren ist mein Vater mit meiner Mutter, einem Koffer und fünfzig Dollar in diese Stadt gekommen und hat mit drei seiner besten Freunde eine Reinigung eröffnet. Alle ihre Kinder besitzen einen Anteil, aber ich bin der Einzige, der das Geschäft weitergeführt hat. Vor ungefähr einem Jahr wollte eine Kette es kaufen. Ich habe Nein gesagt. Sie haben ihr Angebot erhöht. Ich habe wieder Nein gesagt. Ich brauchte diese Kette nicht. Ich finde, Individualität sollte auf dieser Welt immer noch etwas zählen, wenn Sie wissen, was ich meine.«

Die Fliegengittertür vor der Haustür wurde nach außen geöffnet, und eine ältere Frau musterte die beiden Cops mit gerunzelter Stirn. »Müssen Sie schon wieder damit anfangen? Das Ganze regt ihn nur auf.«

»Natürlich regt es mich auf«, sagte Grant. »Da werden fünfundsechzig Jahre Geschichte einfach ausradiert. Warum sollte mich das nicht aufregen?«

»Glauben Sie ihm nicht«, fügte sie an die beiden Cops gewandt hinzu. »Er würde niemanden erschießen.«

»Vielen Dank auch, Beatrice. Ich bin mir sicher, dass die Herren deine Worte außerordentlich beruhigend finden.«

Mrs. Grant verschwand wieder im Haus und ließ die Tür hinter sich zufallen. Ihr Mann schaukelte einen Moment vor und zurück, ehe er fortfuhr: »Mr. Wilson Sinclair ist dann zu den anderen Erben gegangen und hat sie dazu gebracht, ihre Anteile an diese Holdinggesellschaft zu verkaufen, die Besitzer der Kette. Damit besaß die Kette eine Mehrheitsbeteiligung und hat sich entschieden, die Reinigung an sich selbst zu verkaufen, ohne mit mir darüber zu reden. Sie haben mich nicht darüber informiert, weil ich das gesetzlich verankerte Recht hatte, ein Gegenangebot für ihre Anteile vorzulegen. Also habe ich mir einen Anwalt genommen und sie verklagt – und das nur, um mein Recht, dieses Gegenangebot, geltend zu machen. Das hat natürlich nicht funktioniert. Denn in der Zwischenzeit war der Preis für das Geschäft in die Höhe gegangen. Hatte sich verdreifacht. Und jetzt stehe ich ohne Geschäft und ohne Arbeit da und musste gerade eine zweite Hypothek auf mein Haus aufnehmen, um den Anwalt bezahlen zu können. Also werde ich Wilson Sinclair niederknallen, wenn ich ihm auf der Straße begegne, meine Herren. Weil er das nicht tun musste. Er musste mich nicht vernichten, um an mein Geschäft zu kommen. Er hat es getan, weil dieses Vorgehen so für ihn am einfachsten war, und das beweist mir, dass dieser Mann kein Herz besitzt.«

David wusste nicht, was er sagen sollte.

»Warum sind Sie nicht sauer auf die anderen Anteilseigener?«, fragte Riley.

»Wer sagt denn, dass ich das nicht bin?«

»Wissen Sie, wo Sinclair wohnt?«

»Klar. In einer großen, alten Villa in Strongsville, die der Großvater seiner Frau erbaut hat. Es überrascht mich, dass er es nicht abreißen ließ, um ein neues an die Stelle zu setzen. Ich habe in diesen letzten Monaten eine Menge über diesen Mann erfahren. Mein Anwalt hat sich wirklich Mühe gegeben, dass wir irgendwie zueinanderfinden, hat an sein Gerechtigkeitsempfinden appelliert, aber es hat alles nichts genützt.«

»Sind Sie schon einmal bei ihm zu Hause gewesen?«

»Nein. Es ist mir egal, was er zu Hause tut. Mich kümmert nur, was er in seinem Büro anstellt. Und da bin ich sehr oft gewesen. Man kann mit dem 23er Bus ohne umzusteigen hinfahren. Ich habe nämlich jetzt kein Auto mehr. Das musste ich auch verkaufen, um den Anwalt zu bezahlen.«

»Haben Sie gehört, was mit seinem Baby passiert ist?«, fragte David.

»Ja, der arme Junge wurde zu Tode geprügelt – war in seinem eigenen Heim nicht sicher.« Grants Kinn schoss mit einem Mal in die Höhe. »Glauben Sie etwa, ich hätte das *Kind* dieses Mannes getötet?«

»Haben Sie das?«

»Ich würde Wilson Sinclair gern wegen der Entscheidungen, die er in dieser Welt getroffen hat, ins Jenseits befördern. Aber ein Kind, das noch gar keine Gelegenheit hatte, irgendeine Wahl zu treffen? Nein, ein Kind verkörpert Unschuld, und es gibt einen besonderen Platz in der Hölle für Menschen, die dieses Ideal zerstören.«

David nickte.

Aber Grant hasste Wilson Sinclair offenbar zu sehr und konnte sich nicht verkneifen hinzuzufügen: »Allerdings heißt es ja immer, der Apfel fällt nicht weit vom Stamm ...«

Evelyn stand in dem leeren Autopsiesaal. Sie hatte gehofft, dass ihr irgendeine stumpfsinnige Arbeit dabei helfen würde, sich neu auf den Fall zu konzentrieren, aber die Aufgabe erforderte mehr Nachdenken als sie erwartet hatte.

In Fällen, bei denen eine nicht identifizierte Leiche einen Verwesungsgrad erreicht hatte, an dem Fingerabdrücke wohl noch vorhanden, aber mit den herkömmlichen Methoden nur schwer abzunehmen waren, wurden die Finger einer Leiche oft am mittleren Knöchel abgetrennt, einzeln in Gläsern aufbewahrt und an die Forensiker des Cleveland Police Department geschickt. Evelyn konnte unter normalen Bedingungen jederzeit Fingerabdrücke erfassen und vergleichen, besaß aber nicht die nötige Fachkenntnis noch Ausrüstung, um bei mumifizierten oder verwesten Leichen brauchbare Resultate zu erzielen. Konservierte Fingerspitzen sollten eigentlich nach der Identifizierung des Opfers vernichtet werden, aber Evelyns ehemalige Mitarbeiterin war nie dazu gekommen, dieser Aufgabe nachzukommen. Und inzwischen war die Sammlung abgetrennter Finger aus einem Zeitraum von elf Jahren im Lagerraum angewachsen. Tony machte es öfter großes Vergnügen, seinen Mitarbeitern unangenehme Dinge aufzuhalsen. Also bestand er darauf, dass sie *auf der Stelle* diese Relikte vernichtete.

Marissa, die Serologin und DNA-Expertin des Instituts, eine bildschöne, aber beruflich engagierte Frau, fand Evelyn in Gedanken versunken und auf eine Pyramide aus Gläsern starrend vor. »Was treibst du denn da?«

»Ich überlege, wie ich diese Finger am besten loswerde.«

»Ich unterbreche dich ja nur ungern bei so diffizilen Überlegungen, aber ich wollte dich daran erinnern, dass wir nächsten Dienstag unseren Kinoabend haben und Nina und ich uns gern einen Liebesfilm ansehen würden. Oder zumindest einen Film, der nicht wieder in Richtung von *Die Mumie* geht, wie bei unseren letzten Kinobesuchen.«

Evelyn ignorierte nicht nur den Seitenhieb. Sie dachte einfach laut weiter, als hätte Marissa nichts gesagt.

»Ich habe ein kleines logistisches Problem. Die Finger muss ich Ernie geben, damit er sie das nächste Mal beim Verbrennen der Organe mitverbrennt. Aber ich kann ihm nicht einfach die Gläser geben. Wenn ich mich nicht irre, ist Alkohol leicht entflammbar.«

»Korrekt. Andererseits ginge es mit den Plänen für unseren Neubau bestimmt schneller voran, wenn du diesen Laden in Schutt und Asche legst.«

»Und außerdem müssen wir die Gläser auf Anweisung unseres plötzlich so kostenbewussten Chefs wiederverwenden.«

Marissa protestierte. »Aber was ist mit einer möglichen Kontamination?«

»Wir benutzen die Finger ja nur, um Abdrücke zu nehmen, keine DNA. Sie müssen nicht steril sein. Außerdem werden sie in 70%igem Alkohol aufbewahrt, das sollte eigentlich sämtliche Keime abtöten.«

»Aber ...«

»Die Frage lautet also, wie kann ich den Alkohol abgießen und die Finger zur selben Zeit in etwas legen, das brennt?«

»Kipp sie doch einfach ins Waschbecken«, schlug Marissa vor, »und schaufel sie dann raus ...«

»Ich fasse diese verdammten Dinger nicht an!«

Marissa kicherte. »Hast du in diesem Baby-Fall irgendwas Interessantes gefunden? Beschuldigen die reichen Rabeneltern immer noch das Kindermädchen?«

»Es freut mich, dass du so aufgeschlossen bist. Lass das bloß nicht ihren Anwalt hören.«

»Du hast eine Liebesbeziehung mit dem zuständigen Cop, und *ich* soll mir wegen ihres Anwalts Sorgen machen? Also, ich bin ja mal gespannt, was passiert, wenn ihr beide das erste Mal vor Gericht aussagen müsst.«

»Bloß weil dein Exmann ein Cop ist, heißt das noch längst nicht, dass ich nicht mit einem ausgehen darf.«

»Natürlich darfst du das. Es wäre aber besser, wenn du es nicht tun würdest. Egal, was soll's. Was hast du gefunden? Haben sie ihr anderes Kind auch umgebracht?«

»Okay, wir machen Folgendes: Wir nehmen die kleinen Beutel für biologische Gefahrenstoffe, tun zwei ineinander, stechen unten Löcher rein und kippen die Gläser einfach hinein. Wenn der Alkohol abgeflossen ist, legen wir die Beutel in einen frischen Beutel.«

»Ich glaube, ich habe mich verhört, hast du da gerade ›wir‹ gesagt?«

Evelyn ignorierte ihre Kollegin, zog die kleinen roten Plastikbeutel aus dem Spender, schob zwei ineinander und griff nach einem Skalpell. »Ich habe kein Haar von Jenna im Kofferraum ihrer Autos finden können. Es gibt Haare von ihr auf den Vorder- und den Rücksitzen von Dinahs Wagen und auf den Rücksitzen von Wilsons Wagen. Wahrscheinlich sitzt Dinah immer vorn und Jenna hinten. Da Wilson mit seiner Stieftochter nicht gut auskam, kann man wohl davon ausgehen, dass sie nicht ohne Dinah zusammen irgendwohin gefahren sind. Daher macht es Sinn, dass sie auf dem Rücksitz gesessen hat.«

Sie schraubte das erste Glas auf und kippte den Inhalt ohne nachzusehen in die durchlöcherten Beutel. Der scharfe Geruch von Alkohol stieg aus dem Waschbecken auf. Sie stellte das leere Glas und den Deckel in das Nachbarbecken.

»In Joshuas Bett habe ich ein paar Haare von Dinah, Wilson und auch eins von Jenna gefunden.«

»Aber sie ist doch schon seit zwei Monaten verschwunden!«

»Haare wird man nicht so leicht los. Es sei denn, sie kommen mit etwas Ätzendem in Berührung. Sie waschen die ganze Wäsche in diesem Haushalt übrigens in einer Maschine.«

»Also ist es nicht von Bedeutung.« Marissa griff nach einem Glas, schüttelte es leicht, sodass der Finger in der Flüssigkeit tanzte, öffnete den Deckel und goss den Inhalt aus. »Ekelhaft.«

»Was mich etwas verwirrt, sind zwei kurze, rote Haare, die ich auf Joshuas Decke gefunden habe.«

»Äh, Evie – nichts für ungut, aber das sind wahrscheinlich deine.«

»Sind sie nicht. Das habe ich natürlich überprüft. Es handelt sich um zwei graue Haare, die rot gefärbt wurden – das sind meine zwar auch, aber nicht in diesem Ton. Vielleicht gehören sie einer der Großmütter. Wahrscheinlich Wilsons Mutter.«

»Warum gerade seine?«

»Weil ich auch welche auf dem Beifahrersitz seines Wagens gefunden habe.«

»Hmm«, murmelte Marissa, die sich langsam an den Rhythmus gewöhnte, die Gläser zu öffnen und die abgetrennten Finger dann auszukippen. »Dafür hätte ich vielleicht eine Erklärung. Ich habe die weibliche Komponente des Spermafleckens von Wilsons Vordersitz unersucht.«

»Also war es wirklich Sperma.« Entweder der Geruch oder das Gesprächsthema sorgte dafür, dass sich Marissa der Magen umdrehte, als sie den Inhalt des letzten Glases in die Tüte kippte. »Und die vaginale Epithelmenge stammt von Jenna?«

»Schau mich nicht so entsetzt an. Nein, sie stammt nicht von Jenna. Und interessanterweise auch nicht von Dinah.«

Die beiden wechselten diese spezifischen Blicke, die Frauen seit Jahrhunderten wechseln, wenn Männer auf unschöne Weise in etwas involviert sind. Dann begingen beide einen Fehler: Sie betrachteten den Haufen abgetrennter Finger. Evelyn band rasch den Beutel zu. Marissa klammerte sich an das Becken, um sich abzustützen. Ihr sonst makelloser Teint verfärbte sich grünlich.

»Denkst du manchmal darüber nach, wie krank ein Mensch eigentlich sein muss, um mit einem derartigen Beruf seinen Lebensunterhalt zu verdienen?«

»Hin und wieder.«

»Und hast du schon eine Antwort darauf gefunden?«

»Wenn ich eine gefunden habe ...« Evelyn hievte den Beutel aus dem Becken und stellte ihn in einen frischen Beutel »... lasse ich es dich wissen. Wer auch immer diese andere Frau sein mag, ich wette, sie ist ein Rotschopf. Dinah war nicht zu Hause, wurde auch nicht zurückerwartet, Wilson war allein. Es waren ein paar Haare im Bett des Babys ...«

»Was schließt du daraus?«

»Sie war da. Sie war in jener Nacht da.«

Von der Tür erklang eine Stimme, deren Timbre an das Abladen einer Fuhre Kies erinnerte. »Besuch für Sie, Evie.«

Beide drehten sich um. Mrs. Anderson, die verschrumpelte Empfangssekretärin, stand mit einem Mann im Schlepptau im

Türrahmen. Sie deutete mit Fingern auf ihn, die, obgleich leer, gekrümmt waren, als halte sie eine Zigarette. »Ist er nicht schlau, oder? Er behauptet, Ihr Bruder zu sein. Das habe ich ihm natürlich nicht abgenommen. Denn Sie hätten mir mit Sicherheit gesagt, wenn die Familie Sie besuchen würde. Aber er hat ein so nettes Lächeln und da habe ich ihn trotzdem reingelassen.«

Das dunkelbraune Haar wich schon zurück und ließ kleine Geheimratsecken frei. Als er lächelte, erschienen Grübchen auf seinen Wangen. Seine Anzugjacke passte nicht zur Hose, und er hatte ein Notebook in der Hand.

»Er ist Reporter«, sagte Evelyn. »Von Channel 15.«

»Entschuldigen Sie«, sagte der Mann zu Mrs. Anderson.

»Ist schon okay, Süßer. Du darfst dich jederzeit wieder an mir vorbeimogeln.«

»Ich bin Kevin Cavenaugh und wollte mich nur nach Joshua Sinclair erkundigen. Evan Sandowski wird heute Nachmittag eine Pressekonferenz abhalten und ...«

»Ich wette, *der* steht auf der Seite des Kindermädchens«, flüsterte Marissa.

»Sämtliche Auskünfte werden allein vom Büro des leitenden Gerichtsmediziners erteilt«, sagte Evelyn. »Im zweiten Stock.«

Cavenaugh ging in den Autopsiesaal, wurde langsamer, um sich an den Geruch zu gewöhnen. Der Raum war blitzblank, sauber geschrubbt, doch sein Blick fiel auf eine Reihe glänzender Skalpelle, die schon für den nächsten Arbeitstag bereitlagen und sein Lächeln verschwand.

»Ich weiß. Ich wollte nur ein paar Hintergrundinformationen, die Meinung der Leute, die an vorderster Front arbeiten – welche Auswirkungen ein brutaler Mord an einem unschuldigen Kind auf diejenigen hat, die unmittelbar betroffen sind. Ich würde auch gern wissen, wie sich die Fortschritte in der Kriminalistik ...«

»Sämtliche Auskünfte werden allein vom Büro des leitenden Gerichtsmediziners erteilt«, wiederholte Evelyn. Neben ihr nickte Marissa, wenn auch nicht allzu begeistert.

»Wahnsinn! Sie klingen wie ein Roboter: ›Ich wurde für die Beantwortung solcher Fragen nicht programmiert.‹ Sehr überzeugend. Ich lade Sie zu einem Corned-Beef-Sandwich bei *Slyman*'s ein. Die Dinger sind weltberühmt.«

»Ich hasse Corned Beef.«

»Ich liebe Corned Beef«, sagte Marissa.

»Wussten Sie, dass Joshuas Großeltern ebenfalls in der Gerichtsmedizin gelandet sind? Ist schon lange her, aber derartige Tragödien scheinen in der Familie zu liegen. War so um das Jahr ...« Offenbar war es ihm endlich gelungen, den Geruch 70%igen Alkohols von einem undefinierbaren anderen Geruch zu unterscheiden, und jetzt sah er den Beutel, den Evelyn umklammert hielt. »Was haben Sie denn da in der Hand?«

»Finger«, antwortete sie zuckersüß.

»Finger?«, fragte er schockiert.

»Genau genommen abgetrennte Finger. Ich würde sagen, so an die fünf Kilo. Zweiter Stock, Mr. Cavenaugh. Mrs. Anderson zeigt Ihnen den Weg zum Lift.«

14

Der Stress begann Wilson Sinclair zuzusetzen. Vielleicht war es aber auch die ungewohnte Umgebung. Riley und David hatten ihn aus seinem Büro mit dem teuren Teppichboden und der umwerfend aussehenden Sekretärin geholt und an einen fleckigen Resopaltisch in einen Verhörraum gesetzt, der nach Zigaretten, Cops, Angst und Verzweiflung stank. David hoffte, dass der Kulturschock Wirkung zeigen würde.

»Wir sind doch alle Männer, Wilson«, sagte Riley in einem betont lässigen und beschwichtigenden Tonfall. »Wir wissen, wie so was läuft. Sie haben eine Menge Geld, einen tollen Job. Also suchen Sie sich eine Vorzeigefrau und glauben, dass alles perfekt ist. Welcher Mann wäre nicht gern in einer solchen Lage?«

Sinclair griff sich an den Hals und verrückte dabei unbeabsichtig seinen perfekten Windsor-Knoten. Er sah Riley an, als hätte der Cop gerade verkündet, von Außerirdischen abzustammen.

David lehnte an der Wand, fast außerhalb von Sinclairs Blickfeld.

Jetzt mischte er sich ein: »Vorzeigefrauen entpuppen sich manchmal als Trophäen, die vom Kaminsims herabsteigen und ihren eigenen Weg gehen. Wie Dinah. Sie massiert Ihnen nicht die Füße und bringt Ihnen keinen Brandy, wenn Sie von der Arbeit nach Hause kommen. Sie arbeitet selbst jeden Tag lange in ihrem Geschäft, hat ihre eigene Karriere, ihr eigenes Leben.«

Wozu braucht Dinah diesen Kerl überhaupt? Andererseits, wozu braucht Evelyn mich? Sie hat gewiss nicht die Begeisterung fürs Zusammenziehen gezeigt, die ich mir erhofft habe. Er schob den Gedanken beiseite und konzentrierte sich auf den Verdächtigen.

»Was reden Sie denn da? Dinah ist eine gute Ehefrau!«

»Aber ihr Geschäft nimmt doch bestimmt viel Zeit in Anspruch ...«

»Der Laden ist mehr eine Beschäftigungstherapie als alles andere!«, fuhr Wilson ihn an. »Er hat von Anfang an rote Zahlen geschrieben.«

»Führen Sie ihre Geschäftsbücher?«

»Nein. Das erledigt Dinah selbst.«

»Ach?« Also gab es vielleicht doch finanzielle Probleme. Ein Problem für Sinclair? Geldprobleme sind frustierend und Frustationen gelten in Fällen von Schütteltraumata immer als Auslöser.

»Das war aber nie ein Problem für mich«, fügte der Verdächtige hinzu, als hätte er Gedanken gelesen.

»Geld zu verlieren ist immer ein Problem.«

»Es ist Dinahs Geld. Es stammt von ihrem ersten Mann und ihren Kapitalanlagen«, sagte Sinclair, der nun, da er über Geld reden konnte, ruhiger wurde. Dabei bewegte er sich auf vertrautem Terrain. »Also kann sie damit tun und lassen, was sie will. Und die Verluste sind ja nicht allzu hoch. Außerdem ist es ihr wichtig. Wo wir gerade über Geld reden, haben Sie beide kürzlich mal einen Blick auf Ihre Gehaltsschecks geworfen? Klingelt vielleicht was bei dem Namen?«

David schob einen Stuhl polternd zur Seite. »Tun Sie nicht so, als würden Sie uns aus Ihrer eigenen Tasche bezahlen, Sinclair. Sie hocken bloß über den Zahlen.«

»Das tue ich aber für einige sehr mächtige Leute.«

»Und wo sind diese Leute?«

»Wie bitte?«

David lehnte sich über den Tisch, bis Sinclairs weit geöffnete Augen nahe an seinem Gesicht waren. »Wo sind Ihre Kumpel? Und wo ist Ihr Anwalt?«

»Er bereitet eine Erklärung für die Presse vor.«

»Soll mich das etwa einschüchtern, Sinclair?« David rührte sich nicht von der Stelle. »Er kann den Medien liefern, was er will – bei Ihrem Prozess wird kein Redakteur und kein Moderator auf der Richterbank sitzen. Aber warum sind Sie eigentlich freiwillig mit uns gekommen, wenn Sie doch für einen Typen wie Sandowski blechen? Das hätten Sie nicht tun müssen, wissen Sie. Aber wie hätte das ausgesehen – der Vater des Opfers, der sich weigert, mit der Polizei zu sprechen. Ich bin mir sicher, dass Sie etwas aus dem Ramsey-Fall gelernt haben. Das haben wir alle. Und hier sitzen Sie also und spielen den Unschuldigen, der keinen Anwalt braucht.«

Der Mann holte tief Luft. »Ich *bin* unschuldig. Patty ...«

»Keiner der von uns Befragten hat uns erzählt, dass Patty Jenna geschlagen habe. Soweit es Sie betrifft, sieht die Sache allerdings anders aus.«

»Das sind alles Lügen.« Sinclairs ohnehin gerötetes Gesicht wurde noch eine Spur dunkelroter.

Riley wandte sich wieder dem ursprünglichen Thema zu. »Das Geschäft nimmt Dinah sehr in Anspruch. Da haben Sie nun diese große, schöne Villa und Ihre Frau ist nicht da. Stattdessen bleiben Ihnen nur Ihre Stieftochter, die Sie nicht ausstehen kann, und die Nanny, die Sie genauso wenig mag. Und dann wird Ihre Frau auch noch schwanger. Und Sie bekommen noch weniger Aufmerksamkeit, als sich ihr Körper verändert. Und schließlich ist da das weinende Baby, um das sie sich mit übertriebener Sorge kümmert ...«

Wilson schlug mit der Faust auf den Tisch. »Worauf wollen Sie hinaus? Dinah hat sich noch nie wirklich um jemanden gekümmert, weder um mich, noch um Joshua. Wollen Sie mir etwa unterstellen, ich hätte meinen Sohn getötet, weil ich eifersüchtig war und Aufmerksamkeit wollte? Sie sind doch verrückt!«

»Das will ich damit gar nicht sagen. Nein, Sie haben sich eine andere Frau gesucht, weil Sie Aufmerksamkeit brauchten.«

Sinclair wurde ganz ruhig und starrte geradeaus auf den Rettungsplan, der auf der Innenseite der Tür hing. David sah, dass widerstreitende Gefühle über sein blasser werdendes Gesicht huschten, während die Neuronen in seinem Gehirn losfeuerten und versuchten, aus der Situation schlau zu werden. Sinclair arbeitete wahrscheinlich deshalb so gern mit Zahlen, weil sie so ordentlich, logisch und beherrschbar waren. Mit Menschen war das anders.

Während er Sinclair dabei beobachtete, wie der Mann darüber nachdachte, was er ihnen beiden sagen sollte und was nicht und wo Lügen für ihn von Vorteil waren, überkam David ein Gefühl großer Müdigkeit. So viele Menschen. So viele Unwahrheiten.

»Ich habe keine Ahnung, wovon Sie da reden.«

Wie originell.

Riley schüttelte traurig den Kopf. »Das ist aber ziemlich jämmerlich, mein Lieber. Sie haben mit dieser Frau Sex in Ihrem Wagen und Sie erinnern sich nicht einmal daran? Das wirft aber ein ganz schlechtes Licht auf Sie beide.«

Sinclair, der bereits ziemlich käsig aussah, wurde noch blasser.

»Wirklich ziemlich jämmerlich.«

Sinclair knickte ein. »Woher wissen Sie das? Wie wollen Sie das beweisen?«

David erzählte ihm von dem Spermafleck, den sie auf dem Autositz gefunden hatten. »Ich will ja nicht neugierig sein, aber es würde mich schon interessieren, warum Sie es auf dem Vordersitz getrieben haben. War Ihnen dabei nicht das Lenkrad im Weg?«

»Ist höhenverstellbar«, sagte Riley.

»Oh, ich wusste gar nicht, dass man die Dinger inzwischen so hoch stellen kann ...«

»Augenblick mal!«, rief Sinclair, streckte die Hände aus und verzog das Gesicht, als hätte er furchtbare Kopfschmerzen. »Warum untersuchen Sie meinen Wagen auf Sperma?«

»Wir ermitteln im Fall Ihrer ...«

»Wie sind Sie an meine DNA gekommen?«

»Sie sind nicht ganz auf dem Laufenden, Sinclair. Sie haben uns doch freiwillig eine Probe gegeben«, sagte David. »Schon vergessen? Evie – Ms. James – hat so etwas wie einen Q-Tip genommen und damit einen Abstrich aus Ihrem Mund ...«

»Das geschah um den Tod meines Sohnes zu untersuchen«, sagte Sinclair mit festerer und vernünftigerer Stimme als David erwartet hatte. »Und nicht etwa, um festzustellen, ob ich Sex in meinem Wagen hatte!«

»Vielleicht haben Sie es bereits vergessen, weil Sie ein so egoistischer Scheißkerl sind, aber Joshua war nicht das einzige Kind in Ihrem Haus. Wir ermitteln auch wegen Jennas Verschwinden.«

»Was hat das mit mir und meinem Wagen zu tun?«

War der Typ wirklich so begriffsstutzig? »Wir mussten feststellen, ob die weibliche Komponente Ihres Spermas nicht von Jenna stammt.«

Sinclairs Blick drückte Empörung aus. Fast hätte er ausgespuckt. Jetzt war sich David sehr sicher: Sinclair hatte Jenna nie sexuell belästigt.

Ob er sie getötet hatte, war allerdings eine ganz andere Frage.

Sinclair schien etwas erleichert. »Das ist unmöglich.«

»Das wissen wir. Es gibt nur ein Problem: Sie stammt auch nicht von Dinah.«

»Na und? Ehebruch ist schon lange kein Verbrechen mehr.«

David nahm auf dem gegenüberstehenden Stuhl Platz und sprach ruhig über den Tisch hinweg: »Mord aber schon. Wo ist die Leiche, Sinclair?«

»*Wie bitte*?«

»Wo ist Jennas Leiche? Was haben Sie mit ihr gemacht?«

»Jennas Leiche! Ist Jenna denn tot?«

David schwieg, fixierte den Mann nur mit seinem Blick.

»Ist sie tot?«

»Wo haben Sie Jennas Leiche versteckt?«

»Ich habe keine – oh.« Er lehnte sich zurück, seine Schultern sackten vor Erleichterung herunter. »Jetzt kapiere ich. Das ist ein Trick, um mich zu einem Geständnis zu bringen. Aber was soll ich Ihnen gestehen? Ich habe nichts mit Jennas Leiche angestellt, denn Jenna ist nicht tot. Das kleine Luder ist weggelaufen. Ich habe keine Ahnung, wo sie steckt, und es ist mir auch scheißegal.«

»Haben Sie einen digitalen Fahrtenschreiber in Ihren Cadillac einbauen lassen?«

Sinclair schien verwirrt, nickte aber.

»Ich hoffe, Sie haben nichts dagegen einzuwenden, aber den haben wir rausgenommen, als wir Ihren Wagen durchsuchten. Wissen Sie, was seine Auswertung ergeben hat?«

»Sie haben ihn aus dem Wagen genommen? Warum haben Sie das getan? Wehe, wenn er kaputtgegangen ist! Sie hatten kein Recht, etwas aus meinem Auto zu nehmen …«

»Der Durchsuchungsbeschluss galt auch für Ihr Auto.« Die Entfernung des Fahrtenschreibers war rechtlich gesehen allerdings eine etwas wackelige Geschichte. Er hatte einen nur geringen Nutzen für die Jenna-Sinclair-Ermittlungen. Es würde Wilson und seinem Anwalt wahrscheinlich nicht schwerfallen, ihn von den Beweisen ausschließen zu lassen, da sie den Rahmen eines Durchsuchungsbeschlusses sprengte.

Aber was geschehen ist, ist geschehen, pflegte Riley immer zu sagen. Und es hatte ja auch einen gewissen Nervenkitzel, neue, rechtliche Präzedenzfälle zu schaffen.

»Das Ding hat mich einiges gekostet!«

»Das wissen wir auch sehr zu schätzen. Wüssten Sie gern, was wir dadurch über den Tag erfahren haben, an dem Jenna verschwand?«

Sinclair warf sich mit einem lauten Klatschen gegen die Rückenlehne seines Stuhls. »Klar. Warum nicht?«

»Wir haben dadurch erfahren, dass Sie, Mr. Sinclair, am Donnerstag, den 25. August, bei Sonnenuntergang eine kleine Spritztour von insgesamt 6,4 Kilometern zurückgelegt haben. Sie haben 3,2 Kilometer im stockenden Verkehr auf dem Hinweg zurückgelegt, haben zehn Minuten irgendwo gehalten und sind dann wieder 3,2 Kilometer zurückgefahren.«

»Na und?«

»Hier erstrecken sich in jede Richtung weitläufige Parkanlagen. Drei Kilometer hätten Sie in eine abgeschiedene Gegend fahren können. Oder womöglich auch zu einem Einkaufszentrum, in dem unter der Woche nicht viel los ist. Ein Schubser in einen Container und die kleine Jenna wird mit dem Müll abtransportiert.«

»Warum glauben Sie, dass ich sie getötet habe? Warum glauben Sie, dass überhaupt irgendjemand sie getötet hat?«

»Weil wir wissen, dass Sie ein Kind umgebracht haben«, erwiderte Riley. »Warum also nicht zwei?«

»Wohin sind Sie an jenem Abend gefahren?«, drängte David ihn. »Wohin sind Sie diese drei Kilometer gefahren?«

»Ich weiß es nicht. Ich kann mich nicht mehr erinnern. Wahrscheinlich habe ich etwas zum Abendessen geholt. Bei uns wird nicht gekocht – Dinah hat sich in ihrem ganzen Leben noch nie eine Schürze umgebunden. Fragen Sie sie. Sie wird wissen, was wir gegessen haben. Ich erinnere mich nicht an diesen bestimmten Abend.«

»Sie können sich nicht an den Abend, an dem Ihre Stieftochter nicht von der Schule nach Hause gekommen ist, erinnern?«

»Weil es mir egal war, ob Jenna nach Hause kam oder nicht oder ob sie ganz wegblieb. Wenn mich das in Ihren Augen zu einem Rabenvater macht, muss ich wohl damit leben – aber Sie beide haben sie nie kennengelernt. Ich dagegen schon und ich kann Ihnen versichern, dass dieses Mädchen ganz und gar nichts Liebenswertes an sich hat.«

»Dann haben Sie beide ja eine Menge gemeinsam.«

»Sie hat mich völlig grundlos gehasst. Ich habe die beiden aufgenommen, ihnen ein wunderschönes Zuhause geboten ...«

»Tun Sie nicht so, als hätten Sie sie aus dem Armenhaus gerettet, Sinclair«, fuhr David ihn an.

»... und sie hatte nie ein einziges freundliches Wort für mich übrig.«

»Und das hat Sie stocksauer gemacht, nicht wahr?«

Er sah die Beamten plötzlich mit einem ängstlichen Gesichtsausdruck an. »Ich schaufel mir hier mein eigenes Grab, stimmt's? Hören Sie, Jenna hatte weder Verstand noch etwas wie Persönlichkeit. Dinah hat allerdings nie mehr von ihrer Tochter verlangt, also was konnte man da schon erwarten? Aber ich habe sie nicht umgebracht.«

David stand auf und machte ein paar Schritte im Raum. Er

wusste nicht, was er davon halten sollte. Es ließ sich ziemlich alles aus Sinclair herauspressen, aber bei den beiden Morden stritt er hartnäckig jede Beteiligung ab. »Warum haben Sie den Fahrtenschreiber in Ihren Wagen einbauen lassen? Sie kommen mir nicht gerade wie ein echter Autonarr vor.«

»Ich muss des Öfteren zu unserer Niederlassung in Chicago und wollte sichergehen, dass weder Dinah noch Jenna in meiner Abwesenheit meinen Wagen fahren.«

Welch eine Ironie! David musste unwillkürlich lächeln. Der Typ war zu egoistisch, um andere seinen Wagen fahren zu lassen und zu paranoid, um seiner eigenen Familie zu vertrauen. Sinclair hatte möglicherweise das einzige Beweisstück einbauen lassen, das sie gegen ihn verwenden konnten. Vorausgesetzt, Jenna Sinclairs Leiche tauchte in einem Radius von drei Kilometern auf.

»Ihre Freundin begleitet Sie nach Chicago, nicht wahr? Machen Sie sich gar nicht erst die Mühe, das zu leugnen – es ist, verdammt nochmal, besser, als wenn es Ihre Stieftochter wäre.«

Sinclair nickte, fragte dann aber etwas besorgt: »Sie werden doch Dinah nichts davon erzählen, oder? Sie hat schon genug mitgemacht.«

Riley lümmelte sich auf seinem Stuhl. Er hatte nicht für den Bruchteil einer Sekunde den Blick von Sinclairs Gesicht genommen. »Ihre Besorgnis um Ihre Frau rührt mich wirklich tief. Wie heißt Ihre Freundin?«

»Das geht Sie gar nichts an.«

»Sie stehen unter Verdacht, mit dem Tod Ihres Sohnes zu tun zu haben und mit dem Verschwinden Ihrer Stieftochter, Sinclair. Alles, in das Sie involviert sind, geht uns etwas an.«

»Aber das nicht.« Er schien sich seiner Sache sehr sicher zu sein.

»Sie haben also eine Schwäche für Rothaarige?«

»Ich ...« Er verstummte.

Riley nickte langsam. »Oh, ja, wir wissen mehr als Sie denken. Merken Sie sich für die Zukunft, dass wir, wann immer wir uns mit Ihnen unterhalten, mehr wissen, als Sie denken. Also, verschwenden wir keine Zeit mehr. Wie lautet der Name Ihrer Freundin?«

»Das wissen Sie offenbar noch nicht, stimmt's?«

David war vom Tisch weggetreten, doch nun eilte er mit zwei Schritten darauf zu und lehnte sich hinüber. »Für den großen Finanzhai, der Sie doch angeblich sind, kommen Sie mir nicht allzu clever vor. Sie sind bloß noch um Haaresbreite von der Anklage entfernt, Ihren Sohn zu Tode geprügelt zu haben. Und wenn das geschieht, können Sie Ihre Karriere vergessen. Geschworene werden leicht sentimental, wenn es um Kinder geht. Die werden nur einen einzigen Blick auf Ihren teuren Anzug und Ihr arrogantes Gesicht werfen und Sie hassen. Kapiert?«

Sinclairs dunkle Augenbrauen schossen in seinem jetzt kalkweißen Gesicht voller Panik in die Höhe, doch er schwieg weiter beharrlich.

Riley mischte sich mit beschwichtigendem Tonfall ein. »Hören Sie, wir werden es ohnehin rausfinden. Wir wissen, dass sie kurzes rotes Haar hat. Das haben natürlich viele Frauen. Aber wir werden in Ihrem Büro anfangen und mit jeder Sekretärin, jeder Buchhalterin, jeder Ihrer leitenden Angestellen sprechen. Vielleicht ist sie ja auch eine Klientin oder – Mann, das würde Ihrer Karriere wirklich ein schnelles Ende bereiten – die Kontaktperson irgendeiner Regierungsbehörde. Und wenn wir da immer noch nicht fündig werden, schauen wir uns in Ihrem Country Club um, in Ihrem Freundeskreis ...«

»Warum tun Sie das?«, flüsterte Sinclair und seine Augen wurden vor Verzweiflung feucht. »Warum tun Sie mir das an?«

David lehnte sich weiter zu ihm hinüber, weit genug, um eine Duftwolke von Sinclairs *Aramis* zu riechen, und sagte mit verschwörerischem Flüstern: »Weil Sie nicht nur in Ihrem Wagen gesessen hat, nicht wahr?«

Und Sinclair starrte ihn mit aufgerissen, vor Panik großen Augen an. Davids Worte schienen ihm den Atem geraubt zu haben. Der Mann wirkte wie ein verstörtes Wild im Scheinwerferlicht eines Autos.

»Sie war in Ihrem Haus. Sie war am Abend vor Joshuas Tod in Ihrem Haus. Hat sie ihn auf den Arm genommen und für Sie ins Bett gebracht?« Er starrte den Mann ohne Mitleid an. »Wie heißt sie?«

»Eustace«, würgte Sinclair mit erstickter Stimme hervor. »Carrie Eustace.«

15

Evelyn ging in Begleitung ihrer Mutter durch das Gedränge der South Park Mall mit den teuren Geschäften. Dorothy sah zu einem der Läden schräg gegenüber. »Das da ist Dinahs Laden. Letztes Jahr stand sogar ein Artikel über ihn in der Zeitschrift *Interior Design.*«

Evelyn starrte die mollige Frau an ihrer Seite an. Ihre Mutter hatte sechs Kinder großgezogen, die Weltwirtschaftskrise erlebt, in den ersten sieben Jahren ihrer Ehe kein einziges neues Möbelstück ihr Eigen genannt und sie hatte bisher geglaubt, ihre Mutter könne nicht mal einen Lüster von einem Wandleuchter unterscheiden.

»Woher weißt du denn das?«

»Im *Sun-Star* hat vor gut einem halben Jahr auch ein Artikel über sie gestanden. Den habe ich dir damals gezeigt.«

»Wirklich?«

»Du schienst nicht daran interessiert zu sein.«

»Einrichten ist noch nie meine Stärke gewesen.«

Dorothy fuhr fort, die im Fenster ausgestellten Dekorationsstoffe zu betrachten. »Du kannst sie noch immer nicht leiden.«

»Die Verkörperung aller Privilegien, wie Rachael sie zu nennen pflegte? Warum sollte ich?« Evelyn hatte bei ihrer Mutter nicht das Gefühl, besonders diplomatisch sein zu müssen wie bei David. Das war das Tolle an Müttern.

»Du kannst sie doch nicht unsympathisch finden, nur weil sie reich ist.«

Evelyn erinnerte sich, wie unsicher und überempfindlich sie mit siebzehn gewesen war, und die Jahre fielen von ihr ab. Selbst ihr Körper erinnerte sich und sackte in sich zusammen, genau wie Angel reagierte, wenn sie missmutig war. »Neid ist eins der wenigen Privilegien, die reiche Leute den armen Schluckern gern zugestehen. Das stammt auch von Rachael.«

»Ihr Vater wurde nie angeklagt, oder?«

»Nein. Sie hat einfach Pech gehabt.«

Ihre Mutter kramte in ihren Tüten. »Ich bete manchmal noch für sie.«

»Ich auch.« Was Rachael zugestoßen war, hatte Evelyn damals zutiefst erschüttert. Erst als sie sich gezwungen hatte, nicht länger über ihre Freundin nachzudenken und mit dem Bau einer gedanklichen Mauer zu beginnen, war es ihr besser gegangen. Diese Mauer schützte sie heute noch vor anderen Menschen, schützte sie vor der Realität brutaler Gewalt und ermöglichte es ihr, an Fällen wie Rachaels zu arbeiten, ohne von Schmerz überwältigt zu werden. Nach diesem frühen Verlust schloss sich hier der Kreis, das wurde ihr erst in diesem Moment bewusst.

»Alles in Ordnung, mein Schatz?«, fragte ihre Mutter.

»Ja, alles prima. Was weißt du sonst noch über Dinah?«

Dorothy brach ein Stück Laugenbrezel ab und aß es. Als Tochter ungarischer Roma-Einwanderer liebte sie kohlehydrathaltige Lebensmittel.

»Sie scheint kein Glück mit Männern zu haben.«

»Wie das?«

»Na, da war erst mal ihr Vater, Garner. Der stritt sich jahrelang mit dem Polizeichef, weil der ihn wegen Trunkenheit am Steuer verhaftet hatte, und das zu einer Zeit, als man die Leute wegen solcher Delikte noch nicht einsperrte. Aber Garner hatte sämtliche Briefkästen an der Howe Road umgefahren und dort wohnte der Chief.«

»Erzähl mir bloß nicht, dass das auch im *Sun-Star* gestanden hat!«

»Natürlich nicht. Damals existierte die Lokalzeitung noch nicht. Ich habe die Geschichte im Bridge Club gehört. Garners Vater, Richard – dem eigentlich das Geld gehörte –, versuchte alles, um seinem Sohn aus der Klemme zu helfen, aber der Chief blieb unerbittlich, weil ihn das populär machte. Er genoss die Aufmerksamkeit. Hier, iss auch was.«

»Und wie ist das Ganze ausgegangen?«, fragte Evelyn, so in die Geschichte vertieft, dass sie gedankenverloren nach dem Stückchen kalorienreichen Brots griff, das ihr ihre Mutter hinhielt.

»Er ist natürlich nicht im Gefängnis gelandet, aber er musste ein Bußgeld zahlen. Und der Chief hat die nächste Wahl zum Polizeichef verloren. Ich fand das immer schon ziemlich verdächtig, weil der Mann sehr beliebt war. Aber es gab viele Leute, die Richard Zack einen Gefallen schuldig waren.«

»Wahnsinn. Ich wusste gar nicht, dass in Strongsville derart intrigante Leute leben.«

»Mach dich nur lustig. Ich erinnere mich so genau daran, weil Garners Frau Judith zu der Zeit schwanger war und weil ich damals selbst schwanger war. Mit Jackie. Und Fürstin Gracia Patricia erwartete ihre Tochter Stephanie.«

Evelyn schüttelte den Kopf. Jeder hat wohl sein eigenes System, wenn es um Erinnerungen geht, dachte sie.

»Und dann kam Dinahs Bruder in das Alter, in dem er seine Eltern beinahe um den Verstand brachte, weil er sie in den Bankrott trieb – weißt du das denn nicht mehr? Du hast seinen Namen hin und wieder erwähnt.«

»Ich? Brendan?« Evelyn dachte angestrengt nach. »Ich glaube

nicht, dass er mir jemals über den Weg gelaufen ist. Ich habe nur von ihm gehört. Rachael war mehr auf dem Laufenden, was seine Heldentaten und die seiner Familie anging.«

»Ich glaubte immer, er wäre irgendwo im Gefängnis gelandet, weil er von einem Tag auf den anderen verschwand. Warum hältst du Wilson Sinclair für den Täter? Ich habe seinen Anwalt im Fernsehen gesehen und der sagte, die Nanny hätte es getan.«

»Das hat er wirklich gesagt?«

»Nun, nicht so klar und deutlich.«

»Das ist ja der Haken. Aus forensischer Sicht haben wir keine Beweise. Der Prozess wird auf Indizien basieren und darauf, wem die Geschworenen eher glauben. Ich vermute, sie werden eher Patty glauben. Denn Wilson ist nicht sehr sympathisch.«

»Heißt das, er ist schuldig?«

Evelyn dachte kurz nach. »Nicht zwangsläufig.«

»Gehen wir rein?«

»Da rein?«

»Die Frau hat ihr Kind verloren«, sagte ihre Mutter. »Da können wir ihr doch wenigstens Guten Tag sagen. Bestimmt erinnert sie sich noch aus ihrer Schulzeit an mich.«

Der Rektor an Evelyns Highschool hatte einmal versuchsweise für kurze Zeit die Projekte aller Spendensammlungen für die Freizeitaktivitäten der Schüler gebündelt und die Bandmitglieder, die Cheerleader, die Skifahrer, die Mitglieder der Theatergruppe und sogar die Skateboarder zur Zusammenarbeit gezwungen, bei der sich niemand wohlgefühlt hatte. Selbst bei der gemeinsamen Arbeit war es den einzelnen Gruppen gelungen, sich abzusondern. Nur Dorothy, die als engagierte Mutter bei jedem dieser Treffen anwesend gewesen war und für die soziale Unterschiede zwischen Kindern und Erwachsenen nicht zu existieren schienen, hatte die Spannungen ignoriert.

»Ich will Angel nicht verpassen, denn ich weiß nicht recht, was ich von diesem Steve halten soll, mit dem sie unterwegs ist.«

»Warum bist du so misstrauisch? Es dauert ja nicht lange. Und Angel wird schon warten. Kommst du jetzt mit?«

Das Geschäft war eigentlich eine Ausstellung, um Einrichtungsbeispiele für fünf verschiedene Zimmertypen zu geben: Schlafzimmer, Badezimmer, Küche, Arbeitszimmer und Kinderzimmer. Jeder Raum bildete ein kleines Universum in Stil und Farben für sich, hin bis zu den Böden oder der Auslegeware und den Geräten. Nichts davon war zum Verkauf bestimmt, präsentiert wurde allein das Talent der Innenarchitekten. Evelyn begriff, dass die eigentliche Arbeit in drei großen Nischen im hinteren Teil des Geschäfts stattfand, wo Kunden aus einer Unzahl von Katalogen wählen konnten und Dinah einen Tag nach dem Tod ihres Kindes beriet und Entwürfe anfertigte. Sie saß gerade mit einem älteren Ehepaar an einem antiken Tisch und deutete auf einige Artikel auf einem Blatt Papier, während sie sich mit den beiden unterhielt. Evelyn schlenderte unbemerkt vorbei.

Das Geschäft lag in der ersten Etage des Einkaufszentrums und erstreckte sich offenbar über die gesamte Fläche, um genügend Platz für die Ausstellung zu haben. In einer Ecke war eine Tür, die wahrscheinlich zu einer Toilette führte. Die Arbeitsnischen waren zum Ausstellungsbereich hin offen. In Dinahs Laden konnte es keine Geheimnisse geben.

Während Dorothy über die marmornen Arbeitsplatten im Küchenbereich strich, sah sich Evelyn in dem modernen, sachlich gehaltenen Schlafzimmer und im Kinderzimmer um. Das Kinderzimmer war für ein Kleinkind eingerichtet und zeichnete sich durch kräftigte Primärfarben und eine große Anbauwand mit integriertem Kleiderschrank aus. Kurze, abgerundete Pfosten aus glänzendem Kirschholz stützten das Bett und Bücher und Spielzeug waren auf Acrylregalen untergebracht, die so gar nicht in das Zimmer eines Kindes zu passen schienen. Sie dachte an Pattys Bemerkung, wie schmucklos Joshuas Zimmer sei und auch Jennas. Doch vielleicht gefiel Dinah diese Schlichtheit. Vielleicht wollte sie abends zu Hause nicht mehr über Inneneinrichtungen nachdenken. Evelyn griff nach dem Preisschild der von Hand gefertigten Steppdecke. Das war jenseits ihrer Preisklasse. Sogar in der Kindergröße.

Arme Leute dürfen nicht wählerisch sein.

»Planen Sie Nachwuchs? Oder möchten Sie Ihr Kinderzimmer neu einrichten?«

Ein Mann war neben ihr aufgetaucht. Er hatte tiefschwarzes Haar, das ihm beinahe bis in die Augen fiel, die sie aufmerksam anschauten. Sein schmelzender Blick machte sie für einen Moment sprachlos.

»Wie alt ist Ihr Kind?«

»Siebzehn«, antwortete sie, ohne nachzudenken.

»Oh, dann haben wir es ja beinahe schon mit einer jungen Dame zu tun. Zu cool für Pastelltöne, zu jung für Chintz, richtig?«

Evelyn getraute sich nicht zu lachen, wusste aber nicht, was sie sonst tun sollte, und stammelte nur: »Ja, eine ... eine junge Dame ... «

Mit einer kaum spürbaren Berührung legte er die Hand an ihren Rücken und führte sie zu einem marineblauen mit Kordsamt überzogenen Futon. »Unsere jüngere Klientel bevorzugt Stoffe von Jennifer Edwards. Ihre Firma produziert in Cincinnati und wenn es einmal ganz schnell gehen muss, kann Dinah jederzeit hinfliegen und die Lieferung persönlich abholen. Jennifer hat ein so unglaubliches Gespür für Farben. Dazu passen dann ganz hervorragend die Möbel von Bob Tulley, die alle in Modulbauweise gefertigt werden. Schauen Sie sich nur diesen Computerschreibtisch da drüben an.«

Evelyns Handy trällerte los.

Sie schenkte dem attraktiven Mann vor ihr ein entschuldigendes Lächeln und sagte zu ihrem wesentlich unattraktiveren Chef, dessen Nummer sie im Display ihres Handys erkannte: »Hallo, Tony.«

»Du meine Güte, sind Sie Hellseherin?«

»Dieses Ding, das Sie mir aufgedrängt haben, hat eine Ruferkennung, schon vergessen? Was wollen Sie?«

»Ich wollte Ihnen nur sagen, dass Sie nächsten Dienstag zu dieser Besprechung mit den Architekten gehen müssen.«

»Sie haben mir deshalb bereits eine Notiz hinterlassen.«

»Ich wollte sichergehen, dass Sie sie auch gelesen haben. Diese Ruferkennung ist klasse, nicht wahr? Ich habe Ihre Nummer eingetippt und sofort erschien Ihr Name.«

»Ja, wirklich großartig. Einen schönen Abend noch.«

»Was soll dieser schnippische Tonfall?«

»Tony, es ist sieben. Mein Arbeitstag ist vorbei.«

»Wer im Namen der Gerechtigkeit arbeitet, rastet nie«, konterte er steif.

Evelyn schob das Handy wieder in die Halterung an ihrem Gürtel zurück. »Tut mir leid. Hören Sie, ich möchte Ihnen nichts vorspielen. Ich plane keine neue Einrichtung, weder im Kinderzimmer noch sonst wo. Ich bin eine alte ... Bekannte von Dinah, und meine Mutter und ich wollten nur sehen, wie es ihr geht.«

»Oh.« Sein Gesichtsausdruck schwankte zwischen Mitgefühl für Dinah und Verärgerung darüber, dass er seinen Charme an keinen potenziellen Kunden verschwendet hatte. »Nun, das Ganze ist natürlich schrecklich, wie Sie sich sicherlich vorstellen können. Ich musste vor einer Stunde einen Reporter rauswerfen, und Dinah musste vor den Anrufen doch tatsächlich ins Geschäft flüchten. Zwei Talkshows haben sie um Interviews gebeten. Sie und Wilson könnten ihre Geschichte an die Meistbietenden verkaufen. Ich bin übrigens ihr Partner, Jeffrey.«

»Ach ja?«

Sie ist mit diesem reichen Langeweiler Wilson verheiratet, verbringt ihre Tage aber mit dem schnuckligen Jeffrey. Das ist ziemlich interessant.

»Wie lange sind Sie denn schon geschäftlich verbunden?«

»Wir haben nach der Schule beide eine Weile für Gregory Interiors gearbeitet und uns vor sechs Jahren selbständig gemacht. Ich sage Dinah, dass Sie vorbeigekommen sind. Im Augenblick ist viel zu tun.« Er legte eine Hand um ihren Ellbogen und machte sogar einen Schritt Richtung Tür – entweder, weil er versuchte, Dinah vor den Blutsaugern zu schützen, die bei jeder Tragödie aus der Versenkung hervorgekrochen kamen, oder weil er einfach nicht noch mehr Zeit mit ihr verbringen wollte, ohne dass dabei eine Provision für ihn abfiel. »Ich fürchte nur, ich habe Ihren Namen nicht verstanden.«

»Das liegt daran, dass ich ihn nicht genannt habe.« Sie befreite ihren Ellbogen aus seinem Griff. »Es macht mir nichts aus, zu warten.«

Jeffrey blickte zu seiner Geschäftspartnerin hinüber, die in diesem Moment zufällig aufblicke. Sie schien nicht allzu glücklich, Evelyn zu sehen. Trotzdem nickte sie, worauf er nachgab. »Schauen Sie sich in der Zwischenzeit ruhig um. Falls Sie Ihre Meinung bezüglich der Möbel ändern sollten, beantworte ich Ihnen gern jede Frage«, sagte Jeffrey und wollte gehen.

»Eine Frage hätte ich in der Tat. Wann haben Sie Jenna zum letzten Mal gesehen?«

Er schien im ersten Moment nach Luft zu schnappen. »Wie bitte?«, entgegnete er verblüfft.

»Wann haben Sie Dinahs Tochter zum letzten Mal gesehen?«

Er wich vor ihr zurück, aber offenbar nicht, weil ihn ihre Fähigkeiten als Ermittlerin beeindruckten, sondern weil er sie möglicherweise für geistesgestört hielt. »Jenna ist vor ein paar Monaten von zu Hause weggelaufen. Wieso fragen Sie nach ihr? Entschuldigen Sie, aber das geht Sie nun wirklich nichts an und mir steht es gewiss nicht zu, mit Ihnen darüber zu sprechen.«

Das klang einleuchtend. Evelyn erklärte ihm ihr berufliches Interesse an dem Fall und welche Rolle sie bei der Ermittlung von Joshua Sinclairs Tod spielte. Genau genommen hatte das nichts mit Jennas Verschwinden zu tun, aber Jeffrey schienen solche Feinheiten nicht aufzufallen. Er wirkte so arglos, wie es einem derart gut aussehenden Mann am besten zu Gesicht stand.

»Dinah hat anfangs darüber kaum geredet. Sie ist ein Mensch, der private Dinge lieber für sich behält. Ich glaube, sie hat gehofft, Jenna würde nach Hause zurückkommen, sobald sich ihre Tochter beruhigt hatte und der Fall damit erledigt wäre. Aber sie hat die Polizei und die Krankenhäuser und jeden Menschen, den sie kannte, angerufen und nicht mehr gewusst, an wen sie sich sonst noch wenden sollte. Sie war bei Jennas Freundinnen und sogar in der Schule, um einen Blick in Jennas Spind zu werfen. Ich habe sie dabei begleitet.«

»Wirklich?«, fragte Evelyn. »Nicht Wilson?«

»Ich glaube, Wilson war zu beschäftigt.«

»Sie sind sehr diskret, Jeffrey. Haben Sie das wirklich geglaubt?«

Sein gequältes Lächeln brachte zwei Grübchen zum Vorschein. »Nein. Vermutlich kümmert es Wilson nicht, was mit Jenna passiert.«

»Hat er Joshua gegenüber anders empfunden?«

Jeffrey antwortete nur: »Ich habe keine Ahnung, was er für Joshua empfand. Dinah trennt Arbeit und Privates.«

»Das kann ich mir vorstellen«, sagte sie lakonisch.

»Evelyn.«

Dinah hatte die Kunden beraten und verabschiedet. Nun widmete sie ihrer ehemaligen Klassenkameradin mehr Aufmerksamkeit als zu Hause. Offenbar hatte sich der anfängliche Schock in Zorn verwandelt. Sie ging mit Evelyn zur Vorderseite ihres Geschäfts. Ihr Partner verschwand, ohne ein weiteres Wort zu verlieren. »Gibt es irgendwelche Neuigkeiten?«

»Nein, leider nicht.«

Dinah kniff ungläubig die Augen zusammen. »Die Beerdigung ist morgen.«

»Möchtest du, dass ich komme?«

Die Frage schien sie zu überraschen. »Danke, aber das ist nicht nötig. Wilson und ich werden die Einzigen sein.«

Evelyn war erleichtert. »Ich wollte dich wirklich nicht belästigen. Aber ich bin mit meiner Mutter hier und sie hat darauf bestanden, dass ...«

Dinah drehte sich sofort suchend nach Evelyns Mutter um und entdeckte sie neben einem Chintz-Sofa. »Mrs. Beck! Wie schön Sie wiederzusehen.«

Sie nahm die Beileidsbekundung der älteren Frau mit feuchten Augen entgegen und redete mit bemerkenswerter Fassung über Erinnerungen an ihre Schulzeit. Doch als Dorothy Interesse an einem antiken Schrank bekundete, lehnte sich Dinah zu Evelyn hinüber und sagte unvermittelt: »Diese Cops reden in meiner Anwesenheit ständig nur um den heißen Brei herum. Als könnte mir irgendetwas zu sehr an die Nieren gehen. Dabei habe ich beide Kinder verloren! Was könnte noch schlimmer sein?«

Evelyn nickte. Sie war sich nicht sicher, wohin diese Unterhaltung führen würde.

»Kannst du mir nicht sagen, was los ist? Werdet ihr Patty nun verhaften oder nicht?«

»Ich weiß es nicht. Ich arbeite nur für ...«

Dinah ließ sich mit hängenden Schultern auf ein pfauenblaues Sofa sinken. »Bitte, Evelyn. Du warst die Einzige, die mich in der Highschool anständig behandelt hat.« Sie wandte ihr das Gesicht mit einem flehentlichen Blick zu. »Bitte tu es jetzt auch und sage mir die Wahrheit.«

Das Polster fühlte sich klumpig und hart unter Evelyns Po an, als sie sich darauf niederließ. Die fröhlichen Geräusche aus dem Einkaufszentrum verliehen der ganzen Szene etwas Irreales. Sie suchte nach Worten.

»Ich kann sie dir nicht sagen, weil ich sie nicht kenne. Im Augenblick können wir Patty als Täterin nicht überführen. Und wir können ebenso wenig beweisen, dass dein Mann der Täter war. Wir brauchen einfach mehr Fakten.«

Am liebsten hätte sie Dinah gefragt, ob Katies Anschuldigungen der Wahrheit entsprachen, aber sie wusste nicht, ob Riley und David das Thema schon zur Sprache gebracht hatten und wollte sich nicht in deren Ermittlungen einmischen. Falls es stimmte, würde das Dinah nur aus der Fassung bringen und falls nicht, wäre sie damit gewarnt.

Dinah schniefte vernehmlich. »Wilson war es nicht. Er hat weiß Gott seine Fehler. Er kann sehr ... «

Sie zögerte, schien es jedoch vorzuziehen, Schweigen zu bewahren und ihre Ehe zu retten. Schließlich hatte sie jetzt nur noch ihren Mann. Doch obwohl sich Evelyn eigentlich neutral zu verhalten hatte, drängte sie ihre ehemalige Klassenkameradin zu einer Antwort. »Sehr ...?«

»Dominierend sein«, sagte Dinah schließlich. »Ich hatte eigentlich nach unserer Hochzeit vor, das Geschäft aufzugeben – ich liebe meine Arbeit zwar, aber ich wollte nur noch Mutter sein. Aber nach zwei Monaten zu Hause mit Wilson habe ich es mir anders überlegt.«

»Also ist das Zusammenleben mit ihm nicht angenehm?«

»Nein. Na ja, eigentlich schon. Er behandelt mich wirklich gut.« Und dann fügte sie wie von einer inneren Aufrichtigkeit genötigt hinzu: »Aber mehr wie ein Wertpapier, in das es sich zu investieren lohnt. Ich hatte Jenna und Joshua und das Haus, aber ich wollte trotzdem raus. Wollte meine ganz eigene Welt, in der ich bestimme, wo es langgeht. Das klingt jetzt wieder schrecklich, nicht wahr?«

»Eher realistisch.«

»Also ließ ich meine Kinder zu Hause und arbeitete hier, um die Chefin sein zu können. Obwohl ich eigentlich kein Geld damit verdiene. Ist das wirklich realistisch?« Sie musterte Evelyn mit einem strengen Blick und wartete auf eine Antwort.

»Wir müssen uns im Leben ständig entscheiden, ohne zu wissen, was unsere Entscheidung letzten Endes bewirkt, Dinah.« Evelyn öffnete den Mund, um ihr zu sagen, wie sehr sie unter der Angst gelitten hatte, dass ihre Scheidung aus Angel eine crackabhängige Prostituierte machen könnte, verkniff sich aber noch rechtzeitig dieses Geständnis. Hier ging es um ihre Arbeit, und nach dem letzten Thanksgiving litt sie unter einem abergläubischen Zwang, auf keinen Fall ihre Tochter irgendwie in ihre Arbeit zu involvieren. Außerdem musste Dinah im Moment wirklich nichts von der Tochter einer anderen Frau erfahren, die nicht vermisst wurde. »Wie hast du Wilson eigentlich kennengelernt?«

»Bei meiner Einschreibung an der Ohio State University. Als wir feststellten, dass wir beide aus Strongsville kamen. Aber wir haben uns damals bloß über zu Hause unterhalten und sind nie miteinander ausgegangen. Nach dem Studium habe ich dann Jennas Vater geheiratet. Wilson bin ich erst vor gut vier Jahren zufällig in einer Galerie wiederbegegnet, und uns ist erst da klar geworden, dass er damals in mein Elternhaus gezogen war und wir immer vom selben Haus gesprochen hatten.«

»Wilson liebt Kunst?«

»Er war auf der Suche nach einer Investitionsmöglichkeit.«

»Verstehe. Hör zu, Dinah, die Detectives aus Cleveland arbeiten Tag und Nacht an diesem Fall ...«

»Genau wie Heaton. Er ruft mich beinahe alle zwei Stunden an und stellt mir eine neue Frage. Und dabei ist der Spott in seiner Stimme nicht zu überhören. Der Kerl konnte kaum einen Football festhalten, und jetzt hat er die Vortänzerin der Cheerleader-Truppe unter seiner Fuchtel und genießt jede Minute davon.«

»Ich bin mir sicher, dass er nicht ...«

Dinah strich sich ihr wunderschönes Haar über die Schulter, und ihre Augen funkelten Evelyn an. »Glaubst du etwa, ich wüsste nicht, was die Leute hinter meinem Rücken über mich reden? Damals in der Highschool und auch heute noch? Glaubst du, es ist leicht, immer das Goldmädchen zu sein, diejenige, die ganz oben auf der Pyramide steht? Jeder Tag ist wie ein Grand-Prix-Rennen.« Sie drückte ihr Gesicht in eine Handfläche. »Alle warten immer darauf, dass man scheitert.«

Ich gehörte auch dazu, dachte Evelyn. Ich habe mit gezückter Kamera am Rand der Rennpiste gewartet. Genau wie Rachael. Sie legte ihren Arm um Dinahs schmale Schultern und drückte sie.

»Nur du nicht, Evelyn. Du hast mich zwar nie leiden können, aber du warst immer fair. Und genau das brauche ich jetzt. Klartext, bitte! Und nicht dieses Schonen, als wäre ich ein verdammtes Porzellanpüppchen! Finde raus, wer Joshua getötet hat. Finde Jenna für mich. Ich habe nach ihr gesucht, aber ich habe sie nicht gefunden.« Sie ließ sich mit einem erstickten Schrei gegen Evelyns Schulter sinken. »Ich habe mein kleines Mädchen nicht gefunden.«

Evelyn sah über Dinahs Kopf hinweg in das Menschengewimmel im Einkaufszentrum und hielt nach Angel Ausschau.

DONNERSTAG
6. OKTOBER

16

Evelyn starrte Carrie Eustace über einen Tisch hinweg an, dessen Glasplatte vom sauren Regen bereits matt geworden war. Sinclair, Garcia & Newlan residierten in zwei Etagen in einem an ein Mausoleum erinnerndes Gebäude im Renaissance-Stil an der Euclid Avenue, samt Terrasse über dem Parkhaus. Von der Brüstung aus konnten die Angestellten einen Blick ins Jacobs-Field-Stadion erhaschen und die Fans sehen, wenn auch nicht das Spielfeld.

Schicke Sonnenschirme aus Segeltuch spendeten an den Tischen Schatten, aber Carrie Eustace schien trotzdem unter der Hitze zu leiden. Sie wand sich, nippte immer wieder an ihrer Cola light und strich sich das Haar hinter die Ohren zurück, auch wenn es gar nicht nötig war.

Evenlyn war angeblich mitgekommen, um einen Abstrich aus Carries Mund zu nehmen, aber sie wusste, dass Riley sie aus einem anderen Grund dabeihaben wollte. Zur Mordkommission in Cleveland gehörten vier weibliche Detectives, von denen nur zwei fähige Beamtinnen waren und die kümmerten sich zurzeit um die Aufklärung des Mordes an einem bekannten Immobilienmakler. Also hatte Evelyn die Cops begleitet, um es Carrie Eustace leichter zu machen, in Gegenwart zweier fremder Männer über ihr Liebesleben zu reden. Männer, die nichts lieber tun würden, als ihren Lover auf den elektrischen Stuhl zu bringen.

Die Frau trank wieder einen Schluck Limonade. Der Wind zerzauste ihren Pony, und es roch nach dem Wasser des Sees, der Küche des chinesischen Restaurants im Parterre und Abgasen.

»Sie wissen, was ich meine, nicht wahr?«, sagte sie zu Evelyn.

»Eigentlich nicht, nein.« Riley sah Evelyn mit gerunzelter Stirn an, aber sie ignorierte ihn. Wenn er ihr etwas aufbürdete, das nicht zu ihrem Job gehörte, hätte er sie vorher instruieren müssen. Evelyn hatte keine Ahnung, wie man Leute verhörte. Unter dem Glastisch tätschelte David ihr Knie. Riley runzelte wieder die Stirn.

»Das mit Wilson war einfach so – unkompliziert. Er war immer da, nur zwei Büros weiter.«

Offensichtlich wusste Sinclair Bequemlichkeit im Leben zu schätzen. Als er die ersten Anzeichen einer Midlife-Crisis bei sich entdeckte und fand, dass seinem Leben etwas Würze fehlte, rief er einfach über die Gegensprechanlage seine Geliebte zu sich.

Carrie fuhr fort: »Er ist gar nicht so schlimm, wie alle zu glauben scheinen. Evan wird Kevin Cavenaugh verklagen, weil der gestern Abend diesen Irren Edgar Grant auf Channel 15 interviewte. Der Mann hat Wilson als den Teufel höchstpersönlich dargestellt. Das ist einfach lächerlich. Wilson ist ein netter Kerl. Und so süß.«

»Und reich«, fügte Evelyn hinzu.

»Ja, schon. Aber das war für mich nicht ausschlaggebend.« Als sie die ungläubigen Blicke der drei bemerkte, sagte sie schnell: »Ich habe nie erwartet, dass ich in irgendeiner Weise davon profitieren würde. Hören Sie, mein Mann hat mich verlassen und ich brauchte einfach etwas Trost. Ende der Geschichte.«

»Das war wohl eher der Anfang«, sagte Evelyn sanft.

Carrie seufzte. »Ja, das stimmt. Aber es war nichts als eine Affäre am Arbeitsplatz, mehr nicht. Wir haben gemeinsam zu Mittag gegessen, sind in ein Hotel gegangen oder manchmal auch in sein Büro ...«

David und Riley waren wohl der Ansicht, dass Evelyn ihre

Sache ganz gut machte, denn sie schwiegen. »Und Dinah?«, soufflierte Evelyn.

»Pff. *Di*-nah. Sie und Wilson haben geheiratet, weil sie ein nettes Paar abgeben und zusammen ganz ordentlich verdienen. Ich vermute, dass sie einen Baby-Koller bekam, als sie ihre biologische Uhr ticken hörte. Doch dann ist ihr wieder eingefallen, wie viel Arbeit die lieben Kleinen machen. Ich weiß, wovon ich rede, ich habe selbst drei Kinder.«

»In einer Ehe gehören immer zwei ...«, begann Evelyn protestierend.

»Oh, ich weiß. Ich möchte Wilson ja auch gar nicht entschuldigen. Er ist genauso oberflächlich wie sie. Und vielleicht auch wie ich selbst. Aber ich glaube, dass ihr seine Affäre mit mir egal gewesen wäre. Und das ist heute mit Sicherheit immer noch so.«

»Sie wusste nichts davon, oder?«

»Nein, natürlich nicht.«

»Sie haben Wilson nie gebeten ...?«

»Seine Frau meinetwegen zu verlassen?« Carrie lachte. Ein schriller Ton, ganz anders als ihre Sprechstimme. »Da muss ich Sie enttäuschen. Es lief doch alles prima, und wir waren wunschlos glücklich. Da könnte einer bis in alle Ewigkeit warten, ich würde bestimmt nicht noch einmal heiraten!«

Was diesen Punkt anging, war ihre Aussage überzeugend. Evelyn glaubte ihr. Damit hatte Carrie kein Motiv, Joshua zu töten. Wenn das Baby so geschrien hätte, dass es ihr auf die Nerven gegangen wäre, hätte sie einfach nach Hause fahren können.

»Ich weiß, was Sie meinen«, sagte Evelyn. David, der rechts von ihr saß, verlagerte sein Gewicht. »Wann haben Sie Wilson das letzte Mal außerhalb des Büros gesehen?«

Carrie wurde sofort wieder angespannter. »Na ja, wir sind gestern Mittag ins *Hollenden* gefahren. Das finden Sie vielleicht geschmacklos, aber Wilson war so nervös wegen der Beerdigung und ...«

Gott bewahre. Ehebruch mochte eine Sache sein, aber ein stilloser Ehebruch ... »Ich meinte am Montagabend.«

Carrie erstarrte. Dann trommelte sie mit den Fingerspitzen leicht auf die Armlehne, als verlangte es sie nach einer Zigarette. Auf der Straße unten fuhr dröhnend ein Lkw vorbei.

Evelyn wartete, bis sich der Lärm gelegt hatte. »Sind Sie direkt von der Arbeit mit ihm nach Hause gefahren?«

Carrie sah Evelyn mit großen Augen an. Sie trank wieder aus ihrem Glas, pumpte sich mit Koffein voll, das nun gegen sie arbeitete. »Nein. Nein, das würden wir niemals tun. Wir hatten es auch eigentlich gar nicht geplant. Wilson rief Montagabend an und sagte, dass er allein sei. Di war zu irgendeiner Messe in der Innenstadt gefahren.«

»Allein war er aber nicht.«

Blasse Finger umklammerten das Glas, das von der Nachmittagssonne warm geworden war. »Wie bitte?«

»Joshua war bei ihm.«

»Oh. Ja. Die Nanny war schon nach Hause gegangen.«

Nachdem Wilson versucht hatte, Patty zu überreden, die ganze Nacht zu bleiben, dachte Evelyn. Und erst dann hat er Carrie angerufen. Der Mann hatte sich entweder entschieden, die Situation auszunutzen oder um keinen Preis der Welt die Windeln wechseln wollen. »Wann sind Sie dort eingetroffen?«

»Gegen acht.«

»War Joshua noch wach?«

»Und wie! Ich habe ihn gleich gehört, als Wilson mir die Tür öffnete. Der Kleine hat geschrien.«

Evelyn versuchte, sich nichts anmerken zu lassen, beugte sich aber unwillkürlich nach vorn und sah, dass Riley und David dasselbe taten. Carrie Eustace hingegen lächelte, als hinge sie einer angenehmen Erinnerung nach.

»Wilson hatte ihn zusammen mit seinem Spielzeug auf eine Decke im Wohnzimmer gesetzt und seine Windel musste gewechselt werden. Als ich das getan habe, beruhigte er sich sofort wieder. Er war ein so niedliches Baby, ein süßer Junge ...« Sie wischte sich eine Träne weg. »Es ist schlimm. Der Albtraum aller Eltern. Ich weiß noch, wie ich am Bettchen meiner Tochter gesessen habe ...«

Während Carrie in Erinnerungen schwelgte, schaute Evelyn zu den Cops hinüber. Die Frau redete, als sei Joshua am plötzlichen Kindstod gestorben. Ob Wilson ihr das gesagt hatte? Oder ignorierte sie einfach die unangenehme Tatsache, dass der Junge umgebracht worden war?

Evelyn fragte weiter, wobei sie sich Mühe gab, behutsam vorzugehen, aber nicht etwa aus Freundlichkeit, sondern weil sie Carrie unbedingt jede Einzelheit über Joshuas letzten Tag entlocken und sie bis dahin nicht beunruhigen wollte. »Welchen Eindruck machte er auf Sie?«

»Joshua?«

Natürlich Joshua. Warum war das Baby immer der letzte Mensch, über den sich diese Leute Gedanken machten? »Ja.«

»Es ging ihm gut. Er schien mir vollkommen gesund zu sein. Ich habe ihm die Flasche gegeben, die im Kühlschrank stand. Vermutlich hatte die Nanny sie schon vorbereitet ...«

Der liebe Wilson ist es bestimmt nicht gewesen,

»Und dann habe ich den Kleinen in den Schlaf gewiegt und zu Bett gebracht. Ich habe ihn auf den Rücken gelegt, wie man es ja heute tun soll, obwohl ich meine eigenen Kinder immer auf den Bauch gelegt habe und auch nach wie vor der Ansicht bin, dass das besser ist.«

»Wo war Wilson?«

»Ach, der war mit irgendetwas beschäftigt. Ich glaube, er hat ein paar Telefonate erledigt und noch dies und das. Es hat mir wirklich Spaß gemacht, mich um den Kleinen zu kümmern.« Sie lächelte wieder, voller Zärtlichkeit, was sie Evelyn gleich viel sympathischer machte. »Ich habe mich schon lange nicht mehr um ein Baby gekümmert. Meine Kinder sind schon groß. »Er ist – er war wirklich ein liebenswertes Kind, daher hatte ich es nicht eilig. Aber nachdem ich ihn zugedeckt und die Flasche in die Spüle gestellt habe, haben Wilson und ich ...«

Sie beendete den Satz nicht. Das war auch gar nicht nötig, denn Evelyn konnte sich sehr gut vorstellen, was dann geschehen war.

»Wann sind Sie wieder gegangen?«

Sie dachte einen Moment nach. »Gegen elf, glaube ich.«

»Sie sind nicht über Nacht geblieben?«

»Oh, nein! Nein, ich hatte auch gar nichts mitgebracht. Ich schlafe lieber in meinem eigenen Bett. Außerdem mussten wir beide am nächsten Tag arbeiten. Und ich wollte nicht, dass diese Nanny hereinplatzt.«

Damit hatte sie Evelyns Sympathie schon wieder verspielt. »Patty. Die Frau heißt Patty.«

»Ja, genau die meine ich.«

»Ist Joshua noch einmal aufgewacht oder hat er noch einmal geweint, während Sie dort waren?«

»Nein. Nachdem er in seinem Bett lag, habe ich ihn nicht mehr gehört.« Sie dachte kurz über ihre Worte nach, und ihre Augen füllten sich wieder mit Tränen. »Was für ein lieber Junge.«

»Haben Sie Wilson Montagabend angerufen, nachdem Sie wieder zu Hause waren?«

»Nein.« Die Frage schien sie zu überraschen. Offenbar hatten die beiden nichts für Gutenachtwünsche übrig.

»Wann haben Sie Wilson das nächste Mal gesehen?«

»Natürlich im Büro. Am Dienstagmorgen. Er kommt nie zu spät.«

»Ich habe auch nichts anderes von ihm erwartet. Was hat er gesagt?«

Carrie wirkte verwirrt. »Worüber denn?«

»Über Joshua. Hat er etwas über Joshua gesagt?«

Auch diese Frage schien sie zu überraschen, aber Wilson war auch nicht der Typ Mann, der viel über seine Kinder redete. »Nein.«

»Carrie, wie lange haben Sie und Wilson schon eine ...«

»Ungefähr ein Jahr, glaube ich. Nein, länger. Es müssten schon anderthalb Jahre sein.«

Also seit Dinah etwa im vierten Monat gewesen war. Welch eine Überraschung. Wilson hatte also nicht viel für den wachsenden Bauch seiner Frau übriggehabt.

Als sich Carrie über die Stirn wischte, warf Evelyn David einen Blick zu und hob fragend die Augenbrauen. Er zuckte mit den Schultern.

Evelyn wiederum fragte sich, wie es nun weitergehen würde. Carrie hatte Pattys Version der Geschichte bestätigt, wonach es Joshua gut ging, als sie Montagabend nach Hause gegangen war. Aber damit blieb immer noch der Dienstagmorgen. Entweder hatte Patty die Wahrheit gesagt und Wilson hatte seinen Sohn während der Nacht zu Tode geschüttelt oder Wilson sagte die Wahrheit und Patty hatte Joshua – nachdem Wilson zur Arbeit gefahren war und ehe sie das Baby ins Metro Hospital gebracht hatte – umgebracht. Somit stand immer noch Aussage gegen Aussage.

Aber es gab einen Konflikt zwischen Wilson und Jenna und nicht etwa zwischen Wilson und Patty. Er hätte immer noch mit

Katies Aussage überführt werden können, wenn es sich nicht um Hörensagen handelte. Also mussten sie unbedingt Jenna finden. »Hat Wilson manchmal über seine Stieftochter gesprochen?«

Carrie verzog das Gesicht. »Jenna? Oh, ja. Der kleine Teufelsbraten.«

»Hat er sie so genannt?«

»Das haben sie beide, auch Dinah.«

»Was hat Wilson Ihnen erzählt?«

»Über Jenna? Nicht viel. Im Grunde waren seine schlimmsten Worte, dass sie eine ebenso verwöhnte Zicke sei wie ihre Mutter. Ich habe ihm zu erklären versucht, dass sie ein Teenager ist und sich das mit der Zeit ändern wird. Ich hätte meiner Tochter selbst am liebsten schon ein paar Mal den Hals umgedreht ...« Carrie wurde blass, als ihr bewusst wurde, was sie da gesagt hatte. Sie fuhr aber fort: »Es ist einfach ein schwieriges Alter, das ist alles.«

»Was hat Wilson gesagt, als Jenna verschwunden war?«

Carrie blickte Evelyn verständnislos an. »Verschwunden?«

»Jenny ist angeblich vor ungefähr zwei Monaten weggelaufen.«

»Wirklich? Das habe ich nicht gewusst.«

»Was haben Sie denn geglaubt, wo sie Montagabend war?«

»Keine Ahnung. Ich habe, ehrlich gesagt, gar nicht darüber nachgedacht. Wilson hat schon so lange nicht mehr von Jenna gesprochen, dass ich sie ganz vergessen hatte.«

Hatte denn *jeder* dieses Kind vergessen?

»Er hat Ihnen also nicht erzählt, dass sie weggelaufen ist?«

»Nein.« Carrie Eustace runzelte die Stirn. »Hat er nicht. Warum bloß?« Sie blickte auf, als ob die drei die Antwort darauf wüssten.

Evelyn blinzelte in die tief stehende Nachmittagssonne. David war darin nur als Silhouette zu erkennen. »Das frage ich mich auch.«

»Was geschieht denn jetzt?«, fragte Carrie.

Riley rappelte sich auf, was ein gewaltiger Kraftakt für ihn zu sein schien. »Jetzt werden wir Ihren Freund wegen Totschlag an seinem Sohn verhaften, Miss Eustace.«

Carrie blickte den Detective mit großen Augen an. »Aber er ist auf Joshuas Beerdigung. Das können Sie doch nicht machen – nicht an einem solchen Tag!«

»Heute hätte kein so trauriger Tag sein müssen«, sagte David. »Er selbst hat ihn ja zu einem gemacht.«

17

»Ist das nicht etwas zu früh?«, fragte Evelyn Riley, als sie auf die Haustür der Sinclairs zugingen.

»Vermutlich.«

David hielt mit ihnen Schritt. »Nichtbeachtung der Zuständigkeit, Verhaftung eines vermögenden Mannes aufgrund von Indizien ... Also, ich hätte wirklich nichts gegen eine Beförderung einzuwenden, Riley. Aber nicht auf diese Weise.«

»Wenn man kurz vor der Pensionierung steht, wagt man schon mal hin und wieder was.« Riley blieb auf der Veranda stehen, um den beiden ins Gesicht zu sehen. »Hört zu, ist einer von euch der Meinung, dass Sincair *nicht* der Täter ist?«

Beide schwiegen.

»Ist einer von euch der Meinung, dass ihn die Geschworenen glaubwürdiger als Patty finden werden?«

David öffnete den Mund, schloss ihn aber gleich wieder.

»Also, worauf warten wir noch? Es wird keine weiteren stichhaltigen Beweismittel geben. In den nächsten Monaten wird sich nichts ändern, bis auf die Tatsache, dass alle Beteiligten – den Staatsanwalt eingeschlossen – Joshua schon bald vergessen haben werden.«

»Aber sollte es uns gelingen, Jenna zu finden ...«, fing Evelyn an.

»Jennas Leiche wurde irgendwo in einem Radius von drei Kilometern entsorgt und da sie in der Zwischenzeit nicht gefunden wurde, können wir davon ausgehen, dass das wohl niemals der Fall sein wird. Also, wenn Wilson den Gefängnisfraß leid geworden ist, kann ihm der Staatsanwalt einen Besuch abstatten und ihm anbieten, dass die Todesstrafe vom Tisch ist, sobald er uns sagt, wo er sie vergraben hat.«

Evelyn dachte über Rileys Worte nach, während sie beobachtete, wie Heaton in die Auffahrt der Sinclairs einbog. »Muss er unbedingt dabei sein?«

Riley drehte sich um. »Die Verhaftung fällt in seinen Zuständigkeitsbereich, Evie. Das gebietet die kollegiale Höflichkeit.«

»Muss *ich* mit dabei sein?«

»Nein. Eigentlich nicht. Du hättest Nein sagen können.« Er musterte sie mit seinen intelligenten Augen, und sie hörte auf zu nörgeln und wandte den Blick ab. Sie musste bei der Verhaftung von Wilson Sinclair nicht anwesend sein, hatte aber nicht abgelehnt, als David es vorschlug. Weil sie nicht oft Zeugin der Ergebnisse ihrer mühevollen Arbeit war, wollte sie sehen, wie Joshuas Vater in Handschellen aus seiner komfortablen Villa abgeführt wurde. Außerdem gab es vielleicht noch irgendetwas in seinem Haus, das ihr einen Hinweis auf Jennas Verschwinden liefern konnte. Im Gegensatz zu Riley wollte sie das Mädchen einfach nicht aufgeben.

»Hast du mir zugehört, Evie?«

»Nein, hab ich nicht. Tut mir leid, Riley.«

»Bleib hinter uns. Ich rechne zwar nicht damit, dass dieser Mistkerl irgendeinen faulen Trick auf Lager hat, aber man kann ja nie wissen. Tag, Heaton. Wollen Sie den Haftbefehl sehen?«

Der dickbäuchige Detective kam auf die Veranda. Seine Schritte machten unnötig viel Lärm. Er riss Riley den Haftbefehl wortlos aus der Hand und las ein paar Zeilen, was ihn aber schnell langweilte, denn er gab ihn Riley sofort wieder zurück.

»Was soll's. Ich bin sicher, Sie haben hinreichende Gründe.

Wenn man den Cops schon nicht mehr trauen kann, wem sonst? Ich hätte es allerdings vorgezogen, wenn Sie mich vorher informiert hätten.«

Riley lächelte eisig. »Warum denn? Damit Sie die Medien hätten informieren können?«

Evelyn rechnete damit, dass Heaton in die Luft gehen würde, doch der Fußweg zum Haus der Sinclairs musste ihn erschöpft haben. Er wischte sich über die Stirn. »Um ehrlich zu sein, ja. Diejenigen unter uns, die sich den Arsch in den Vororten aufreißen, haben nun einmal nicht das aufregende Leben der Cops in den Großstädten. Wenn ich einmal die Chance habe, groß rauszukommen, muss ich sie ergreifen.«

Riley verdrehte die Augen und wandte sich zur Haustür um. »Bist du bereit?«

David seufzte und sagte: »Ja.« Heaton schwieg. Er war sauer.

Sie verhafteten Wilson Sinclair auf der Veranda, für alle Nachbarn sichtbar, und er wehrte sich tatsächlich nicht, wie Riley es vorausgesagt hatte. Es schien ihm schwerzufallen, sich auch nur aufrecht zu halten. Seine sonst so gesunde Gesichtsfarbe war einer auffallenden Blässe gewichen.

Jetzt kam Dinah auf die Veranda. Sie war noch immer in Schwarz.

»Aber wir sind doch gerade erst von der Beerdigung zurückgekommen ...« Ihr Körper machte den Eindruck, als wäre er irgendwie geschrumpft, und zum ersten Mal stand eine Falte zwischen ihren Augenbrauen. Sie sah zu, wie die Cops ihren Mann zu dem Streifenwagen führten. Ihr Kopf bewegte sich dabei ganz langsam, mit einer roboterhaften Bewegung.

»Tut mir leid, Dinah«, sagte Heaton mit geheuchelter Aufrichtigkeit, die auf ein gewisses schauspielerisches Talent schließen ließ. Er ging zu der Stelle, wo kurz zuvor noch Riley gestanden hatte, und legte ihr seinen Arm um die Schultern. Sie zuckte zusammen, wie von einer Tarantel gebissen, und ihr Blick verriet, dass ihr die Berührung mit der Spinne lieber gewesen wäre.

Heaton wurde rot. Evelyn ging auf ihre ehemalige Schulkameradin zu.

»Dinah ...«

»Steckt ihr ihn ins Gefängnis?«

»Ja. Wir sind uns ziemlich sicher, dass Wilson an Joshuas Tod schuld ist. Es tut mir leid.«

Der Streifenwagen des Cleveland PD fuhr davon. Man konnte Sinclair auf dem Rücksitz erkennen. Er starrte aus dem Seitenfenster zum Haus hinüber. »Möchtest du dich setzen?«

»Nein. Ich habe lange genug gesessen.«

Dinah ging mit schnellen Schritten auf die Treppe zu und eilte hinunter. Evelyn blickte schulterzuckend zu David hinüber, schob ihre Bedenken beiseite und folgte ihr. David drehte sich um und ging über den Rasen auf das Nachbarhaus zu.

Der Anblick der Küche der Ryans machte David hungrig. Außerdem duftete es nach Plätzchen und Gemüsesuppe, und er hatte das Mittagessen ausfallen lassen. In der Spüle und auf den Arbeitsflächen stand Geschirr. Ein mit Soße bekleckerter Schmortopf aus Edelstahl stand auf einem Schneidebrett. Das Ambiente schien Welten vom Haushalt der Sinclairs entfernt.

»Meine Mom steht auf Familienessen«, erklärte Katie.

Sie saß am Ende eines mit Einlegearbeiten versehenen Kacheltischs und hatte ihre Knie bis zur Brust hochgezogen. Offenbar wollte sie die größtmögliche Distanz zu ihm wahren. Außerdem war sie nicht allzu begeistert gewesen, David ins Haus zu lassen, solange ihre Eltern nicht da waren. Und sie hätte ihm wohl die Tür nicht geöffnet, wenn er nicht gesehen hätte, wie sie gerade die Katze hereinließ. Normalerweise befragte er Jugendliche nur im Beisein eines Elternteils oder eines Vormunds, aber Katie stand nicht unter Verdacht, und die Zeit drängte.

»Und was ist mit deinem Dad? Worauf steht der?«

David musste ein Gefühl für Katie bekommen. Er wollte in Erfahrung bringen, wie es augenblicklich in ihrem Leben aussah, ob sie eine glaubwürdige Zeugin abgeben würde. Sie musste vielleicht für Jenna sprechen, falls man die Leiche des jungen Mädchens fand. Denn nur in einem solchen Fall würde vor Gericht eine auf Hörensagen beruhende Aussage zugelassen werden. Und es wäre für die Anklage wichtig, würde sich Katie als vernünftig erweisen. Jeder Teenager besitzt wohl ein gewisses Recht, Dinge zu dramatisieren, aber nur solange diese Pose nicht übertrieben wird.

»Mein Dad«, sagte sie so nachdenklichen und zögernd, als müsste sie sich erst ihren Vater in Erinnerung rufen. »Er steht auf Männerkram – angeln, schießen, bowlen. Ich wusste gar nicht, dass man in Ledgewood bowlen kann, aber offenbar ist das im Moment sehr angesagt, wenn man meiner Mom glauben darf.«

»Katie, ich untersuche den Tod von Joshua Sinclair und angesichts dessen, was mit ihm geschehen ist ... Nun ja, ich will dich nicht anlügen. Wir machen uns Sorgen um den Verbleib von Jenna.«

»Den Verbleib«, wiederholte Katie. Sie schien den Ausdruck amüsant zu finden.

»Katie ...«

»Schon gut. Ich bin ja froh. Also, ich meine, ich bin froh, dass endlich jemandem auffällt, dass Jenna verschwunden ist. Ich will alles tun, um Ihnen bei der Suche nach ihr zu helfen.« Sie stellte ihre Füße auf den Boden und legte die Hände in den Schoß.

»Du hast Mrs. James erzählt, dass Jenna nicht gut mit ihrem Stiefvater ausgekommen ist.«

»Gelinde gesagt.«

»Hat er sie jemals in deiner Gegenwart geschlagen?«

Katie schien genau zu überlegen und blieb so lange stumm, dass David schon glaubte, sie sei mit ihren Gedanken abgeschweift. »Nein«, antwortete sie schließlich. »So dumm war er dann doch nicht. Er hat sie nie vor anderen Leuten geschlagen – mit Ausnahme von Dinah, weil er wusste, dass ihre Mutter keinen Finger rühren würde. Aber sonst vor niemandem, nicht einmal vor Patty. Vor allem nicht vor Patty.«

»Warum vor allem nicht vor ihr?«

»Weil Patty ihn dann bestimmt an einer sehr empfindlichen Stelle getreten hätte.«

»Hat Patty Jenna beschützt?«

»Nein.« Sie zupfte an einem Nagelhäutchen, und ihr Gesicht verschwand hinter einem Vorhang aus honigfarbenem Haar. »Im Grunde mochte sie Jenna nicht. Sie hielt Jenna für ein verwöhntes Püppchen, genauso wie Dinah. Aber Prügel hätte Patty nicht geduldet.«

»Also weißt du nur von den Schlägen, weil Jenna es dir erzählt hat?«

Katie hob ruckartig den Kopf. »Ich habe die Blutergüsse gesehen, wenn wir uns für den Sportunterricht umgezogen oder Sachen im Einkaufszentrum anprobiert haben. Manchmal habe ich sie danach gefragt.« Ihr Kinn sank nach unten. »Manchmal nicht.«

»An welchen Stellen waren diese Blutergüsse?«

»An ihrem Bauch oder an ihren Oberarmen. Einmal hat er sie so richtig am Rücken erwischt. Ich dachte schon, ihre Nieren wären gequetscht. Wir haben gewartet, ob sie Blut pinkeln würde.

Aber dann hat sie ihre Periode bekommen und da konnten wir es nicht mehr richtig feststellen.«

David spürte, dass er rot wurde und tat so, als würde er Notizen machen. »Und sie hat nie jemandem davon erzählt – abgesehen von dir? Keinem Lehrer, keinem Studienberater? Keinem anderen Verwandten?«

Katie schüttelte den Kopf, und der Vorhang aus Haar tanzte bei der Bewegung.

»Warum nicht?«

Wieder herrschte Schweigen, während Katie durch das Fenster zu einem Vogelhäuschen hinausschaute, in dem sich muntere Spatzen um Futter stritten. Während sie nachdachte, kam ihm ihr Gesicht plötzlich viel älter vor. »Ich habe keine Ahnung.«

»Kannst du mir sagen, wann du das letzte Mal solche Blutergüsse an ihr gesehen hast oder sie dir erzählt hat, dass sie wieder von ihrem Stiefvater geschlagen wurde?«

Katie überlegte wieder lange. »Also, das muss an dem Montag Ende August gewesen sein. In der zweiten Schulwoche. Ich erinnere mich daran, weil wir gerade mit einem Projekt in Sozialkunde anfingen und ich dieses ganze Zeug dafür mit mir herumschleppen musste. Ich weiß noch, dass ich es im Schulbus auf dem Schoß festhielt, während sie mir davon erzählte. Wilson war sauer geworden, weil Jenna seine Handy-Rechnung geöffnet hatte. Er hat sie ins Gesicht geschlagen und in den Bauch und auf den Rücken geboxt.«

»Warum hat sie denn seine Rechnung aufgemacht? Hatte sie sie mit ihrer eigenen verwechselt?«

»Nein, Jenna hat gar kein Handy. Sie ist praktisch die Einzige in der Schule, die keins hat. Aber Dinah wollte ihr keins kaufen. Jenna hat Glück, dass sie überhaupt etwas zum Anziehen hat, so scheißegal wie sie ihrer Mutter ist.«

David, der in Jennas Zimmer gewesen war und sich seine erste Stereoanlage erst nach seiner Entlassung aus der Armee gekauft hatte, biss sich auf die Zunge und stellte sich stattdessen Blutergüsse auf den Armen eines fünfzehnjährigen Mädchens vor. »Warum hat sie die Rechnung denn dann geöffnet?«

»Ach?«, fragte Katie, die Stimme eine Oktave höher. »Ist sie jetzt vielleicht selbst an allem schuld?«

»Ich versuche nur Fakten zu sammeln, Katie. Das kommt mir aber etwas seltsam vor.«

Katie atmete tief durch. »Okay. Entschuldigen Sie. Jenna hat es sicher zum Teil gemacht, weil sie den Kotzbrocken ärgern wollte. Er hasst es nun mal, wenn man seinen Krempel anfasst. Aber sie wollte auch nachschauen, ob sie irgendwelche interessanten Anrufe findet. Er könnte ja eine Freundin haben oder Firmengelder unterschlagen oder so was in der Art.«

»Hatte sie denn einen Grund, so etwas zu vermuten?«

Katie zupfte einen Fussel von ihrem ausgeleierten T-Shirt und mied Davids Blick. »Nein, es war dämlich, bloß ein Zeitvertreib. Er hatte eine Menge Anrufe, aber natürlich wusste sie nicht, zu wem die Nummern gehörten. Jenna hat, was sie tat, nicht immer zu Ende gedacht.«

Dann ist sie wohl nicht der Typ Teenager, der einen Plan für sein eigenes Verschwinden ausheckt und dabei zwei Polizeidienststellen austrickst.

»War das an dem Montag, bevor sie verschwand?«

»Ja.«

»Und wann hast du sie an dem Donnerstag, an dem sie verschwand, zum letzten Mal gesehen?«

»In der zweiten Stunde. Wir haben zusammen Geschichte.«

»Hat sie da irgendwas gesagt?«

»Es ging ihr nicht so gut. Sie hatte Bauchschmerzen.« Katie

hörte auf, an der Nagelhaut herumzuzupfen und riss sie mit den Zähnen ab. Ausdruckslos sah sie zu, wie sich das Blut im Nagelbett sammelte. »Als sie nicht im Bus war, dachte ich, sie sei schon nach Hause gegangen, weil sie sich nicht wohlfühlte.«

David machte sich eine Notiz, diese Aussage bei der Schulschwester nachzuprüfen. »Hätte die Schule in dem Fall nicht ihre Mutter angerufen?«

»Klar. Aber versuchen Sie mal, Dinah von ihren geliebten Sofas wegzureißen, bloß weil sich ihre Tochter nicht wohlfühlte. Ich glaube nicht, dass sich Jenna solche Umstände gemacht hätte. Sie wäre wahrscheinlich zur Pearl Road gelaufen und hätte da den Linienbus genommen.«

»Hätte sie nicht Nachsitzen müssen, weil sie den Unterricht geschwänzt hat?«

»Klar.« Derartige Strafmaßnahmen der Schule schienen Katie nicht weiter zu kümmern. Sie schaute wieder zum Fenster hinüber. Oder vielleicht auch zum Herd, wo die Ziffern einer Digitaluhr leuchteten.

»Hast du sie nach der Geschichtsstunde noch einmal gesehen oder mit ihr geredet?«

»Nein. Ich habe sie nie wieder gesehen.« Offenbar machte Katie diese Tatsache sehr zu schaffen. »Haben Sie sonst noch irgendwelche Fragen? Ich muss noch Hausaufgaben machen, ehe meine Mutter nach Hause kommt.«

David stand auf. »Nein, ich glaube, das war alles. Danke, dass du mit mir gesprochen hast.«

»Schon gut. Jetzt muss ich mich aber beeilen. Wie schon gesagt, meine Mutter ...«

»Steht auf Familienessen.«

Katie lächelte zum ersten Mal.

18

Evelyn sah nun, was Patty gemeint hatte. Dinahs Schlafzimmer war ein Kunstwerk. Die Wände in einem warmen rotbraunem Ton gestrichen, in einer Technik, die Wände wie aus Sienaerde aussehen ließ. Burgunderrote Samtvorhänge rahmten die großen Fenster und die Balkontüren ein. Hauchdünne Stoffbahnen in Weinrot und Braun hingen von der Decke über dem Bett herab. Die in Hellrot, Rubinrot und Schokoladenbraun gehaltene Tagesdecke war lässiger über das Bett gebreitet, als man es in einem solchen Haushalt erwartet hätte. Vielleicht hätte sich der Dekorateur bei der Einrichtung von einem Harem inspirieren lassen. Oder auf stimulierende Effekte gehofft.

Evelyn saß auf der Bettkante, eine Hand in der weichen Decke. Vielleicht sollte ich etwas in der Art auch mit meinem Schlafzimmer anstellen? Wer sagt denn, dass jedes Zimmer spießig aussehen muss? Warum nicht einmal der Fantasie freien Lauf lassen? Vielleicht sehne ich mich ja auch nach einem Ort, wo ich aufhören kann, Spurensicherungsexpertin, Mutter und Tochter zu sein und einfach nur Frau sein darf.

Sie fragte sich, wie Wilson Sinclair dieser Einrichtungsstil gefiel. Ob er dieses elitäre Ambiente überhaupt zur Kenntnis nahm? Es war ihm nicht nur gelungen, mit einem so begehrenswerten – und finanziell unabhängigen – Geschöpf wie Dinah auszugehen, sondern sie auch noch dazu zu bringen, ihn zu heiraten. Und offensichtlich war auch Carrie Eustace seinem Charme erlegen.

Dieser Mann musste also mehr zu bieten haben als teure Anzüge und schlechte Laune.

Die Badezimmertür wurde geöffnet und Dinah stöckelte auf hohen schwarzen Riemchensandalen in ihr Zimmer. Sie sah blass und fiebrig zugleich aus. Und natürlich wunderschön. Aber das war nicht ihr Verdienst. Ausnahmsweise war Evelyn einmal nicht neidisch.

»Alles in Ordnung?«

Dinah ließ sich auf einen rotgoldenen Diwan sinken. »Nein. Doch wenigstens muss ich mich nicht mehr übergeben. Ihr glaubt also, dass mein Mann Joshua getötet hat?«

Evelyn wand sich. Sie rutschte auf der Bettdecke hin und her. Es behagte ihr gar nicht, Dinahs Fragen zu beantworten. Das war eigentlich Rileys oder Davids Job, aber der war nach nebenan gegangen, um Katie zu befragen, bevor die zunehmende öffentliche Aufmerksamkeit ihre Eltern verängstigte. Und Dinah hatte sonst niemanden, den sie fragen konnte. Ihre Tochter war verschwunden und ihr Sohn tot. Und bisher war noch kein Strom wohlmeinender Verwandter, Freunde oder auch Kunden aufgetaucht. »Soll ich jemanden aus der Familie für dich anrufen?«

»Familie?«, sagte Dinah geistesabwesend und fingerte an einem silbernen Kästchen herum, das auf einem mit einem Damastdeckchen bedeckten Beistelltisch stand. »Ich habe keine außerhalb dieses Hauses. Trotzdem vielen Dank.«

»Hast du irgend ...« Evelyn verstummte gerade noch rechtzeitig, ehe sie *irgendwelche Freunde* sagte. »Hast du irgendjemanden, der dir besonders nahesteht und den ich anrufen könnte?«

»Nein. Niemanden.« Dinah öffnete das Kästchen, schob den Inhalt kurz mit dem Zeigefinger hin und her und hielt dann eine Brosche in der Form eines Megafons hoch. »Sieh nur, meine alte

Brosche aus Cheerleader-Tagen. Sehnst du dich manchmal danach zurück, wieder ein Kind zu sein?«

Evelyn musste nicht lange überlegen. Sie hatte absurderweise eine sehr glückliche Kindheit gehabt. Sie aber ohne Bedauern hinter sich gelassen, als sich der Mangel an Macht als ein zu großer Preis für den Mangel an Verantwortungsgefühl erwies. »Nein.«

»Ich auch nicht.« Sie stellte das Kästchen mit einem dumpfen Knall auf den Tisch. »Die Jugend soll ja angeblich eine sorgenfreie Zeit sein. Ich frage mich, warum Erwachsene das immer glauben.«

»Weil die meisten vergessen haben, wie es ist, Kind zu sein.«

Joshua und Jenna waren zwar Kinder gewesen, aber ihre Situation konnte man wohl kaum als sorgenfrei bezeichnen. Evelyn nahm die Anstecknadel. Sie war fast bis zur Unkenntlichkeit zerkratzt. »Ist die mal aus Versehen mitgewaschen worden?«

»Nein, der Hund meines Bruders hat meine Uniform zerkaut. Ich habe diesen verdammten Köter gehasst.« Dinah nahm die Brosche und legte sie wieder in das Kästchen. »Es ist nicht einfach, ein großer Fisch in einem kleinen Teich zu sein. Ich weiß, dass das lächerlich klingt, aber es stimmt. Nicht, wenn man zehn ist. Oder zwölf oder fünfzehn. Da sollte man Rad fahren und mit Puppen spielen. Ich hingegen habe gelernt zu manipulieren. Habe Verhandlungsstrategien perfektioniert. Alle Mädchen wollten meine Freundinnen sein, meine besten Freundinnen. Und ich musste meine Zeit exakt unter ihnen aufteilen. Aber ein Tag hat eben nur vierundzwanzig Stunden, das ist das Problem.«

Evelyn fragte sich, warum sie diese Frau jemals beneidet hatte.

»Natürlich konnte nicht jede meine beste Freundin sein, und das bedeutete, dass ich eine eingebildete Zicke war. Ich habe mich um Gerechtigkeit bemüht, aber das war nicht machbar. Ich habe immer die Sommerferien herbeigesehnt. Dann habe ich mich in meinem Zimmer versteckt und das Telefon ausgehängt. Aber meine Mutter hat es gemerkt und den Hörer wieder aufgelegt. Weil sie es nicht ertragen konnte, auch nur einen einzigen Anruf zu verpassen. Einmal habe ich die Telefonleitung zu unserem Haus durchgeschnitten. Den Tag hättest du miterleben müssen!« Dinah lächelte, aber es war ein gequältes Lächeln. »Klingt doch toll, wenn man sich großer Beliebtheit erfreut, oder? Das ist es auch, wenn man vielleicht zwanzig oder dreißig ist. Mit zehn hatte ich das Gefühl, die Last der ganzen Welt auf meinen Schultern tragen zu müssen und sie nie wieder loszuwerden.«

Evelyn saß bewegungslos da. Was soll ich auch sagen? Tut mir leid?

»Meine Kinder mussten sich damit nicht herumschlagen, aber kann man ihre Kindheit deshalb als glücklich bezeichnen?« Sie schüttelte den Kopf, stand auf und ging zum Kleiderschrank, hinter dessen Schiebetüren eine richtige Kollektion hing. »Also, hält die Polizei wirklich Wilson für den Täter?«

Es hatte keinen Sinn, etwas zu beschönigen. Dinah hatte eine offene, ehrliche Antwort verdient. »Soviel ich das beurteilen kann, gibt es zwei Möglichkeiten. Entweder hat Wilson Joshua geschüttelt, bevor er morgens zur Arbeit ging, und Patty hat die Wahrheit gesagt, als sie behauptete, Joshua habe bei ihrem Eintreffen keine Reaktion gezeigt. Oder Wilsons Version stimmt und es ging dem Kleinen noch gut, als er das Haus verließ, und Patty hat ihn dann grob angefasst und anschließend ins Krankenhaus gefahren.«

Dinahs Schrankinhalt erschien auf den ersten Blick sehr viel konservativer als ihr Schlafzimmer.

Sie zog einen marineblauen Rock mit einer passenden Jacke daraus hervor – ob sie etwas für Wilsons Anklageerhebung heraussuchte? Oder für den nächsten Arbeitstag?

»Und du glaubst Patty«, konstatierte Dinah und hängte das blaue Kostüm wieder in den Schrank zurück.

Größtenteils deshalb, weil wir Katies Aussage haben, dachte Evelyn. Offensichtlich hat er Jenna auch geschlagen, und du wusstest es. Aber das müssen die Cops dich fragen, nicht ich. »Ja.«

»Das tue ich auch«, sagte Dinah und warf einen stirnrunzelnden Blick auf einen Mohairpullover.

Evelyn traten beinah die Augen aus dem Kopf. »*Wirklich*?«

»Ja.« Sie fuhr fort, hastig ihren Schrank zu durchsuchen, nahm Bügel heraus und hängte sie gleich wieder zurück. »Das habe ich wohl schon von Anfang an getan, aber ich wollte es mir einfach nicht eingestehen. Wer ist schon gern mit einem Mörder verheiratet? Besonders mit dem Mörder des eigenen Sohns.«

Plötzlich hielt sie mit der Suche inne, drehte Evelyn jedoch weiterhin den Rücken zu.

»Das konntest du doch nicht wissen.«

»Aber ich hätte es wissen müssen, nicht wahr?«

Einige Sekunden verstrichen. Evelyn hatte keine Ahnung, was sie sagen sollte. Auch wenn sie es gewollt hätte, konnte sie Dinah Joshuas Tod nicht vorwerfen. Ihre Arbeit hatte sie gelehrt, dass man nie wusste, wozu ein anderer Mensch fähig war oder wozu man selbst fähig war.

Jetzt drehte sich Dinah um und ließ zwei Blusen auf den Diwan fallen. »Ich hätte es wissen müssen. Ich weiß doch, dass Wilson eingebildet, arrogant, aufgeblasen und dumm ist. Jetzt fragst du dich natürlich, warum hat sie ihn dann geheiratet. Ich hatte drei Gründe. Ich liebe dieses Haus, aber ich hätte es mir finanziell nicht leisten können. Und er hatte die Mittel, mein Geschäft in Schwung zu halten, sodass ich nie wieder für jemand anderen arbeiten musste. Und ob du es glaubst oder nicht, er war halbwegs gut im Bett. Ich kann es verstehen, wenn du mir das nicht glaubst. Aber immerhin gibt es da noch seine kleine Geliebte, die du fragen kannst.«

»Du weißt von seiner Affäre?«

»Dein Freund, der Detective, hat es mir gesagt.« Sie zog wieder das blaue Kostüm hervor und legte es zu den Blusen auf den Diwan.

»*David*?«

»Ja.« Beim Anblick von Evelyns schockiertem Gesichtsausdruck grinste Dinah. »Vielleicht dachte er, dass ich Joshua getötet hätte, weil meine Ehe am Ende war oder dass Wilson ihn getötet hätte, um frei zu sein und mit dieser Frau davonzulaufen. Vielleicht dachte er auch einfach, ich hätte es verdient. Und er hat recht. Das habe ich.

Aber ich habe es vorher nicht gewusst und ich möchte bezweifeln, dass Wilson die Scheidung will. Er mag das ganze Drumherum viel zu sehr. Das Haus, die Ehefrau, die Stabilität. Sogar das Baby. Er hat Joshua wirklich gern gehabt – solange er ruhig war und ihn nicht störte. Mich mag er auf die gleiche Weise.« Sie legte einen Pullover zusammen. »Ich bin froh, dass der Detective es mir gesagt hat. Nun fühle ich mich Wilson gegenüber nicht mehr im Geringsten zu etwas verpflichtet. Dieser David ist ein sehr netter Kerl.«

Und Evelyn – ganz der Profi – erwiderte: »Wir sind verlobt.«

Ihre Wangen begannen zu brennen. Das hätte Dinah, diese Meisterin der Manipulation, nun wirklich nicht erfahren müssen. Die Frau hatte gerade ihren Sohn und ihren Ehemann verloren. Die Frau, die nur um etwas bitten musste und es auch prompt bekam, während arme Leute nicht wählerisch sein durften.

Doch Dinah zeigte kein Interesse, murmelte lediglich: »Herzlichen Glückwunsch«, während sie einen weiteren Pullover zusammenlegte.

Evelyn betrachtete erleichtert den wachsenden Stapel Kleidungsstücke. »Was machst du denn da?«

»Ich packe. Hier bleibe ich ganz bestimmt nicht.«

»Aber als Ehefrau ...«

»Wir haben einen hieb- und stichfesten Ehevertrag. Im Falle einer Scheidung bekomme ich keinen Stein dieses Hauses, und glaub mir, es wird eine Scheidung geben. Abgesehen davon, wenn er Evan damit beauftragt, das Haus zu verkaufen, um seinen armseligen Arsch vor dem Gefängnis zu retten, wird es schon morgen im *Plain Dealer* zum Verkauf annonciert. So ist er nun mal, mein lieber Ehemann.« Sie zerrte ein Futteralkleid von Halston so heftig vom Bügel, dass ein Knopf abriss und gegen das Fenster flog. »Habe ich dir eigentlich schon erzählt, dass er Jenna ein paar Mal geschlagen hat? Ich glaube, das ist der Grund, warum sie weggelaufen ist. Und ich habe nichts dagegen unternommen. Jenna hatte wohl eine große Klappe und hin und wieder eine Strafe verdient, aber schließlich war sie *meine* Tochter.«

Vergangenheit? Dinah sprach immer schneller, während sie mit ihrer Kleidung auf und ab lief, ihre Absätze über das glänzende Parkett klickten. Ihr Gesicht verzog sich vor Selbstekel, aber seltsamerweise sah sie mit ihren funkelnden Augen und ihrem fliegenden Haar nur noch schöner aus. »Ich hätte sie bestrafen sollen. Und warum habe ich es nicht getan? Weil ich mich um nichts anderes als mein Geschäft gekümmert habe. Ein Versuch, dieses Traumleben zu führen, das ich mir in meiner Fantasie schon immer ausgemalt ausgemalt habe – und Jenna musste darunter leiden.«

Dann ließ sich Dinah schwer auf einen Stuhl fallen, schleuderte ihre grazilen Schuhe von den Füßen, als hielte sie es nicht mehr länger in ihnen aus und zerriss dabei einen Riemen. Dann warf sie die Sandaletten Richtung Schrank und stellte ihre Füße fest auf den Boden, als würde sie beim Berühren des Holzbodens eine gewisse Befriedigung erfahren.

»Also ja! Ich hätte es wissen müssen. Und ja, ich fühle mich schuldig. Und eines Tages werde ich meine Tochter finden und ihr das sagen.«

Falls sie noch lebt, dachte Evelyn und hatte für einen Moment das schreckliche Gefühl, als hätte sie die Worte laut gesprochen, denn Dinah wurde blass, als hätte sie sie gehört.

»Falls sie noch lebt«, flüsterte Dinah.

Es wurde ganz still im Zimmer, nur das Ticken der runden silbernen Uhr auf dem Nachttisch war zu hören und das entfernte Zwitschern eines Vogels. Der fröhliche Klang schien in eine andere Welt zu gehören. Stäubchen schwebten im Licht, das durch das Fenster drang.

»Ich helfe dir, sie zu finden, Dinah.«

Überrascht sagte ihre ehemalige Klassenkameradin: »Wirklich? Und wie?«

Gute Frage. Keine Ahnung, warum ich das eben gesagt habe. »Noch habe ich keinen blassen Schimmer, aber ich tue alles, was in meiner Macht steht, damit wir sie finden.«

Beunruhigt stellte Evelyn fest, dass ein hoffnungsvoller Ausdruck in Dinahs Augen trat. Was ist nur in mich gefahren?, dachte sie.

»Du bist wirklich lieb, Evelyn. Ich habe dich nicht besonders nett behandelt, als wir noch in der Highschool waren.«

Jetzt tat Evelyn die Erinnerungen mit einem Achselzucken ab. »Du warst aber nie gemein.«

»Das ist nicht dasselbe.«

Jemand klopfte an die offen stehende Tür, und David trat räuspernd in den Raum. Sofort ließ er sich beim Anblick des Zimmers ablenken. Dinah sprang auf, marschierte zum Fenster und wirbelte herum, als wüsste sie nicht, wohin mit ihrer Energie.

»Ja, Detective?«, sagte sie fragend, während er sich staunend umsah.

»Oh, entschuldigen Sie. Das ist – ein ziemlich interessantes Zimmer.«

Dinah sah Evelyn mit einem kleinen Lächeln an. Aber vielleicht habe ich mir das auch nur eingebildet, dachte sie.

»Vielen Dank. Ich wollte eine gewisse Atmosphäre schaffen. Oberflächen, in denen man versinken kann. Mein Zimmer zeige ich kaum jemanden, also konnte ich mich austoben. Das Parterre musste ich schickimicki-mäßig einrichten, sozusagen als Eigenwerbung. Aber das hier – ich halte es für eine Mischung aus königlicher Opulenz in einem ägyptischen Bordell. So in etwa.«

»Es, äh ...« Widerwillig wandte David den Blick von dem Himmelbett ab. »Ich wollte Ihnen nur sagen, dass ich mit dem Arbeitszimmer Ihres Mannes fertig bin, Mrs. Sinclair. Ich gehe jetzt also und hoffe, Sie nicht mehr belästigen zu müssen.«

»Sie belästigen mich nicht«, sagte sie freundlich, aber ohne zu lächeln. »Solange ich Ihnen helfen kann. Haben Sie mit Katie gesprochen?«

»Ja, aber ich habe nichts Neues erfahren.« Er trat näher ans Fenster und schützte seine Augen sowohl vor der blendenden Mittagssonne als auch vor dem Anblick dieses Sinnlichkeit ausströmenden Schlafzimmers.

»Wie geht es jetzt weiter?«

»Wilson Sinclair wird morgen unter Anklage gestellt. Es bedeutet, er wird dem Haftrichter vorgeführt und ...«

»Nein, ich meinte, was geschieht wegen der Suche nach Jenna.«

David und Evelyn sahen sich vielsagend an. Er und Riley hatten noch einmal alle Befragungen wiederholt, die ihre Kollegen von der Vermisstenabteilung bereits unternommen hatten, hatten mit Jennas Freunden und nahen Verwandten gesprochen – was schnell erledigt gewesen war, da es nicht viele gab –, hatten überprüft, ob Abbuchungen von ihren Kreditkarten und von ihrem Konto erfolgt waren und hatten sich Sinclairs Telefonabrechnungen noch einmal vorgenommen. Jennas Foto war noch einmal an sämtliche Polizeibehörden Ohios und der sechs benachbarten Bundesstaaten geschickt worden und ebenfalls an das landesweite Netzwerk für vermisste Kinder. Sie hatten Flug-, Bus- und Bahngesellschaften überprüft. Das alles war bereits während der ursprünglichen Ermittlungen geschehen.

Sie hatten keine Hinweise auf Jennas Verschwinden gefunden. David erstattete Dinah einen summarischen Bericht über die Bemühungen der Polizei, und sie hörte ihm aufmerksam zu, ohne ihn eine Sekunde aus den Augen zu lassen. Evelyn stand vom Bett auf und ging zu den beiden.

»Haben Sie auch mit Patty gesprochen?«

»Standen die beiden sich nah?«

»Das zwar nicht, aber Patty hat viel Zeit hier verbracht. Vielleicht hat sie etwas gemerkt, das mir entgangen ist.« Zu Evelyn sagte sie: »Vielleicht sollte ich einen Privatdetektiv engagieren.«

»Das ist gar keine schlechte Idee.«

Plötzlich schien es Evelyn sehr verlockend, den Fall auf jemand anderen abzuwälzen, weil sie kaum noch hoffte, ihr Versprechen einlösen zu können.

»Dem muss ich energisch widersprechen«, sagte David mit einem solchen Nachdruck, dass ihn beide Frauen anstarrten. Er fügte gelassener hinzu: »Lassen Sie uns bitte zuerst ein oder zwei Wochen daran arbeiten. Ich glaube, wir haben mehr Mittel zur Verfügung als eine so kleine Truppe wie das Strongsville P.D.«

Wenn Evelyn daran dachte, mit welchem Einsatz sich Sergeant Stoltz ihrer Arbeit widmete, musste sie ihm im Stillen widersprechen, aber Dinah hatte bereits ihren Sohn und ihren Ehemann verloren – sie konnte sich jetzt nur noch an die Hoffnung klammern, ihre Tochter zu finden, und diese Hoffnung durfte man ihr auf keinen Fall nehmen.

»Sollten wir nichts herausfinden, werde ich Sie informieren. Dann können Sie noch immer einen Privatdetektiv engagieren.«

Dinah legte die Hand auf seinen Arm. »Es war nicht meine Absicht ... Ich weiß, dass Sie und Ihr Partner sehr hart arbeiten ...«

»Schon gut. Ich weiß, was Sie meinen. Geben Sie uns nur ein oder zwei Wochen.«

»Danke.« Dinah lächelte David an – eine tapfere Frau.

Evelyn hatte in dem Moment das Gefühl, als hätten beide ihre Anwesenheit vergessen.

19

Als Evelyn am Freitag vom Mittagessen zurückkam, trödelte sie auf dem Parkplatz, um etwas frische Luft zu tanken. Nicht einmal der Geruch nach Verwesung aus den Fenstern des Autopsiesaals konnte die kühle Herbstluft ganz überdecken. Am Vormittag war es ihr zu warm vorgekommen, doch jetzt, im Schatten, schien es sich für die Jahreszeit viel zu schnell abgekühlt zu haben. Sie lehnte sich gegen die Backsteinmauer und schloss die Augen.

»Hallo«, sagte da jemand.

Sie runzelte die Stirn, bevor sie die Augen öffnete. Da versuchte man einmal, für eine Minute etwas Ruhe zu finden ... Es war dieser Reporter, Kevin Cavenaugh, der halb verdeckt hinter einem Minivan stand und sie anlächelte. Er trug dasselbe Sakko, allerdings jetzt zu einer ordentlich gebügelten Khakihose.

»Was machen Sie denn hier?«, herrschte sie ihn an.

»Ich freue mich auch, Sie wiederzusehen. Sind Sie immer so freundlich?«

»Nein, diesen Tonfall habe ich für Sie reserviert.«

Er schüttelte den Kopf. »Jetzt haben Sie aber meine Gefühle verletzt. Wenn Sie nicht aufpassen, werde ich einen wenig schmeichelhaften Bericht über Sie zusammenschneiden. Hey, kommen Sie schon, das war doch nur ein Scherz! Sie hätten mal Ihr Gesicht sehen sollen!«

»Darüber kann ich gar nicht lachen. Ich weiß, dass Sie mich lächerlich machen können, wenn Sie es darauf anlegen, also ist wohl nachvollziehbar, dass ich mir darüber Sorgen mache.«

»Aber das brauchen Sie in meinem Fall wirklich nicht.« Er kam näher, achtete aber darauf, dass er vom Institut aus nicht gesehen werden konnte. Vielleicht glaubte er, dass sie eher bereit war, mit ihm zu reden, wenn es niemand merkte. »Ich habe kein Interesse daran, Ihnen zu schaden.«

Wie er es sagte, klang beinahe sexy. »Mr. Cavenaugh ...«

»Sie erinnern sich an meinen Namen! Das macht mir Mut.«

»Ich kann mit Ihnen nicht über laufende Ermittlungen reden. In meinem Beruf versuchen wir die Privatsphäre der Menschen zu respektieren ...«

Er hatte sich gerade eine Zigarette anzünden wollen, hielt aber in der Bewegung inne. »Ich will gar nicht über die Ermittlungen reden, sondern über die Reaktion der Öffentlichkeit.«

Evelyn hob fragend die Augenbrauen.

»Dieser Fall beschäftigt die Leute, weil er das Thema Mutterrolle berührt. Sollten Mütter ihre eigenen Karrieren opfern, um bei den lieben Kleinen zu Hause zu bleiben, wenn sie es sich leisten können? Und was ist mit Dad? Warum kommt der ohne Schuldzuweisungen immer ungeschoren davon? Handelt es sich hier möglicherweise um stinkreiche Leute, die ihren Erstgeborenen einer Tagesmutter überlassen, um der bedauernwerten Frau dann ihr Versagen in die Schuhe zu schieben? Oder war es die Nanny einfach leid, den kleinen Liebling zu verhätscheln, weil der mit dem goldenen Löffel im Mund geboren wurde? Wen Sie auch fragen, jeder wird eine Antwort darauf parat haben. Und zwar eine sehr deutliche Antwort.«

»Wie können die Leute das tun? Sie wissen doch gar nichts.«

»Sie wissen vielleicht nicht, ob Patty Fraser Joshua getötet hat oder ob Dinah und Wilson die Tat begangen haben, aber sie wissen genau, wer dafür verantwortlich ist, nämlich die Gesellschaft. Sie zwingt uns zu einer solchen Habgier, dass Familien zwei Einkommen benötigen. Und die nachlässige Nanny muss eine ebenso große Verantwortung tragen. Und die Eltern, die ihr Kind in die Obhut einer ungeschulten Fremden ohne Qualifikation gegeben haben.« Er wedelte beim Reden mit der unangezündeten Zigarette in der Luft und unterstrich seine Äußerungen mit immer größeren Kreisen.

»Patty braucht keine Qualifikation. Machen Sie sich nicht einmal die Mühe, Fakten zu überprüfen?«

»Wer weniger als drei Kinder betreut, über die keine Vormundschaft ausgeübt wird, gilt laut Paragraf 5104 der Neufassung des Gesetzes von Ohio nicht als Betreuungseinrichtung und braucht für die Ausübung einer solchen Tätigkeit daher keine Qualifikation.« Er grinste. »Aber das ist nicht der Stoff, aus dem interessante Storys bestehen.«

»Und die Story hat für Sie natürlich Vorrang.« Evelyn kreidete Cavenaugh das im Grunde nicht an, aber sie wollte ihn verärgern, damit er sie endlich in Ruhe ließ.

Er schwieg einen Moment, um sich seine Zigarette anzuzünden, aber vielleicht auch, um Gelegenheit zum Nachdenken zu haben. Nach einigen Zügen schien der Mann ernster zu sein, obwohl Evelyn sich fragte, ob das nicht nur eine Pose war.

»Ich könnte jetzt antworten, dass die Leute gern wissen möchten, was in der Welt vor sich geht, aber darum geht es nicht. Die meisten sind verhältnismäßig gut informiert. Und genau das ist das Problem. Wir sind so gut informiert, dass wir zu wandelnden, politisch korrekten Pseudointellektuellen geworden sind und diese Haltung im tiefsten Inneren satthaben. Die Menschen möchten wieder etwas empfinden! Was glauben Sie, warum wir all die Songs und Filme und Fernsehserien und sogar die verdammten Werbespots abgeschafft haben, in denen es so fröhlich und munter zuging? Jetzt bringen die Medien uns zum Weinen und wir können gar nicht genug davon bekommen.«

»Die Menschen haben nun einmal eine Schwäche für dramatische Geschehnisse.«

Cavenaugh wandte den Blick zum ersten Mal von ihr ab, lehnte sich gegen den Minivan und schaute zu den Gebäuden des Gerichtsmedizinischen Instituts. »Aber nicht, weil wir morbide Gelüste haben. Wir wollen etwas empfinden, um sicherzustellen, dass wir diese Fähigkeit nicht verlieren.«

Er ist redegewandt, keine Frage, dachte Evelyn, aber die Redekunst lässt sich auf viele Dinge anwenden. Und während er von der berechtigten Faszination der Gesellschaft von emotional polarisierenden Themen spricht, denke ich nur an mich und an David. Sehne ich mich vielleicht nur nach ihm, weil ich mich vergewissern wollte, ob derartige Gefühle überhaupt noch in mir existieren?

»Das muss Ihnen doch auch so gehen.«

»Wie bitte?«

Er nickte in Richtung des dreistöckigen Backsteingebäudes hinter ihr. »Sie müssen doch irgendwie ihre Gefühle abschalten, wenn Sie da drin sind. Wie schaffen Sie das?«

Evelyn hätte eigentlich längst wieder arbeiten müssen, aber das war eine Frage, die sie beantworten konnte.

»Ich denke über meine Arbeit nach. Wenn ich vor einer Leiche stehe, erstelle ich in Gedanken eine Liste der Dinge, die ich erledigen muss.« Cauvenaugh hörte ihr zu, lässig an den Wagen gelehnt, den Blick aufmerksam auf sie gerichtet. »Wenn es sich um ein Schussopfer handelt, muss ich die Schmauchspuren an den Händen sichern. Wenn der Tod bei einer Schlägerei eingetreten ist, stelle ich mögliche Spuren unter den Fingernägeln sicher. Ich muss mir die Kleidung ansehen, um festzustellen, ob beispielsweise der Schaden am Hemd mit der Wunde am Körper übereinstimmt. Falls der Tote von einem Rettungsdienst in ein Krankenhaus eingeliefert wurde, muss ich dort anrufen, um festzustellen, ob er eine Bluttransfusion erhalten hat. Ich muss an so viele Dinge denken, da habe ich einfach keine Zeit, um dazustehen und diesen Menschen zu bedauern. Sie sind Reporter. Wenn Sie eine Witwe oder einen betagten Mann interviewen, dessen Haus gerade abgebrannt ist, denken Sie da nicht auch an Aufnahmewinkel und Ansagen?«

Der glühende Teil der Zigarette näherte sich seinen Fingern, während er sie nachdenklich betrachtete. »Ja«, gestand er schließlich ohne zu lächeln ein. »Das tue ich.«

»Und niemand unterstellt *Ihnen*, dass Sie gefühlskalt sind.«

»Das wäre schon eine ziemliche Verbesserung angesichts all der Dinge, die man mir für gewöhnlich an den Kopf wirft.« Er ließ die brennende Kippe fallen und trat sie mit der Schuhspitze aus. »Aber Sie machen auf mich ganz und gar nicht den Eindruck, als seien Sie gefühlskalt, Mrs. James. Ich würde sehr gern eine Sendung über Sie machen. Nicht über den Sinclair-Fall, sondern über Ihre Arbeit im Allgemeinen.«

»Nein«, sagte sie ohne zu zögern.

»Aber ...«

»Nein, vielen Dank. Das ist wirklich keine gute Idee.«

»Wieso denn nicht? Etwa weil es Ihnen der Gerichtsmediziner übel nehmen könnte, wenn Sie die Aufmerksamkeit auf sich lenken?«

»Ich fühle mich vor einer Kamera nicht wohl.« Evelyn stieß sich von der Backsteinmauer ab und zupfte ihre Bluse zurecht. Kevin Cavenaugh mochte Balsam für ihr Ego sein, doch sie traute ihm nicht. »Wenn Sie sich hinsichtlich der Ermittlungen auf den neuesten Stand bringen wollen, rate ich Ihnen, sich mit dem

Morddezernat in Verbindung zu setzen. Dr. Stone von der Mordkommission in Cleveland wird Ihnen sicherlich für eine Stellungnahme zur Verfügung stehen.«

»Ihre Tochter besucht dieselbe Schule wie Jenna Sinclair. Das muss doch seltsam für Sie sein.«

Evelyn spürte, wie ihr der Schweiß ausbrach. Sie trat so rasch auf den Mann zu, dass sich seine Augen weiteten, aber er rührte sich nicht von der Stelle. »Lassen Sie meine Tochter aus der Sache heraus. Kids finden schon genug Mittel und Wege, um sich gegenseitig zu quälen, da muss nicht auch noch der makabre Beruf der Mutter erwähnt werden. Ich werde auf gar keinen Fall zulassen, dass ...«

»Ich fand, es würde der Story über Sie eine interessante Note verleihen, dieses gewisse ›Ist die Welt nicht klein?‹ ...«

Evelyn packte Cavenaugh am Revers, ohne den Tweed zu spüren. »Sollten Sie meine Tochter je in irgendeiner Weise oder Form erwähnen, dann ...«

»Schon gut, schon gut.« Er legte seine Hand über die ihre und drückte ihre Finger gegen seine Brust. »Vergessen Sie's. Ich werde ohne Ihre ausdrückliche Erlaubnis weder Sie noch Ihre Tochter erwähnen. Entschuldigen Sie. Ich wollte Sie nicht beunruhigen.«

Evelyn zog ihre Hand weg und marschierte mit festen Schritten Richtung Institut.

»Da hat so ein Typ angerufen. Er wollte Ihnen irgendwas über einen digitalen Fahrtenschreiber erzählen. Ich habe ihm erklärt, dass Sie selbst dafür aufkommen müssen, wenn Sie sich so ein Ding in Ihren Dienstwagen einbauen lassen wollen«, empfing Tony Evelyn, als sie das Labor betrat.

»Es geht dabei um den Fall.«

»War doch nur ein Scherz. Hin und wieder kann ich auch witzig sein. Wie läuft's denn so?«

»Gar nicht«, murmelte Evelyn und knallte ihren Tatortkoffer, ihre Handtasche und ihren Rucksack so fest auf den metallenen Schreibtisch, dass die Büroklammern und der kleine, gerahmte Spruch *Blitzmeldung: Das Leben ist nicht fair* schepperten.

»Da ist aber jemand alles andere als glücklich und zufrieden«, sagte Tony grinsend. Evelyn wusste, dass das Elend anderer Leute seine Stimmung hob. Der Ausdruck auf ihrem Gesicht ließ ihn geradezu freundlich werden.

»Bei mir ist alles in Ordnung. Ich habe nur eine Menge zu tun und komme nicht dazu, weil ich die ganze Zeit in Strongsville bin.«

»Das versuche ich Ihnen doch schon seit Tagen zu erklären. Aber ich dachte, Sie würden verrückt werden, wenn ich Sie nicht jedes Mal gehen lasse, wenn Ihr Freund nach Ihnen ruft.«

Evelyn verstaute ihre Handtasche in einer Seitenschublade und knallte sie zu. Der Behälter mit den Büroklammern fiel um, und die Klammern ergossen sich über ein Bestellformular für Reagenzgläser.

»Kommen Sie in mein Büro und informieren Sie mich über den Stand der Dinge«, forderte Tony sie auf. »Ich habe gerade frischen Kaffee gemacht.«

Sie starrte ihn an. »Verdammt. Manchmal könnte ich Sie beinahe gernhaben.«

»Irgendwann erliegt jede meinem Charme.«

»David hat nichts Neues von Katie erfahren«, teilte sie ihrem Chef kurz darauf mit, während sie Milchpulver in das schwarze Gebräu rührte, das er fabriziert hatte. »Er hat sich Sinclairs Bücher angesehen und alles bei der Bank überprüft. Die Firma hat alle verlangten Unterlagen vorgelegt. Kaum verwunderlich, denn sie hatten genügend Zeit, Dokumente, die Wilsons Transaktionen betreffen, zu frisieren. Außerdem müssen sie den öffentlichen Ruf der Firma schützen und können es sich nicht leisten, in einen nächsten Skandal zu schliddern. Wilsons Geschäftsgebaren hat wahrscheinlich im letzten Jahr mehr als einen ehemaligen Firmenbesitzer unglücklich gemacht. Aber offenbar hat er weder irgendeinen Menschen noch irgendein Unternehmen derart fertiggemacht, dass nun jemand deshalb sein Kind töten würde. Außerdem ist er tatsächlich so reich wie er zu sein vorgibt. Und er hat die Wahrheit über Dinahs Geschäft gesagt. Es wirft kaum Gewinn ab.«

»Was Dinah angeht, so schlägt sie sich ganz wacker für einen Menschen, der sich an den Gedanken gewöhnen muss, dass der eigene Sohn umgebracht wurde und zudem der eigene Ehemann der Täter ist.«

»Die arme Frau.«

»Mmm.«

»Wie gut, dass sie Sie hat. Eine alte Freundin.« Seine Augen funkelten trotz ihrer blauen Farbe wie die einer Ratte.

»Ich kenne sie nicht gut genug, um ihr eine echte Hilfe zu sein.«

»Schade. Sie kriegt heute Abend ihren Angetrauten zurück. Ich frage mich, wie dieses Wiedersehen wohl aussehen wird? Verschwinde aus meinem Haus, du Ungeheuer? Oder: Oh, Liebling, ich weiß, dass du unschuldig bist, aber bitte gib nicht Großvaters ganzes Geld für deine Verteidigung aus, okay?«

Evelyn spuckte vor Überraschung beinahe ihren Kaffee wieder aus. »Was reden Sie denn da?«

»Haben Sie es denn noch nicht gehört? Wilson Sinclair hat Kaution gestellt. Er hat immerhin das Geld seines verstorbenen Vaters geerbt und Evan Sandowski als Verteidiger noch dazu.

Wenn er mit dieser Kombination nicht davonkommt, dann schafft er es nie.«

»Aber wie kann er auf Kaution freigelassen werden? Immerhin droht ihm die Todesstrafe!«

»Erzählen Sie das dem Richter. Jetzt kriegen Sie sich mal wieder ein. Sie wissen doch, dass reiche Leute immer auf Kaution rauskommen. Er hat bekanntermaßen keine Freunde und keine Familienangehörigen in anderen Bundesstaaten und besitzt noch nicht mal einen Reisepass. Der Richter hielt das für eine sichere Sache.«

Evelyn sah Tony stirnrunzelnd an. »Woher wissen Sie das?«

»Von einem Freund.«

Sie schüttelte den Kopf. Es erstaunte sie immer wieder, wie groß Tonys Kreis von Verbündeten und Informanten war. »Ich hoffe, dass Dinah vorgewarnt wurde.«

»Bevor der werte Gatte mit dem Koffer in der Hand zur Tür hereinkommt und ›Schatz, ich bin wieder da‹ ruft? Ich bin mir sicher, dass Riley ihr Bescheid sagen wird. Er war da. Jedenfalls ist die Sache damit für uns abgeschlossen. Das Baby wurde obduziert, und Sie haben nichts weiter über diesen verschwundenen Teenager herausfinden können, richtig?

»Nichts, was auf ein Verbrechen hindeutet. Das Mädchen ist einfach wie vom Erdboden verschluckt.«

»Gut. Das heißt, insofern gut, dass wir damit fertig sind, bis die Cops irgendetwas Neues finden. Und gut, dass Sie sich jetzt um Ihre Arbeit kümmern können, die liegen geblieben ist. Cleveland Heights hat Fellproben von drei verschiedenen Hunden für einen Abgleich im Fall dieser unbekannten Leiche herbringen lassen.« Er deutete mit dem Kopf in Richtung des Beweismittelraums, wandte sich ab und griff zum Telefon. Offenbar war der Kaffeeklatsch damit beendet.

Beim Aufstehen kleckerte sie sich ein paar Tropfen der immer noch heißen Brühe auf die Knie und sie fragte sich, warum sie sich so alt fühlte.

Evelyn verbrachte den Rest des Tages damit, Hundehaare zu analysieren, Schmauchspurtests durchzuführen und eine Karte von Strongsville zu studieren, auf der sie einen Bleistiftkreis von 3,2 Kilometern um das Haus der Sinclairs gezogen hatte. Innerhalb dieses Kreises lagen die Metroparks und sogar der Bonnie Park mit seinem Plantschbecken. Evelyn war vor langer Zeit mit ihrer kleinen Angel dort gewesen, genauso wie Dorothy früher schon mit ihr dort gewesen war. Eigentlich hatte sie in diesem Jahr ein Erinnerungs-Picknick in dem Park veranstalten wollen, aber jetzt war der Sommer schon wieder vorbei und der Ausflug würde bis nächstes Jahr warten müssen. Wie viele Sommer mochte ihre Mutter noch haben? Wie viele Sommer hatten sie wohl noch, ehe Angel heiratete und wegzog? Sie schob diesen beunruhigenden Gedanken rasch beiseite.

Jenna war im August verschwunden. In der Zwischenzeit hätte eigentlich irgendjemand über ihre Leiche stolpern müssen. Evelyn markierte jedes Einkaufszentrum und jede Stelle mit einem Müllcontainer auf der Karte.

Schnell war es halb fünf. David rief nicht an. Und von Dinah war auch nichts zu hören. Eigentlich gab es dafür auch keinen Grund, aber Evelyn sorgte sich um ihre ehemalige Mitschülerin. Sie fragte sich, welche neuen Belastungen wohl mit Wilsons Freilassung verbunden sein würden. Wie ging eine Frau mit einem Ehemann um, den zu lieben und zu ehren sie gelobt und der den gemeinsamen Sohn getötet hatte?

Auf dem Nachhauseweg hielt sie bei der Adresse, die sie in dem Bericht über Jenna gefunden hatte. Sie hörte ein leises Geräusch von der Rückseite des Hauses und folgte ihm. Dort saß Mrs. Bass auf einem Stuhl neben einem Kleinkind in einer Babyschaukel. Zu ihren Füßen lag ein Beagle, der an einem Gummiball kaute. Evelyn rief der Frau einen Gruß zu, ging um ein Herren-Mountainbike herum, nahm auf einer abgenutzten Picknickbank Platz und blickte sie an. Das Kleinkind beäugte Evelyn ohne großes Interesse. »Wir haben miteinander telefoniert«, sagte sie.

»Ich erinnere mich.« Eloise Bass war in Evelyns Alter. Sie hatte ein fröhliches Gesicht mit einer Stupsnase und sie trug ein T-Shirt, auf dem *Bass Electrical* stand. »Sie haben wegen dieses vermissten Mädchens angerufen, das einmal hier gewohnt hat. Ich beantworte Ihnen gern alle Fragen, aber ich fürchte, dass ich Ihnen nicht weiterhelfen kann. Ich habe das Mädchen nur ein einziges Mal gesehen, als wir uns damals das Haus angesehen haben, und seitdem nicht mehr.«

»Ich weiß, es ist weit hergeholt. Aber ich dachte mir, dass Jenna möglicherweise versuchen würde, in ihr altes Leben zurückzukehren, weil sie in ihrem neuen Leben unglücklich ist. Sie haben dieses Haus also von Dinah gekauft?«

Die Frau nickte. »Sie hat uns einen guten Preis dafür gemacht, wenn man bedenkt, wie schön es renoviert worden war. Ich habe alles so gelassen, bis auf das Kinderzimmer. Ich habe einen Jungen, und da war Chintz nicht ganz das Richtige.« Sie lachte.

Dinahs früheres Haus grenzte an einen Wald, aber damit endeten die Ähnlichkeiten mit ihrem gegenwärtigen Domizil. Dieses Haus hätte in Ledgewood keine Chance gehabt. Doch es war sehr gepflegt und stand in einer hübscheren Wohngegend als Evelyns. Dinah hatte offenbar selbst als Witwe in guten Verhältnissen gelebt. Evelyn blickte zu dem Mountainbike hinüber. »Wie alt ist Ihr Sohn?«

»Siebzehn.«

»Geht er auf die Highschool in Strongsville?«

»Ja.« Die Frau blickte auf das Baby. »Ich habe nur zwei Kinder, Michael und Kaylie hier.«

»Dürfte ich einmal mit Michael reden? Vielleicht kennt er Jenna von der Schule.«

»Natürlich. Er treibt sich mit seinen Freunden mal wieder irgendwo im Wald rum. Folgen Sie einfach dem Weg. Er verbringt Stunden da draußen. Aber eine Jenna hat er nie erwähnt.«

»Wie schon gesagt, es ist weit hergeholt. Ich frage mich, was ihr wohl vor ihrem Verschwinden durch den Kopf gegangen sein mag. Sollte ich eine Vorstellung davon bekommen, was sie beschäftigt hat, finde ich vielleicht heraus, wohin sie verschwunden ist.«

Evelyn ließ eine nachdenkliche Mrs. Bass zurück, die mit einem plötzlich besorgten Gesichtsausdruck ihre kleine Tochter ansah.

Ein ausgetretener Pfad schlängelte sich durch Sträucher und niedrige Bäume. Als der Wald dichter wurde, kühlte sich die Luft angenehm ab. Das Blätterdach über ihrem Kopf ließ nur hier und da Sonnenlicht hindurch. Es war still. Die Tiere schwiegen. Wahrscheinlich hatten sich die meisten Vögel schon auf den Weg in ihre Winterquartiere gemacht.

Evelyn hörte die Stimmen von jungen Männern. Sie unterhielten sich schnell, aber ohne Zorn, und hin und wieder war ein hämmerndes Geräusch zu vernehmen. Der Wald grenzte an eine Parkanlage, und als sie die Stelle erreicht hatte, an der sich die Jungen aufhielten, waren weit und breit keine Häuser mehr zu sehen. Die Jungen, alle im gleichen Alter, ähnelten sich in ihrer Aufmachung mit Schlabberjeans, bunten T-Shirts, Kordelarmbändern und ungekämmten Haaren. Sie arbeiteten an einer roh zusammengezimmerten Hütte aus Kanthölzern mit Sperrholzwänden. Zwei von ihnen versuchten, eine Flügeltür einzubauen und schraubten dazu Scharniere in das dünne Holz. Einer saß auf einem abgesägten Baumstumpf und erteilte Ratschläge. Der Vierte saß auf dem Dach und ließ die Beine von dem Balken herabbaumeln. Sie schienen Evelyns Erscheinen alle im selben Moment zu bemerken.

Sie fühlte sich nie besonders wohl, wenn sie sich einer Gruppe von Fremden näherte, ganz besonders nicht, wenn diese Gruppe ausschließlich aus Angehörigen des anderen Geschlechts bestand. Und die Altersgruppe zwischen fünfzehn und fünfundzwanzig machte sie noch nervöser. Hätten die Jungen sie nicht bereits gesehen, wäre sie wahrscheinlich wieder umgekehrt. Doch ihr Stolz verbot ihr nun den peinlichen Rückzug.

Oberflächlich betrachtet waren die Jungen nur ein paar Kids, die sich im Wald die Zeit vertrieben, aber das beruhigte Evelyn keineswegs. Denn sie hatte es mit einer Gruppe Jugendlicher zu tun, die sich absichtlich außer Sichtweite Erwachsener aufhielt. Und diese Typen waren, verdammt noch mal, zu alt für ein Baumhaus. Hierbei ging es ganz bestimmt nicht um ein Cowboy- und Indianer-Spiel. Sie würden die Hütte für ganz andere Zwecke benutzen. Während Evelyn auf die Jungen zuging, überlegte sie sich eine Vorgehensweise.

Der Junge auf dem Baumstumpf trug ein grünweißes Mustang-Sweatshirt und sah groß und kräftig genug aus, um selbst in der Mannschaft zu spielen. Er hatte außerdem die wenigste Geduld und sprach als Erster: »Hallo.« Höflich, aber mit einem warnenden Unterton, der sie wohl daran erinnern sollte, dass sie unbefugt fremdes Territorium betrat.

»Hallo«, erwiderte sie ohne zu lächeln, nannte ihren Titel und ihren Arbeitgeber, ließ aber ihren Namen weg. Und sie hatte ganz bestimmt nicht vor, Angel zu erwähnen. »Ich bin auf der Suche nach Jenna Sinclair, dem vermissten Mädchen, das früher einmal in dem Haus gewohnt hat, wo nun die Familie Bass wohnt. Ist sie in den letzten zwei Monaten mal hier gewesen?«

Die Jungen brauchten eine geschlagene Minute, ehe sie antworteten. Vorher warfen sie sich Blicke zu, die Evelyn nicht deuten konnte.

»Nein«, sagten schließlich zwei wie aus einem Mund.

Der auf dem Baumstumpf fragte: »Meinen Sie mit ›hier‹ das Haus oder den Wald?« Seine drei Kumpel sahen ihn finster an.

»Beides.«

»Warum sollte sie?«

»Vielleicht, um dahin zurückzukehren, wo sie früher gern war.«

Wenn man Katie glauben durfte, waren sie und Jenna zwar eher TV-Freaks als naturverbunden, aber vielleicht hatte sich Jenna früher in andere Regionen geflüchtet. Evelyn konnte einfach nicht dieses Bild von einer heimwehkranken Jenna abschütteln, die auf ihren alten Pfaden wandelt und dabei diesen vier Typen über den Weg läuft. Allein. Schutzlos.

»Wie lange arbeitet ihr schon an eurer Hütte?«

Der auf dem Dach sagte: »Den ganzen Sommer.«

»In ein oder zwei Wochen wird es hier draußen ganz schön kalt sein.«

»Mein Vater ist Elektriker. Er legt uns eine Stromleitung nach draußen für ein Heizgerät.«

Na toll, diese Leute haben wirklich Nerven! Wenn das mal keine potenzielle Brandgefahr ist!

»Geht ihr alle auf die Strongsville Highschool?«

Als die Jungen nickten, erkundigte sich Evelyn, ob sie Jenna – wenn auch nur flüchtig – kannten. Doch alle bestritten es.

Sie sah die vier forschend an, versuchte, ein Zeichen nervösen Zuckens, einen ausweichenden, von schlechtem Gewissen zeugenden Blick zu entdeckten. Doch sie konnte das Geheimnis hinter diesen finster dreinblickenden Gesichtern nicht lüften. Mit Jungs kannte sie sich nicht aus. Bei Mädchen hätte sie vielleicht eine Chance gehabt.

Aber viele Tragödien entstehen aus einem Zusammentreffen von Zufällen, und es war gut möglich, dass Jenna auf dieser Lichtung verschwunden war. Evelyn hatte keine Ahnung, wer diese Jungen waren, und sie bezweifelte, dass sie das junge Mädchen finden würde, wenn diese Kids glaubten, etwas verbergen zu müssen.

Sie zog ein Notizbuch hervor. »Okay. Na ja, es war zumindest einen Versuch wert. Ich brauche eure Namen für meinen Bericht, und damit wäre die Sache dann erledigt.«

Sie sah den Jungen auf dem Baumstumpf an. Der rasselte wie erwartet seinen Vor- und Nachnamen runter, und die beiden anderen, die sich mit den Sperrholzplatten abmühten, folgten verlegen seinem Beispiel. Der blonde Junge auf dem Dach jedoch wurde renitent.

»So wie ich das sehe, geht Sie das gar nichts an.«

Die anderen drei spitzten angesichts seines frechen Tons die Ohren, und Evelyn überkam wieder ein Gefühl der Furcht. Jung und stark und vollgepumpt mit Testosteron, mit einem Wort: unberechenbar. Aber sie zählte im Wissen um den Elektrikervater und beim Anblick der Stupsnase des Jungen eins und eins zusammen. »Schon gut, Michael. Deinen Namen kenne ich bereits.«

Evelyn drehte sich in der Absicht um, einen großen Abgang hinzulegen, musste aber feststellen, dass ihr der Weg von einem Nachzügler versperrt wurde.

Steve. Angels »Freund«, den sie vor Kurzem kennengelernt und der ihr überhaupt nicht gefallen hatte.

Wut flackerte in ihr auf und das nicht etwa, weil sie zugelassen hatte, dass sie nun womöglich zwischen ihnen in der Falle saß, sondern angesichts der Vorstellung, dass Steve an dieser Hütte mitarbeitete, um später einmal Angel hierherzubringen. Eine nette kleine Höhle, in der sie es auch noch mollig warm haben würden und wo sie trinken, Drogen nehmen und Sex haben konnten, ohne Angst haben zu müssen, dass sich Erwachsene einmischten oder es auch nur merkten. Würde sie überhaupt mit ihm allein sein? Oder hatte er vor, auch all seine Freunde hierher einzuladen?

Er erkannte Evelyn sofort. »Hallo, Mrs. James. Was machen Sie denn hier?« Sein Lächeln war ohne Hinterlist. Entweder war er ein netter Kerl oder sehr gerissen.

Sie schluckte und erklärte, um einen freundlichen Tonfall bemüht, den Grund ihrer Anwesenheit. »Hast du Jenna Sinclair gekannt, Steve?«

»Das reiche Mädchen, das verschwunden ist?«

Ihr Magen, der sich angesichts seines liebenswürdigen Auftretens gerade beruhigt hatte, geriet wieder in Aufruhr. »Ja.«

Er runzelte nachdenklich die Stirn. »Ich habe sie nicht gekannt, aber von ihrem Verschwinden gehört, weil mein Bruder Mark mal mit einer ihrer Freundinnen gegangen ist. Hat aber nicht lange gedauert. Das war eine ziemlich hysterische Tussi. Es klingt jetzt vielleicht gemein, aber obwohl sie Jenna kaum kannte, hat sie fast eine ganze Woche ununterbrochen davon geredet, dass Jenna angeblich von einem Serienkiller ermordet wurde, der hinter Schülerinnen her sei. Und sie sah ständig irgendwelche böse Omen, dass sie als Nächste an der Reihe sein würde. Dabei hatte sie nur zu oft *Freitag der Dreizehnte* auf DVD gesehen.

Also hat Mark mit ihr Schluss gemacht und sich eine Freundin gesucht, die etwas mehr Hirn besitzt.«

Das Gerede des Teenagers drohte Evelyn einzulullen, doch sie warf einen Blick zu den anderen vier Jungen zurück. Sie schienen das Interesse an ihr verloren zu haben. Der, der auf dem Baumstumpf gesessen hatte, hielt nun den Balken fest, während die anderen beiden ein Scharnier anschraubten. Nur Michael Bass beobachtete sie noch vom Dach aus.

»Wie heißt das Mädchen?«

»Puh, das weiß ich nicht mehr. Da muss ich erst Mark fragen. Ich kann es dann ja Angel sagen, damit sie es Ihnen ausrichtet. Oder ich rufe an.«

Während er das sagte, trat er zur Seite, um sie vorbeizulassen, und sie belohnte ihn mit einem Lächeln. »Das würde mir weiterhelfen, Steve. Ruf uns ruhig zu Hause an, wenn du den Namen herausgefunden hast.«

Und mit diesen Worten machte sie sich auf den Rückweg durch den Wald, verkniff es sich aber, noch einmal über ihre Schulter zurückzuschauen.

»Worüber denkst du nach, Mom? Du bist in letzter Zeit so ernst.« Angel streute den Rest des geraspelten Käses auf ihre Tortilla. Sie war eine ebenso große Käseliebhaberin wie Evelyn – eine ihrer wenigen Gemeinsamkeiten. Evelyn genoss diese Situation. Sie nahm sich vor, das traditionelle Taco-Essen am Freitag auch nach ihrer Heirat beizubehalten.

»Und warum bist du so spät nach Hause gekommen?«

Evelyn zögerte. Sie wollte in ihren vier Wänden nicht über Michael Bass und seine widerlichen kleinen Freunde reden, aber Steve würde gewiss erzählen, dass er ihr begegnet war. Sie gab ihrer Tochter eine kurze Zusammenfassung des Geschehens und lenkte sie dann mit den Worten: »... und dann habe ich mich auf die Suche nach Müllcontainern gemacht«, von dem unliebsamen Thema ab.

»Warum das denn?«

»Um einen aufzustöbern, der sich genau 3,2 Kilometer vom Haus der Sinclair entfernt befindet. Frag lieber nicht.«

»Und hast du einen gefunden?«

»Es gibt jede Menge im Einkaufszentrum, das genau 3,2 Kilometer entfernt ist, wenn man über die Pearl Road fährt. Aber jemand, der in Ledgewood wohnt, würde über die Nebenstraßen fahren und dann käme man nur auf 2,2 Kilometer. In die andere Richtung erreicht man nach 3,2 Kilometern den Wal-mart. Und das kleine Einkaufszentrum in der Nähe der Highschool entspricht auch dieser Entfernung. Also bleibt man bei einer solchen Strecke innerhalb des Stadtzentrums mit zahllosen Geschäften und den dazugehörigen Abfallcontainern, die alle einmal pro Woche geleert werden. Es ist reine Zeitverschwendung, aber ich weiß nicht, was ich sonst tun könnte.«

Sie schob den Lokalteil der Zeitung über den Tisch. Über einem Artikel, der sich mit Wilsons Verhaftung beschäftigte, prangte ein Studio-Foto einer unpassend fröhlich aussehenden Dinah.

Wie würde ich reagieren, sollte Rick Angel jemals etwas antun?

Ich würde ihn töten. Mit bloßen Händen.

»Und du kennst Dinah aus der Schule? Sie ist sehr hübsch.«

»Ist sie immer schon gewesen«, sagte Evelyn mit – wie sie fand – neutraler Stimme.

Angel warf ihrer Mutter ein verschmitztes Lächeln zu. »Bist du etwa neidisch auf eine ehemalige Mitschülerin, Mom? Solltest du nicht nach den vielen Jahren langsam darüber hinweg sein?«

»Das musst gerade du sagen! Du freust dich doch jedes Mal hämisch darüber, wenn Summer McDowell mal einen Pickel hat!«

»Mom«, entgegnete Angel mit übertrieben geduldiger Stimme. »Ich bin siebzehn.«

»Das war ich auch mal. Und ich weiß noch sehr gut, wie es damals gewesen ist.« Sie betrachtete ihre Tochter forschend und hielt nach irgendwelchen Anzeichen von Kummer Ausschau. »Wie kommst du mit der Schule klar? Gefällt es dir da?«

Aber Angel zeigte keine der Unsicherheiten, unter denen Evelyn in ihrem Alter gelitten hatte. Wie war es nur möglich, dass sie eine Tochter geboren hatte, die so viel stärker war als sie selbst?

»Ach, die ist schon okay. Geschichte ist zwar ätzend wie immer, aber das ist ja nichts Neues. Soll ich mich wegen dieses vermissten Mädchens mal an der Schule umhören?«

»Nein!«

»Aber Mom, mit mir reden sie bestimmt eher als …«

»Nein!«

»Ich könnte doch …«

»Nein!«

»Du musst ja nicht gleich schreien.«

Evelyn holte tief Luft. »Tut mir leid. Aber bisher haben wir ein totes Kind, möglicherweise sogar zwei, und ich möchte auf gar keinen Fall, dass du dich in irgendeiner Weise einmischst. Außerdem wärst du – solltest deine Mitschüler rauskriegen, was du vorhast – entweder als Petze oder als Tochter eines Freaks abgestempelt.«

Angel schüttelte den Kopf. Offenbar tat sie die Sorge ihrer Mutter als paranoide Fantasterei ab. »Nein, das wäre ich nicht.«

Woher hat sie nur dieses Selbstvertrauen, fragte sich Evelyn. Von mir ganz bestimmt nicht.

»Okay«, fuhr Angel fort. »Also schön. Sind Tortillas eigentlich bei einer Eiweißdiät erlaubt?«

»Seit wann machst du denn eine Diät?«

»Mom! Nächste Woche findet in der Schule der große Herbstball statt!«

Evelyn überlegte sich, wie sie die Dikussion über die Gefahren der Magersucht und der Notwendigkeit, die Rollenklischees aus den Medien nicht als Vorlage für das eigene Selbstbild zu betrachten, beginnen sollte, aber in diesem Moment läutete jemand an der Haustür.

»Ich geh schon«, kreischte ihre Tochter und sprintete in die Diele. Ein unerwarteter Gast bedeutete fast immer, dass Melissa, Janelle oder einer der vielen hoffnungsvollen, mit Aknenarben bedeckten jungen Männer vor der Tür standen. Oder Steve. Aber eine nicht allzu enttäuschte Angel kehrte mit David im Schlepptau zurück.

»Hallo! Warst du gerade in der Nähe? Hast du Lust auf einen Taco?«

»Liebend gern«, antwortete David bedrückt. »Doch leider habe ich dafür keine Zeit. Und du auch nicht.«

»Aber was ist denn ...?«

»Dinah hat gerade den Notruf gewählt. Jemand hat auf ihren Mann geschossen.«

20

Je länger Evelyn über den Fall nachdachte, desto weniger Sinn ergab er. Wilson hatte Joshua getötet – oder nicht? Jenna blieb verschwunden. Entweder war sie weggelaufen oder jemand hatte sie umgebracht. Dinah litt, sie war fast am Ende. Und jetzt war auf Wilson geschossen worden. Evelyn hoffte, dass alle diese Fakten eines Tages einen Sinn ergeben würden, der Fall schnell aufgeklärt wurde. Sie brauchte Antworten. Sie musste wissen, wie Joshua gestorben war. Sie musste wissen, wo Jenna war. Sie musste wissen, wie es geschehen konnte, dass Wilson Sinclair in einer Blutlache auf den glänzenden Terracotta-Fliesen in seiner eigenen Küche lag.

Sie traf am Schauplatz des Verbrechens ein, als die Sanitäter gerade mit Sinclair auf einer Rollbahre aus dem Haus kamen. Zwar lebte er noch, aber die ernsten Gesichter der Sanitäter sagten ihr, dass es nicht gut um ihn stand. Einer der Männer zog die Gurte über Sinclairs Hüften fest, während sich der andere mit einer scharfen Schere an dem vormals makellosen weißen Hemd und der Seidenkrawatte zu schaffen machte. Evelyn nahm ihre Kamera und eine Papiertüte und lief los. Zu viele Kleidungsstücke von Opfern landeten vergessen in Einfahrten oder auf den Böden der Notaufnahmen.

»Was haben wir hier?« Sie machte Fotos, während sie sprach. Wenn irgendein Ermittler Wilson Sinclair das nächste Mal zu Gesicht bekam, sah der Mann möglicherweise ganz anders aus – in Verbände gewickelt und gewaschen und von allen Beweisspuren gesäubert, die sich noch an seinem Körper befanden. Doch sie durfte die Sanitäter nicht bitten zu warten. Wilson Sinclair hatte keine Zeit zu verlieren.

»Schusswunden in Brust und Hals«, sagte einer der Sanitäter hastig.

Sie versuchte einen Blick auf die Wunden zu erhaschen, ohne die Männer bei ihrer Arbeit zu behindern. Verkrustete Rinnsale hatten eine Spur entlang Wilsons rechter Halsseite hinterlassen. Während der Sanitäter blutdurchtränktes Verbandsmaterial durch frischen Mull ersetzte, hielt sie nach sichtbaren Pulverspuren Ausschau, konnte jedoch keine entdecken, ein Hinweis, dass der Schütze nicht sehr nahe gestanden hatte. Außerdem war die Wunde rund, als wäre die Kugel in einem Neunzig-Grad-Winkel in die Haut eingedrungen. Der zweite Sanitäter drückte eine Kompresse auf die Brustwunde.

Sie nahm eine Hand des Verletzten, aber nicht etwa, um ihn zu trösten, sondern um seine Hände zu untersuchen. Sie waren sauber, ebenso seine Fingernägel. »Wann ist das passiert?«

Die Sanitäter klappten das Unterteil der Bahre ein und schoben den Verletzten in den Krankenwagen. Der Fahrer schaltete bereits die Sirene ein, während die beiden Sanitäter rechts und links vom Patienten einstiegen. »Keine Ahnung. Aber er hat lange auf dem Boden gelegen und verdammt viel Blut verloren. Er hat auch einen Streifschuss am Kopf abbekommen.«

»Wie sieht's aus?«

Er zog eine Tür zu. »Nicht gut. Gar nicht gut.« Er griff nach der zweiten Tür, aber Evelyn schlug sie für ihn zu.

Evelyn versuchte, ein wenig Mitleid für den bewusstlosen Mann aufzubringen, doch es wollte ihr einfach nicht gelingen.

Dinah muss auf ihn geschossen haben, dachte sie.

David stand plötzlich neben ihr. »Lass uns reingehen«, sagte er.

Wilson Sinclair war zwischen Spüle und Arbeitsplatte an der hinteren Wand und der passenden, circa einen Quadratmeter großen Kücheninsel mitten in der Küche gefunden worden. Getrocknete, rote Flecke bedeckten die Arbeitsplatten – ein feiner Sprühregen aus Blutspritzern. Sie reichten bis zum Flüssigseifenspender an der Spüle und zu den Kupferpfannen und -töpfen, die dekorativ über der Kücheninsel hingen, deren Flächen auf der Oberseite aber mit Staub bedeckt waren. Evelyn betrachtete ihr Spiegelbild in einer der polierten Oberflächen. »Wer hat sonst noch die Küche betreten?«, fragte sie.

»Dinah, ich, Riley und Sergeant Stoltz«, antwortete David. Er stand in der Tür, gut drei Meter hinter ihr.

Zu viele Leute, obwohl sie auf dem gefliesten Boden ohnehin keine brauchbaren Schuhabdrücke gefunden hätte. Dafür war er zu strukturiert.

»Und natürlich Heaton. Stoltz hat versucht, ihn davon abzuhalten, überall herumzustapfen, rein- und rauszulaufen, ist aber natürlich auf taube Ohren gestoßen. Daran lässt sich nun mal nichts ändern. Der Mordversuch ist hier geschehen, und damit hat sich die Frage nach der Zuständigkeit erledigt.«

»Wo ist er jetzt?«

»Er ist zur Wache zurückgefahren, um die Tatortausrüstung zusammenzustellen, was bedeutet, dass wir vielleicht eine Dreiviertelstunde haben, ehe er wiederkommt.«

»Ich will versuchen, so schnell wie möglich zu arbeiten.«

Sollte Heaton keine Unterstützung vom Gerichtsmedizinischen Institut haben wollen, musste sie wieder gehen. Der leitende Gerichtsmediziner konnte wohl über die Leiche verfügen, hatte aber keine Verfügungsgewalt über den Tatort. Sie konnte nur mit ihrer Untersuchung fortfahren, wenn das Strongsville P.D. sie anforderte und hoffte deswegen, dass Heaton vernünftig sein würde.

Komisch, dabei hatte sie den Fall vor ein paar Stunden noch abgeben wollen.

Evelyn nahm ihren Fotoapparat und machte ein paar Aufnahmen aus verschiedenen Blickwinkeln, ohne dabei etwas zu berühren. Die Art, wie die Stühle um den Tisch angeordnet waren, Zitronenreste an einem Gemüsemesser, das in der Spüle lag – alles konnte von Bedeutung sein. »Was wissen wir über den zeitlichen Ablauf?«

David klappte sein kleines Notizbuch auf. »Dinah ist gegen sieben Uhr morgens zur Arbeit gefahren. Sie sagte, sie sei den ganzen Tag im Geschäft gewesen, und eine Reihe von Mitarbeitern und Kunden könnten das bestätigen. Wilson fuhr für gewöhnlich gegen acht zur Arbeit. Um acht Uhr fünfunddreißig ging die Alarmanlage des Hauses an. Das Revier in Strongsville hat einen Streifenwagen vorbeigeschickt. Der Kollege ist ums Haus gegangen, fand alle Türen verschlossen vor und hat den Alarm als Fehlalarm eingestuft. Er konnte Wilson vom Küchenfenster aus nicht sehen.«

»Welcher Alarmbereich wurde aktiviert?«

»Die Hintertür.«

Sie blickte zu Boden. »Der Schütze muss sich seine Schuhe abgewischt haben, denn er hat nichts von dem feinen Mulch aus dem Garten hereingetragen. Das Zeug ist mir jedes Mal unter den Sohlen haften geblieben. Außerdem hat er noch die Tür hinter sich zugemacht. Konnte irgendjemand aus Wilsons Büro zur Aufklärung beitragen?«

»Wir haben einen der anderen Teilhaber erwischt. Er sagte, Wilson hätte wie üblich zur Arbeit kommen sollen, was er aber nicht getan habe. Und er habe sich auch nicht telefonisch gemeldet. Die einzigen Anrufe auf Wilsons AB stammen übrigens von demselben Mann – ein Anruf am Morgen und einer am Nachmittag, in denen er sich nach dem Verbleib seines Kompagnons erkundigt.«

Die Luft in der Küche war verbraucht. Es roch leicht nach Schießpulver. Stoff- und Plastikstückchen lagen auf den Fliesen verstreut. Ein schwarzer Kaffeebecher war auf dem Boden zerbrochen – die Lache brauner Flüssigkeit hatte sich mit Blut vermischt. Die Hinweise ließen den Schluss zu, dass Wilson Sinclair schon vor acht Uhr an jenem Morgen auf dem Küchenboden gelegen hatte. Wie hatte er so lange überleben können? Hatte einer der Schüsse möglicherweise seinen Herzschlag verlangsamt? Hatten beide die Hauptschlagader verfehlt?

»Was hältst du davon?«, fragte David, der noch immer Abstand hielt, um Evelyn bei der Arbeit nicht zu behindern.

Sie war gerade in die Hocke gegangen, um ein Foto zu machen, und antwortete: »Die Kugel, die ihn in die Brust getroffen hat, ist nicht wieder ausgetreten. Dann hat er noch einen Durchschuss und einen Streifschuss abbekommen.« Sie zeigte zum anderen Ende der Küche. »Die eine hat die Zierleiste des Türrahmens getroffen und die andere ist durch die Türöffnung und quer durch das Esszimmer geflogen. Siehst du die dunkle Stelle über dem Kranz da?« Sie richtete sich wieder auf. »Fass bitte nichts an dem Türrahmen an, in dem du gerade stehst. Ich möchte ihn auf Blei untersuchen. Ich vermute, der Schütze hat ungefähr von der Stelle aus geschossen, wo du gerade stehst.«

David trat erschrocken zur Seite. »Quer durch den Raum?«

»Es gibt keine sichtbaren Schmauchspuren – keine Pulverrückstände und die Einschusslöcher sind nicht ausgefranst –, also wurden die Schüsse nicht aus einer Entfernung von unter einem halben Meter abgefeuert. Die Geschossbahnen scheinen in geraden Linien von einer Seite der Küche zur anderen zu verlaufen, wo Wilson den Blutlachen nach zu urteilen aufrecht an der Stelle gestanden haben muss, wo sein Körper liegen blieb. Und es war nicht viel Blut, weil sein Herz kaum noch schlug.«

»Aber sein Herzschlag hat gereicht, um ihn am Leben zu erhalten.«

»Äußerst sonderbar.«

»Drei Schüsse. Aus der Entfernung«, sagte David.

Evelyn legte den Fotoapparat zur Seite und zog ihr Maßband hervor. Sie wollte feststellen, wie die ausgetretenen Kugeln zu den Wunden in Wilson Sinclairs Körper passen würden. »Der Täter wollte nicht riskieren, Blut auf seine Kleidung zu bekommen. Sehr cool und sehr professionell.«

»Klingt nicht nach Dinah.«

Evelyn lächelte – ein Lächeln, das Galgenhumor verriet. »Ich finde cool und professionell und darauf bedacht, sich nicht die Klamotten dreckig zu machen, klingt sehr nach Dinah.«

Auf Davids Wangen erschien ein rosiger Schimmer, was Evelyn etwas beunruhigend fand. »Glaubst du, dass sie zu so etwas fähig wäre?«

Sie wählte ihre Worte mit Sorgfalt, denn trotz aller ihrer Zweifel, glich jede Äußerung von ihr einem Balanceakt. »Ich möchte nicht daran glauben. Aber ehrlich gesagt, würde ich ihr alles zutrauen. Sie ist sehr stark und hat in letzter Zeit viel mitgemacht. Und sie hat ein verdammt gutes Motiv, schließlich hat der Mann ihr Kind getötet.«

»Aber ...«

Evelyn wartete. David brannte offenbar darauf, mehr über Dinah zu erfahren. Diese Frau hatte nun einmal eine solche Wirkung auf Menschen.

Aber das würde sich auch wieder geben.

»Du hast recht«, sagte er nach einer Weile. »Sie ist die Ehefrau und daher die Hauptverdächtige.«

»Keine Anzeichen für ein gewaltsames Eindringen?«

»Nein.«

»Aber ein Killer, der weiß, dass Sinclair noch um neun Uhr zu Hause ist, wenn er eigentlich schon längst das Haus verlassen haben müsste ...«

»Oder er wusste es nicht. Sollte sich Wilson aus irgendeinem Grund verspätet haben und dann einen Einbrecher auf frischer Tat überraschen ...«

Evelyns Knie knackten, als sie wieder in die Hocke ging. »Selbst wenn Wilson nicht hier gewesen wäre, hätte Patty eigentlich im Haus sein müssen. Also wusste der Täter, dass Joshua tot ist und Patty nicht mehr hier arbeitet.«

»Die Geschichte stand in allen Zeitungen.«

»Stimmt. Dann lauten meine beiden dringendsten Fragen: Warum war Wilson hier und hat Kaffee getrunken, anstatt auf dem Weg zur Arbeit zu sein? Und warum hat er die Alarmanlage eingeschaltet, obwohl er zu Hause war?«

»Die zweite Frage kann ich dir beantworten. Laut Dinah hat er die Alarmanlage vierundzwanzig Stunden am Tag, sieben Tage die Woche eingeschaltet gelassen. Er war ziemlich paranoid, was sein Sicherheitsbedürfnis betrifft.«

»Richtig. Patty hat mir Ähnliches gesagt. Ist sonst etwas im Haus durcheinandergebracht worden?«

»Nein, nichts.«

»Dann haben wir es also mit einem Einbrecher zu tun, der während seines Einbruchs sogar schießt, aber dann nichts mitnimmt?«

»Dann ist er eben kein sehr guter Einbrecher«, witzelte David.

Keiner von beiden glaubte an diese Einbruchstheorie, aber sie mussten sie in Betracht ziehen, sonst würde das der Anwalt des

Täters bei einem eventuellen Gerichtsverfahren zur Sprache bringen.

»Keine Spur von der Tatwaffe.«

»Keine.«

Evelyn fuhr sich mit der Hand durchs Haar und fragte sich, was sie als Nächstes tun solle, außer das ganze Haus nach Fingerabdrücken zu untersuchen, wozu sie überhaupt keine Lust hatte. Sie würde noch tagelang das schwarze Pulver ausniesen.

»Könnte es sein, dass die allerliebste Carrie, sein Betthäschen, gar nicht so allerliebst ist, wie sie zu sein vorgibt?«

»Wohl kaum, aber wir überprüfen das. Ich habe Sinclairs Partner gefragt, ob sonst irgendjemand heute gefehlt hat, aber das ist nicht der Fall. Was hältst du von diesem Zeug?« David stupste eines der Plastikstückchen, von denen etwa zehn auf dem Boden verstreut herumlagen, mit der Schuhspitze an.

Evelyn streckte die Hand aus und hob eines der krummen, gut zwei Zentimeter großen viereckigen Stückchen aus dünnem, grünem Plastik auf. Eine der Kanten war geschmolzen und verformt. Daneben lag ein pinkfarbener Stofffetzen mit angesengten Stellen. »Okay, ich muss den Teil mit dem cool und professionell sein noch mal überdenken.«

»Wieso?«

»Ich glaube, das hier war einmal eine Limonadenflasche. Eine dieser großen Ein- oder Zweiliterflaschen. Da ich das Zeug sonst keiner anderen eindeutigen Quelle zuordnen kann, vermute ich, dass unser Täter einen selbst gebauten Schalldämpfer fabriziert hat.« Sie richtete sich mit leicht protestierenden Knien wieder auf.

»Und das ist nicht professionell?«

»Nicht in diesem Fall. Wenn man diese Plastikflaschen als Schalldämpfer benutzen will, sind sie leer oder man stopft sie mit Papiertüchern aus. In diesem Fall hat der Täter Stoff verwendet, der zu schwer ist, sogar für eine Kugel. Im schlimmsten Fall explodiert dir alles in den Händen, aber zumindst wird die Kugel abgelenkt, sodass man nicht geradeaus schießen kann. Das erklärt vielleicht den Streifschuss am Kopf. Natürlich kann das auch passiert sein, weil man unmöglich mit einem solchen Schalldämpfer genau zielen kann – die Flasche ist dabei immer im Weg.« Sie reichte ihm das Ende des Maßbands und schritt mit dem Rollbandmaß bis zu der Blutlache, die Wilson Sinclairs Kopf umgeben hatte, um die Entfernung zu messen, die sie sich dann auf einem kleinen Notizblock notierte. »Außerdem kann man diese Flaschen nur bei Schusswaffen des Kalibers 22 benutzen. Größere Kaliber sind zu stark und würden entweder die Flasche zum Explodieren bringen oder den Lauf der Waffe abreißen. Ganz abgesehen davon, dass eine kraftvollere Ladung einen Überschallknall erzeugen würde, weil sich die Kugel dann schneller als mit Schallgeschwindigkeit fortbewegt, was kein Schalldämpfer der Welt dämpfen könnte. In Anbetracht der Wunde, die ich bei Wilson gesehen habe, kommt eher eine 38er in Frage. Drittens – halt das bitte direkt an die Leiste des Türrahmens. Danke.«

»Drittens?«, wiederholte er, während sie sich einen weiteren Messwert notierte.

»Drittens kann man eine solche Flasche nur einmal benutzen. Sie gibt den Gasen am Ende der Mündung die Möglichkeit, sich auszudehnen. Sobald der erste Schuss abgegeben wurde und die Flasche ein Loch hat, ist die Geräusch dämpfende Wirkung beeinträchtigt.«

»Also wollte unser Killer die Sache mit einem einzigen Schuss erledigen.«

»Oder er hat, abgesehen von dem, was er im Fernsehen gesehen hat, keine Ahnung von Schalldämpfern. Und viertens ... was das angeht, bin ich mir allerdings nicht so sicher.«

»Erzähl es mir trotzdem.«

Sie ließ das Maßband wieder in die Halterung zurückschnellen. »Ein Schalldämpfer ist an einer Revolvermündung nutzlos, weil die Trommel offen ist und ein großer Teil des Lärms dadurch verursacht wird. Aber sollte der Täter eine Automatik benutzt haben, hat er die Geistesgegenwart besessen, alle drei Patronenhülsen einzusammeln.« Sie zog ihre Mini-Taschenlampe hervor und suchte den Boden unter dem Küchentisch, in der Nähe der Arbeitsplatten und in den Ecken ab. Dinah hielt ihr Haus verdammt sauber, das musste man ihr lassen. »Ich sehe keine, du etwa?«

»Also könnte mit einem Revolver geschossen worden sein?«

»Ich bin mir nicht sicher. Vielleicht hat der Täter die Hülsen aufgehoben. Er hat sich immerhin die Mühe gemacht, die Stücke von dem Schalldämpfer bis auf diese wenigen Stückchen aufzuheben.«

»Sonst noch was?«

»Ich frage mich, was für ein Einbrecher etwas so Unhandliches wie einen Schalldämpfer dieser Größe mit sich herumträgt.«

David wollte sich gerade gegen den Türrahmen lehnen, besann sich dann aber eines Besseren. »Also war es kein Einbrecher. Ein Amateurkiller vielleicht, der versucht hat, wie ein Profi zu denken.«

»Genau.«

Sie wartete darauf, dass er die Schlussfolgerung ziehen würde, die auf der Hand lag. Doch er blieb stumm.

»Na schön«, sagte sie seufzend. »Dann werde ich jetzt mal Fingerabdrücke sichern.« Zuerst musste sie sich um die Türen kümmern, bevor noch mehr Menschen hindurchgingen. Dann würde sie die Küche in Angriff nehmen und dort zuerst die Arbeitsplatten, den zerbrochenen Becher und auch die Spülmaschine mit Hilfe eines weichen Pinsels mit Pulver bestäuben, um die Abdrücke dann mit transparentem Klebeband abzunehmen. Ob Wilson seinen Kaffee allein getrunken hatte?

»Möchtest du nicht zuerst nach Dinah sehen?«

Evelyn blieb überrascht stehen. Eigentlich sollte David doch wissen, dass bereits zu viel Zeit vergangen war, um jetzt noch Schmauchspuren an ihren Händen zu sichern. »Wieso?«

»Weil du mit ihr befreundet bist.«

Das bin ich nicht. Und ich möchte auch nicht, dass du es bist, dachte sie, sagte aber: »Meinetwegen.«

Evelyn saß ihrer ehemaligen Klassenkameradin wie schon bei ihrem ersten Wiedersehen vor vier Tagen im Wohnzimmer gegenüber. »Es tut mir ja so leid, Dinah.« Der Satz klang in ihren eigenen Ohren wenig überzeugend, aber Dinah schien im Moment nicht in der Verfassung zu sein, auf Feinheiten der Sprache zu achten. Vor innerer Anspannung rutschte sie unruhig in ihrem Sessel hin und her. Evelyn fragte sich, ob dies vor Aufregung, Angst oder vielleicht aus unterdrückter Trauer geschah.

David stand an der Tür, kaum anderthalb Meter entfernt. Ob er wohl hoffte, dass Dinah mit einem Geständnis herausplatzte oder wollte er nur zur Stelle sein, falls sie ihn brauchte? Evelyn fragte sich, ob man Dinah bereits ihre Rechte vorgelesen hatte, für den Fall, dass ihr Alibi nicht standhielt.

»Ich verstehe nicht, was hier vor sich geht. Plötzlich bin ich Witwe – oder beinahe Witwe.« Ausnahmsweise war sie schlecht frisiert und ihre Satinbluse zerknittert. Sie hatte ihre Hände auf dem Schoß ineinandergepresst. Der Nagellack an einem Finger war abgesplittert, und ihre Knöchel waren weiß, weil sie ihre Finger so fest zusammendrückte.

Evelyn konnte ihr nichts aus der Küche anbieten, weil sie in diesem Bereich nichts verändern durfte. Streng genommen hätte Dinah das Haus verlassen müssen, doch es gab keinen Hinweis darauf, dass der Täter irgendeinen Raum außer der Diele auf der Rückseite des Hauses – wo um acht Uhr siebenundfünzig der Alarm der Hintertür losgegangen war – und der Küche betreten hatte. Dinah hatte bereits alle anderen Zimmer kontrolliert und den Beamten gesagt, dass dort nichts verändert worden sei, was in einem so penibel gepflegten Haus nicht schwerfiel. Allem Anschein nach war der Täter durch eine angeblich abgeschlossene Tür ins Haus gelangt, hatte auf Wilson geschossen und war wieder verschwunden. »Bringt da jemand meine Familie um? Einen nach dem anderen? Erst Jenna, dann Joshua und jetzt möglicherweise auch Wilson?«

»Bisher gibt es keinen Beweis dafür, dass Jenna etwas Schlimmes zugestoßen ist.« Aber andererseits haben wir auch keinen Beweis für das Gegenteil.

»Er hat ihn nicht getötet.«

»Wie bitte?«

»Wilson hat Joshua nicht getötet. Das habe ich nur gesagt, weil ich sauer auf ihn war. Er war so gleichgültig wegen der Beerdigung. Wollte mir nicht einmal dabei helfen, eine Urne auszusuchen.« Sie stand auf, ging zum Fenster und blieb neben dem Vorhang auf der Seite stehen. »Nein, ich glaube nicht, dass er es war. Patty hat Joshua getötet.«

Evelyn schwieg.

»Ich weiß, dass du und David Wilson für den Täter haltet.«

Bei Dinah mochten Trauer und Schuldgefühle eine Rolle spielen, aber Evelyn konnte sich nicht dazu überwinden, Wilson Sinclair zu verteidigen. Egal wie groß ihr Mitgefühl auch sein mochte, sie konnte die Röntgenaufnahmen von Joshua nicht vergessen. Sie schwieg weiter.

Dinah wandte sich mit einem leidenden Blick David zu, doch der blieb ebenso ungerührt. Wilson war als Einziger im Haus gewesen und alles sprach dafür, dass er seinen Sohn umgebracht hatte. Und Dinah hatte ein Motiv, um auf ihren Mann zu schießen.

Sie sagte mit leiser Stimme: »Alles deutet auf ihn, aber Patty war die Letzte, die bei Joshua war. Und sie hasst mich.«

»Warum hast du sie dann nicht gefeuert?«

»Ich habe dir doch schon gesagt, dass ich es gar nicht leiden kann, wenn die Leute mir gegenüber zuckersüß tun. Patty hat mich wegen unseres Geldes gehasst, nicht wegen meines Aussehens. Das war einmal eine erfrischende Abwechslung. Diese Art von Antipathie kommt mir irgendwie vernünftiger vor. Ich weiß, dass das verrückt klingt, Evelyn, aber du hast doch mit ihr gesprochen. Du weißt, dass es stimmt. Sie hasst mich.« Als sich Dinah umdrehte, funkelten ihre Augen.

Es war nicht Evelyns Aufgabe, über diesen Standpunkt zu diskutieren. Sie stand ebenfalls auf und ging zu den gerahmten Fotos hinüber. »Hatte Wilson vor, heute ins Büro zu gehen?«

Dinah stieß einen Laut aus, der bei einer weniger eleganten und kultivierten Frau wohl als Schnauben gegolten hätte. »Wilson und ich gehen *immer* zur Arbeit. Als ich mich heute Morgen auf den Weg machte, war er bereits angezogen und las die Zeitung.«

»Trotz der Anklage gegen ihn?«

»Was hätten seine Kompagnons denn tun sollen? Ihn suspendieren? Die Firma gehört ihm schließlich zum größten Teil!«

»Warst du überrascht, als er auf Kaution freikam?«

»Nicht im Geringsten. Wie ich Wilson kenne, hat Sandowski schon mit unserem Scheckbuch im Gerichtssaal gewartet.«

Die meisten Bilder waren Schwarzweiß-Aufnahmen, überwiegend Standfotos in schweren Silberrahmen. Der Kleidung und dem Hintergrund nach zu urteilen schien keines jünger als zwanzig oder vielleicht auch dreißig Jahre zu sein. Da hatten sich drei Männer um einen Haufen Ziegelsteine versammelt – offenbar die Grundsteinlegung für die Zack-Villa. Ein streng und ordentlich gekleideter grauhaariger Mann stand vor einer Ladenfront, auf derem sichtbaren Teil des Schildes »Erdg-« zu lesen stand. Ein älterer Junge saß vor einem Hintergrund aus Bäumen in einem Adirondack-Stuhl.

Seltsam, dass eine bildhübsche Frau wie Dinah keine Fotos von sich oder ihren Kindern im Haus stehen hatte. War diese Haltung eine Folge jahrelanger erzwungener Bescheidenheit und dem ständigen Druck, ihr Aussehen herunterspielen zu müssen? Oder waren die nichtssagenden Momentaufnahmen nie ihren Ansprüchen gerecht geworden?

»Blieb es ruhig, nachdem Wilson wieder zu Hause war? Keine merkwürdigen Anrufe, keine Fremden, die in der Nähe herumgelungert haben?«

»Nein. Hier, in Ledgewood gibt es nicht viele Fremde. Die Leute bleiben unter sich. Wir leben ungestört vom Rest der Welt auf unserem Land, und abgesehen von Nachbarn dringt eigentlich niemand in unsere Privatsphäre ein.«

Evelyn betrachtete das Foto des Jungen genauer. Eigentlich handelte es sich eher um einen jungen Mann. Er musste zu jener Zeit ungefähr achtzehn Jahre alt gewesen sein. Er hatte ein längliches Gesicht, wuscheliges schwarzes Haar und zwei Grübchen waren zu sehen, als er in die Kamera grinste. Seine Augen strahlten mit einer außergewöhnlichen Klarheit, als amüsiere er sich gemeinsam mit dem Fotografen über einen Witz. Und er hatte etwas Liebenswürdiges und Unprätentiöses an sich. Evelyn kannte ihn nicht, aber es musste sich um Brendan handeln. Die Jahre schwanden, und sie erwischte sich dabei, wie sie das Lächeln von Dinahs älterem Bruder erwiderte. »Wie weit reicht euer Grundstück auf der Rückseite?«

Dinah antwortete langsam, ganz so, als koste es sie große Mühe, sich auf konkrete Aussagen zu konzentrieren. »Keine Ahnung. Meinem Großvater gehörte hier einmal die Hälfte des ganzen Baugebiets. Aber mein Vater hat das meiste davon verkauft, um ...« Sie beendete den Satz nicht.

Um seinen Alkoholismus zu finanzieren, dachte Evelyn. Sie stellte das Foto mit dem eigentümlichen Gefühl des Bedauerns auf das Buffet zurück. »Was schließt sich daran an?«

»Eigentlich besteht das Grundstück hinter dem Garten nur noch aus Wald. Glaubst du, jemand ist auf diesem Weg hierhergekommen?«

Das war keine schlechte Idee. Das Anwesen der Zacks war in einem schrägen Winkel an einer Stelle errichtet worden, an der die Straße einen Bogen beschrieb. Der hintere Garten war von der gegenüberliegenden Straßenseite nicht einsehbar und ebenso wenig von den Häusern auf derselben Seite, wenn man einmal von dem Haus der Ryans absah, wo die Eltern allerdings tagsüber arbeiteten und Katie in der Schule war.

Evelyn wandte sich von den Fotos ab. »Das könnte sein. Es sei denn, dass einer deiner Nachbarn beobachtet hat, wie sich jemand von der Straße her näherte. Vielleicht ist ja jemandem ein fremdes Auto aufgefallen.«

»Es hat bestimmt jemand etwas gesehen. Unseren Nachbarn entgeht kaum etwas. Irgendjemand steht an dieser Straße immer hinter der Gardine.«

»Dinah, ich muss dich leider bitten, dir die Küche anzusehen, damit wir wissen, ob etwas fehlt oder verändert wurde. Meinst du, du schaffst das?«

Dinah zögerte nur kurz. »Na klar«, sagte sie.

Sie blieb allerdings kurz in der Küchentür stehen, das Gesicht regungslos. Das einzige Anzeichen von Anspannung: ein tiefes Einatmen und Anhalten der Luft, ehe sie ausatmete. Dann betrachtete sie aufmerksam jede Fläche, ganz so, als hätte Wilson Sinclairs getrocknetes Blut auf den Fliesen darunter keine Wirkung auf sie. Und vielleicht hatte es das auch nicht. Sie schien sich mehr wegen des schwarzen Pulvers zu sorgen, das Evelyn auf beinahe jede Oberfläche gestreut hatte, um Fingerabdrücke zu sichern.

»Dieses Pulver wird doch hoffentlich keine Flecken hinterlassen, oder?«

»Es lässt sich mit Seife und Wasser abwaschen. Ich kann dir den Namen einer Reinigungsfirma nennen, die sich auf die Säuberung von Tatorten spezialisiert hat. Die kümmert sich um alles.«

»Danke, das wäre sehr nett. Also, hier kommt mir eigentlich nichts ungewöhnlich vor. Bis auf die Kaffeemaschine. Sie wurde ausgeschaltet.« Dinah deutete auf das Gerät, ohne es zu berühren. Sie hielt sich an Evelyns Anweisungen, nichts anzufassen und blickte immer wieder zu Boden, um nicht in das getrocknete Blut zu treten.

»Wurde sie denn sonst nicht abgeschaltet?«

»Hin und wieder schon. Aber meistens vergisst Wilson das. Sie schaltet sich nach einer Weile automatisch ab, aber dieses Mal wurde der Knopf gedrückt.«

»Hat Wilson immer gefrühstückt?«

Dinah stand vor der Spüle und nickte. »Wheaties oder irgendwelche anderen Frühstücksflocken. Hier steht seine Schale, direkt neben meinem Kaffeebecher.«

»War dieser Becher, der da in Scherben auf dem Boden liegt, einer, den er für gewöhnlich benutzt hat? Deutet nichts darauf hin, dass noch jemand anderes hier mit ihm Kaffee getrunken hat?«

Dinah hielt sich dieses eine Mal nicht an die Abmachung, öffnete einen Wandschrank und zeigte auf eine Reihe massiver, schwarzer Porzellanbecher. »Er benutzt immer dieses schwarze Set.« Eine Erinnerung zauberte ein kleines Lächeln auf ihre Lippen. »Außer sonntags. Da trinkt er aus diesem blauen mit einem Aufdruck vom Indy 500-Rennen. Ich glaube, das ist sein Lieblingsbecher. Sonntags holt er sich die New York Times und trägt Jogginghosen.«

Evelyn überließ sie für einen kurzen Moment den Gedanken an glücklichere Zeiten, ehe sie fragte: »Hängen die Töpfe und Pfannen alle an Ort und Stelle?«

Dinah blickte mit einem fast schon amüsierten Blick zu dem kupfernen Kochgeschirr hinauf, bis sie die Blutspritzer entdeckte. »Die hängen immer am selben Platz. Niemand benutzt sie.«

»Ist das Fenster ständig geschlossen?«

»Ja.«

»Dinah, gibt es jemanden, den ich für dich anrufen soll? Eine Freundin? Jemand, der dich ins Krankenhaus begleiten kann?«

Sie schüttelte den Kopf.

Wie konnte ein so erfolgreicher Mensch nur so einsam sein? »Hast du einen Anwalt?«

Dinah ging vorsichtig, um nicht auf die Blutflecken auf dem Boden zu treten, in die Halle. Dort entspannte sie sich etwas. »Glaubst du, ich brauche einen?«

»Es kann nicht schaden. Und du brauchst in jedem Fall einen, um alle die Dinge zu regeln, die Vermögensfragen und Versicherungsangelegenheiten betreffen.«

»Für den Fall, dass er stirbt? Sandowski hat alles vorliegen, vom Ehevertrag bis zum Testament.«

»Vielleicht solltest du dir einen eigenen Anwalt nehmen.«

Dinah kniff kurz ihre himmelblauen Augen zusammen, als erahnte sie Evelyns Gedankengang. Falls man sie wegen Mordes an Wilson anklagen sollte, wäre es besser für sie, von einem Anwalt vertreten zu werden, der nicht für den Sinclair-Clan arbeitete. »Ich kenne da diese Anwältin, die ich damals konsultiert habe, als ich das Geschäft eröffnen wollte. Die könnte ich ja anrufen.«

»Gute Idee.« Genug der Ratschläge. Falls Dinah ihren Mann erschossen hatte, konnte Evelyn nachempfinden, was in ihr vorgegangen sein musste, aber das bedeutete nicht, dass sie ihre ehemalige Mitschülerin ungestraft davonkommen lassen würde. »Gibt es eigentlich Waffen im Haus?«

»Nein, für solch einen Macho-Kram hatte Wilson nie etwas übrig. Ich glaube, du hast recht. Ich werde Delores um Rat bitten. Ich muss aber erst im Geschäft anrufen, um mir ihre Nummer geben zu lassen.« Sie ging zum Telefon.

Evelyn sah David an, doch der hatte nur Augen für Dinah Sinclair.

Evelyn und Riley durchsuchten noch einmal die ganze Villa, sogar das Labyrinth im Keller. Wie Evelyn bereits zuvor festgestellt hatte, war alles peinlich sauber. Sogar Jennas Zimmer schien weniger chaotisch, als ob Dinah nach der Durchsuchung dort aufgeräumt hätte. Falls irgendein Mitglied des Haushalts ein dunkles Geheimnis besaß, waren die Beweise nun vernichtet. Riley und sie fanden weder Liebesbriefe, noch kompromittierende Fotos, versteckten Schnaps, Drogen, große Mengen Bargeld oder auch nur Sex-Spielzeug. Die Sinclairs waren so perfekt wie sie zu sein vorgaben. Nicht ins Bild passten nur das luxuriöse Schlafzimmer, die vermisste Tochter und der tote Sohn.

Gegen acht Uhr abends ging Evelyn ins Schlafzimmer zurück und begann mit Latex-Handschuhen Dinahs Schubladen zu durchsuchen. Eine Arbeit, die sie noch nie gern getan hatte und die ihr jetzt, weil zum ersten Mal eine Bekannte betroffen war, noch weniger gefiel. Sie fand nur eine bemerkenswerte Schmucksammlung und eine Menge erlesenster Dessous von *Victoria's Secret*. Als sie gerade einen hauchdünnen, scharlachroten Body mit Samtbesatz hervorholte, der zu der Einrichtung des Zimmers passte, kam David ins Zimmer.

Er grinste. Sie fragte sich, wer wohl in seiner Vorstellung diesen Body trug, sie oder Dinah.

Doch dann beugte er sich zu ihr und flüsterte: »Die perfekte Kleidung für unsere Flitterwochen, findest du nicht?«

»Passt, wenn du mich fragst«, sagte da jemand.

Beide drehten sich um. Heaton stand im Türrahmen. Sein Blick war auf Evelyn gerichtet, nicht auf die Unterwäsche. Er machte eine ausholende Handbewegung. »Das haut einen um, was? Etwas Derartiges ist mir noch nie untergekommen. Sieht dein Schlafzimmer auch so aus, Evie?«

Sie legte den Body in die Schublade zurück und schloss sie. »Das wirst *du* bestimmt niemals rausfinden. Eher friert die Hölle zu.«

Er grinste schief. »Die Buddhisten in Tibet glauben, dass es in der Hölle tatsächlich kalt ist. Genauer gesagt, gibt es acht Höllen, eine kälter als die andere.«

David trat vor, bis er beinahe zwischen den beiden stand. »Trotz Ihrer beeindruckenden Bildung haben Sie leider etwas übersehen. Wir sind hier nicht in Tibet.«

Riley tauchte aus dem Wandschrank auf. »Heaton.«

Der Detective aus Strongsville warf seinem Kollegen einen Blick zu, reagierte aber nicht. Er konnte die drei zum Teufel schicken, wenn er wollte. Natürlich wäre es dumm, wenn er das täte. Aber Männer benehmen sich oft wie Idioten, wenn es um ihr Ego geht.

Doch ihre Durchsuchung schien ihn nicht weiter zu stören. Er brachte nicht einmal die Frage der Zuständigkeit zur Sprache, sondern nickte lediglich zu der Schachtel hinüber, die Riley in der Hand hielt. »Was gefunden?«

In dem flachen, offenen Kästchen lag eine verchromte Desert Eagle Kaliber 45. »Hab ich unter einem Stapel Pullover gefunden.«

Wahrscheinlich trägt sie noch immer Lacoste, dachte Evelyn, während sie die Waffe genau betrachtete. »Scheint so, als würde sich Wilson doch etwas aus diesem Macho-Kram machen.«

»Oder Dinah hat etwas dafür übrig.«

David warf einen Blick in den Schrank. »Das sind Herrenpullover.«

»Sie würde die Mordwaffe ja wohl kaum in ihrer eigenen Schublade verstecken«, hielt Evelyn ihm entgegen.

Heaton wollte nach der Pistole greifen.

»Fass sie nicht an!«

Auch das Verbot schien er ihr nicht übel zu nehmen. Er warf ihr nur einen kurzen Blick zu und zog seine Latex-Handschuhe an, ehe er vorsichtig die Schachtel in die Hand nahm und die Waffe begutachtete, ohne sie herauszunehmen. »Aber warum hat sie sie hier gelassen? Warum hat sie sie nicht auf dem Weg zur Arbeit weggeworfen?«

Evelyn blickte ihm über die Schulter. »Wir müssen warten, was die Ballistiker rausfinden. Vielleicht ist das gar nicht die Tatwaffe. Das Kaliber scheint mir nicht zu der Größe der Wunden zu passen. Hast du sonst noch was da drin gefunden, Riley?«

»Nein.«

»Ich hier draußen auch nicht. Ich glaube, wir sind bis auf den Dachboden fertig. Dann sollten wir mit der Garage anfangen. Der Wald muss bis morgen warten. Dort können wir nur bei Tageslicht suchen. Außerdem werden wir dabei Hilfe brauchen.«

Alle drei schauten zu Heaton hinüber.

Der machte wieder keine Einwände. »Geht klar. Ich kümmere mich drum«, sagte er.

SAMSTAG
8. OKTOBER

21

»Es klingt vielleicht seltsam, wenn ich das jetzt sage.« Evelyn duckte sich unter einem Eichenast hindurch. Die abgefallenen Blätter unter ihren Füßen knirschten. Obwohl die Temperatur unter 15° Celsius gefallen war, schlich sich die Sonne immer wieder durch das Geäst und wärmte ihr den Rücken. »Aber es ist ein wunderschöner Tag.«

Sergeant Stoltz verlangsamte ihre ausholenden Schritte, um nicht schneller als die Kriminaltechnikerin zu gehen.

»Was soll denn daran seltsam sein? Es ist wirklich ein wunderschöner Tag. Wir können der Natur wohl kaum vorwerfen, ihn damit zu verbringen, nach einer Mordwaffe zu suchen – außer vielleicht der menschlichen Natur.«

Beide Frauen traten Blätter zur Seite und suchten den Boden ab. Gut zehn Meter hinter ihnen folgte ein Streifenpolizist mit einem Metalldetektor. Der Grundbesitz der Sinclairs erstreckte sich über eine Fläche von knapp drei Hektar und war überwiegend dicht bewaldet, um dieses Gefühl der Abgeschiedenheit zu schaffen, das sich nur reiche Leute leisten können. Hinten wurde das Anwesen von einer Schlucht begrenzt und an den Seiten von den Grundstücken der ebenso reichen Nachbarn. Diese Areale mussten ebenfalls abgesucht werden. Ein Killer, der versuchte, seine Waffe loszuwerden, würde sich wohl kaum um Grundstücksgrenzen scheren.

»Kollegen aus Parma haben einmal dieses Bodenradardings für eine Leichensuche benutzt.« Sergeant Stoltz zog den tief hängenden Ast eines Ahorns zur Seite. »Hat prima funktioniert.«

»Gut möglich, aber meistens nur dann, wenn man auf flachen Feldern oder offenen Flächen mit relativ unberührter Erde sucht. Bei etwas so Kleinem wie einer Handfeuerwaffe inmitten eines Gewirrs aus Baumwurzeln kann man das Ding vergessen.«

Evelyn trat nach den bunt gefärbten Blättern und erfreute sich an ihrer Farbenpracht, während sie in Gedanken verzweifelte.

»Es wäre allerdings nicht schlecht, wenn wir nicht nur nach der Waffe suchen, die für einen Mordversuch benutzt wurde.«

Taquisha Stoltz seufzte. »Denken Sie dabei an Jenna?«

»Nun, es wäre schön, wenn sich dieser Fall wie ein Holzpuzzle, bei dem alle Teile ineinanderpassen, in einer hübschen, kleinen Kiste verstauen lassen würde, damit er in irgendeinem Regal verstauben kann. Und ich frage mich langsam, ob das wohl jemals geschehen wird.«

»Lassen Sie uns noch einmal ganz von vorn beginnen.«

»Jenna verschwindet.«

»Glauben Sie wirklich, dass das der Anfang ist?«

»Da ist was dran. Okay, Wilson heiratet Dinah. Wilson betrügt Dinah. Beide streiten sich mit Jenna. Jenna verschwindet. Joshua stirbt, wird allem Anschein nach von Wilson getötet.«

Stoltz ging in die Hocke, um einen Haufen Ahornblätter zur Seite zu schieben und legte einen Stein frei. Sie richtete sich wieder auf und spann den Gedanken weiter. »Allem Anschein nach?«

»Er hat die Tat nie zugegeben. Ich vermute, in irgendeinem anderen Universum hätte wohl Patty die Täterin sein können, aber ich glaube einfach nicht daran. Also tötet Wilson Joshua. Auf Wilson wird geschossen. Der einzige Mensch, der ein Motiv hat, ihn zu töten ...«

»Und es ist ein verdammt gutes Motiv.«

»... ist Dinah, die aber ein Alibi hat.«

»Sind wir da auch ganz sicher?«

»Heaton hat es überprüft.«

»Sind wir uns bei dem Tatzeitpunkt sicher?«

Evelyn sah sich um, als der Metalldetektor piepte, doch der Streifenpolizist zuckte nur mit den Schultern und ging weiter.

»Ich habe veranlasst, dass sich mein Freund Jonathon einmal alle medizinischen Berichte anschaut, und er sagte mir, dass ihm die Zeit halb neun plus/minus einer Stunde als richtig erscheint. Genauer kann er es nicht sagen. Das hier ist schließlich das wirkliche Leben und keine Fernsehserie. Ich habe einen Griess-Test bei dem Hemd durchgeführt und keine Nitrate, also keine Pulverpartikel, finden können – daher bin ich mir sicher, dass der Täter mindestens einen Meter vom Opfer entfernt gestanden haben muss, eher noch weiter.«

»Aber hätte der Schalldämpfer nicht als eine Art Sperre für die Schmauchspuren fungiert?«

»Das ist schon richtig, doch ich vermute, dass der Schuss in die Brust zuletzt abgegeben wurde. Da war der Schalldämpfer nach den Schüssen auf Kopf und Hals bereits zersplittert.« Evelyn zerteilte einen Haufen Blätter mit dem Fuß. »Ich wünschte, ich wüsste, ob es da irgendwelche Probleme in der Firma gab. Ob Wilson etwa zu viel über die frisierten Bilanzen eines Klienten wusste, ob er jemanden erpresst hat und diese Person eventuell die Gelegenheit mit dem Wissen genutzt hat, dass Dinah die Hauptverdächtige sein würde? Oder hat Carrie ihn umbringen wollen, weil Wilson sich nicht von seiner Frau trennen wollte?«

Sie gingen ein paar Meter stumm nebeneinander her weiter.

»Das überzeugt mich nicht«, sagte Sergeant Stoltz schließlich. »Vielleicht bin ich ja nur die arme Schwarze, die neidisch auf das hübsche weiße Mädchen ist, aber es kommt mir so vor, als ob die Männer nur allzu bereitwillig, alles, was Dinah sagt, für bare Münze nehmen.«

»Im Ernst? Doch ich glaube nicht, dass Neid Sie so denken lässt. Denn Sie haben erkannt, dass niemand außer Dinah ein Motiv hat, Wilson zu töten. Vielleicht ist ja alles ganz einfach. Jenna ist von zu Hause weggelaufen. Wilson hat Joshua getötet, und Dinah hat versucht, Wilson zu erschießen, auch wenn ich noch nicht weiß, wie sie das angestellt hat.«

»Ja, vielleicht war es so.«

»Andererseits könnte alles auch viel komplizierter sein.«

Stoltz stöhnte demonstrativ. »Ich weiß nicht, ob ich mir das wirklich anhören will.«

»Jenna wurde entweder von Wilson oder von Dinah umgebracht. Wobei Wilson eher als Täter in Frage kommt, da wir wegen Joshua davon ausgehen können, dass er zu Gewalttätigkeiten neigt. Er entledigt sich der Leiche. Tötet Joshua. Und wird dann aus Rache von Dinah niedergeschossen.«

»Oder nicht aus Rache, sondern wegen seines Geldes?«

»David hat gestern Abend eine Kopie des Ehevertrags in Wilsons Arbeitszimmer gefunden. Im Falle einer Scheidung bekommt sie ganz ordentliche Unterhaltszahlungen, das ist alles.«

»Das heißt, sie würde das Haus verlieren. Und was bekommt sie, wenn sie nicht von ihm geschieden wurde, sondern seine Witwe ist?«

»Dann gehört ihr alles, bis auf ein Vermögen, das sich auf einem Bankkonto in Hongkong befindet, auf das Wilson monatlich einzahlt. Laut Sandowski gehört das Konto Dinahs längst verloren geglaubtem Bruder.«

»Brendan?«

Evelyn trat einen Ast zur Seite. »Du meine Güte! Bin ich etwa der einzige Mensch in Strongsville, der nicht die ganze Geschichte über den Zack-Clan kennt?«

Sergeant Stoltz lachte. »Ich habe Ihnen ja gesagt, dass Heaton und ich nach Jennas Verschwinden sämtliche Verwandte überprüft haben. Brendan ist vor ungefähr fünfzehn Jahren freiwillig in eine Entzugsklinik gegangen und nach der Behandlung in den Himalaja oder sonst wohin gereist, um sich selbst zu finden. Seitdem hat man nichts mehr von ihm gehört, falls man dem nicht gerade sehr mitteilsamen Klinikpersonal und der noch weniger mitteilsamen Dinah Zack Sinclair glauben darf.«

»Es könnte sein, dass er das einfache Leben satthatte und beschloss, sich sein Erbe zurückzuholen, indem er jeden umbringt, der in der Erbfolge vor ihm steht. Das ist natürlich weit hergeholt. Sehr weit hergeholt.«

»Ich weiß nicht recht.« Stoltz blieb stehen und stupste einen Stein mit dem Fuß an.«Laut unserer Sekretärin Mavis – Strongsvilles amtliche Klatschtante und nicht amtliche Historikerin – hat Brendan immer gern einen draufgemacht. Er war Stammkunde in sämtlichen Bars der Stadt und hat jede Droge ausprobiert, die er in die Finger bekommen konnte. Aber er hat nie jemandem ein Haar gekrümmt. Er hat sich sogar jedes Jahr beim Kirmesfest freiwillig für den Dunk-Tank gemeldet und sich von den Kindern, wenn sie ins Schwarze getroffen hatten, ins Wasserbecken tauchen lassen, um Geld für die Bibliothek zu sammeln. Ein Jahr ist er da allerdings so bekifft aufgetaucht, dass er beinahe im Becken ertrunken wäre und damit war seine Karriere im Dienst der Gemeinde beendet.« Sie starrte einen Moment in die Ferne, ohne die Bäume in ihrer herbstlichen Pracht zu sehen. »Da gibt es dieses Foto von ihm im Wohnzimmer. Ich frage mich, wie ein Mann mit solchen Augen in der Lage sein soll, jemanden zu töten.«

Evelyn nutzte die Zeit, um zu verschnaufen. »Ich weiß, welches Sie meinen. Aber in fünfzehn Jahren kann eine Menge passieren.«

Sergeant Stoltz seufzte. »Das ist wohl wahr. Aber wie heißt es doch so schön: ›Die einfachste Erklärung ist meistens die richtige.‹«

»Hallo!«

Beide Frauen drehten sich um. Detective Heaton kam auf sie zugestapft und wirbelte dabei eine Menge herabgefallener Blätter auf. Schweißperlen standen auf seiner hohen Stirn und sein Schnurrbart hing herunter, aber seine Augen blitzten. »Wartet. Ich helfe euch bei der Suche nach der Waffe.« Er atmete tief durch und schloss sich ihnen an. Sie gingen alle nebeneinander her und richteten ihre Blicke auf den Boden.

»Wie ich höre, sollst du ja ein echtes kriminaltechnisches Genie sein«, sagte Heaton, obwohl er ihren Körper ein ganzes Stück unterhalb ihres Kopfs beäugte.

Was sollte sie darauf antworten? »Wer sagt denn so was?«

»Alle. Und das ist auch gut so, denn das können wir bei diesem Fall gebrauchen. Die potenzielle Witwe hatte als Einzige ein Motiv, hat aber ein Alibi.« Hinter ihnen rief der Mann, der mit dem Detektor suchte, nach Stoltz, und sie ging zu ihrem Kollegen.

»Bist du dir wegen des Alibis auch ganz sicher?«

Heaton stolperte über eine Wurzel, fing sich aber schnell wieder. »Ich bin sofort zum Einkaufszentrum gefahren und habe die Angestellten befragt. Ihr Partner kam um kurz nach sieben, einer der Dekorateure um halb acht, eine Verkäuferin um acht. Sie haben sich gegenseitig mehr oder weniger den ganzen verdammten Tag im Auge gehabt, auch während der Mittagspause. Selbst wenn dieser Partner – wirklich ein hübsches Kerlchen, oder? – mit von der Partie sein sollte, so wären es die anderen beiden ganz bestimmt nicht. Vor allem nicht die Verkäuferin, die erst seit zwei Wochen im Laden arbeitet und Dinah kaum kennt.«

Evelyn stellte sich Dinahs Geschäft mit den an der Außenwand gelegenen, offenen Arbeitsnischen vor. Es gab keinen Hinterausgang, kein Lager, durch das sie hätte verschwinden können. Sie wäre die ganze Zeit für alle sichtbar gewesen. »Vielleicht hat sie ja jemanden dafür angeheuert.«

Wen versuche ich jetzt zu überzeugen? Ihn oder mich?

Heaton kicherte nur, während er sich darauf konzentrierte, seine schweren Oberschenkel über einen umgefallenen Baumstamm zu wuchten. »So was passiert doch bloß im Film. Eine Frau wie Dinah Sinclair wäre kaum in der Lage, einen Auftragskiller anzuheuern. Nein, das Ganze ist ein Rätsel«, sagte er zufrieden. »Wieder ein Mordfall, in den eine Nanny verstrickt ist, sorgte eigentlich schon für genug Schlagzeilen. Ich hätte bereits letzte Woche ein Interview in *60 Minutes* geben können, wenn sich unser verdammter Chief nicht geweigert hätte, mir grünes Licht dafür zu geben. Jetzt werden wir Anrufe von allen möglichen Sendern bekommen. Nichts regt die Fantasie der Leute mehr an als ein derart mysteriöser Mord.«

»Wo ist Dinah jetzt?«

»Sie trifft sich mit ihrer Anwältin.«

»Hast du bei Jennas Verschwinden vor zwei Monaten auch recherchiert?«

»Ich habe jede nur erdenkliche Spur verfolgt und bin schließlich zu der Ansicht gelangt, dass das Mädchen eine Ausreißerin ist. Dein Freund hat mich dasselbe gefragt. Wie ernst ist es eigentlich mit euch beiden? Ich habe ihn gefragt, aber er hat mir nur einen wütenden Blick zugeworfen.«

Sie musste unwillkürlich lächeln. »Ernst.«

»Ganz bestimmt?«

Dieses aufmerksame Funkeln in seinen Augen gefiel ihr gar nicht. »Hundertprozentig.«

Hinter ihnen waren hastige Schritte zu hören. Evelyn drehte sich um. Sergeant Stoltz kam schwitzend, mit einer Schramme auf der Stirn und einem Blatt im Haar auf sie zugeeilt. Sie sah Evelyn an.

»Wir haben etwas gefunden.«

Nein, dachte Evelyn. *Nein.*

»Die Pistole?«, fragte Heaton.

»Nein«, sagte Evelyn. »Es ist nicht die Pistole.«

Evelyn erwischte sich dabei, dass sie betete.

Lass es nicht Jenna sein. Bitte, lass es nicht Jenna sein.

»Langes Haar«, sagte Stoltz, die Mühe hatte, mit ihr Schritt zu halten. »Blond. Wohl eher dunkelblond. Aber das ist bei der vielen Erde darin nur schwer zu sagen.«

Bitte lass es nicht Jenna sein.

Doch die Realität holte sie ein. Wer zum Teufel sollte sonst unter einem Baum auf dem Grundstück der Sinclairs vergraben liegen?

»Der Detektor hat irgendetwas Metallisches mittlerer Größe angezeigt, was der Kollege aber noch nicht finden konnte. Als er zu graben begann und auf den Schädel und die Haare stieß, hat er nicht weitergesucht.«

Schädel?

Heaton folgte den beiden keuchend in ein paar Metern Abstand.

Es war noch immer ein wunderschöner Tag. Die Sonne schien angenehm warm durch die Bäume und verwandelte die bunten Blätter in eine wahre Farbenpracht. Die Luft war noch immer klar und frisch, ohne einen Hauch Verwesung.

Evelyn hatte schon oft die Spuren bei sonderbaren Fällen gesichert, aber dieses Szenario kam ihr seltsam unwirklich vor. Wenn das alles doch nur ein Traum wäre, dieses Unterholz, dieses Wurzelgewirr und dieser Polizist, der auf dem Waldboden kniete, den Metalldetektor daneben, und der vorsichtig mit einem kleinen Spaten die Erde zur Seite schaufelte.

Sie trat an den Rand des kleinen Lochs.

Ein Mensch, der einmal langes, blondes Haar gehabt hatte und der mit nach oben gerichtetem, etwas nach rechts gewandtem Gesicht dalag, flehte sie mit leeren Augenhöhlen und einem nicht mehr ganz zusammenhängenden Kiefer um Hilfe an.

»Evelyn?«, sagte Sergeant Stoltz.

Evelyn atmete tief durch. »Das ist nicht Jenna«, antwortete sie.

22

Seit zwei Wochen hatte es nicht mehr geregnet, trotzdem drang die Feuchtigkeit der kühlen Erde und die der langsam faulenden Blätter in Evelyns Dockers. Während sie neben dem Grab kniete, begannen ihre Gelenke zu protestieren – als ob sie daran erinnert werden müsse, wie alt sie war! Sie strich mit kalten, latexbekleideten Fingern vorsichtig die Erde von einem Wirbel und fühlte sich dabei älter als die Bäume des Waldes.

Die Polizei hatte den Bereich abgesperrt und mit Hilfe einer Schnur ein einfaches Raster geschaffen, das sich von dem Grab sechs Meter in alle Richtungen erstreckte. Es war reine Spekulation, da niemand wusste, ob der Mord hier verübt worden war.

»Wie kannst du sicher sein, dass nicht Jenna da liegt?«, fragte Detective Heaton noch einmal.

»Diese Leiche ist vollkommen skelettiert. Es haftet kein Fleisch mehr an den Knochen, nicht einmal Verwesungsflüssigkeit ist im Boden vorhanden. Die Erde war festgedrückt. Hier ist seit langer Zeit nichts bewegt worden.«

»Sie riecht nicht mal«, stellte Heaton fest.

Knochen riechen kaum noch! Selbst während Evelyn direkt über dem Skelett kauerte, nahm sie nichts als einen angenehmen Erdgeruch wahr.

»Dieser Mensch liegt nicht erst seit zwei Monaten hier. Ich würde eher auf zwei Jahre tippen, vermutlich sogar noch länger.«

»Wie lange vermutest du?«, fragte David.

»Das kann ich jetzt noch nicht genau sagen. Je weniger eine Leiche den Elementen preisgegeben wird, desto geringer ist der Verwesungsgrad. Selbst wenn man die unter der Erde lebenden Insekten in Betracht zieht ...« Wie um ihr Argument zu stützen, lief in diesem Moment ein Käfer an einer Rippe entlang. Evelyn zuckte zusammen. Sie mied jede Kreatur, die mehr als vier Beine hatte.

»... darf man nicht vergessen, dass sie nur die Hälfte des Jahres aktiv sind. Während der Wintermonate wirkt ein solches Grab wie eine Kühlvorrichtung.« Sie schüttete Erde in einen Plastikeimer, den ihr Taquisha Stoltz hinhielt. »Letztes Jahr haben wir einen Mann aus einem Grab wie diesem geborgen. Ähnlich tief, ähnliche Umgebung. Er lag seit zweieinhalb Jahren dort und hatte noch immer Fleischreste an den Knochen.«

»Gibt es sonst noch was?«

»Sie liegt gut einen halben Meter unter der Erde, daher schließe ich Selbstmord aus. Und da liegt dieser rundliche, flache Stein über ihrem Kopf, fast wie eine Markierung.«

Ein Trällern war zu hören. Jeder tastete nach seinem Gürtel.

»Das ist meins«, sagte Evelyn. »Hallo, Tony.«

»Wie geht's mit der Leiche voran?« Sie konnte seine Worte wegen der statischen Störungen kaum verstehen.

»Langsam.«

»Sind Sie im Wald?«

Evelyn seufzte. »Ja.«

»Wie ist der Empfang da draußen? Behindern die Bäume? Wie viele Balken haben Sie auf Ihrem Display?«

Sie blickte auf. Die Sonne hatte sie im Stich gelassen und das Wenige, das man durch die Bäume vom Himmel sehen konnte, zeigte nur graue Wolken. »Einen, und ich höre Sie ganz schlecht. Ehrlich gesagt, bin ich gerade ...«

»Was?«

»Schon gut.« ›Beschäftigt‹ hatte sie sagen wollen, es sich gerade noch rechtzeitig verkniffen. Nicht einmal sämtliche Engel im Himmel hätten sie vor Tonys Zorn schützen können, hätte sie es gewagt, auch nur anzudeuten, dass er nicht der fleißigste Mensch der Vereinigten Staaten von Amerika sei. Doch als der letzte Balken auf dem Display verschwand, herrschte plötzlich Stille im Handy.

Riley schnaubte ungeduldig, als sie ihr Handy wieder in der Halterung verstaute. »Du solltest ihm mal die Batterie klauen. Also wieder zu diesem Mädchen hier ... wie kommst du darauf, dass es ein Mädchen ist?«

»Genauer gesagt, eine junge Frau. Den Schädelnähten nach zu urteilen, würde ich sie auf Anfang zwanzig schätzen. Aber leg mich bitte nicht darauf fest. Wir werden Dr. Townsend von der Kent State University hinzuziehen müssen, um ihr Alter genauer bestimmen zu können. Meine Annahme basiert auf der Haarlänge.« Sie deutete auf einen Fetzen weißlichen Stoffs über dem Brustkorb. »Und, wie ich vermute, den Überresten eines Bügel-BHs.«

»Wie ist sie gestorben?«

Evelyn drehte den Schädel um. »Jemand hat ihr von hinten den Schädel eingeschlagen.«

»Also ist es ausgeschlossen, dass sie eines natürlichen Todes gestorben ist?«

»Das kann ich ausschließen. Denn ihr Hinterkopf weist zwei Frakturen auf.«

»Großartig.« Aber Riley war alles andere als begeistert und sein entnervter Gesichtsausdruck sprach Bände. »Als würde es nicht reichen, dass wir einen Mord, einen versuchten Mord und das Verschwinden eines Mädchens aufklären müssen! Jetzt haben wir dazu noch die Aufklärung eines weiteren Mordes am Hals, der nichts mit alledem zu tun hat!«

Detective Heaton stieß einen betrübten Seufzer aus. Zwar hatte er sich etwas Aufregung gewünscht, nicht aber einen Berg von Arbeit.

»Nicht unbedingt.« David hielt die Siebvorrichtung auf dem wackeligen Holzgestell fest, während Stoltz den Eimer mit Erde hineinkippte und die Überbleibsel durchsuchte, während zu ihren Füßen ein Erdhügel wuchs. »Nur wenn wir ausschließen können, dass diese Tote in irgendeinem Zusammenhang mit dem Mord an Joshua steht, gehört diese Leiche unseren Kollegen aus Strongsville.«

Heaton wirkte noch unzufriedener.

Riley schlug seinem Kollegen auf die Schulter. »Viel Glück, Kumpel. Wo steckt eigentlich unser Metalldetektor-Meister? Ich muss hier noch immer eine Waffe finden.«

»Aber es ist schon komisch«, sagte David und siebte weiter.

»Was ist komisch?«, fragte Riley.

»Auf diesem Grundstück scheinen verdammt viele Kids ums Leben zu kommen.«

Evelyn verbrachte die nächsten vier Stunden damit, den Leichnam freizulegen, während die Temperatur mit der Sonne stetig sank. Es war ihnen bisher nicht gelungen, bei der Aufklärung des Mordes an Joshua alle Zweifel auszuräumen. Jenna blieb weiterhin vermisst. Und die Ermittlungen im Fall Wilson Sinclair hatten gerade erst begonnen.

Andererseits ist Wilson Sinclair ein Kindermörder, wen kümmerte es schon, wer versucht hatte, ihn zu ermorden? Natürlich würde sie solche Gedanken niemandem anvertrauen, schließlich wollte sie ihren Job behalten.

Warum hätte Dinah die Nerven verlieren und versuchen sollen, ihren Mann zu erschießen? Nichts deutete darauf hin, dass es Wilson gelungen wäre, sich seiner Strafe zu entziehen. Denn er war bereits angeklagt worden und nur auf Kaution freigekommen. Dinah hätte die Polizei anrufen und eine erfundene Geschichte über eine Auseinandersetzung und einen Kampf mit ihrem Mann erzählen können. Bei seiner Vorgeschichte wäre sie wahrscheinlich mit dem Urteil, aus Notwehr gehandelt zu haben, freigesprochen worden.

Evelyn versuchte, solchen Gedanken nicht mehr nachzuhängen und sich auf diese Tote zu konzentrieren. David hatte recht. Auf diesem Grundstück waren schon zu viele Menschen getötet oder beinahe getötet worden.

Jetzt kauerte er neben ihr. Sein Gesicht sah in der einsetzenden Dämmerung weicher aus. Vor ihr stand ein weißer Plastiksack, in dem sich abgesehen von den Knochen jedes Beweisstück befand, das sie an der Grabstätte entdeckt hatten. Um sie herum legten Mitarbeiter des Gerichtsmedizinischen Instituts die einzelnen Teile des Skeletts in einen ebenfalls weißen Leichensack, und Sergeant Stoltz packte ihre Siebvorrichtung und das Gestell zusammen. Detective Heaton trieb sich in der Nähe herum. Evelyn erwischte ihn dabei, wie er sie mit abschätzendem Blick musterte, so, als überlegte er, welchen Nutzen er aus ihrer Mitarbeit ziehen könne, oder ob er sie wegschicken sollte. Riley und der Streifenpolizist hatten keine Waffe gefunden.

»Wie geht es Sinclair?«, fragte Evelyn David.

»Ich habe gestern Abend mit seinem behandelnden Arzt in der Cleveland Clinic gesprochen. Er hat vier Bluttransfusionen bekommmen, aber es sieht immer noch nicht gut aus. Seine Organe fangen an zu versagen und das verursacht laut Doc irreparable Schäden. Die Kugel, die durch den Hals ging, hat knapp die

Halsschlagader verfehlt. Die, die ihn in der Brust traf, hat eine Rippe links verletzt und blieb im Körper stecken. Erstaunlicherweise war sie nicht lebensbedrohlich. Die zerschmetterte Rippe hat ihrerseits innere Organe verletzt, aber nicht tödlich. Durch die Schüsse stürzte er und stieß mit dem Kopf so fest auf dem Fliesenboden auf, dass er das Bewusstsein verlor.«

»Und später hat der große Blutverlust verhindert, dass er das Bewusstsein wiedererlangte.«

»Oder er hat es wiedererlangt, aber er war außerstande aufzustehen.«

Evelyn schüttelte den Kopf. »Seine Hände waren sauber. Er hat nicht mal seine Wunden berührt, eigentlich ein instinktiver Reflex. Es gibt keine Schmierflecken an den Schranktüren oder auf dem Boden. Er ist zu Boden gegangen und dort liegen geblieben. Wissen wir schon Näheres über das Kaliber?«

»Vierzig, kein Mantelgeschoss, aber zu sehr verformt, um ballistische Erkenntisse daraus zu gewinnen. Die Techniker konnten nicht einmal das Fabrikat feststellen. Und was hast du über die skelettierte Leiche herausgefunden?«

»Unsere unbekannte Tote hatte noch alle Zähne, allerdings mit einer Reihe von Füllungen. Sie trug goldene Kreolen und zwei schwarze Plastikarmbänder, keine Ringe.«

»Plastikarmbänder?«

»Wie wir sie als Kids auch schon getragen haben. Rachael und ich hatten jede zehn von den Dingern in allen möglichen Farben. Wo hast du denn in den 80ern gesteckt, David?«

»Da habe ich unserem Land gedient. Außerdem sehen meine Handgelenke mit den Dingern fett aus. Ha, jetzt habe ich dich zum Lachen gebracht. Wann waren diese Armbänder denn modern?«

»Seit Madonnas erstem Kinofilm. In den 90ern waren sie out,

wurden dann aber wieder sehr beliebt. Daher hilft es uns nicht wirklich, den Zeitraum einzugrenzen. Ich habe das hier unter dem Schädel gefunden.« Sie hielt einen ramponierten Plastikstreifen hoch, der wohl mal weiß gewesen war und ungefähr zwei Zentimeter breit war. »Er zerfällt quasi vor unseren Augen. Sie trug ein schwarzes Polo-Shirt aus Polyester und einen weißen Formbügel-BH unbestimmter Größe. Schuhe mit Holzsohlen – ich vermute, dass es sich um ein Model von Dr. Scholl handelt. Außerdem hatte sie eine schwarze Lee-Jeans an und irgendeine Art Stoffgürtel. Wahrscheinlich aus Baumwolle oder Leinen gewebt, denn er ist völlig verrottet. Die übergroße Schnalle ist erhalten geblieben. Deshalb hat der Metalldetektor angeschlagen. Dann habe ich noch diesen Vierteldollar aus dem Jahr 1984 neben ihrer linken Hüfte gefunden – vermutlich ist er aus der Tasche ihrer Jeans gefallen.«

»Dreiundzwanzig Jahre? Sie lag seit über *zwanzig Jahren* in dem Wald?«

Ausgesprochen erschien es beinahe beängstigend. Sie hatten zufällig eine geheimnisvolle Tote entdeckt, die nie hätte gefunden werden sollen.

»Auf jeden Fall nicht länger als dreiundzwanzig Jahre«, sagte Evelyn. »Doch wir können sicher davon ausgehen, dass es eine verdammt lange Zeit gewesen ist. Sie muss schon vor Jennas Geburt hier gelegen haben. Zwei Baumwurzeln sind vollkommen durch ihren Brustkorb gewachsen.«

Davids Knie knackten laut, als er sich aufrichtete. »Dreiundzwanzig Jahre. Wie sollen wir da ihre Identität feststellen?«

»Das sollte nicht allzu schwer sein, vorausgesetzt sie war nicht auf der Durchreise hier.« Evelyn zog die kurzen Pflöcke aus dem Boden, die sie benutzt hatte, um ein Rasterfeld um das Grab herum zu markieren. »Sie ist häufig zahnärztlich behandelt worden und sie war jung, also besteht eine Chance, dass sie eine Familie hatte und sich irgendjemand um sie gekümmert hat. In Strongsville verschwinden junge Mädchen nicht oft.«

»Woher willst du das denn wissen?«, herrschte Detective Heaton Evelyn an.

»Weil ich immer noch hier wohne.«

»Oh, ja. Stimmt.« Zum ersten Mal wirkte er fast kleinlaut. »Ich habe es ziemlich satt, dass andere Dienststellen zu glauben scheinen, wir befänden uns hier auf einer Art Insel, auf der nur stinkreiche Weiße wohnen, und wir hätten nichts anderes zu tun, als Knöllchen zu schreiben und Donuts zu essen.«

Hier ging es um ein totes Mädchen, und Heaton schien sich für nichts anderes zu interessieren, als machomäßig seinen Ruf als echter Hüter des Gesetzes zu verteidigen. Doch Evelyn konnte ihn irgendwie verstehen. Sie hatte es auch satt, dass andere ihren Job mit einer Neigung zur Nekrophilie betrachteten. »Ich wünschte, wir hätten ein paar Münzen mehr – dann könnten wir den Todeszeitpunkt konkretisieren. Am besten schaust du dir die Anzeigen sämtlicher vermisster Frauen seit dem Jahr 1984 an. Insbesondere die Sommermonate.«

»Wieso Sommer?«

»Weil sie keinen Mantel trägt und es ziemlich mühsam ist, ein Grab zu schaufeln, wenn der Boden gefroren ist.«

»Kannst du den Zeitpunkt nicht etwas genauer eingrenzen?«, fragte Heaton. »Sie liegt also nicht länger als dreiundzwanzig Jahre hier, aber mindestens wie lange? Lässt sich das nicht anhand von Insekten oder sonst was bestimmen?«

Evelyn knurrte der Magen. Sie hatte seit dem Frühstück nichts mehr gegessen. Außerdem fror sie in der kühlen Abendluft. »Insekten geben uns für gewöhnlich Aufschluss über Stunden, nicht Tage. Von Jahrzehnten ganz zu schweigen. Ich könnte mich bei einem Botaniker erkundigen, wie schnell diese Wurzeln wachsen. Was ist das hier, eine Eiche?«

»Keine Ahnung«, antwortete David. »In Botanik war ich eine Niete.«

»Ich auch.« Sie sammelte ein paar Blätter als Hilfe zur Bestimmung ein. »Ich denke, für den Augenblick haben wir alles erledigt. Ich bringe das Zeug, das wir um das Grab gefunden haben, ins Institut und schaue, ob ich dort mehr herausfinden kann. Morgen kommt der Anthropologe und wird uns Näheres sagen. Mehr können wir jetzt nicht tun.«

Und morgen auch nicht. Sie musste nicht ins Haus der Sinclairs zurückkehren. Auf sie wartete genug Arbeit im Labor: die Untersuchung der bei der Toten gefundenen Dinge und die Kleidung Wilson Sinclairs. Alles war wichtig, um Teile für beide Puzzles zu liefern. Die reine Ermittlungsarbeit war dann Sache der Cops. Sie waren es, die Zeugen ausfindig machten, alte Berichte ausgruben und alle Teile zusammensetzen mussten.

Das gefiel Evelyn gar nicht. Denn sie war immer gern vor Ort. Sie wollte da sein, falls Jenna nach Hause kam – oder ihre Leiche gefunden wurde.

Oder Dinah das Bedürfnis hatte, ihr Herz auszuschütten.

Evelyn ging hinter dem Team, das für den Leichenabtransport verantwortlich war, aus dem Wald. Dinah wartete auf der Rückseite ihrer Villa. Sie schritt in einem braungrauen Hosenanzug und Stöckelschuhen auf der Veranda auf und ab, als hätte sie das Bedürfnis nach einer Zigarette. Sie war selbst dann noch schön, wenn sie in Gedanken vertieft die Stirn runzelte. Evelyn ging dreckverschmiert und zerzaust zu ihr, wobei sie sich wieder einmal wegen ihres Aussehens unterlegen fühlte.

»Sie ist es also nicht? Riley hat es mir schon gesagt, aber ... ich möchte es noch einmal hören.«

»Nein, Dinah, sie ist es nicht. Die Tote lag schon lange vor Jennas Verschwinden dort. Womöglich schon, ehe deine Tochter geboren wurde.«

»Gut.« Dinah kreuzte die Arme vor der Brust und sah Evelyn forschend an. »Das heißt, dieser Fund ist natürlich schrecklich, aber ich bin froh, dass es nicht Jenna ist. Du siehst aus, als könntest du einen Kaffee gebrauchen. Komm rein, ich mache uns welchen.«

David und Heaton waren um die Ecke des Hauses verschwunden. Stoltz war schon gefahren und Angel bei ihrer Freundin Melissa. Evelyn fiel so schnell keine Ausrede ein und so folgte sie ihrer ehemaligen Klassenkameradin ins Haus.

Dinah bewegte sich leichtfüßig in ihrer Küche, die nun wieder sauber war. Um die Kaffeekanne zu füllen, lehnte sie sich lässig gegen die erst kürzlich noch mit Blut verschmierte Arbeitsplatte.

»Wer war die Tote?«

»Hast du die Kanne ausgespült?« Unwillkürlich waren Evelyn die Worte über die Lippen gekommen, auch wenn sie sich jetzt am liebsten die Zunge abgebissen hätte.

»Wie bitte?«

»Ich meine nur, weil hier ziemlich viel Blut durch die Gegend gespritzt ist. Ich dachte nur ... na ja, du weißt schon, biologische Verunreinigung und so ...«

Dinah lächelte – ja, sie lächelte tatsächlich, erstaunlich, fand Evelyn.

Und verdächtig.

»Dieser Reinigungstrupp hat alles, was rumstand, in die Spülmaschine gestellt und die Arbeitsflächen mit Desinfektionsmitteln abgeschrubbt.« Sie stellte die teuere Maschine aus Edelstahl an. »Vielen Dank, dass du die Firma für mich angerufen hast. Du warst immer schon so nett.« Dinah sprach mit solcher Ernsthaftigkeit und sah Evelyn so ernst an – beunruhigend ernst, wie Evelyn fand –, als würde sie Entgegenkommen als eine Schwäche betrachten. »Aber das konntest du dir ja auch leisten.«

»Wie bitte?«

»Als wir zusammen die Schule besuchten, hast du mich wegen meines Aussehens abgelehnt – alle taten das. Aber im Gegensatz zu den anderen hast du dich nicht viel um mich geschert, weil du glücklich warst. Denn du hattest deine Fausthandschuhe und deine Schwestern.«

Evelyn fragte sich, ob die letzte Woche nicht zu stressig gewesen war.

»Deine Mutter hat dir Handschuhe gestrickt, weißt du das denn nicht mehr? Sie hat sogar deine Initialen eingestrickt.«

»Du meine Güte! Daran erinnerst du dich noch?«

Die Handschuhe waren warm und vom Gebrauch innen ganz weich gewesen – nicht gerade schick, aber sie hatten nun mal in die damalige Zeit gepasst und waren von ihrer Mutter mit viel Mühe und Liebe gestrickt worden.

»Unglaublich, dass du dich noch daran erinnerst.«

»Hast du sie noch?«

»Nein, ich habe sie irgendwann verloren. Ich bin leider schusselig, was Handschuhe angeht.« Sie schüttelte lächelnd den Kopf, wurde aber schnell wieder ernst, als sie sah, wie fassungslos Dinah sie ansah.

»Das ist schade«, sagte Evelyn gequält und dachte, immer möchten wir das haben, was wir nicht besitzen.

»Milch?«

Dinah hielt ihr einen dampfenden Becher hin. Er war dunkelblau und glänzend und auf der Seite war der Schriftzug »Indy

500« zu lesen. Wilson Sinclairs Lieblingsbecher. Der, aus dem er nur sonntags trank.

Etwas in ihr wollte nicht aus diesem Becher trinken. Sie wusste nicht, warum sie auch nur den geringsten Respekt für Wilson Sinclairs Gefühle zeigen sollte. Doch sie ergriff ihn, mit zitternden Händen. Dinahs Hand aber zitterte nicht.

Ich überreagiere, dachte Evelyn. Die Frau hat gerade erfahren, dass die Tote nicht ihre Tochter ist, sie ist natürlich ganz außer sich vor Erleichterung.

Sie zwang sich, einen Schluck Kaffee zu trinken. »Wir wissen nicht, wer die Tote ist. Aber ich bin sicher, dass sie lange bevor du und Jenna hierhergezogen seid, gestorben ist. Hat Wilson vielleicht einmal erzählt, ob jemand aus der Nachbarschaft vermisst wurde? Eine Geschichte, etwas Geheimnisvolles, über das nur hinter vorgehaltener Hand gesprochen wurde?«

»Hier? Also, ein Geheimnis machen alle nur aus ihrer Steuererklärung.«

»Was weißt du über Wilsons Familie?«

Die Hintertür fiel ins Schloss.

»Hallo, David«, sagte ihre Gastgeberin. »Möchten Sie auch einen Kaffee? Ich habe ihn gerade frisch gemacht.«

»Nein, danke. Ich fürchte, ich habe etwas Dreck ins Haus getragen ...«

»Aber das macht doch nichts.«

Evelyn beobachtete die beiden und dachte: Ich will ihn nicht verlieren, so wie meine Handschuhe. Laut sagte sie: »Dinah wollte mir gerade etwas über Wilsons Familie erzählen.«

»Eigentlich wollte ich das nicht. Meine Anwältin hat mir geraten, nicht mit euch zu reden. Aber da sie sich auf Steuerrecht spezialisiert hat und manchmal Justizserien anschaut, halte ich nicht viel davon. Aber ich weiß kaum etwas über Wilsons Familie. Sein Vater war Anwalt. Seine Mutter hat sich als Malerin versucht. Wilson hat zwei Brüder – einer lebt in London und der andere sitzt wegen Wertpapierbetrugs in Atlanta im Gefängnis.«

David nickte. »Entschuldigen Sie, dass wir Sie belästigt haben.«

»Oh«, erwiderte Dinah, »das war keine Belästigung.«

SONNTAG
9. OKTOBER

23

Nachdem David einen teuren Parkschein gezogen hatte, fuhr er in das Parkhaus der imposanten Cleveland Clinic.

»Es wäre wirklich hilfreich, wenn der Typ aufwachen und gestehen würde, dass er seinen Sohn umgebracht hat.«

Riley deutete auf einen leeren Stellplatz. »›Ach, übrigens hat neulich jemand, den ich kenne, auf mich geschossen‹, wäre auch ganz nützlich. Ich bin immer noch überzeugt, dass seine Frau es getan hat.«

»Unmöglich. Das weißt du so gut wie ich.«

»Ist dir schon mal aufgefallen, dass du sie ständig verteidigst? Weiß Evelyn davon?«

»Da gibt es nichts zu wissen! Lass deine Witze!«

»Oh, sind wir bei dem Thema etwa empfindlich? Tut mir leid. Ich wollte dich nur daran erinnern, dass ihr schon diese hübschen, kleinen Einladungen verschickt habt.«

»Daran muss mich niemand erinnern.«

Sie stiegen im fünften Stock aus dem Lift und trafen auf Evan Sandowski. Der Anwalt blockierte die Lichtschranke der Aufzugstür, um die Polizisten darauf hinzuweisen, dass sein Klient weiterhin unter schweren Beruhigungsmitteln stehe und deswegen jede Aussage unzulässig sei. Falls Wilson jemals wieder aufwachen sollte, was unwahrscheinlich sei, fügte er hinzu.

»Kurz schien es, als gehe ihm das tatsächlich nahe«, sagte Riley, als sie über den Flur gingen.

»Das musst du dir eingebildet haben.« David blieb vor einer

Doppeltür stehen. Die Krankenschwestern kannten inzwischen die beiden Beamten, sie hatten aber offenbar keinen guten Eindruck hinterlassen.

»Sie schon wieder«, begrüßte sie die Oberschwester, eine magere Schwarze mit dem Körper einer Siebzehnjährigen und den Augen einer Hundertjährigen, die zu viel gesehen hatte. Sie stand Wache. Ihre einzige Waffe war ihr Blick. Der reichte. Die beiden blieben stehen und waren bereit, sich für ihre Existenz zu rechtfertigen.

»Ist er aufgewacht?«

»Nein.«

»Gibt es irgendein Anzeichen, dass er bald aufwachen könnte?«

»Nein.«

»Dürfen wir zu ihm?«

»Nein.«

»Warum nicht?«, fragte David.

»Weil er Ihnen nichts sagen wird. Also macht es keinen Sinn, an seinem Bett zu stehen und ihn anzustarren. Würde es Ihnen gefallen, dass Sie jemand anstarrt, während Sie ohne Bewusstsein sind?«

»Jemand hat versucht, ihn zu ermorden«, versuchte Riley sie zu beschwatzen. »Wir wollen doch nur, dass er in Sicherheit ist.«

»Hier ist er in Sicherheit.«

Wilson hätte nicht einmal in Fort Knox sicherer sein können.

»Bitte?«, sagte David eindringlich.

Sie starrte David wie ein Mensch an, der schon alles gesehen hat und davon unberührt geblieben ist.

»Wie geht es ihm wirklich?«, fragte David.

»Jemand hat ihm in die Brust geschossen, wie Sie wissen«, antwortete die Oberschwester, gab dann aber nach. »Die intraperitoneale Blutung führte zu einem massiven Herzblock, das heißt zu einer Dissoziation der Herzbewegung und zudem einer Sinus- und Atrioventrikularknoten-Ischämie. Und einer leichten Bradykardie.« Als sie die verständnislosen Blicke der beiden Männer sah, ließ sie sich zu einer Übersetzung herab. »Es bedeutet, dass der Öldruck so stark fiel, dass der Motor überhitzt wurde.«

»Ach *so*.«

»Darüber hinaus ist es zu einer bakteriellen Infektion gekommen, obwohl die Ärzte nekrotisches Gewebe entfernt und die Wunden desinfiziert haben. Kommen Sie, ich begleite Sie. Vor dem Patienten wird nicht über seinen Zustand gesprochen, verstanden? Man weiß nie, was das Unterbewusstsein eines Menschen mitbekommt. Und er muss nicht unbedingt hören, dass kein Buchmacher in der Stadt auch nur einen Penny auf sein Überleben bis zum Wochenende setzen würde.«

Die Aura der Großspurigkeit hatte Wilson Sinclair verlassen. Unter der Sauerstoffmaske sah seine Haut grau aus. Sein Gesicht war eingefallen, Bartstoppeln umrahmten es wie Schimmel. Schläuche unterschiedlicher Größe führten unter dem weißen Laken aus dem Körper und in ihn, während seine Hand auf dem Kolben der Morphiumpumpe lag. Er lag regungslos da. Das Auf und Ab seiner Brust war kaum wahrnehmbar. David musste wegschauen.

Das Krankenzimmer war mit modernster medizinischer Technik ausgestattet, die für Geld zu haben war, aber es fehlte jegliche Menschlichkeit. Keine Grußkarten oder Blumen. Nichts, das auf Golfkameraden, Kollegen, eine Ehefrau und eine Geliebte dieses Mannes hinwies. Entweder wussten diese Leute, dass Wilson nichts mehr wahrnehmen konnte oder er war ihnen schlicht egal.

Riley beugte sich mit einem Ausdruck des Widerwillens zu ihm hinunter, was an den Krankenhausgerüchen liegen mochte oder auch an der Nähe zu einem Mann, der wahrscheinlich seinen eigenen Sohn getötet hatte. »Mr. Sinclair?«

Keine Reaktion.

»Mr. Sinclair?«

»Ich habe es Ihnen doch gesagt«, rügte die Oberschwester den Polizisten.

Wilsons linkes Augenlid zuckte.

»Mr. Sinclair?«, wiederholte Riley. Die Schwester beugte sich ebenfalls über den Patienten.

Wilson Sinclair öffnete die Augen. Sie waren trübe und blickten ins Leere. Sollte er gehört haben, dass Riley ihn beim Namen nannte, ließ er es nicht erkennen.

»Wer hat auf Sie geschossen?«, fragte David. Er wollte außerdem erfahren, ob Wilson wusste, wer das vor Jahren ermordete Mädchen im Wald umgebracht hatte, aber er musste Prioritäten setzen.

»Immer mit der Ruhe, meine Herren«, sagte die Schwester warnend, ihr Tonfall klang strenger als ihre Worte.

»Wer hat auf Sie geschossen?«

Wilsons Mund öffnete sich, aber seine Augen blieben starr. David fragte sich, ob der Patient einen Hirnschaden davongetragen hatte. Wenn andere Organe derart gelitten hatten, konnte das Gehirn dann noch funktionieren?

Wilson blinzelte. Sein Körper zuckte beim Anblick der vielen Schläuche. Seine Lippen bewegten sich wieder. Riley zog ihm die Sauerstoffmaske bis zum Kinn herunter. »Wer hat auf Sie geschossen?«

»Officer! Nehmen Sie sofort Ihre Hände von dem Patienten!« Die Oberschwester machte Anstalten, Wilson die Maske wieder aufzusetzen und bog dabei Rileys Finger mit eisernem Griff zurück.

»Dinah«, sagte Sinclair.

Riley und die Schwester erstarrten und sahen ihn an. »Was haben Sie gesagt?«

»Dinah.«

»Dinah hat auf Sie geschossen?«

»Ja«, sagte Wilson stöhnend, schloss die Augen und presste dann mit dem Daumen den Kolben der Pumpe herunter. Morphium strömte in seinen zitternden Körper, der sich sogleich entspannte, und er schlief wieder ein.

Die Oberschwester warf die Cops buchstäblich aus dem Krankenzimmer, was die beiden aber kaum merkten. Sie gingen in fassungslosem Schweigen zu ihrem Auto zurück.

»Dinah«, flüsterte Riley.

»Das kann nicht sein.«

»Aber das hat er gesagt. Er stand dem Schützen gegenüber. Also muss er sie gesehen haben. Der Mann steht bereits mit einem Fuß im Grab, also warum sollte er lügen?«

David bog mit quietschenden Reifen um die Ecke auf die Euclid Avenue. »Weil er ein verlogener Scheißkerl ist, der seinen eigenen Sohn umgebracht hat, deshalb.«

»Kein Grund, die Sache persönlich zu nehmen, Milaski. Ich mag den Kerl genauso wenig wie du, aber das bedeutet nicht, dass ich unsere Eisprinzessin damit davonkommen lasse, dass sie ihren Mann abknallen wollte.«

»Sie war es nicht.«

»Sagt dir das dein Verstand oder denkst du gerade mit einem anderen Körperteil?«

David tippte auf die Bremse, als ein Lieferwagen langsam nach links abbog. »Hör zu, wir beide haben jede Minute ihres Alibis überprüft. Wir haben mit jedem Kunden gesprochen, den sie an diesem Tag beraten hat, haben jedes ihrer Telefongespräche gecheckt, jeden Schritt, den sie und ihr Partner gemacht haben. Sie konnte an diesem Morgen nicht um halb neun in ihrem Haus sein. Punkt. Und weißt du was? Das ist nicht mal unser Fall. Wir müssen uns nur mit Joshua beschäftigen. Weder die Schüsse auf Wilson noch die Tote im Wald fallen in den Zuständigkeitsbereich der Stadt Cleveland.«

Riley antwortete nicht. Sein Kinn war auf seine Brust gesunken, ruhte auf dem Sicherheitsgurt. Er sah aus, als würde er dösen. Erst nachdem sie ungefähr einen Häuserblock weit gefahren waren, rührte er sich. »Also wären wir wieder bei der Komplizentheorie. Wer würde Dinah wohl dabei helfen, Wilson umzubringen, wenn nicht dieser Schönling von einem Partner?«

»Wer hatte sonst noch ein Motiv? Carrie?«

»Wäre nicht das erste Mal, dass sich Ehefrau und Geliebte verbünden, aber ihre Motive stimmen nicht überein. Dinah wollte ihn wegen Joshua töten. Carrie, weil er nicht bereit war, Dinah zu verlassen? Also, das ergibt einfach keinen Sinn.«

»Stimmt.«

Als sie kurz vor dem Metro Hospital auf die große Umgehungsstraße, den Innerbelt, bogen, fiel ihnen die Antwort gleichzeitig ein.

»Patty.«

24

Evelyn breitete die an dem Grab von ihr gesicherten Beweismittel vor ihrem Stereomikroskop aus. Sie hatte kein Bedürfnis, schnell nach Hause zurückzukehren. Nach dem Besuch der Messe hatte sich Angel zu einer Geburtagsfeier aufgemacht, und Dorothy war zu ihrer Schwester gegangen, sodass Evelyn allein mit der Katze dagesessen hatte. Außerdem herrschte an Sonntagen eine wohltuende Stille im Gerichtsmedizinischen Institut. Zumindest für eine Weile.

»Haben Sie schon die Liste der Raumanforderungen für die nächste Besprechung mit der Architektin bekommen?«

Evelyn blickte von dem Nikon-Okular auf. »Antistatische Platten und separate Stromkreise – ja, liegt auf meinem Schreibtisch. Ich werde die Architektin gleich darauf ansprechen, wenn sie am Dienstag wieder da ist. Was machen Sie denn hier? Es ist doch Sonntag.« Sie hätte sich am liebsten für ihre Frage in den Hintern gebissen. Tony lungerte im Labor herum, weil er sonst nirgendwo willkommen war und nichts anderes zu tun hatte.

»Ich wollte ein paar Berichte abliefern, die ich überarbeitet habe. Die mit jeder Menge rot drin sind übrigens Ihre. Ist dieser Typ schon aufgewacht?«

»Sprechen Sie von Wilson Sinclair?«

Tony nickte, während er sich mit einer Mappe am Kopf kratzte. »Dieser stinkreiche Typ.«

»Nein. Und die Ärzte haben David gesagt, dass wir auch nicht damit rechnen sollten. Es ist ein Wunder, dass er noch lebt.

Aber wie es scheint, steht ihm sein Schutzengel nicht länger zur Seite.«

»Ist ohnehin besser für uns.« Ihr Chef ließ sich neben sie auf einen Stuhl plumpsen. »Es ist nahezu unmöglich, einen Fall von Schütteltrauma bei einem Säugling strafrechtlich zu verfolgen, wenn es mehr als einen Verdächtigen gibt. Aus forensischer Sicht können wir so gut wie nichts beweisen. Im Hinblick auf die Geschworenen sind diese Fälle allerdings die leichtesten. Jeder will den Bastard grillen. Andererseits hat der Typ Kohle.«

»Geld macht Ihnen immer Kopfzerbrechen.«

»Und das mit gutem Grund. Denn diese Leute haben die besten Verteidiger, die unsere Beweismittel nicht gelten lassen. Sie erfinden fliegende DNAs und irgendwelche Kontaminationen durch Hirnstromwellen. Ich brauche nur an ›O.J. Simpson‹ zu erinnern.«

»Ich gebe es zwar nur ungern zu, aber wo Sie recht haben, haben Sie recht, Chef.«

»Und warum sehen Sie sonst noch so betrübt aus?«

Evelyn deutete auf den Tisch mit den Gegenständen, die sie – abgesehen von den Knochen – im Grab des toten Mädchens gefunden hatte. Die Kleiderfetzen, die Münze und viel Erde. »Weil das alles ist.«

»Weil was alles ist?«

»Na, das hier. Mehr habe ich nicht, um herauszufinden, welche unbekannte Person ein unbekanntes Mädchen aus unbekannten Gründen vor über zwanzig Jahren ermordet hat.«

Die beiden starrten einen Augenblick schweigend auf den Tisch.

»Na, dann viel Glück«, sagte Tony schließlich. »Ich gehe jetzt ins Kino.«

»Viel Vergnügen.« Evelyn stellte eine weitere Petrischale mit Erde auf den Objekttisch unter der Linse.

Aus der Nähe betrachtet stellt Erde immer eine faszinierende, kleine Welt dar. Die Hautpanzer einer Vielzahl von Insekten hingen an Splittern aus versteinertem Holz. Bruchstücke von Steinen, von denen jedes einzigartig war, waren durch Lehm miteinander verbunden. Dazu kamen viele Tierhaare. Gelegentlich fand sie auch Farbpartikel oder ein menschliches Haar. Die legte sie dann zur Seite. Zwei waren kurz und rabenschwarz, aber die meisten Haare schienen vom Opfer zu stammen. Sie würden in der Toxikologie auf Drogenmissbrauch untersucht werden. Menschliches Haar wächst im Schnitt einen Zentimeter pro Monat, daher konnten ihnen die langen Locken der Toten Erkenntnisse über vier oder fünf Jahre im Leben des Mädchens geben.

Evelyn füllte eine repräsentative Auswahl von Insektenpartikeln in eine Plastikflasche. Der Entomologe des Naturkundemuseums, der für das Institut arbeitete, konnte durch eine Anlyse vielleicht die Jahreszeit bestimmen, in der das Mädchen beerdigt worden war. Sie umschloss die Farbpartikel mit einem Glassinpapier, das sie anschließend mit einem Streifen roten Klebebands verschloss. In ein weiteres Papier legte sie drei Wollfasern, deren smaragdgrüne Farbe unter dem Lichtmikroskop noch immer erkennbar war.

Der größte Teil des Polyestershirts war unversehrt geblieben – ein Zeichen für die Langlebigkeit synthetischer Gewebe. Sie entnahm einige Fasern, reinigte sie und fixierte sie auf einem Objektträger. Das Polarisationsmikroskop bestätigte, dass es sich um Polyester handelte. Auf dem Etikett war neben der Waschanleitung »Christie's, Größe S« zu lesen. Einige elfenbeinfarbene Flecken waren zu erkennen, nachdem sie die Erde abgebürstet hatte. Unter Infrarotlicht konnte Evelyn jetzt eine schwarze Stelle sehen, wo das Blut des Opfers die Rückseite des Kragens durchtränkt hatte. Also war ihre Kopfhaut aufgerissen worden. Wie lange hatte es wohl gedauert, bis sie gestorben war?

Evelyn analysierte die Polyesterfasern ein weiteres Mal mit Hilfe des Fourier-Transformations-Infrarot-Spektrometers (FTIR), weil der Test nur wenige Minuten in Anspruch nahm und jede Untersuchung, die sie damit vornahm, die Anschaffung des teuren Geräts rechtfertigte. Sie unterzog einen der elfenbeinfarbenen Flecken demselben Verfahren und konnte anhand der Werte feststellen, dass die Farbe einer handelsüblichen Marke zuzuordnen war. Dann schnitt sie ein winziges Stück von dem weißen Plastikstreifen ab, den sie unter dem Schädel gefunden hatte, ergriff ihn mit einer Pinzette und legte ihn auf einen Objektträger. Sie rollte ihn gerade mit einer winzigen Metallwalze flach, als Marissa in einer Wolke *L'Air du Temps* und dem Geruch nach verbranntem Haar ins Labor spazierte.

»Was treibst du gerade?«

»Ich versuche, dieses Plastikstückchen dazu zu kriegen, auf dem Objektträger liegen zu bleiben und nicht an der verdammten Walze zu kleben«, antwortete Evelyn genervt.

»Hast du es schon mal auf die liebevolle Art versucht und ihm ein paar Zärtlichkeiten zugeflüstert?«

»Tolle Idee. Aber wenn man mit einem FTIR rumhantiert, sollte man besser das Atmen vergessen. Sonst könnte es passieren, dass einem die Probe wegfliegt. Was machst du eigentlich hier?«

»Überstunden scheffeln. Ich gehe diesen Herbst mit meinen Schwestern, Tanten und ein paar Kusinen an Bord eines Kreuzfahrtschiffs. Deshalb muss ich mir ein finanzielles Polster zulegen. Schließlich will ich die ganze Woche Margaritas bis zum Abwinken trinken. Hättest du meine Tanten kennengelernt, würdest du mich verstehen. Ich habe die DNA von deinem Mordversuch bestimmt. Alles Blut in der Küche stammt von Wilson

Sinclair – welch eine Überraschung! Als Nächstes mache ich mich an dein Skelett.«

»Aber wir haben bisher nichts in der Hand, womit wir deine Ergebnisse vergleichen könnten. Wir haben absolut keine Ahnung, wer das Mädchen ist.«

»Doch solltet ihr einen möglichen Verwandten auftreiben, habe ich meine Arbeit schon erledigt. Ich *hasse* Knochen, denn ich kriege diesen pulverigen Geruch tagelang nicht aus der Nase.« Sie schüttelte den Kopf. »Das arme Mädchen. Da bin ich wieder mal froh, dass ich keine Kinder habe.«

»Noch hast du keine«, sagte Evelyn warnend. Aber dann beanspruchte der Computerbildschirm ihre ganze Aufmerksamkeit.

Marissa blickte über Evelyns Schulter hinweg auf die gezackte Linie auf dem Bildschirm. »Was ist das?«

»Polyethylen.«

»Was sind das für Spitzen? Die Komponenten?«

»Nicht unbedingt. Die Wellenlänge zeigt die Funktionsgruppen an: Diese Spitze stellt die Karbon-Karbon-Doppelbindung dar. Hier ist eine Alkylgruppe. Jemand, der das jeden Tag macht, könnte sicherlich jede Spitze sofort erkennen. Ich verlasse mich lieber auf die Datenbibliothek. Die kann immer mit der Bandbreite aufwarten, die am genauesten passt.«

Marissa, die es gewöhnt war, bei ihren DNA-Analysen STR-Spitzen zu vergleichen, sah prüfend auf den Bildschirm.

»Was wird eigentlich aus Polyethylen hergestellt?«

»Alles, von Limonadenflaschen über Einkaufstüten bis zu kugelsicheren Westen«, antwortete Evelyn und seufzte.

»Glaubst du, dass sie zu irgendeinem Zeitpunkt in einem Müllsack gelegen hat?«

»Nein, die Ränder sind zu gleichmäßig. Das hier wurde vor zwanzig Jahren absichtlich in Streifen geschnitten. Doch jemand hat erst gestern ebenfalls Polyethylen benutzt.« Evelyn hielt eine Tüte mit den Überbleibseln des selbst gebastelten Schalldämpfers in die Höhe. »Allerdings ist das hier Polyethylenterephthalat, auch PET genannt. Ein Produkt, aus dem so ziemlich alle Zwei-Liter-Flaschen hergestellt werden.«

»Unterscheiden sie sich genügend, um sie eindeutig einem bestimmten Typ zuzuordnen?«

»Kaum. Ich habe Monica in Quantico schon eine Nachricht hinterlassen, um herauszufinden, was das FBI über solche Flaschen weiß. Aber selbst wenn man irgendeine Kennzeichnung bestimmen kann, womit soll ich dann meine Probe vergleichen? Es gab keine Zwei-Liter-Flaschen in Dinahs Haus. Das habe ich überprüft. Und ich kann ja wohl kaum eine Probe von sämtlichen Limonadenflaschen auftreiben, die im Umlauf sind.«

»Andererseits würde sich bestimmt niemand beschweren, wenn du die Kantine in den nächsten Monaten mit Getränken versorgst.«

»Eigentlich hatte ich nicht vor, das Rad neu zu erfinden. Doch wenn's denn sein muss, dann muss es wohl sein. Ich interessiere mich viel mehr für den Stoff in der Flasche. Rosafarbene Viskose mit einem geringen Seidenanteil, ein schönes, dichtes Gewebe. Ed wird es in der Toxikologie mit dem Gaschromatografen analysieren. Dann wissen wir, ob noch etwas anderes drauf ist als Schmauchspuren.«

»Du bist ja ganz schön fleißig gewesen. Vielleicht solltest du mal eine Pause machen. Nichts für ungut, aber du machst einen etwas angespannten Eindruck, um es einmal vorsichtig auszudrücken.«

Dem konnte Evelyn nicht widersprechen. Aber was sie antrieb, konnte sie einfach nicht erklären.

»Wo habt ihr dieses Mädchen denn gefunden?«

»Im Wald, in der Nähe einer exklusiven Wohngegend.«

»Hm«, murmelte die DNA-Expertin. »Wohnen da so richtig reiche Jungs?«

»Ja.«

»Das erinnert an den Fall Martha Moxley aus den Siebzigern.«

»Könnte sein.« Das Telefon läutete. Evelyn ging dran und entschuldigte sich dann bei Marissa. »Der Knochendoktor ist da.«

»Lass ihn bloß nicht hören, dass du ihn so nennst!«

Dr. Townsend nahm einen braunen Oberschenkelknochen in die Hand. »Interessant.«

Der Knochen war gealtert, nach der langen Zeit in der Erde dunkel geworden. Er legte ihn wieder an die passende Stelle auf dem Tisch zurück, wo das Skelett anantomisch korrekt ausgebreitet worden war. Bedauerlicherweise hatte für diese Arbeit der Autopsie-Tisch dienen müssen, auf dem eigentlich Leichen obduziert wurden. Auch wenn die Knochen nicht unangenehm rochen, so stank es im Raum schlimmer als in einem Schlachthaus im Sommer, weil der Geruch nach vielen Jahren das Gemäuer durchdrungen hatte.

Jonathon runzelte die Stirn. Evelyn trug zwei Einwegmasken übereinander. Das half etwas und hielt sie davon ab, an ihren Fingerknöcheln zu knabbern – eine schlechte Angewohnheit, die sie erst seit Kurzem pflegte.

»Was ist daran interessant?«

»Das Kugelgelenk weist eine kleine Anomalie auf, einen Sporn auf der dorsal gerichteten Oberfläche. Das dürfte ihr hin und wieder Schmerzen verursacht haben.«

»Wie alt war sie?«

Townsend kratzte sich am Schnurrbart, indem er seinen Mund gegen die Schulter rieb, und er tat so, als hätte er sie nicht gehört. Der Professor für Anthropologie von der Kent State University ließ sich nicht gern drängen. Die erstaunlichen Fakten, die nur er Knochenresten zu entlocken vermochte, erinnerten an eine Zaubervorstellung. Diese Show ließ er sich nicht nehmen. Evelyn musste ein Lachen unterdrücken.

Jonathon untersuchte den bereits vom Schädel gelösten Unterkiefer. »Sie hatte Karies, wohl dank einer Schwäche für Süßes. Aus den farblichen Unterschieden der Füllungen schließe ich, dass die Löcher zu verschiedenen Zeiten gefüllt wurden, sie sich also regelmäßig einer zahnärztlichen Behandlung unterzog.«

Jonathons Erläuterungen veranlassten Townsend nun, demonstrativ die Führung zu übernehmen. »Es handelt sich ganz offensichtlich um ein weibliches Skelett – keine Knochenvorsprünge an der Rückseite des Schädels, ein breites Becken. Sie hat nicht geboren. Da die Schädelnähte noch nicht ganz geschlossen sind und nach dem Zustand der Schambeinfuge würde ich sie auf sechzehn bis zwanzig schätzen. Allerhöchstens zweiundzwanzig. Gesund. Ein Meter zweiundsechzig groß.«

Nach Anerkennung heischend sah der Professor die beiden an.

Evelyn hatte nicht genügend Geduld, ihm diesen Tribut zu zollen.

»Ist sie durch den Schlag auf den Kopf gestorben?«, fragte sie dringend.

»Es waren Schläge, genau genommen. Zwei haarfeine Frakturen, die beide mehr oder weniger vertikal auf der Rückseite des Schädels verlaufen.«

»Könnten sie von den Kanten einer Waffe stammen?«

Dr. Townsend bedachte Evelyn mit einem nachsichtigen Lächeln. »Ziemlich unwahrscheinlich. Die leichten Einbuchtungen auf beiden Seiten der Frakturen lassen eher vermuten, dass es sich um ein unspezifisches stumpfes Objekt handelt.«

»Um einen Stein, beispielsweise?«, wagte sie zu fragen.

Jonathon sah den Schädel prüfend an. »Es sieht eher aus, als wäre sie auf einen Betonboden gefallen.«

»Genau!« Der Professor strahlte. »Oder auf eine andere harte, relativ flache Oberfläche.«

»Da hat also jemand ihren Kopf auf den Boden geschlagen? War das die Todesursache?«

»Knochen allein können nicht Aufschluss über jeden Tathergang geben, Mrs. James. Gelegentlich brauchen auch wir Weichgewebe, um die Todesursache feststellen zu können. Die Fraktur an sich wäre nicht tödlich gewesen, hätte allerdings zur Bewusstlosigkeit geführt. Für den weiteren Verlauf ist entscheidend, wie viel Schaden das Hirn davongetragen hat. Je nach Größe des Hämatoms oder auch infolge eines Risses der Hirnrinde wäre wohl nach gewisser Zeit der Tod eingetreten. Vielleicht wurde aber auch die Kopfhaut aufgerissen, und sie ist verblutet. Oder sie wurde lebendig begraben und ist erstickt.«

Bei dem Gedanken daran erschauderte Evelyn. »Sonst noch etwas?«

»Sie hat viel mit den Händen gearbeitet. Wäre sie nicht umgebracht worden, hätte sie über kurz oder lang unter einem Carpaltunnel-Syndrom des rechten Handgelenks gelitten.«

»Na, das ist ja eine große Hilfe«, brummte Evelyn.

Jonathon musterte sie, während sich Dr. Townsend verärgert abwandte. »Alles in Ordnung mit dir, Evie? Du hast schon zu viele Stunden an diesen Fall gearbeitet.«

»Das ist nicht der Grund«, sagte sie barscher als beabsichtigt.

Jonathon wartete auf eine Erklärung, Dr. Townsend ignorierte die beiden.

Evelyn hätte gern mit Jonathon geredet, ihm erzählt, dass sie Angst habe, ihre alte Rivalin werde ihr den Geliebten ausspannen.

Doch stattdessen sagte sie: »Mir geht's gut, danke. Da wäre allerdings noch etwas. Egal ob Wilson Sinclair überlebt oder stirbt, ich möchte den Fall Joshua abschließen. Weder Fasern noch Haare sind uns dabei eine Hilfe. Der Vergleich der Blutergüsse mit der Größe von Sinclairs Händen ist nicht schlüssig. Das Einzige, was mir bleibt, ist der Zeitfaktor. Gibt es irgendeine Möglichkeit, festzustellen, wie viele Stunden zwischen Joshuas Verletzungen und seinem Tod vergangen sind? Eine grobe Schätzung genügt mir.«

Jonathon runzelte die Stirn, während er angestrengt nachdachte, was ihn noch jünger aussehen ließ. »Das subdurale Hämatom dürfte zunächst perakut gewesen sein. Nach einigen Stunden wären Gerinnsel und Schwellung noch akut gewesen, danach nur noch subakut.«

»Also, als er ins Krankenhaus gebracht wurde ...«

»... befand er sich in welchem Stadium? Das könnte ich dir nach einem Blick auf die Bilder der Computertomografie sagen, Voraussetzung wäre allerdings fünf oder zehn Jahre mehr Erfahrung mit solchen Scans. Wir müssen warten, bis die Ergebnisse hinsichtlich des Hämatoms und des umgebenden Gewebes aus der Histologie vorliegen. Dann kann ich eventuell Genaueres sagen. Das wäre allerdings nur meine Meinung, und jeder fähige Verteidiger würde sie anfechten.«

»Das ist schon okay. Ich fürchte, dieser Fall wird nie zur Anklage kommen.«

»Sobald ich die Ergebnisse habe, teile ich sie dir mit.«

»Danke. Und auch Ihnen vielen Dank, Professor«, fügte sie, an Townsend gewandt, hinzu, der sie inzwischen ignorierte. »Der Hinweis auf das Handgelenk war sehr wertvoll.«

Dr. Townsend machte eine wegwerfende Handbewegung. »Was ich sage, ist immer wertvoll. Sehen Sie nur, auf dieser Seite ist eine Fraktur zu erkennen.«

Plötzlich empfand Evelyn den Geruch im Autopsiesaal als unerträglich. »Wie bitte?«

»Eine verheilte Fraktur der Elle, links.«

»Das kann nicht sein.«

Beide Männer starrten sie ungläubig an. »Entschuldigen Sie, aber ich erkenne einen Bruch, wenn ...«

»Nein.«

Rachael, dachte sie.

Evelyn sah, wie Jonathon die Hand nach ihr ausstreckte. Er schien am anderen Ende eines hellen, lauten Tunnels zu stehen. »Evie? Evie!«

Rachael mit ihren schlechten Zähnen, die sie ihrer Vorliebe für Schokoriegel verdankte. Der von endlosen Computerspielen ständig die Handgelenke wehgetan hatten. Die sich beim Rollschuhlaufen einmal die Elle gebrochen hatte. Rachael, die im Sommer des Jahres 1984 verschwunden war.

»Rachael wurde gar nicht vermisst! Sie wurde ermordet.«

»Was redest du denn da?«

Evelyn starrte auf das Skelett und sie weinte.

25

»*Was* wollen Sie von mir wissen?«

»Wo Sie Freitagmorgen waren.« David und Riley standen vor der Tür zu Pattys Wohnung. Die Morgensonne heizte den Flur unangenehm auf, und ein Mieter im oberen Stock briet offenbar Spiegeleier mit Speck.

»Meinen Sie vergangenen Freitag? Vor zwei Tagen?« Patty hatte offenbar damit gerechnet, wegen Joshua befragt zu werden. Das Baby war vor fast einer Woche gestorben, und es verwirrte Patty, dass die Beamten sie wegen Freitag befragten. Doch dann schien ihr ein Licht aufzugehen.

Ihre Nase kräuselte sich. »Oh, ich hab's kapiert.« Sie lachte. Lachte immer lauter, bis ihr Tränen in die Augen traten und sie nach Luft rang. »Schon klar. Sie glauben, ich hätte auf Wilson geschossen! Kommen Sie doch rein und nehmen Sie Platz. Das ist wirklich das Verrückteste, was ich je gehört habe.«

Die Wohnung in Lakewood war zwar geräumig, aber mit den Besitztümern von fünf Personen vollgestopft. Drei Familienmitglieder waren noch klein und ein Großteil ihrer Sachen schien von Fisher Price zu stammen. Der Kleinste hielt in jeder Hand eine Plastikfigur und gaffte die beiden Cops an. Sie folgten Patty in ein freundliches Wohnzimmer, das in Malven- und von Kinderhänden beschmutzter Elfenbeinfarbe gehalten war.

»Machen Sie es sich bequem. Also, das Lachen war es wert.«

»Was finden Sie denn so amüsant daran?«

»Die Vorstellung, dass ich auf jemanden schieße. Also, das ist das erste Mal, dass ich seit Joshs Tod wieder lache.« Die Erinnerung ließ ihre Stimmung schlagartig umschlagen, ganz so, als hätte man ihr einen Eimer mit kaltem Wasser über den Kopf gegossen. »Allerdings ist mir der Gedanke schon gekommen, das gebe ich zu. Vor allem, nachdem er aus der Untersuchungshaft auf Kaution entlassen wurde. Ich dachte, na toll, der wird nie wieder hinter Gittern verschwinden. Man kriegt ja das Urteil, für das man bezahlt.«

Ihr Jüngster bewegte sich an der Sofakante entlang tastend auf sie zu und starrte seine Mutter mit leicht besorgtem Gesicht an. Sie strich dem Jungen übers Haar und wandte sich dann wieder den Polizisten zu. »Ich habe übrigens nicht auf Wilson geschossen.«

David bezweifelte das. Wer war Joshua eher eine Mutter gewesen, die Frau, die ihn geboren hatte oder die Frau, die ihn fünf Tage die Woche vierzehn Monate lang gefüttert, ihm die Windeln gewechselt und ihn gewiegt hatte? Wer hatte ein stärkeres Verlangen nach Gerechtigkeit? »Wissen Sie, wer es getan hat?«

»War es denn nicht Dinah?« Sie stellte die Frage ohne ihren üblichen Groll auf die Dame des Hauses.

»Sie hat ein Alibi«, sagte David.

»Hmm. Was für ein Jammer. Ich habe sie deshalb beinahe gemocht.«

Der kleine Junge steuerte auf unsicheren Beinen auf David zu, klopfte ihm auf den Oberschenkel und hielt ihm das Spielzeugmännchen mit rotem Haar und aufgemalten Sommersprossen hin. David nahm es vorsichtig zwischen Daumen und Zeigefinger. »Äh, danke schön.«

»Vielen Dank, Benjamin«, sagte Patty zu ihrem Sohn und sprach dabei jedes einzelne Wort sehr deutlich aus. »Das ist lieb von dir, dass du dein Spielzeug mit anderen teilst.«

David fuhr fort. »Also, wo waren Sie am Freitag?«

»Hier. Da ich im Moment auf der Suche nach einem Job bin, habe ich Ben aus der Tagesbetreuung herausgenommen.«

»Sie waren den ganzen Morgen zu Hause?«, fragte Riley.

Sie dachte kurz nach. »Ja, soviel ich mich erinnern kann, schon. Nach dem Mittagessen sind wir für ungefähr eine Stunde auf den Spielplatz gegangen, bevor meine beiden anderen Kinder nach Hause kamen. Auf dem Rückweg haben wir noch Milch eingekauft und ein Lotterielos besorgt. Dann habe ich das Abendessen gekocht. Es ist wirklich toll, nicht arbeiten zu gehen.«

»Zumindest für eine Weile«, sagte David lächelnd. Benjamin reichte ihm ein zusammengebautes Plastikpferd.

»Ja, bis sich die Rechnungen stapeln.«

»Fahren Ihre Kinder mit dem Bus?«

»Nein. Mein Mann setzt sie auf seinem Weg zur Arbeit an der Schule ab. Sie müssen um halb acht dort sein.«

»Kann irgendjemand bestätigen, dass Sie den ganzen Morgen hier in der Wohnung gewesen sind?«

»Ben. Leider kann er noch keine vollständigen Sätze sprechen.«

»Wir werden uns bei Ihren Nachbarn erkundigen, ob die Ihren Fernseher oder sonst etwas gehört haben.«

Zuerst nickte Patty geistesabwesend. Doch dann wurde ihr klar, welche Konsequenzen diese Befragung haben könnte. »Also, das wäre doch wirklich zu blöd. Sie wollen meine Nachbarn fragen: ›Wissen Sie zufällig, ob Mrs. Fraser zu Hause war? Wir glauben nämlich, sie könnte auf jemanden geschossen haben.‹«

David versuchte, Patty zu beruhigen. »Wir werden uns eine Geschichte ausdenken, nichts, das Sie in einem negativen Licht erscheinen lässt.« Ben belohnte ihn mit einem roten Plastikauto. David wusste bald nicht mehr wohin mit dem Spielzeug. »Was können Sie uns über Dinahs Familie erzählen?«

»Familie?«

»Ihre Eltern, den Bruder, beispielsweise.«

»Es gibt ein paar Fotos von ihnen im Wohnzimmer, und ich nehme an, dass sie eine Menge Geld hatten. Mehr weiß ich nicht.«

»Ihre Eltern sind tot, aber hat der Bruder einmal etwas von sich hören lassen?«

»Woher soll ich das wissen. So etwas hätte sie mir wohl kaum erzählt.«

»Hat sie ihren Bruder Ihnen gegenüber jemals erwähnt?«

Patty dachte so lange schweigend nach, dass sich die Beamten schon Hoffnungen machten, doch dann antwortete sie: »Nein.«

»Sie haben nicht zufällig etwas von Jenna gehört?«

»Jenna? Nein. Warum sollte sie sich mit mir in Verbindung setzen?«

»Na ja, wenn sie in den Nachrichten vom Tod ihres Bruders erfahren haben sollte ... Offenbar steht es zwischen ihr und ihrer Mutter nicht zum Besten.«

Kaum hatte David die Worte ausgesprochen, erkannte er seinen Fehler – falls Jenna irgendjemanden anrufen würde, wäre es Katie Ryan. Ob wir wohl die Erlaubnis bekommen, die Telefonate der Ryans zu checken?, überlegte er. Vielleicht stellen Katies Eltern sie uns auch freiwillig zur Verfügung. Doch sollten wir etwas finden, würde das ihre Tochter als Lügnerin entlarven. Er machte sich im Geist eine Notiz.

»Ich dachte, Sie gingen davon aus, dass Wilson auch Jenna umgebracht hat.«

»Das ist natürlich eine Möglichkeit. Doch bisher haben wir keine Beweise, dass sie tot ist. Also müssen wir weiterhin von der Annahme ausgehen, dass sie von zu Hause weggelaufen ist.«

»Nun, Sie dürfen auch getrost von der Annahme ausgehen,

dass ich der letzte Mensch bin, den sie anrufen würde – nein, besser gesagt, der vorletzte. Dinah wäre wohl der letzte. Jenna und ich waren wie Feuer und Wasser. Das Einzige, was wir gemeinsam hatten, war Joshua.«

»Haben Sie jemals gesehen, dass Wilson Jenna geschlagen oder sie in irgendeiner Weise misshandelt hat?«

»Nein! Himmel, nein. Das hätte ich sofort gemeldet.«

Benjamin kehrte an Davids Seite zurück, betrachtete mit ernstem Blick dessen Hände, zog vorsichtig das Spielzeugpferd daraus hervor und wackelte damit davon. David seufzte. Wenigstens einer, der aus dieser Unterhaltung etwas mitnahm.

Die beiden Cops machten sich an eine rasche Befragung von Pattys Nachbarn, wobei sie den Leuten gegenüber immer wieder betonten, dass es sich dabei um reine Routine handele. Die meisten Bewohner waren allerdings in diesen Dingen zu aufgeklärt, um darauf hereinzufallen. Einige, die nicht in der Lage waren, Pattys Alibi zu bestätigen, taten es mit einem gewissen Leuchten in den Augen, was darauf schließen ließ, dass Patty nicht bei allen Nachbarn beliebt war. Doch zwei Anwohner bestätigten, Poltern und Lachen aus Pattys Wohnung gehört zu haben.

»Sie versucht ihm das Alphabet beizubringen«, erklärte ein Mann. »Mit voller Lautstärke. Zumindest hat sie für eine Weile die Übung mit dem Zählen aufgegeben.«

Davids Handy läutete. Evelyns Name erschien auf dem Display. Er bedankte sich bei dem Mieter und drückte auf den grünen Knopf. »Hallo, mein Schatz.«

»David? Ich brauche dich.«

26

»Wer zum Teufel war diese Rachael Tiffin gleich noch mal?«, fragte Detective Heaton. Er saß am Steuer seines Streifenwagens. David und Evelyn waren eigentlich seine Gefangenen auf dem Rücksitz, denn die hinteren Türen hatten keine Griffe an der Innenseite.

Aber das war Evelyn egal. Es war ziemlich kühl, und sie musste einfach noch eine Weile länger Davids Arm um ihre Schultern spüren, ehe sie dem Schreckgespenst aus ihren Albträumen gegenübertrat. »Sie war meine Freundin. Meine beste Freundin.«

Heatons Augenbrauen wanderten einen Zentimeter in die Höhe. »Ach ja, richtig! Ich glaube, ich erinnere mich an sie. Ihr habt beide in der Schulband gespielt. Glattes Haar und ziemlich mollig.«

Davids Griff wurde fester, doch ein Metallgitter schützte Heaton davor, dass Evelyn ihm etwas an den Kopf geworfen hätte. »Ja«, presste sie zwischen zusammengepressten Zähnen hervor.

»Und du glaubst, die skelettierte Tote, das ist sie?«

»Die Beschreibung passt auf sie. Und sie ist seit 1984 verschwunden.«

»Da wären wir.«

Bemerkenswerterweise gab es in Strongsville noch Gegenden, in denen Häuser eingebettet zwischen Bäumen standen und sich dahinschlängelnde Seitenstraßen der gierigen Aufmerksamkeit von Immobilienmaklern entgangen waren. Zumindest bis jetzt.

Rachaels Elternhaus stand am Ende einer Sackgasse, die von der Albion Road abzweigte. Der Rasen musste dringend gemäht werden und ein paar Dachschindeln hingen schief. Die bereits halb kahlen Bäume dienten eher der Tarnung und weniger als Schattenspender. Ein Dodge K stand in der Einfahrt. Der Wagen war zwar sauber, aber der Lack war matt geworden. Alles auf diesem Grundstück war sauber, hatte aber seinen Glanz verloren. Der Ort kam Evelyn irgendwie bekannt vor, aber sie erinnerte sich nur vage daran, als wäre sie nur ein einziges Mal vor langer Zeit hier gewesen.

Detective Heaton stieg aus und öffnete die hinteren Türen. »Allen Tiffin sagte, er sei zu Hause. Er ist im Vorruhestand. Das wäre ich auch gern.« Er ging zur Haustür und klopfte. Die Farbe blätterte an einigen Stellen ab, aber das Riegelschloss schien brandneu zu sein.

»Geht's dir gut?«, erkundigte sich David. »Du musst dir das wirklich nicht antun.«

»Doch.« Sie blieb vor der Treppe stehen. »Doch, das muss ich. Ich muss es wissen. Entweder ist er das gesichtslose, tobende Monstrum aus meinen Albträumen, das mir meine beste Freundin genommen hat, ehe sie die Chance hatte, richtig zu leben. Oder Wilson Sinclair hat Rachael getötet und dieser Mann ist nichts weiter als ein Vater, der seine Tochter verloren hat. So oder so, ich muss es wissen.«

Heaton klopfte leicht mit dem Fuß auf den Boden. »Ich habe ihn überprüft. Er ist früher ein paar Mal wegen Alkohol am Steuer erwischt worden, aber in den letzten Jahren nicht mehr. Er ist Mitglied bei den Anonymen Alkoholikern und arbeitet ein paar Stunden die Woche für eine Fluggesellschaft.«

David streichelte Evelyns Nacken. »Soll ich erst einmal allein reingehen und mit ihm reden?«

»Ich habe mich während meines ganzen ersten Studienjahrs schrecklich schuldig gefühlt. Hatte dieses Gefühl, dass ich eigentlich nicht dort sein sollte, sondern zu Hause, um zu versuchen, Rachael zu finden, um die Cops davon zu überzeugen, ihren Vater zu verhaften, ihn in eine Zelle zu sperren, bis er gesteht. Weißt du, was ich getan habe? Ich habe die Polizei angerufen. Dreimal. Das war alles. Mehr habe ich nicht unternommen. Ich habe sie einfach aufgegeben.«

»Du warst fast noch ein Kind, Evelyn. Was hättest du schon tun können?«

»Ich ...«

Die Tür wurde geöffnet.

Rachaels Vater war gut ein Meter achtzig groß und hatte kohlrabenschwarze Augen, doch damit endete alles Bedrohliche an dem Mann. Seine breiten Schultern waren unter dem verschossenen Flanellhemd zusammengesunken, und er benutzte die Manschette dazu, um sich seine vom Alkohol gerötete Nase abzuwischen. Der Blick, den er ihnen zuwarf, hatte nichts Einschüchterndes, sondern war voller Angst, und er sprach im Flüsterton.

»Ist sie es?«

»Vermutlich ja«, antwortete David

Tiffin wurde blass und stützte sich schwer auf den Türgriff. »Sie sind sich also nicht sicher?«

»Ich fürchte, nein. Wir sind gekommen, um herauszufinden, ob noch zahnärztliche Unterlagen oder DNA Proben von ihr existieren.«

»Sie wollen Sie also mit Hilfe ihrer Zähne identifizieren?«

»Voraussichtlich, ja.«

»Es ist also nichts mehr von ihr übrig als Knochen?«

»Es sind zwanzig Jahre vergangen, Sir.« David gab eine kurze Zusammenfassung der Sachlage.

Tiffin ließ sich Zeit, um die Informationen zu verarbeiten. »Soll das heißen, sie wurde hier gefunden? Hier in Strongsville? Ich dachte immer, sie sei weggelaufen.«

»Das hätte sie niemals getan«, platzte Evelyn heraus. »Sie hatte ein Vollstipendium für Bryn Mawr in der Tasche. Das hätte sie nie weggeworfen.«

Tiffin machte keine Anstalten, seine Besucher ins Haus zu bitten, aber nicht aus Streitlust, sondern weil er viel zu sehr damit beschäftigt war, mit diesen unerwarteten Umständen fertig zu werden. »Aber wer hat sie umgebracht?«

»Ich habe bis heute geglaubt, Sie wären es gewesen.«

»Wer sind Sie?«

»Mein Name ist Evelyn Ja ... Beck, ich war Rachaels Freundin in der Highschool.«

»Ich kann mich nicht an Sie erinnern«, gestand Tiffin, nachdem er sie eingehend gemustert hatte.

Nun, da die ersten Worte gesagt waren, fiel Evelyn das Sprechen zunehmend leichter. Wegen dieses Mannes würde sie keine Albträume mehr haben. »Wir sind uns nur ein einziges Mal begegnet. Da haben Sie eine Bierflasche nach mir geworfen.«

Er reagierte weder mit einem Lachen noch mit einer Entschuldigung. »Das war damals kein ungewöhnliches Verhalten für mich. Aber jetzt bin ich trocken.« Er wandte sich ab, ohne auf einen Kommentar zu warten. »Kommen Sie rein. Ich möchte alles erfahren, wie schlimm es auch sein mag.«

Die drei folgten ihm durch ordentliche, aber etwas verstaubte Räume. Evelyn hatte damit gerechnet, dass Mr. Tiffin sie in die Küche führen würde, doch er ging weiter, durch eine offen stehende Glasschiebetür in den Garten. Der Rasen war beinahe vollständig vom Herbstlaub bedeckt, das unter Tiffins Stiefeln knirschte. Er strebte auf eine Stelle zu, wo er ein Beet angelegt hatte. Eine Fläche von ungefähr sechs Metern im Quadrat war mit Eisenbahnschwellen umrandet. Pflanzen mit Blättern verschiedener Formen und Größen wuchsen mit militärischer Präzision in ordentlichen Reihen darin.

»Sie waren nicht der einzige Mensch, der mich für den Mörder meiner Tochter hielt. Es gab Zeiten, wo ich mich das selbst gefragt habe. Was veranlasst Sie zu der Annahme, dass die Tote Rachael ist?« Sein Blick wanderte beim Sprechen über das Beet, das Gesicht hatte er von den beiden Männern abgewandt.

David sprach leise, besänftigend. Man wusste nie, was einen trauernden Vater oder eine trauernde Mutter um den Verstand bringen und einen Zusammenbruch auslösen konnte. »Der Zeitpunkt ihres Verschwindens. Die sterblichen Überreste, die wir gefunden haben, liegen bereits seit über zwanzig Jahren in diesem Grab. Konkreteres können wir im Augenblick leider noch nicht sagen. Aber es wäre hilfreich, wenn Sie uns einige Fragen beantworten könnten. Hatte Ihre Tochter Zahnfüllungen?«

»Eine Menge.« Er warf einen Blick über seine Schulter zurück. Seine Augen waren gerötet. »Rachael hatte eine Schwäche für Süßigkeiten und hat sich erst regelmäßig die Zähne geputzt, als sie schon älter war. Ich hätte natürlich aufpassen müssen, dass sie es tut, aber das habe ich nicht getan. Es gibt viele Dinge, die ich hätte tun sollen und nicht getan habe.« Er griff nach einem Paar fleckiger Gartenhandschuhe. »Warum nur?«

»Können Sie uns etwas über den letzten Tag erzählen, an dem Sie Rachael gesehen haben? Bitte, sagen Sie uns alles, woran Sie sich erinnern können«, bat Evelyn.

Mr. Tiffin drehte sich um und starrte Evelyn einen Augenblick an, dann streifte er die Handschuhe über. Seine sehnigen Finger, die kräftiger zu sein schienen, als seine dürre Gestalt vermuten ließ, zitterten. »Ich hasse diese Jahreszeit, in der man alles zurückschneiden muss und darauf wartet, dass es stirbt. Im Winter werde ich immer verrückt, wenn ich bei dem vielen Schnee draußen nichts tun kann.« Er wandte sich wieder dem Beet zu. »Wenn Sie Rachaels Freundin waren, sollten Sie eigentlich wissen, wie es damals gewesen ist.«

Evelyn sprach zu seinem Rücken. »Sie waren Alkoholiker.«

»Das bin ich immer noch. Ich trinke bloß nicht mehr. Sie trichtern uns solche Sätze ein.« Er nahm eine Gartenschere, kniete sich auf eine der Bahnschwellen und begann eine Gruppe violetter Blumen, die an Chrysanthemen erinnerten, bis auf zwei Zentimeter über dem Boden zurückzuschneiden. »Ein paar Wochen bevor sie verschwand, verlor ich meinen Job im Fordwerk auf der Engle Road. Ich war wieder einmal betrunken zur Arbeit erschienen. Im Grunde war das keine Überraschung, aber ich war trotzdem wie betäubt. Ich hatte keine Ahnung, was ich tun sollte, außer weiter zu trinken. Und genau das tat ich.« Er schnitt eine spindeldürre rote Blume ab. »Ich habe gar nicht mehr damit aufgehört.«

Evelyn versuchte, sich von dem Schmerz in seiner Stimme abzulenken, indem sie ihren Blick über das Beet wandern ließ. Sie kannte keine der Pflanzen, die der Mann so pflegte, aber das war kein Wunder. In Botanik war sie noch nie gut gewesen.

»Wann haben Sie Ihre Tochter zum letzten Mal gesehen?«, fragte David.

»Ich versuche Ihnen gerade begreiflich zu machen, dass ich mir nicht sicher bin. Eines Tages schien es mir, als hätte ich sie schon eine ganze Weile nicht mehr gesehen. Und tags darauf begann ich mir Sorgen zu machen. Und noch einen Tag später habe ich endlich die Polizei angerufen. Vielleicht existieren noch irgendwelche Aufzeichnungen von damals.«

Evelyn ging zur gegenüberliegenden Seite des Beets, weil sie

Rachaels Vater ins Gesicht sehen wollte. Dabei entdeckte sie, dass alle Pflanzengruppen mit Stöcken und Samentütchen gekennzeichnet waren. »Was passierte, als Sie Rachaels Verschwinden der Polizei gemeldet haben?«

»Gar nichts. Ich konnte ihr nicht sagen, wie meine Tochter gekleidet war, als ich sie das letzte Mal gesehen habe und auch nicht, wohin sie wollte oder wann genau ich sie überhaupt zum letzten Mal gesehen hatte. Ich kannte nicht einmal die Namen ihrer Freundinnen – den Ihren hatte ich beispielsweise noch nie gehört – und ich hatte keine Ahnung, wo sie stecken könnte. Sie hatte einen Job bei *Dairy Queen*, das habe ich den Polizisten gesagt, aber es hieß, sie habe dort gekündigt.«

»Sie wollte aufs College, deshalb hat sie gekündigt.«

Allen Tiffin benutzte die Gartenschere wie eine Kelle, um etwas Unkraut im Beet zu lockern. »Das wusste ich. Ich wollte nicht darüber nachdenken, aber ich wusste es. Als der Brief vom College mit der Bewilligung des Stipendiums kam, hat sie geweint. Eigentlich hätte ich auf meine Tochter stolz sein müssen.«

»Sie hat sich gegen zwanzig andere Bewerberinnen durchgesetzt.« Einschließlich meiner und Dinah Zack, dachte Evelyn.

»Aber ich kann mich heute beim besten Willen nicht mehr daran erinnern, was ich damals gesagt habe. Oder ob ich überhaupt etwas gesagt habe.«

»Haben Sie nicht«, sagte Evelyn und sah, wie sich Allen Tiffins Augen mit Tränen füllten. Aber sie wollte mit diesem Mann kein Mitleid haben. Er hatte Rachael das Leben zur Hölle gemacht. Er hatte es verdient, lange Jahre leiden zu müssen – oder zumindest während der letzten zehn Jahre, als er nicht mehr getrunken hatte.

Er riss Unkraut heraus und warf es auf den Rasen. »Die Polizisten ließen mich ein Formular ausfüllen, aber meine Hand zitterte so stark, dass ich nicht schreiben konnte. Doch je mehr Zeit verging, desto unruhiger wurde ich und auch nüchtern genug, um ein zweites Formular auszufüllen. Ein lesbares dieses Mal. Zwei Polizisten kamen zu mir nach Hause – andere als beim ersten Mal. Inzwischen war mein Kopf auch wieder klar genug, dass mir ihr Benehmen auffiel. Sie durchsuchten alles und dachten zweifellos dasselbe wie Sie. Aber sie fanden weder Blutspuren noch eine Leiche. Schließlich warfen sie noch einen letzten Blick auf das Haus und auf mich und kamen zu dem Schluss, dass Rachael abgehauen war.« Er begann den Lavendel abzuschneiden – einen kleinen Zweig nach dem anderen. »Wer hätte es ihr verdenken können?«

»Aber ...«

»Das College, ja. Das verdammte College.« Tiffin war den Tränen nahe. »Davor wäre sie niemals davongelaufen.«

»Haben Sie Rachael geschlagen?«, fragte Evelyn.

»Nein, das habe ich nie getan. Angebrüllt ja, aber ...«

»Sie sagten, Sie seien außer sich gewesen, als Sie gefeuert wurden. Vielleicht haben Sie die Kontrolle verloren. Vielleicht hatten Sie Angst, dass Rachael aufs College gehen und nie zurückkommen würde. Sie hatte schließlich Grund genug dazu.«

»Sie wäre zurückgekommen!« Tiffin funkelte Evelyn mit einer Hand in der Erde zornig an. »Sie hat mir in jenem Sommer sogar mit dem Haus geholfen, hat es angestrichen, die Fenster geputzt. Sie sagte, alles würde besser werden. Meine Tochter hat mir geholfen, weiterzumachen, nicht aufzugeben.«

»Sie haben ihr einmal den Arm gebrochen. Deshalb wusste ich, dass sie die Tote im Wald ist.«

»Ich kam aus einer Bar nach Hause und bin gegen sie gefallen. Dabei habe ich sie versehentlich von der Veranda gestoßen. Also ja, ich habe ihr den Arm gebrochen, aber nicht mit Absicht. Ich habe Rachael nie geschlagen. Ich war ein großmäuliger, jämmerlicher Säufer, der ihr gerade einmal ein Dach über dem Kopf geboten hat, aber ich habe ihr nie wehgetan. Hat sie das gesagt?«

»Sie ...« Evelyn verstummte. »Nein. Nein, das hat sie nie gesagt. Sie hat sich immer geweigert, darüber zu reden. Egal was ich auch anstellte, sie wollte es mir einfach nicht erzählen und nach einer Weile habe ich aufgehört, danach zu fragen.«

Allen Tiffin lächelte beinahe. »Ja, das war meine Rachael. Störrisch wie ein Esel. So wie ich.« Er stach wieder in den Boden, belüftete auf diese Weise die lehmige Erde. »Ich wusste, dass sie nicht weggelaufen war. Aber ich habe es schließlich akzeptiert, weil ich mir ihr Fortbleiben nicht anders erklären konnte. Dabei wusste ich es besser. Hätte sie weggehen wollen, hätte sie es gesagt. Rachael hatte nie ein Problem zu sagen, was ihr am Herzen lag, womit sie sich beschäftigte.«

»Und womit hat sie sich damals beschäftigt?«, fragte Detective Heaton.

Rachaels Vater dachte angestrengt nach. Plötzlich erhellte sich sein Gesicht und er lächelte. »Mit Eishockey.«

»Eishockey?«

Er nickte. »Mit Eishockey. Sie war ganz verrückt danach. Erinnern Sie sich noch, wie die US-amerikanische Mannschaft 1980 bei den Olympischen Spielen die Goldmedaille geholt hat, was niemand für möglich gehalten hatte?« Evelyn nickte. »Da bekam ich sie gar nicht mehr vom Fernseher weg. Ich hatte sie noch nie derart aufgeregt gesehen. Sie hat Eishockey geliebt. Hat sich die Spiele im Fernsehen angeschaut und den Sportteil der Zeitung verschlungen.«

Evelyn versuchte zu lächeln, aber es misslang. »Daran kann ich mich noch gut erinnern. Sie hat mir jede kleinste Kleinigkeit über jeden Spieler erzählt. Aber ich habe ihr nicht zugehört. Dabei konnte sie nicht einmal Schlittschuh laufen.«

»Das stimmt. Ich habe ihr zwar mal ein Paar Schlittschuhe geschenkt, aber es gab nicht viele Möglichkeiten für ein Mädchen, Eishockey zu spielen. Und sie wollte nicht selbst spielen, sondern nur dabei zusehen. Die 84er Spiele waren etwas enttäuschend für sie. Aber die großen Ligaspiele wollte sie unbedingt im Kabelfernsehen verfolgen und ist mir so lange auf die Nerven gegangen, bis ich es abonniert habe.«

»Haben Sie eine Ahnung, warum sie in Ledgewood gewesen sein könnte?«

»Wo ist das?«

»Das ist eine Wohnsiedlung in der Nähe der Pearl Road. Die Zufahrtstraße ist gegenüber dem *Dairy Queen*.«

»Da bin ich noch nie gewesen. Und sie hat den Ort auch nie erwähnt. Aber sie hat ihr eigenes Leben ohnehin für sich behalten.« Er warf Evelyn, der Freundin, von der er noch nie gehört hatte, einen Blick zu. »Ich schätze, Rachael hat einfach irgendwann den Versuch aufgegeben, mit mir zu reden.«

»Haben Sie irgendwas Schriftliches von ihr aufgehoben? Briefe? Einen Terminkalender?«

»Ja. In ihrem Zimmer.« Allen Tiffin geleitete die Beamten ins Haus zurück. Seine Bewegungen waren nun langsam, wie in Zeitlupe.

Rachaels Zimmer lag hinter einer geschlossenen Tür am Ende des Flurs. Als sie es betraten, flogen bei jedem ihrer Schritte kleine Staubwölkchen aus dem Teppichboden hoch.

Hier sah es so aus, wie es in zwanzig Jahren in Jennas Zimmer aussehen würde. Die Requisiten einer Jugendlichen lagen überall verstreut da, alles mit einer dicken Staubschicht bedeckt. Allen Tiffin hatte sich Mühe gegeben, den Raum sauber zu halten, ohne dabei das Eigentum seiner Tochter zu verrücken, sodass sich Staub auf allen zusammengeknüllten Blättern, Fotografien und Kleidungsstücken gesammelt hatte, die neben dem Weg verstreut lagen, die der Staubsauger genommen hatte. Evelyn unterdrückte ein Niesen und versuchte, nicht in Tränen auszubrechen, als sie von Erinnerungen überwältigt wurde. Alles hier war so vertraut – von dem pinkfarbenen T-Shirt, das auf das ungemachte Bett geworfen worden war, bis zu der abgewetzten Soziologie-Kladde, aus der sie immer Seiten herausgerissen hatten, um einander Nachrichten zu schreiben.

Rachaels Vater hatte sein Leben wieder in geordnete Bahnen gelenkt, Geld verdient, seinen Haushalt in Ordnung gehalten, seine Rechnungen bezahlt. Und trotzdem war er nie umgezogen und hatte das Zimmer seiner Tochter in seinem ursprünglichen Zustand gelassen. Offenbar hatte er sie geliebt.

Evelyn hätte am liebsten zu Hause angerufen, nur um sich zu vergewissern, dass Angel dort war und immer dort sein würde.

Der Eishockeyspieler Jim Craig strahlte von einem Poster herab, das an der Wand hing. Daneben hatte Rachael einen Hockeyschläger befestigt. Ein Rubik-Zauberwürfel, der noch seiner Lösung harrte, lag auf einem Stapel Lehrbücher. Neben der Kommode stand ein Fernsehtisch mit einem tragbaren Fernseher darauf, der mit dünnen Drahttentakeln mit einem staubigen Atari-Videospiel-Controller verbunden war. Die kastenförmigen, auf dem Boden übereinandergestapelten Spielkassetten waren teilweise umgefallen und lagen neben dem Joystick.

Beginnende Verformung des Handwurzelknochens hat der Anthropologe gesagt, dachte Evelyn.

»Haben Sie etwas dagegen, wenn wir einen Blick auf die Notizen werfen?«

Allen Tiffin zuckte mit den Schultern. »Nur zu. Es wird allerdings nichts bringen.«

»Wieso?«

»Weil ich es bereits getan habe. Mindestens viermal. Ich habe das Zimmer von einer Ecke zur anderen durchsucht, genau wie die Polizei es mir geraten hat. Ich habe jeden Papierschnipsel gelesen, jede Tasche von innen nach außen gedreht, auf jeder Buchseite nach Notizen gesucht. Und dann habe ich alles wieder genau so hingelegt, wo es gelegen hat. Ich wollte nicht, dass Rachael dachte ... aber ich habe nichts gefunden. Sie hatte keinen Freund. Sie hatte keine Feinde. Sie hat keine Drohbriefe bekommen. Ihre Noten waren gut. Sie hat Geburtstagskarten von ihren Freunden bekommen. Es gibt keinerlei Hinweise auf Kontakte zu Personen in irgendeinem anderen Ort, in einer anderen Stadt oder in einem anderen Bundesstaat.« Seine Stimme wurde mit jedem Wort leiser.

Evelyn griff nach einem kleinen, burgunderroten Buch auf dessen Einband *Tagebuch* stand. »Darf ich es mir anschauen?«

»Warum nicht. Es wird Ihnen auch nicht weiterhelfen. Ich bin es schon so oft durchgegangen – ach, ja richtig, darin habe ich Ihren Namen gelesen.«

Evelyn blätterte durch die Seiten. Rachael hatte gedruckte Tagesangaben ignoriert und hineingeschrieben, wenn ihr danach war; sie hatte das Datum notiert, wenn sie einen neuen Abschnitt begonnen hatte. Die Worte waren mit schwarze Tinte geschrieben und die Feder fest aufgedrückt worden, um ihre Lehrer und ihre Kurse zu beschreiben, wer mit wem Schluss gemacht hatte, welche Jungs in der Schule oder im Fernsehen süß waren und was sie im *Dairy Queen* erlebt hatte. Evelyn kam natürlich immer wieder darin vor; sie hatten sich fast jeden Tag gesehen. Evelyn musste sich zwingen, die Seiten zu überfliegen, anstatt ihr letztes

Jahr an der Highschool im Geist noch einmal Revue passieren zu lassen. Außerdem verschwammen ihr die Buchstaben vor den Augen.

Das letzte Viertel des Tagebuchs war leer. In ihrem letzten Eintrag beschrieb Rachael ausführlich, wie sie ihre Sommerferien dazu nutzen wollte, am nächsten Tag zum Shoppen zu gehen. Der Satz endetete mitten auf der Seite. Die nächste Seite war herausgerissen worden. Evelyn blätterte das Buch noch einmal durch, ohne andere herausgerissene Seiten zu entdecken.

»Haben Sie diese Seite rausgerissen?«, fragte sie Allen Tiffin.

»Nein.«

Sie hielt die erste unbeschriebene Seite schräg ins Licht und konnte Prägungen zwischen den Linien erkennen, ohne sie jedoch entziffern zu können. »Ich habe die notwendige Ausrüstung im Wagen, um eventuell sichtbar machen zu können, was sich von der fehlenden Seite beim Schreiben auf die nachfolgende durchgedrückt hat. Hätten Sie etwas dagegen, wenn ich das versuche? Dabei würde sich allerdings das Papier verfärben.«

Tiffin schien anfangs nicht sonderlich von dem Vorschlag begeistert – er hatte den Schatz aus Rachaels Besitztümern seit zwanzig Jahren gehütet – doch dann gab er nach. »Falls das weiterhift, dann tun Sie es. Glauben Sie, dass es wichtig sein könnte?«

»Ich weiß es nicht, aber es wäre einen Versuch wert.« Evelyn holte ihren Sirchie-Kasten aus dem Wagen, strich mit der Handfläche fest über das geöffnete, auf dem Küchentisch liegende Tagebuch und schob ein gefaltetes Papier unter die leere Seite. Tiffin schlich um sie herum und blieb an ihrer linken Seite stehen, als sie einen neuen, winzigen Pinsel aus einem Glasfläschchen des Koffers nahm und mit seiner Hilfe die Ammoniumthiosulfatlösung behutsam auf der Seite auftrug.

Das Thiosulfat färbte die Seite, sodass sie fast wie ein Aquarell aussah. Die schwachen Schriftzüge zwischen den Linien wurden dunkler als die Seite, bis sich unscharfe Buchstaben zu formen begannen. Die Bögen eines B, ein rundes e...

»David!«

Ein leises Poltern kam aus Rachaels Zimmer. »Was ist?«

»Komm her und sieh es dir selbst an!«

Innerhalb von zwei Sekunden beugten sich beide Cops über ihre rechte Schulter, während sich Tiffin über ihre linke beugte. Alle vier starrten sie auf die nun teefarbene Seite, auf der Rachael immer und immer wieder den Namen *Brendan Zack* in einer ordentlichen Spalte untereinander geschrieben hatte.

27

Ein fremdes Auto stand neben Evelyns Haus, und die Wände bebten, weil Angels Stereoanlage bis zum Anschlag aufgedreht war. Als Evelyn die Treppe zur Tür hinaufging, musste sie sich förmlich gegen den Song stemmen, der ihr entgegendröhnte. Eine Vixen CD. Das bedeutete, dass ihre Tochter besonders gute Laune hatte und ihr Tag offenbar erfolgreich verlaufen war.

Wie sich herausstellte, war sie nicht allein.

»Steve«, sagte Evelyn, nachdem die Anlage abrupt leiser gestellt worden und nur noch ein Flüstern zu hören war. Durch den plötzlich veränderten Luftdruck fingen ihre Ohren an zu pochen. »Angel.«

Über dieses Verhalten würde sie noch ein paar Worte verlieren müssen – allerdings später. Für heute hatte sie genug Emotionen zu bewältigen.

»Mom.« Angel holte sofort zu einem geschickten Präventivschlag aus: »Wo bist du denn gewesen? Du hast gesagt, du würdest zum Abendessen zu Hause sein.«

»Tut mir leid. Tut mir wirklich leid. Ich wurde aufgehalten. Kannst du die Musik bitte leise lassen? Wir müssen uns unterhalten.«

»Was habe ich denn jetzt schon wieder ausgefressen?«

Evelyn musste unwillkürlich lächeln. »Ich muss mich mit David und Detective Heaton unterhalten, nicht mit dir. Wir setzen uns in die Küche. Lass die Anlage einfach auf Zimmerlautstärke.«

»Mom?«

Evelyn drehte sich um.

»Ist bei dir alles in Ordnung?«

»Ja, mir geht's gut. Es ist nur ein langer Tag gewesen.«

David machte Kaffee. Heaton betrachtete ihren Kühlschrank mit der Aufmerksamkeit, die ein Juwelier einem Diamanten schenkt, den er zu schleifen gedenkt. »Das ist also deine Tochter? Sie ist – hübsch, wollte ich eigentlich sagen. Du musst mich nicht so wütend anstarren. Ich habe selbst zwei Mädchen. Das ist sie doch hier auf dem Foto von der Schulband, stimmt's?« Er deutete auf eins der Fotos, die sie mit Magneten an der Kühlschranktür befestigt hatte. Evelyn nickte. »Und das hier ist deine Mutter, oder? Ich erinnere mich an sie. Hast du das Rezept hier hängen, damit du nicht vergisst, die Zutaten zu kaufen? Ich mach das auch immer so.«

»Heaton!«

»Schon gut, schon gut. Ich sehe mich nur ein bisschen um. Ein schönes Häuschen hast du hier. Ich hatte auch mal ein schönes Häuschen. Gehört jetzt meiner Ex. Setz dich lieber hin. Du siehst zum Fürchten aus.«

David stellte einen dampfenden Becher vor Evelyn hin. »Lass es langsam angehen, Schatz. Erinnerst du dich noch an irgendetwas, das du uns über Rachael Tiffin erzählen könntest?«

»Ich erinnere mich an alles, David.« Sie nahm einen Schluck von dem heißen Kaffee und atmete tief durch. Die Zeit für Tränen war vorbei. Es war ihr nicht gelungen, Rachael vor zweiundzwanzig Jahren Gerechtigkeit widerfahren zu lassen, doch nun hatte sie eine zweite Chance bekommen.

»Ihr Vater hat sie als vermisst gemeldet. Wann genau ... Verdammt Heaton, hör endlich auf rumzuschnüffeln und komm her. Wo sind diese Kopien, die du gemacht hast?«

Der Cop ließ seine Massen seufzend auf einen von Evelyns Küchenstühlen sinken. »Hier. Ihr Vater hat sie zum ersten Mal am 5. August als vermisst gemeldet. Er hat angegeben, nicht zu wissen, wie lange sie bereits fort war. Seiner Schätzung nach handelte es sich wohl um eine Woche. Wann hast du sie zum letzten Mal gesehen?«

»Ich erinnere mich nicht mehr genau. Irgendwann Mitte Juli. Damals habe ich noch kein Tagebuch geführt. Ich kann es also leider nicht nachschlagen.«

»Heißt das, dass du heute eins führst?«, erkundigte sich Heaton in erwartungsvollem Tonfall, als würde er es nur zu gern lesen, falls sie nichts dagegen einzuwenden hätte.

Evelyn ignorierte ihn. »Ich glaube, wir sind zusammen ins Kino gegangen, ehe ich meine Schwester besuchte. Ich habe den Sommer damals damit verbracht, Verwandte zu besuchen, weil ich glaubte, das wäre die letzte Gelegenheit für den Rest meines Lebens, tun und lassen zu können, was ich wollte. Also habe ich genau wie Rachael meinen Job gekündigt und bin rumgereist. Deshalb habe ich ihr Verschwinden nicht richtig verfolgt. Als ich zwischendurch nach Hause kam, habe ich versucht, sie zu finden, natürlich ohne Resultat. Außerdem hatte ich Angst um sie und habe schließlich meinen ganzen Mut zusammengenommen und die Polizei angerufen. Doch dann hatte ich noch eine Reise geplant und war nicht da, als die Polizei zurückrief. Meine Eltern versuchten zu helfen, aber sie wussten auch keine Antworten.«

David rieb ihr den Rücken. »Ich habe dir doch gesagt, dass du dir keine Vorwürfe machen sollst. Du warst damals ein Teenager.«

»Wann ist dir zum ersten Mal klar geworden, dass sie vermisst wurde?«, fragte Heaton.

»Selbst da bin ich mir nicht sicher – doch, warte. Wir wollten zusammen irgendwohin gehen und sie ist nicht aufgetaucht … aber ich weiß nicht mehr … «

Die beiden Männer ließen ihr Zeit. Heaton schlürfte seinen Kaffee und knüllte seine Papierserviette zusammen, damit Nefertiti damit spielen konnte, doch die Katze hatte nur einen kühlen Blick für ihn übrig.

»Die Kirmes!«

»Was?«

»Wir wollten uns auf der Kirmes treffen. Genau genommen am ersten Tag der Kirmes, an dem jedes Jahr die Parade und das ganze Trara stattfindet. Die Schulband nimmt auch immer daran teil, aber der Abschlussklasse wurde es damals freigestellt, ob sie mitmachen wolle oder nicht, und wir hatten keine Lust.«

»Ach, warum denn bloß nicht?«, stichelte Heaton.

»Bist du jemals mitten im Sommer zwei Kilometer in einer wollenen Uniform marschiert und hast dabei ein Blasinstrument gespielt? Vielen Dank auch, das hat mich wirklich nicht gereizt. Unser Erwachsenenleben hatte begonnen, und solcher Kinderkram lag hinter uns. Was ich noch sagen wollte: Von Rachaels Uniform könnten diese grünen Wollfasern stammen, die ich an ihrem Shirt gefunden habe. Sie haben genau diesen smaragdgrünen Ton wie unsere Uniformen für die Schulband.«

»Und sie ist nicht zu eurer Verabredung erschienen? Bist du dir sicher, dass es an diesem Tag war?«

»Absolut sicher. Es war um die dreißig Grad heiß, und ich war unglaublich froh, dass wir dem Direktor gesagt hatten, dass wir nicht an dem Umzug teilnehmen würden. Wir wollten uns stattdessen an jenem Abend auf dem Rummelplatz an der Bühne treffen. Aber Rachael ist nicht gekommen und hat auch nicht angerufen, was ihr gar nicht ähnlich sah. Doch ich war mir nicht sicher, ob wir uns nicht einfach verpasst hatten, weil es ein ziemlich großes Gelände ist und ich nicht die ganze Zeit über an derselben Stelle gewartet habe, sondern herumgelaufen bin, um mich mit Leuten zu unterhalten oder um mir etwas zu essen zu holen. Ihr dürft nicht vergessen, dass damals niemand ein Handy oder einen Pager hatte.«

»Und du hast sie nie wiedergesehen«, sagte David. Evelyn schüttelte den Kopf. Der Schmerz über den Verlust war noch so lebendig wie vor vielen Jahren. »Hast du an jenem Tag mit ihr gesprochen? Vereinbart, wo ihr euch treffen wolltet?«

»Nein. Ich war ja vorher nicht in der Stadt. Wir hatten uns schon vor meiner Abreise verabredet. Also könnte es sein, dass sie an diesem Tag verschwunden ist. Oder vielleicht schon eine Woche zuvor. Oder wir haben uns einfach an diesem Tag verpasst.«

»Zumindest grenzen deine Angaben den Zeitraum ein.«

Evelyn umklammerte mit den Händen den warmen Becher. »Heaton, könntest du herausfinden, wann dieses Haus den Besitzer gewechselt hat?«

»Sprichst du von Tiffins Haus?«

»Ich meine das der Zacks. Dinah sagte, sie und ihre Familie seien ›kurz nach ihrer Abschlussprüfung‹ ausgezogen. Angenommen, das geschah im Juni, dann müssen wir herausfinden, ob Wilson Sinclair irgendwelche Kontakte zu Rachael hatte. Aber sollte Dinah bis zum Ende des Sommers dort gelebt haben ...«

»Vermutest du etwa, Prinzessin Di könnte deine Freundin getötet haben?«

»Warum wurde Rachaels Leiche dort begraben? Auch wenn sie dort nicht umgebracht wurde. Wir müssen in Erfahrung bringen, wann das Zack'sche Anwesen den Eigentümer gewechselt hat.«

»An einem Sonntagabend? Komm schon! Vor morgen früh neun Uhr bekomme ich von keiner Behörde eine Auskunft, das weißt du so gut wie ich. Bis dahin müssen wir warten. Es sei denn, du rufst deine alte Schulfreundin an und fragst sie.«

»Gute Idee. Warum fragen wir Dinah nicht einfach, ob sie oder ihr Bruder Rachael getötet haben?«

»Nein«, sagte David.

»Warum nicht?«, fuhr sie ihn an.

»Bisher weiß niemand, dass wir Rachael identifziert haben. Und ihr Vater ist wohl kaum der Mann, der die Medien diesbezüglich informiert. Wenn wir Dinah jetzt damit konfrontieren – verdammt noch mal, Wilson liegt im Koma, und ihr Bruder treibt sich, Gott weiß wo, herum, und sie ist die einzige eventuelle Zeugin. Ich hätte einfach gern ein paar Fakten mehr auf dem Tisch, bevor wir das tun.«

Evelyn lehnte sich zurück. Das ergab Sinn.

»Das Waldgebiet grenzt nur auf einer Seite an ihr Grundstück«, dachte David laut nach. »Auf der anderen Seite liegt der Park.«

Seine Worte versetzten Evelyn einen weiteren Schock. Es war schon schlimm genug, dass sie kaum etwas zur Aufklärung von Rachaels Verschwinden beigetragen hatte, aber sollte das Verbrechen etwa dort geschehen sein, wo sie sich beide am liebsten aufgehalten hatten? War Rachael während Evelyns Abwesenheit vielleicht dort allein spazieren gegangen und ihrem Mörder begegnet?

»Das ist möglich.« Sie musste sich zwingen, die Worte auszusprechen. »Aber wäre es nicht unwahrscheinlich, dass ein völlig Fremder sie ausgerechnet auf dem Grundstück begräbt, wo der Junge wohnte, dessen Namen sie immer und immer wieder in ihr Tagebuch geschrieben hat? Das erscheint mir einfach zu weit hergeholt.«

»Und wenn sie ihn mochte? Die meisten Mädchen fanden den Typ ganz toll, daran kann sogar ich mich erinnern. Wir Jungs konnten seinen Namen schon nicht mehr hören.«

»War das so, Evie?«

Sie zögerte kurz, ehe sie antwortete: »Rachael hat ihm Nachhilfeunterricht gegeben. In Mathe.«

»*Was*?«

»Wir waren im ersten Jahr auf der Highschool und er im vierten. Und *sie* hat *ihm* Nachhilfe gegeben. Rachael und ich waren damals noch keine engen Freundinnen. Sie hat es Jahre später einmal erwähnt. Aber die beiden sind nicht miteinander gegangen. Soweit ich weiß, hat sie ihn danach nie wiedergesehen.« Sie putzte sich die Nase. »Wie konnte ich das nur vergessen?«

»War sie in ihn verknallt?«

Wieder zögerte Evelyn. »Wir fanden ihn widerlich. An den Typ war wirklich alles vergeudet. Er konnte sich jedes College leisten, weil seine Eltern stinkreich waren, aber er hat nicht studiert. Meine Eltern haben sich jeden Penny vom Mund abgespart, damit ich studieren konnte, und Rachael war sich nicht einmal sicher, ob sie studieren können würde. Zu Beginn unserer Freundschaft hat sie irgendwann mal gesagt, dass er ziemlich charmant sein könne, wenn er wolle. Und ich habe ihr geantwortet, ja, das können Kakerlaken auch, wenn sie wollen. Und damit war der Fall für mich erledigt. Sie hat versucht, über ihn zu reden, und ich habe ihr einfach nicht zugehört.«

»Das hast du doch nicht wissen können, Evelyn«, tröstete David sie. Sogar Heaton sah mitfühlend aus.

»Ich hätte es aber wissen müssen. Sie war meine beste Freundin.«

»Glaubst du, die beiden könnten doch miteinander gegangen sein?«

Evelyn erinnerte sich an alle möglichen Dinge, die sie mit Rachael erlebt hatte. sie sagte: »Das kann ich mir nicht vorstellen. Nicht einmal Rachael hätte ihre Gefühle lange verbergen können. Nein, sie ist mit einem netten Jungen namens Jeff zusammen gewesen. Der ging direkt nach der Abschlussprüfung zur Air Force.«

»Und sie hat nie wieder von Brendan gesprochen?«

»Nein. Wir haben uns aber oft über Dinah unterhalten.«

Heaton wurde wieder munter. »Wirklich? Und worum ging's bei euren Gesprächen?«

»Ach, albernes, gehässiges Zeug.«

»Typisch für Mädchen wie ihr es damals gewesen seid.«

Evelyn spürte, wie ihr das Blut in die Wangen schoss. »Jerry, bestimmt hast du noch andere Dinge zu erledigen und musst jetzt los. Lass es mich wissen, wenn du herausgefunden hast, wann Dinah seinerzeit mit ihrer Familie ausgezogen ist.«

»Hey, kein Grund, gleich beleidigt zu sein. Wir haben uns als Kids doch alle blöd benommen.«

David unterbrach ihr kleines Geplänkel. »Warum hatte Rachael so großes Interesse an Dinah?«

»Gut aussehende Mädchen üben immer eine gewisse Faszination auf unscheinbare Mädchen aus. Und reiche Mädchen interessieren jeden. Aber Rachael sagte immer, Dinah personifiziere den Missbrauch von Reichtum in diesem Land. Ihre Familie hätte ein Obdachlosenheim eröffnen, die Kinder in Europa studieren können. Stattdessen vertrieb sich Dinah die Zeit mit Skilaufen und hüpfte in ihrem Minirock über das Football-Feld. Bescheuert, ich weiß, aber wir mussten uns etwas einfallen lassen, um gegen unsere Minderwertigkeitsgefühle anzukämpfen.«

»Evie, das ist ...«

»Was hast du denn gegen Miniröcke?«, fragte Heaton.

»Also wusste Rachael am Ende jenes Sommers nicht so recht, was sie mit sich anfangen sollte«, fuhr David fort. »Ihr Freund war bei der Air Force, und du warst verreist. Und sie selbst wollte im Herbst – wie hast du es noch mal formuliert? – ihr Erwachsenenleben beginnen. Könnte es sein, dass sie Brendan besucht hat, um sich zu verabschieden? Vielleicht, um zu sehen, ob er nun, weil sie älter war, mehr Interesse an ihr zeigen würde? Oder um einen Schlussstrich unter die ganze Sache zu ziehen?«

»Ich weiß es nicht«, antwortete Evelyn verzweifelt. »Das könnte sein. Ich war der festen Überzeugung, dass sie mit mir darüber gesprochen hätte. Doch dann musste ich überrascht feststellen, dass sie mir nicht erzählt hat, wie attraktiv sie Brendan in Wirklichkeit fand. Denn nur das erklärt, warum sie seinen Namen immer und immer wieder in ihr Tagebuch geschrieben hat.«

»Warum tun Mädchen so was überhaupt?«, fragte Heaton.

»Aber wenn die beiden keine Beziehung hatten, warum sollte er sie dann töten? Bist du dir ganz sicher, dass Rachael nicht Drogen von ihm gekauft hat?«

»Absolut sicher! Aber wir können ja Dinah fragen.«

»Mom?«

Die drei drehten sich um. Angel und Steve standen im Flur.

»Ich möchte nur kurz mit dem Auto weg, um Eis zu holen. Soll ich euch auch was mitbringen?«

Heaton stand auf. »Du bist also Evelyns Tochter. Wahnsinn, du siehst aus wie – also eigentlich siehst du deiner Mutter gar nicht ähnlich.«

Evelyn stellte voller Genugtuung fest, dass Angel Heaton mit dem gleichen Blick musterte, den ihm kürzlich die Katze gegönnt hatte. Fast bedauernd sagte sie: »Nein, kommt nicht in Frage, mein Schatz. Du hast morgen Schule. Schluss für heute.«

»Aber ...«

»Außerdem muss dich jemand, der älter als einundzwanzig ist, im Auto begleiten und damit scheidet Steve aus. Tut mir leid, Steve.« Sie lächelte ihn entschuldigend an, um ihm zu bedeuten, dass das Verbot nicht persöhnlich gemeint war.

»Schon okay, Mrs. J.«

Angel protestierte trotzdem. »Aber ...«

»*Nein.*« Und ich möchte nicht vor David mit dir streiten. Und noch weniger vor Heaton, dachte sie.

Angel gab nach und begnügte sich mit einem kurzen, rebellischen Stapfen ins Obergeschoss, während Steve durch die Garage verschwand. Evelyn versuchte, sich wieder auf das eigentliche Thema zu konzentrieren. »Theoretisch wäre es also möglich, dass Rachael Brendan besucht hat und von ihm umgebracht wurde. Wie Grace Brown in *Eine amerikanische Tragödie*. Rachael gehörte nicht zu Brendans gesellschaftlichen Kreisen. Sie gehörte ganz und gar nicht zu Brendans Welt. Oder zu Dinahs. Wir sollten nicht vergessen, dass auch sie in diesem Haus lebte.«

»Brr!«, sagte David warnend. »Wir wollen nicht übertreiben. Die Zacks waren nichts weiter als eine relativ wohlhabende hiesige Familie. Du sprichst über sie, als wären sie einem Roman von Dominick Dunne entsprungen.«

Evelyn setzte ihren Kaffeebecher mit einem Knall ab. Dieses Gefühl der Frustration, das sie so lange zu ignorieren versucht hatte, gewann nun die Oberhand. »Brendan ist der einzige Junge, den sie vor ihrem Tod erwähnt hat, und sie wurde auf dem Grundstück seiner Familie begraben. Dafür ist Sozialneid wohl kaum eine plausible Erklärung!«

»Wer hat denn etwas von Neid gesagt?«

»Ich dachte, darauf wolltest du hinaus. Dass ich vorschnell über die Zacks urteile, weil ich neidisch auf ihr Geld bin. Oder auf Dinahs Aussehen. Wie kommt es, dass es dir in den Kram passt, Brendan zu verdächtigen, du aber sofort einen Rückzieher machst, wenn es um Dinah geht?«

»Es hat keinen Sinn, darüber zu streiten. Falls sich herausstellen sollte, dass Wilson zu jener Zeit bereits in dem Haus lebte, verändert das die ganze Situation. Du bist aufgebracht.«

»Ja, das bin ich.« Sie versuchte, sich auf die Zunge zu beißen, denn sie wollte nicht, dass ihre Unsicherheit sichtbar wurde ... vor allem nicht vor den Augen eines Zeugen.

»Und mein einziges Interesse an Dinah Sinclair besteht darin, sie wegen versuchten Mordes festzunehmen.«

»*Was*?«, entfuhr es Heaton.

David fasste in knappen Worten zusammen, was Wilson ihm und Riley im Krankenhaus gesagt hatte.

Evelyn hatte etwas Derartiges bereits vermutet, aber es war wie ein Stich ins Herz, die Bestätigung zu erhalten. Sie hatte nicht oft Mitleid mit einer Mörderin, aber sie empfand eine beinahe unerträgliche Traurigkeit, wenn sie an Dinah dachte, dieselbe Frau, der sie gerade unterstellt hatte, schuld an Rachaels Tod zu sein. Ihr Mann jedoch hatte ihren Sohn getötet. Wäre da nicht jede Mutter imstande, dasselbe zu tun? Wäre sie nicht auch dazu bereit? »Es wird einfach immer schlimmer und schlimmer, nicht wahr?«

»Ich weiß nicht, ob ich das glauben soll.«

Sie schaute David an, als wäre er ihr plötzlich fremd geworden. »Aber Sinclair hat es selbst gesagt. Er muss wissen, wer auf ihn geschossen hat.«

»Wir haben Dinahs Alibi minutiös überprüft. Es ist lückenlos. Sinclair versucht bloß, seine Frau zu belasten.«

»Aber *irgendjemand* hat auf ihn geschossen, David.«

»Es gibt noch andere Möglichkeiten. Ich bin seine Papiere durchgegangen. Und wenn man mal von dem ganzen Fachchinesisch absieht, bleiben ein paar wichtige Hinweise, welche Katastrophen dieser Mann zu verantworten hat. Letzte Woche erst erfolgte ein Unternehmenszusammenschluss zweier kleinerer Revisionsfirmen. Unter Sinclairs Federführung wurden vierzig Angestellte entlassen, darunter drei Führungskräfte, die außer ihrem Einkommen von rund fünfhunderttausend Dollar auch ihren Krankenversicherungsschutz und ihre Pension verloren haben.«

»Und dafür machen diese Leute den Finanzberater verantwortlich?«

»Warum nicht? Wer hätte die Alarmanlage ausgelöst, wenn nicht ein Außenstehender? Dinah kennt den Code. Warum sollte sie die Anlage eingeschaltet lassen und damit das Risiko eingehen, dass Sinclair vielleicht noch rechtzeitig medizinische Hilfe bekam? Und diese Firmenfusionen sind nur ein Deal unter vielen, die Sinclair eingefädelt hat. Ich habe außerdem seine Telefonabrechnungen überprüft – sie lagen in seiner Schublade. Es hat eine Menge Anrufe vom Haus zu Banken auf den Cayman-Inseln gegeben.«

»Sie haben auch ein Haus dort«, warf Heaton ein.

»Mag sein. Aber das erklärt nicht, warum Sinclair häufig mit drei verschiedenen Banken telefoniert hat. Ich glaube, der Mann hatte überall die Hände im Spiel.«

Heaton war noch immer nicht überzeugt. »Also hat er lieber seine Frau beschuldigt, anstatt den wahren Mörder zu nennen? Das erscheint mir nicht logisch.«

»Wir wissen doch, dass Wilson größenwahnsinnig ist. Er will einfach nicht akzeptieren, dass er sterben wird. Er glaubt, er hätte noch eine Chance, an seine Millionen ranzukommen, die er in irgendeiner Bank in der Karibik gebunkert hat. Und das Geld will er nicht mit seiner Frau teilen. Bei diesem Fall hat jeder von Anfang an über Geld geredet. Vielleicht ist es an der Zeit, dass wir zuhören.«

Evelyn rieb sich die Schläfen. »Ich hoffe, dass du recht hast.«

»Hat er nicht«, erklärte Heaton. »Ich kenne unsere Prinzessin seit unserer Kindheit, und sie hat aus ihrem Ehemann rausgeholt, was nur ging – das ist so sicher wie das Amen in der Kirche. Aber sie ist verdammt gut darin, Typen wie Sie, Milaski, um den Verstand zu bringen.«

»Also jetzt wird es wirklich Zeit, dass wir Schluss machen«, sagte Evelyn. »Im Ernst. Das hat nichts mit Beleidigtsein oder Gehässigkeit zu tun. Es ist ein langer Tag gewesen, und meine Tochter muss morgen zur Schule.«

Sie standen alle auf. »Hat Spaß gemacht, Evie«, sagte Heaton. »Schöne Bude hast du hier. Ich hoffe, ich kann bald mal wieder vorbeischauen. Brauchen Sie eine Mitfahrgelegenheit zum Revier, Milaski, oder übernachten Sie hier?«

»Nein«, sagte David. »Ich fahre mit.«

Evelyn schloss die Tür hinter den beiden ab, schaltete die Küchenlampe aus und machte sich auf den Weg in ihr Schlafzimmer. Angel saß auf der dritten Treppenstufe von oben.

»Also, warum warst du in der Highschool so besessen von diesem Mädchen?«

»Andere Leute zu belauschen ist eine sehr schlechte Angewohnheit.« Evelyn platzierte ihr Hinterteil neben das ihrer Tochter auf die Stufe. »Ich war nicht besessen. Wir sprechen jetzt wegen dieses Falles viel über sie, aber damals war Dinah Zack nur ein Puzzleteilchen in dem großen Bild, aus dem sich in der Highschool meine Welt zusammensetzte.«

»Nur ein Puzzleteilchen?«

»Also schön«, sagte Evelyn seufzend und stützte ihr Gesicht in eine Hand. »Ein paar Teilchen und das Ganze fing mit einem Polo-Shirt an.«

Angel lauschte der Geschichte von dem pinkfarbenen Lacoste-

Shirt. »Na, kein Wunder, dass du sie nicht leiden konntest. Sie war ein richtiges Miststück.«

»Du solltest nicht vorschnell urteilen. Es steckt noch mehr hinter der Geschichte. Aber wenn ich es dir erzähle, darfst du sie nicht gegen mich verwenden, wenn ich dir das nächste Mal Hausarrest aufbrumme oder dir für eine Woche das Handy wegnehme.«

»Klar. Versprochen.« Angel kreuzte demonstrativ ihre Finger.

»Rachael und ich wollten sie dort treffen, wo es richtig wehtat – bei ihrer Beliebtheit. Also haben wir im letzten Schuljahr ...«

»Zwei Jahre später? Also, du kannst ja wirklich nachtragend sein!«

»Wenn du wüsstest! Wir haben uns also kurz vor dem letzten Football-Spiel der Saison aus der Musikprobe geschlichen und sind zu ihrem Spind gegangen. Die Cheerleader haben sich nie die Mühe gemacht, ihr Zeug einzuschließen. Sie haben es einfach auf den Bänken liegen gelassen, während sie sich versammelten, um sich wie vor jedem Spiel gemeinsam hochzuputschen.«

Angel kicherte. »Das machen sie heute noch.«

»Wir haben Dinahs Rock gefunden und ihn zwischen den Fundsachen im Sekretariat versteckt, was so ziemlich der letzte Ort war, an dem irgendjemand gesucht hätte. Und so fiel ihr letzter Auftritt als Cheerleaderin an der Highschool ins Wasser.«

»Hatte sie denn keinen Ersatzrock?«

»Nein. Ihre Truppe machte ohne sie weiter. Rachael und ich taten während des ganzen Spiels so, als würden wir uns köstlich amüsieren, während wir uns in Wahrheit wie Idioten vorkamen. Aber wir hatten uns nun einmal gegenseitig dazu angestachelt und konnten keinen Rückzieher mehr machen.«

»Das war cool, Mom.«

»Von wegen cool. Das war einfach nur fies und gemein, und ich hatte nicht einmal einen guten Grund, ihr wehzutun. Und genau deshalb erzähle ich es dir auch, mein Schatz. Solltest du jemals den Drang verspüren, jemanden reinzulegen, der dir auf die Nerven geht, tu es nicht. Wenn man dich erwischt, stehst du wie ein Vollidiot da, und wenn du damit durchkommst, wirst du dich deswegen für immer mies fühlen. Es ist kein Spaß, und es ist auch nicht lustig.«

Angel gab kein Versprechen ab, sondern sagte: »Vielleicht kannst du jetzt mit ihr Freundschaft schließen.«

»Wohl kaum.«

»Warum denn nicht?«

»Weil ich glaube, dass sie auf ihren Mann geschossen hat.«

MONTAG
10. OKTOBER

28

David schaute aus dem Fenster auf die Ecke Ontario Street und St. Clair Avenue, vierzehn Stockwerke tiefer. »Hübsche Aussicht. Wie kommt es eigentlich, dass Schreibtischhengste immer in den tollsten Büros hocken?«

Neben ihm starrte Riley in den Regen hinaus, der gegen die Fensterscheibe prasselte. »Es wird bald frieren.«

»Da draußen herrschen neun Grad. Das ist wie mildes Frühlingswetter.«

»Der Frost kommt, glaub mir. Ich weiß es, weil die Tropfen so knirschende Geräusche machen.«

Wenn es um die beiden Themen »Indians« und »Wetter« ging, hütete sich David, die Meinung seines Partners in Frage zu stellen. Er drehte sich zu dem einzigen anwesenden Schreibtischhengst um. Der dünne Latino saß an seinem Arbeitsplatz. Er sah aus, als wäre er noch nicht ganz trocken hinter den Ohren, und aß einen mit viel Frischkäse bestrichenen Bagel, während er wie ein Wilder vor sich hintippte. Die Tastatur sah aus, als würde er beim Essen immer arbeiten.

»Hallo, Rafe«, sagte Riley, ehe er sich in einen ergonomischen Schreibtischstuhl fallen ließ und den Kopf zurücklehnte.

Weil der Junge mit dem Bagel zwischen den Zähnen und beiden Händen am Computer nicht reden konnte, nickte er nur. Als Riley keine Anstalten machte, weiterzureden, sagte David: »Wir haben euch letzte Woche die Telefonunterlagen im Fall Sinclair gebracht. Habt ihr die Nummern ermitteln können?«

»Ämins.«

»Was?«

Rafe kaute und schluckte. »Caymans. Euer Freund Wilson hat Banken auf den Cayman-Inseln angerufen.«

»Er hat dort ein Haus.«

»Falls er es nicht gerade kauft oder verkauft, was hat das mit Banken zu tun? Wisst ihr irgendwas über die Caymans?«

»Noch nie da gewesen.« David warf einen Blick zu Riley hinüber, der ein Nickerchen zu machen schien.

»Die haben dort genau wie auf den Bahamas, in Gibraltar und an ein paar anderen Orten auf diesem Planeten ausgesprochen kundenfreundliche Banken. Banken, die anständige Zinsen zahlen und nichts und niemandem etwas über ihre Klientel verraten, egal wie viele Vorladungen oder Gerichtsbeschlüsse oder Bundesbeamte man ihnen auf den Hals hetzt.«

»Aber gibt es denn keine Belege darüber in Wilsons Unterlagen? Kontoauszüge? Sparbücher?«

»Das ist ja das Schöne daran. Angenommen, ein Amerikaner will sein Geld verstecken – vor dem Finanzamt, vor seiner Ehefrau oder vor wer weiß wem –, deponiert er es in einem Fonds. Streng genommen hat der Einzahler keine Kontrolle über diesen Fonds und bekommt nur eine kleine, festgelegte Summe aus den Zinserträgen, sodass er nur Unterlagen hat, die diese kleinen Ertragsgewinne dokumentieren. Da er offiziell nicht über das Geld verfügt, muss er es nicht versteuern. Und wenn er sich entscheiden sollte, seiner Frau den Laufpass zu geben, kann sie nicht die Hälfte einer unbekannten Summe verlangen, von der sie nicht einmal beweisen kann, dass sie sich in seinem Besitz befindet. Es ist unmöglich, eine solche Bank zu zwingen, Informationen für irgendwelche wie auch immer gearteten US-amerikanischen Gerichtsverfahren herauszurücken. Wenn diese Banker das nicht bei Unterschlagungen tun – wo es um Milliarden Dollar geht –, tun sie es bei einer lausigen Scheidung erst recht nicht. Das Ganze ist ein abgekartetes Spiel, aber perfekt durchorganisiert.«

»Es sei denn, jemand will tatsächlich an sein Geld ran. Was passiert dann? Wie bekommt man es in die Vereinigten Staaten zurück, ohne dafür Einkommenssteuer bezahlen zu müssen?«

»Tja, also da wird es richtig kompliziert. Im Grunde antwortet man einfach mit ›Nein‹ wenn man bei der Einreise vom Zoll gefragt wird, ob man etwas zu verzollen hat. Das genügt. Wenn die Zollfahnder dann allerdings das Gepäck durchsuchen, ist man angeschmiert.« Rafe tippte wieder auf seiner Tastatur herum. »Dieses Suchprogramm ist so verdammt *langsam*. Also, wenn sich euer Deponent nicht über den Tisch ziehen lassen will, wäre er gut beraten, einen Privatjet oder ein Privatboot zu nehmen.«

»Solche Leute besitzen beides«, sagte David.

»Na, da haben wir es doch. Ich werde eines schönen Tages auch mal mit zwanzig Kröten in so eine Bank marschieren, bloß damit ich den Tussis erzählen kann, dass ich ein Konto auf den Caymans habe. Meistens bestehen diese Banken nur aus einer Tafel an der Hauswand und einem Hochgeschwindigkeitsinternetzugang. Will man's genauer wissen, sollte man einfach mal vorbeischauen.«

»Und wie können wir jetzt herausfinden, wie viel Geld Sinclair dort hat, ob es ihm gehört oder seiner Frau und wie es dorthin gekommen ist?«

»Gar nicht.«

»Nun mal im Ernst ...«

»Das war ernst gemeint, Mann. Hast du mir nicht zugehört? Auf diesen Inseln läuft das seit Jahrzehnten so ab. Robert Vesco hat unzählige Anleger um ihr Geld gebracht und hing doch vor aller Augen in Nassau rum. Dieser Sinclair ist nicht mal ein dicker Fisch in diesem Teich, und euer Mordfall wird vom Faxgerät geradewegs in den Mülleimer wandern. Vergesst die Sache. Und kommt bloß nicht auf die Idee, ich solle versuchen, die Info zu hacken. Ich bin zwar gut – wenigstens war ich das, ehe ich ehrlich und rechtschaffen wurde und diesen Job hier angenommen habe –, aber ich habe noch nie gehört, dass es irgendjemandem gelungen ist, sich in eine Bank auf den Caymans zu hacken. Das funktioniert einfach nicht.« Rafe biss von seinem Bagel ab und sprach mit vollem Mund weiter. »Was hat das eigentlich alles mit einem toten Kind zu tun?«

Riley sagte mit geschlossenen Augen: »Das ist eine gute Frage.«

Ein paar Stunden später ging Evelyn über den Parkplatz zwischen der Universitätsklinik und dem Gerichtsmedizinischen Institut. Sie merkte nicht, dass kalter Regen in ihren Kragen rann, bis ein Schirm über ihrem Kopf auftauchte.

»Hallo«, sagte Kevin Cavenaugh.

»Vielen Dank für Ihre Mühe, aber ...«

»Ich kann richtig fürsorglich sein.« Das Hundewetter beeinträchtigte seine gute Laune offensichtlich nicht. »Ich wünschte, Sie würden mir Gelegenheit geben, es öfter zu sein.«

»... Sie sollten besser gehen.« Evelyn beschleunigte den Schritt und strebte auf den Backsteinbau zu, wo sie David entdeckte, der sie von der Hintertür aus beobachtete.

Seine Grübchen vertieften sich. »Sie sind wirklich eine harte Nuss, Mrs. James.«

»Weil ich eben keine Nuss bin, Mr. Cavenaugh«, entgegnete sie ohne zu lächeln. »Das Ganze ist etwas komplizierter.«

»Natürlich, ich verstehe. Oh, hallo Detective«, fügte er an David gewandt hinzu, der ihnen entgegenkam.

David machte sich nicht einmal die Mühe, zum Gruß zu nicken, sondern legte nur seinen Arm um Evelyns Schultern und führte sie zum Gebäude.

»Rufen Sie mich an, wenn Sie Zeit haben, Mrs. James!«

Sie versuchte einen Blick zurückzuwerfen, aber Davids Arm nahm ihr die Sicht. Er steuerte sie bis ins Innere des Gebäudes, wo sie seinen Arm abschüttelte.

»Gibt es einen bestimmten Grund, warum du mich heute Nachmittag so rumschubst?«

»Rumschubst? Ich dachte, ich hätte dich gerettet.«

»So kam es mir aber nicht vor.«

»Ich bin vorbeigekommen, um dir zu sagen, dass Brendan vermutlich noch lebt«, sagte David. »Rafe, der in der Abteilung Wirtschaftskriminalität arbeitet, sagt, dass wir an keine Informationen über diese möglichen Cayman-Konten herankommen. Doch er hat etwas über die Kontoauszüge herausfinden können, die ich in Sinclairs Haus sichergestellt habe. Er zahlt jeden Monat zweitausend Dollar auf ein Konto in der Schweiz ein, von wo sie sofort auf ein Konto in Hongkong unter dem Namen Brendan Sinclair überwiesen werden.«

»Das ist nicht gerade viel Geld für einen reichen Mann.«

»Ich weiß. Entweder hat Brendan seine Bedürfnisse eingeschränkt oder das Geld ist nicht für ihn bestimmt. Es könnte sich um Unterhaltszahlungen für ein uneheliches Kind von Brendan handeln. Doch bis jetzt taucht sein Name nur auf diesen Kontoauszügen auf.« Als sein Blick auf einen Toten in einem Leichensack fiel, sagte er: »Können wir uns nicht woanders unterhalten?«

Evelyn geleitete ihn über den Flur zu dem ehemaligen Vorlesungssaal, in dem Textilien auf Beweisspuren untersucht wurden. Der Autopsiesaal nebenan lag verlassen da. Alles war ruhig.

Offenbar hatten die meisten ihrer Kollegen bereits Feierabend gemacht.

»Wie geht es dir?«, fragte David unvermittelt.

Nach der Bombe, die du gerade hast platzen lassen?, dachte sie. »Gut.«

»Dass Rachael gefunden wurde, hat bestimmt eine Menge unangenehmer Erinnerungen in dir wachgerufen. Riley erledigt in den nächsten Tagen meine Arbeit für mich, damit ich an dem Fall weiterarbeiten kann, aber dann ...«

»Schon klar. Das ist nicht dein Fall.«

»Da ist noch etwas«, fügte David hinzu. »Heaton hat herausgefunden, dass die Sinclairs am 1. August eingezogen sind.«

»Verdammt.«

»Du sagst es. Genau in unserem Zeitfenster. Solange wir nicht wissen, wann genau Rachael gestorben ist ...«

»... stehen die Mitglieder beider Familien unter Verdacht, sie umgebracht zu haben. Und die Tote ist wirklich Rachael. Unser Odontologe hat das heute Morgen anhand der zahnmedizinischen Unterlagen bestätigt.«

David legte wieder seinen Arm um Evelyn – zärtlicher dieses Mal – und küsste sie auf die Schläfe, ehe er sie wieder losließ. »Diese Ermittlungen ... wir haben ein totes Baby. Dieses Delikt werden wir wahrscheinlich wegen fehlender Beweismittel nie vor Gericht bringen können. Und sollte Wilson überleben, wird sein Anwalt den Mordversuch an ihm instrumentalisieren, um das Gerichtsverfahren undurchsichtiger und komplizierter zu machen, damit die Anklage wegen Kindesmisshandlung fallen gelassen wird. Außerdem haben wir eine Vermisste, die entweder tot oder von zu Hause ausgerissen ist und die nicht einen einzigen Hinweis hinterlassen hat. Und wir finden eine Tote, die vor zwanzig Jahren von einem Mann umgebracht worden sein könnte, den wir nicht mehr am Leben glaubten, der aber von seinem Schwager – zweifellos auf Wunsch seiner Schwester – Geld überwiesen bekommt. Drittens haben wir einen Mann, der im Koma liegt, weil auf ihn geschossen wurde. Doch beide potenzielle Schützen haben Alibis.« Er klappte einen der Stühle in der ersten Reihe herunter und setzte sich. »Ergibt diese Sachlage irgendeinen Sinn für dich?«

Evelyn hatte sich wieder beruhigt und dachte über die Sinclair-Familie nach.

»Immer eins nach dem anderen. Das sage ich ständig ...« ›Angel‹, hatte sie sagen wollen, fing sich aber noch rechtzeitig, weil sie überzeugt war, Davids Stolz zu verletzen. »... auch mir, wenn sich die Dinge überstürzen. Immer schön der Reihe nach. Es wurde alles Menschenmögliche getan, um Jenna zu finden. Wir haben das Haus von oben bis unten durchsucht und keine Anzeichen für ein Verbrechen entdeckt. Möglicherweise werden wir Jenna nie finden.«

»Katie ist der Schlüssel zu ihr, aber aus ihr ist einfach nichts herauszubekommen. Riley hat meine Idee, die Telefonunterlagen der Ryans zu überpüfen, abgelehnt, weil jeder Richter das Recht auf Privatsphäre über die vage Möglichkeit stellen würde, dass Jenna eventuell mit ihrer Freundin telefoniert hat.«

»Wir haben das Tötungsdelikt an Joshua so gründlich wie möglich untersucht. Ich bin überzeugt, dass Wilson der Täter war. Jonathon ist nach Auswertung der histologischen Untersuchungen zu dem Schluss gelangt, dass schätzungsweise sechs Stunden zwischen dem Schütteln des Kindes und seinem Tod vergangen sind. Damit wäre das gegen drei Uhr früh geschehen. Zu dem Zeitpunkt hatte Carrie bereits das Haus verlassen, und gemäß Wilsons eigener Aussage ist Patty erst um halb acht eingetroffen. Es handelt sich zwar nur um eine auf Erfahrung gestützte Vermutung, aber mir reicht sie. Auch wenn es gefühlsmäßig zufriedenstellend wäre, hat es keinen Sinn, einen sterbenden Mann anzuklagen.«

»Nicht einmal einen, der seinen eigenen Sohn umgebracht hat. Vermutlich wollte er nur die Vorzeigefrau, nicht aber die Vorzeigefamilie.«

Evelyn nahm geistesabwesend einen Bogen braunen Papiers aus ihrer Tasche, deckte den Tisch damit und öffnete anschließend eine Tüte mit Kleidungsstücken, die sie schon längst hatte untersuchen wollen. Sie breitete ein blutiges Flanellhemd auf dem Tisch aus. »Da bin ich mir nicht so sicher. Du hast doch gesagt, dass Fotos von John D. Rockefeller, Samuel Mather und der Tiedemann-Familie in seinem Arbeitszimmer sind, nicht wahr?«

»Er hat zumindest behauptet, dass es sich um diese Leute handelt. Millionäre aus Cleveland. Altersgenossen von Dinahs Großvater.«

»Millionäre mit Kindern.«

»Wie bitte?«

»Rockefeller hatte vier Kinder. Mather – ihm gehörte ein Eisenwerk – hatte ebenfalls vier. Tiedemann ist der eigentlich Interessante.«

David starrte Evelyn an, als hätte sie begonnen, in einer fremden Sprache zu reden. »Ich hatte ja keine Ahnung, dass du eine Expertin für die Familiengeschichte von Clevelands Industriebaronen bist.«

»Ich habe im College mal ein Referat über Clevelands Busnetz halten und mich dafür durch eine Menge Geschichte wühlen müssen. Jedenfalls hat sich Tiedemann sein Traumhaus – besser gesagt ein Schloss – an der Millionaire's Row gebaut, nachdem er in der Lebensmittel- und Weinbranche reich geworden war. Das

Problem ist nur, dass dieses Haus angeblich verflucht sein soll. Ich weiß nicht genau, wie viele Kinder die Familie hatte, aber vier davon sind gestorben, bevor sie auszog.«

Sie begann, das Hemd mit einem fast fünfzig Zentimeter langen Tacker in die ursprüngliche Form zu versetzen, bevor die Sanitäter es aufgeschnitten hatten.

»Ich kann dir nicht ganz folgen.«

»Ich bin mir nicht sicher, ob meine Überlegungen stimmen, aber vielleicht wollten Wilson und Dinah so etwas wie eine Dynastie gründen und damit ein stabiles Familienleben etablieren, wie zumindest Dinah es nie gekannt hat. Ich habe mir einmal die letzte Generation der Zacks näher angesehen. Judith, Dinahs Mutter, war jahrelang medikamentenabhängig, ehe sie schließlich an einer Überdosis Betäubungsmitteln starb, und ihr Vater, Garner, hat durch übermäßiges Trinken einen Herzinfarkt bekommen. Beide sind mehr oder weniger eines natürlichen Todes gestorben. Da gab es nichts Geheimnisvolles.«

David stand auf, um sich die zwei Einschusslöcher in dem karierten Hemd anzusehen, an dem Evelyn arbeitete. »Und Dinah und Patty sagten doch, Wilson gefalle die Vorstellung von Joshua als Stammhalter – aber nicht die Mühen, ein Kind großzuziehen.«

»Jeder Mann tötet, was er liebt.«

»Wer hat das gesagt?«

»Oscar Wilde.«

Ein Mann mit einem Pferdeschwanz tauchte in der Türöffnung auf. Er füllte den Durchgang von einer Seite bis zur anderen aus. »Hier unten stinkt's.«

Evelyn notierte sich einen weiteren Messwert, den sie an dem vor ihr liegenden Hemd ermittelt hatte. »Sie stehen neben dem Autopsiesaal, Ed, was haben Sie anderes erwartet?«

»Haben Sie eine Ahnung, wie viele Keime mit jedem Atemzug von diesem verwesenden Fleisch in Ihre Nasenhöhlen dringen?«

David konnte nicht anders und berührte seine Nase. Der Mann ignorierte ihn.

»Ich arbeite jetzt seit zehn Jahren im Institut und bin noch nie ernsthaft erkrankt. Aber Sie sind sicher nicht vorbeigekommen, um über Ihren hervorragenden Geruchssinn zu reden.«

»Perchlorethylen.«

»Was ist damit?«

»Die pinkfarbenen Stofffetzen aus Ihrem zusammengestümperten Schalldämpfer waren damit durchtränkt.«

»Mmm«, brummte Evelyn und hielt das Maßband über das zweite Einschussloch.

»Wissen Sie, was das ist?«

»Nein. Aber ich bin mir sicher, dass Sie es mir gleich sagen werden.«

»Reinigungsflüssigkeit.«

»Ich dachte, dafür benutzt man Tetrachlorkohlenstoff«, sagte David.

Ed ließ sich mit einem Schnauben zu einer Antwort herab. »Ja, vor einer Million Jahre vielleicht.«

»Also hat der Täter etwas verwendet, das vorher in eine chemische Reinigung gegeben wurde?«

»Ja. Und zwar erst vor Kurzem. Die Konzentration hat praktisch die Grafik gesprengt.« Er wandte sich zum Gehen und fügte hinzu: »Also müssen Sie nichts weiter tun, als nach einem Täter zu suchen, der nicht jeden Cent zweimal umdreht.«

»Das grenzt die Zahl der Verdächtigen nicht unbedingt ein«, sagte Evelyn nachdenklich, aber Ed war bereits gegangen. Und so sagte sie zu David: »Wir müssen Brendan finden. Vielleicht haben diese monatlichen Zahlungen nichts mit geschwisterlicher

Liebe zu tun. Vielleicht soll er im Ausland bleiben. Denn ein Prozess wegen eines zwanzig Jahre zurückliegenden Mordes würde einen Skandal auslösen.« Sie beugte sich tiefer über das Hemd. »Sieh dir nur die Pulverrückstände an diesen Einschusslöchern an. Da wurde aus allernächster Nähe geschossen. Offenbar hat jemand etwas sehr persöhnlich genommen. Da wir gerade davon reden. Als ich zur Untersuchung dieses Türrahmens in der Küche der Sinclairs Natriumrhodizonat benutzte, habe ich Blei gefunden. Vermutlich stand der Täter in der Tür, als er den Schuss abfeuerte. Außerdem habe ich heute Morgen in der Ballistik angerufen. Die Kugel, die ich dort aus der Wand geholt habe, stammte nicht aus der Desert Eagle, die in Wilsons Schrank lag.«

»Die Waffe hatte ich wegen des Leichenfunds im Wald ganz vergessen. Bist du dir wirklich sicher, dass Rachael keine Drogen von Brendan gekauft haben könnte? Ich weiß, dass sie deine Freundin gewesen ist, aber ich muss das fragen.«

»Ist schon okay. Bei der Haaranalyse wurden keine Drogen festgestellt. Außerdem scheint Brendan mehr der Typ Liebhaber gewesen zu sein und weniger ein Brutalo. Wilson hingegen hat einen Hang zur Gewalttätigkeit.«

»Aber Brendan hat die Stadt verlassen, und Wilson lebt noch immer in dem verdammten Haus.«

»Wir drehen uns im Kreis.« Evelyn hängte das Hemd auf einen Ständer, damit es fotografiert werden konnte. »Zwei Dinge fallen mir dazu ein. Zum einen stützen wir uns bei der Ermittlung der Tatzeit auf die Aktivierung der Alarmanlage.«

»Stimmt.«

Sie zerknüllte die braune Tüte und warf sie in einen roten Abfallbehälter, der mit der Aufschrift »Biologische Gefahrenstoffe« versehen war. »Sie kann aber durch die Pathologie nicht bestätigt werden. Was ist, wenn Dinah auf ihn geschossen hat, bevor sie zur Arbeit ging und dann die Alarmanlage aktiviert hat?«

»Wie denn? Mit Hilfe einer Fernbedienung? Vom anderen Ende der Stadt?«

»Manche Alarmanlagen lassen sich übers Telefon ein- und ausschalten.«

»Einschalten ja. Aber aktivieren? Dazu muss jemand vor Ort gewesen sein, um die Sensoren am Haus zu aktivieren.«

Sie zuckte mit den Schultern, spielte es herunter. »War ja nur so ein Gedanke. Zum anderen würde ich gern etwas überprüfen. Hast du Zeit, mich zu Dinah zu begleiten?«

»Warum nicht?« Er machte eine ausholende Bewegung. »Bei ihr riecht es bestimmt besser als hier.«

29

Die Vorfälle der jüngsten Vergangenheit hatten Dinah offenbar nicht ihre ganze Kraft gekostet – im Gegenteil, der auf ihr lastende Druck schien sie belebt zu haben. Sie öffnete den beiden die Tür in einem alten T-Shirt und Leggings. Ihr Gesicht war gerötet, und sie hatte sich die Haare mit einem Kopftuch zurückgebunden. Ein Schmutzfleck zierte ihre Nasenspitze. Unter anderen Umständen hätte sie wohl hinreißend ausgesehen.

Trotzdem stimmte etwas nicht mit ihr. Sie sprach zu laut, gestikulierte zu heftig.

Es schien ihr nichts auszumachen, die Polizei schon wieder vor ihrer Haustür vorzufinden. Sie begrüßte sie wie Freunde, ein überzeugenderes Argument für ihre Unschuld als jedes Alibi. »Kommt nur rein. Ich arbeite oben und räume Wilsons Sachen auf. Deshalb die Aufmachung.«

»Ich hoffe, es macht Ihnen nichts aus, dass wir Sie noch einmal belästigen, Mrs. Sinclair ...«, setzte David an.

Sie legte ihm eine Hand auf den Arm. »Nennen Sie mich doch bitte Dinah.«

»Ich bin verpflichtet, Ihnen mitzuteilen, dass Sie das Recht haben, uns den Zutritt zu verwehren. Wir haben keine richterliche Anordnung.«

»Ich weiß, ich weiß.« Sie geleitete die beiden mit einem ausgesprochen undamenhaften Schritt nach oben. Die Holzstufen knarrten unter der Wucht ihrer Tritte. »Meine Anwältin würde mich wahrscheinlich lynchen. Aber zum Kuckuck, was soll's. Ihr habt dieses Haus jetzt schon so oft durchsucht, welchen Unterschied würde es da schon machen? Außerdem ...« Sie verstummte, als wäre ihr der Gedanke gerade erst gekommen. »... habe ich nicht auf Wilson geschossen.«

Das extravagant eingerichtete Schlafzimmer war ein einziges Durcheinander. Die Velours-Bettdecke und die burgunderroten Vorhänge lagen in einem Haufen auf dem Diwan. Schubladen waren hervorgezogen und ein paar sogar herausgenommen worden. Männerkleidung quoll aus großen Plastiksäcken. Dinahs Sachen waren ebenfalls im Zimmer verstreut, doch es sah aus, als ob sie Wilson und seinen persönlichen Besitz in ihrem Reich nicht mehr duldete.

»Aber er lebt doch noch«, platzte Evelyn heraus. David machte ein finsteres Gesicht. Doch Dinah ließ sich seufzend auf das Bett fallen, hüpfte leicht auf der dick gepolsterten Matratze auf und ab und sprach ohne jeden Vorwurf in der Stimme.

»Ich weiß. Aber ich musste irgendetwas tun. Ich komme jeden Tag nach Hause und es ist niemand da – keine Jenna, kein Joshua, kein Wilson, nicht einmal Patty. Ich halte das einfach nicht aus. Ich musste etwas tun. Und wenn ich nicht weiß, was ich tun soll, dann dekoriere ich um.«

Das war eine plausible Erklärung, trotzdem starrte Evelyn sie entgeistert an.

»Außerdem«, fuhr Dinah fort, »bin ich mir nicht sicher, ob Wilson zurückkommen wird, selbst wenn er die Schüsse überleben sollte.«

Jetzt starrte David sie erstaunt an.

Dinah sprang auf, ging im Zimmer auf und ab, hob hier einen BH auf und dort eine Krawatte und legte beides an eine andere Stelle. »Ich bin endlich so weit zu akzeptieren, dass Wilson unseren Sohn getötet hat. Er ist immer recht grob mit ihm umgegangen, aber ich dachte, er hat nun einmal nicht viel Erfahrung mit Babys und weiß nicht, wie er ihn halten soll. Er hat keine anderen Kinder und auch keine Nichten oder Neffen. Er besucht nur selten Freunde zu Hause, trifft sich mit ihnen immer nur im Golfclub oder in Restaurants. Er hat einfach keine Erfahrung. Selbst als er mir Joshua vier Monate nach der Geburt einmal buchstäblich in den Schoß geworfen hat, glaubte ich immer noch, dass er es nicht besser wüsste.« Sie schwieg einen Moment, legte eine Hand an die Stirn und holte tief Luft. »*Ich* bin diejenige, die es hätte besser wissen müssen.«

Also hat die potenzielle Witwe Sinclair endlich ihre Meinung geändert und glaubt an Wilsons Schuld – ein erstklassiges Motiv, ihn umzubringen. Ob Dinah sich dessen wohl bewusst ist?, überlegte Evelyn. Oder vertraut sie auf ihr Alibi? Oder ist sie wirklich, was sie zu sein vorgibt, eine trauernde Mutter, bereit, ihr anfängliches verständliches Leugnen aufzugeben?

»Joshua zeigte Anzeichen früherer Verletzungen ...«, sagte sie.

Dinah knallte eine Schublade zu. »Ich weiß. Wilson hatte einfach keine Geduld mit ihm, nicht die *geringste* Geduld. Er hielt es nicht aus, wenn Joshua weinte oder quengelte. Aber Patty hat mir nie gesagt, dass Joshua etwas Ernsthaftes fehlte, und Wilson hatte mit keiner von uns Geduld. Es ist mir nie in den Sinn gekommen, dass er Joshua wehtun könnte. Er hat ja nie viel geholfen, war selten bei dem Jungen ...« Ihre Stimme verstummte allmählich, als füge sie im Nachhinein die Teile eines Puzzles zusammen. »Abgesehen von den wenigen Malen, wenn ich einmal schnell zum Geschäft musste oder mich mit einem Klienten getroffen habe. Jenna hat oft auf ihn aufgepasst, aber sie hat auch viel Zeit drüben bei Katie verbracht.« Dinah band eine der Tüten zu. »Ich hätte besser achtgeben müssen. Ich bin ebenso schuldig an Joshuas Tod wie er.«

»Reden Sie sich doch so etwas nicht ein«, sagte David zu ihr.

Evelyn schwieg und Dinah warf ihr einen Blick zu, der bedeutete, dass sie ihr Schweigen sehr wohl bemerkt habe. »Aber es ist wahr. Allerdings werde ich keine Asche auf mein Haupt streuen und mich mit Schuldgefühlen quälen. Ich habe noch ein anderes Kind irgendwo da draußen und ich werde Jenna finden. Bei Joshua kann ich nicht wiedergutmachen, was geschehen ist, aber ich kann es bei Jenna.« Sie warf den Beutel in den Flur. Evelyn hätte es nicht gewundert, wenn er an der Wand zerplatzt wäre.

»Also wirst du Wilson verlassen?«, fragte sie, dachte aber: Sollte der unwahrscheinliche Fall eintreten, dass er überlebt.

Sie hatte versucht, ihrer Stimme einen neutralen Klang zu verleihen, aber Dinah warf ihr wieder einen Blick zu, schärfer dieses Mal.

»Ja. Ich weiß, dass es seltsam erscheinen muss – es ist nicht gerade sehr nett, einen Mann zu verlassen, der auf der Intensivstation liegt. Doch andererseits, wie viel Anstand schulde ich einem Mann, der mein Kind umgebracht hat? Welche Benimmregeln sieht die Etikette für einen solchen Fall vor? Sollte Wilson nach Hause kommen, ziehe ich natürlich aus. Schließlich ist das sein Haus.«

Aber darüber schien sie sich nicht den Kopf zu zerbrechen, denn in den Abfalltüten im Flur war Wilsons Kleidung und nicht ihre.

Dinah rechnete damit, dass Wilson sterben würde. Dann würde sie das Haus und das Geld der Sinclairs erben. Joshuas Akte würde geschlossen, und weil Dinah ein felsenfestes Alibi für den Mordanschlag auf Wilson besaß, hätte sich für sie – abgesehen von Jennas Verschwinden – die ganze Affäre auf wunderbare Weise gelöst. Sie könnte schon bald Geld ausgeben, ohne dass ein kleinlicher Ehemann ihr ständig vorhielt, wohin das Vermögen verschwand. Wie praktisch.

»Wir haben das Mädchen identifiziert, das in eurem Wald begraben lag«, sagte Evelyn. Sie spürte, wie sich David neben ihr rührte, aber er sagte nichts. Er würde sicher auf sie wütend sein, aber sie konnte einfach nicht anders.

»Wirklich? Wer war sie denn?«

Evelyn ging zu Dinah. Sie wollte nahe genug sein, um jede Veränderung in ihrem Gesicht zu sehen. »Rachael Tiffin.«

Zuerst schien sich Dinah an den Namen nicht zu erinnern. Dann veränderte sich ihr Gesichtsausdruck, und sie sah Evelyn überrascht an. »Ist sie nicht mit uns zur Schule gegangen?«

»Sie war meine Freundin.«

»Ja ... ein pummeliges Mädchen, aber intelligent ... ließ sich ständig Anträge für die Schülermitverwaltung einfallen.« Dinah legte eine Hand an ihr Kinn. »Wie eigenartig. Warum wurde sie hier begaben? Hat Wilson etwa auch sie auf dem Gewissen?«

»Unsere Untersuchungen gehen in alle Richtungen«, sagte David.

»Das würde mich nicht überraschen«, sagte Dinah schaudernd. »Im Augenblick herrscht ein solches Durcheinander in meinem Kopf, dass es mich auch nicht überraschen würde, wenn Wilson vom Jupiter käme. Wann ist Rachael denn gestorben?«

Evelyn hatte sich nicht von der Stelle gerührt. »Sie verschwand, als deine Familie noch hier wohnte.«

»Das kann nicht sein. Ich habe damals gehört, dass sie am Bryn-Mawr-College studieren würde.«

»Du erinnerst dich wirklich an sie.« Als Dinah mit den Schultern zuckte, fügte Evelyn hinzu. »Sie kannte Brendan.«

Dinah schien vor ihren Augen zu erstarren. »Jeder kannte Brendan.«

»Wo ist er, Dinah?«

»In Hongkong, soviel ich weiß. Obwohl ich seit zehn oder fünfzehn Jahren nichts mehr von ihm gehört habe.«

»Hat er sich mal mit Rachael verabredet?«

»Brendan hatte unzählige Verabredungen. Keine Ahnung, wie er die Übersicht behielt. Er war ein Frauentyp«, erklärte Dinah an David gewandt und lächelte zu ihm hinauf, während sie sich langsam vom Bett erhob.

»War Rachael jemals hier?«

»Nicht dass ich wüsste. Aber ich habe es damals eingerichtet, so wenig wie möglich zu Hause zu sein.«

»Ihr seid doch mit Packen für den Umzug beschäftigt gewesen. Das muss viel Zeit in Anspruch genommen haben.«

»Nicht wirklich. Dafür hatten wir Leute.«

»Ihr konntet euch ein Umzugsunternehmen leisten? Ich möchte ja nicht unhöflich sein, aber ich habe erfahren, ihr hättet kein Geld mehr gehabt und seid aus diesem Grund hier weggezogen.«

Dinah griff nach einer Zinndose auf dem Beistelltisch. Evelyn glaubte schon, sie würde die Dose durch das Zimmer schleudern, doch stattdessen warf sie sie zusammen mit einer Handvoll von Wilsons Krawatten in einen Abfallsack. »Wilsons Familie hat den Umzug bezahlt. Sie haben wahrscheinlich einen einzigen Blick auf Daddy geworfen und begriffen, dass er ohne Hilfe nie das Haus verlassen würde. Und Mom war für körperliche Arbeit völlig ungeeignet. Es war sehr nett von ihnen, das zu tun«, fügte sie hinzu, obwohl ihr Tonfall alles andere als freundlich klang. »Insbesondere, weil ich auch keine Zeit dazu hatte. Ich war mit der Kirmes beschäftigt. Ich habe nicht nur mit den anderen Cheerleadern an der Parade teilgenommen, sondern sie auch organisiert. Und dazu noch die Lose für die Tombola verkauft. Darüber hinaus habe ich gleichzeitig ein Praktikum in einer Anwaltskanzlei gemacht und konnte es kaum erwarten, mit dem Studieren zu beginnen.«

»Die Kirmes habe ich gar nicht erwähnt«, sagte Evelyn.

Dinah beförderte einen weiteren Sack in den Flur hinaus, dieses Mal allerdings etwas behutsamer. »Du hast doch gesagt, wir hätten für den Umzug gepackt. Das muss also im Juli gewesen sein, richtig?«

»Ja.«

»Na also.« Sie begann einen der hauchdünnen Vorhänge zu falten, die kürzlich noch über dem Ehebett gehangen hatten. Trotz ihrer Wut erwischte sich Evelyn dabei, dass sie sich fragte, ob Dinah beabsichtigte, einen privaten Flohmarkt zu veranstalten. »Schon seltsam, dass Rachael hier begraben wurde. Wann wurde sie umgebracht?«

Es war David, der antwortete. »Das wissen wir nicht genau.«

»Hmm.« Dinah fuhr mit dem Falten fort und blickte ihn durch den purpurrot schimmernden Stoff an.

Evelyn wartete eine Weile und sagte dann: »Dinah, du hast einmal erwähnt, dass Wilsons Mutter gemalt hat.«

»Ja. Als ich das erste Mal hier war, hing so ein grässliches Bild über dem Kamin und Wilson sagte, seine Mutter habe es gemalt. Ich habe es dann später in den Keller verbannt. Wieso?«

»Wir haben Farbe auf Rachaels Polo-Shirt gefunden.«

»Wirklich? Möchtest du etwas Farbe abkratzen, um sie zu untersuchen? Du kannst das Machwerk gern in Fetzen schneiden. Das ist mir egal. Es ist wirklich scheußlich.«

Evelyn musste trotz allem lächeln. »Das wird bestimmt nicht nötig sein, aber ich würde es mir gern einmal ansehen. Als ich im Keller war, sind mir auch ein paar Farbtuben aufgefallen. Da würde ich ebenfalls gern einen Blick draufwerfen.«

Ohne ein weiteres Wort zu verlieren, brachte die Dame des Hauses die beiden in den Keller, der so riesig und hässlich war, dass er zu einem anderen Haus zu gehören schien.

»Jede Menge Lagerfläche hier unten.« Evelyn wusste, wo das Bild war, aber sie ließ Dinah vorangehen. »Für so ein altes Haus herrscht hier erstaunlich wenig Unordnung.«

»Ich glaube, Wilson hat damals vor meinem Einzug aufgeräumt und einiges weggeworfen.« Dinah öffnete etliche Türen, ehe sie den Raum mit dem Bild fand. »Wilson war sehr pedantisch. Er hat auch darauf bestanden, dass im Haus diese pedantische Ordnung herrscht, nicht ich. Ich verdiene zwar meinen Lebensunterhalt damit, Häuser einzurichten, aber ein Haus ist dazu da, um darin zu wohnen und nicht, um es anzuschauen. Und Keller – wenn man nicht gerade ein Spielzimmer für die Kinder daraus machen möchte, rate ich meinen Klienten eigentlich immer davon ab zu versuchen, ihren Kellern den letzten Schliff zu geben. Egal was man damit anstellt, am Ende sind sie immer nur feucht und kalt. Da ist es ja.« Sie deutete auf ein großes Gemälde, das an der Wand lehnte.

Evelyn schob sich an ihr vorbei. Sie verkniff sich jeglichen Kommentar dazu, wie leicht Dinah in die Vergangenheitsform verfiel, wenn sie von ihrem Ehemann sprach, schließlich lebte er noch.

Auf eine Leinwand im Format von einszwanzig mal einsachtzig hatte Wilsons Mutter vor einem Hintergrund, der den Wald darstellen sollte, der an den Garten grenzte, ein rötlichgraues Pony gemalt. Das rundliche Pferdchen sah wie ein Stofftier aus und die Farbgebung des Waldes war missglückt. Mrs. Sinclairs Talent hatte offensichtlich ihren künstlerischen Ambitionen nicht entsprochen. Das Bild genügte sicher einfachen Gemütern und wäre durchaus für ein Kinderzimmer geeignet gewesen.

Evelyn äußerte keine Kritik, sie hätte es nicht halb so gut malen können.

»Willst du eine Probe davon nehmen?«, fragte Dinah.

Sie schien darauf bedacht, Wilsons Familie als Tatverdächtige bei dem Mord an Rachael hinstellen zu wollen. Vielleicht glaubte sie, dass die Polizei weniger Interesse daran haben würde, herauszufinden, wer auf Wilson geschossen hatte, wenn man ihm die Schuld für ein weiteres Verbrechen unterstellen konnte.

Evelyn kauerte sich neben das Bild, klemmte sich ihre Taschenlampe zwischen Schulter und Kinn und richtete den Strahl auf eine Stelle auf der Rückseite, wo sich ein kleiner Teil der Leinwand gelöst hatte. Sie kratzte etwas Farbe davon ab und strich sie auf Glassinpapier, das sie mittels einer speziellen Technik zusammenfaltete und in einen braunen Briefumschlag schob, den sie mit einem Streifen roten Klebebands versiegelte. Als sie sich wieder aufrichtete, glitt der Strahl ihrer Taschenlampe seitlich über das Gemälde.

Sie sah etwas und gab einen erstickten Laut von sich.

»Was ist?«, fragten Dinah und David wie aus einem Munde.

Mrs. Sinclair hatte die Baumstämme als dünne, gleichförmige Stöcke gemalt, ein Grund, warum der Hintergrund nicht wie ein echter Wald wirkte. Aber zwischen den lehmfarbenen Stöcken tauchte plötzlich eine dunkelgraue Gestalt auf: die Umrisse eines Menschen.

Im ersten Moment brachte Evelyn kein Wort hervor. Als sie sich wieder gefangen hatte, fragte sie: »Wann wurde dieses Bild gemalt?«

»Keine Ahnung. Steht kein Datum darauf?«

Evelyn musterte alle vier Ecken, konnte jedoch nichts entdecken. Sie kauerte sich wieder hin und warf einen Blick auf die Rückseite. Dort stand zu lesen: »Marie Sinclair, 1985.«

Und Rachael war vermutlich 1984 gestorben.

Sie betrachtete die Vorderseite erneut aus allen möglichen Winkeln, trat einen Schritt zurück und schaute noch einmal genauer hin.

»Was ist denn?«, fragte David.

Evelyn seufzte. »Nichts.« Die dunkle Gestalt war gar keine Gestalt. Die Leinwand zwischen den Baumstämmen war auf dem ganzen Bild mit derselben Technik bemalt worden – der unzureichende Versuch einer Amateurmalerin, ihrem Bild Tiefe zu verleihen und kein Hinweis auf ein Verbrechen, das ihr Sohn begangen haben könnte. Evelyn verstaute den braunen Umschlag in ihrer Tasche.

»Verstehst du jetzt, warum ich das Bild hier unten versteckt habe?«, fragte Dinah. »Wilson war es egal. Er stand seinen Eltern nie besonders nahe. Das war etwas, was wir gemeinsam hatten – vielleicht das Einzige. Sie waren keine einfachen Menschen, der Umgang mit ihnen war anstrengend.«

Evelyn spürte, wie ihre Überzeugung ins Wanken geriet. Sie wusste nur zu gut, dass auch Dinahs Eltern keine einfachen Eltern gewesen waren.

»Wolltest du dir nicht noch etwas ansehen?«

»Ja, diesen Farbkasten da.« Evelyn öffnete den schmalen Holzkasten. Der Verschluss war mit Rost überzogen und die Aufschrift »Grumbacher Acrylfarben« begann abzublättern. Darin befand sich ein ganzer Farbensatz. Jede einzelne Tube lag in ihrer eigenen kleinen Mulde, auch wenn viele der Tuben bereits bis zu den Kappen sorgfältig ausgedrückt worden waren. In einem kleinen Fach lagen gesäuberte Pinsel und zwei Messer. Die Klingen der Messer erinnerten eher an kleine Spaten. Evelyn nahm eins der Messer heraus und fuhr mit dem Finger an der Klinge entlang. Warum in aller Welt sollten Wilson oder Marie Sinclair Rachael Tiffin getötet haben? Aber warum sollte Brendan es getan haben?

Ich bin auf dem richtigen Weg, habe aber das Ziel noch nicht erreicht.

Sie schloss den Kasten wieder. »Hättest du etwas dagegen, wenn ich ihn mitnehme? Ich möchte gern einige der Farben testen. Anschließend bekommst du ihn wieder.«

»Du kannst ihn gern behalten. Aber was hat das mit dem Ganzen zu tun?«

»Ich will die Farben mit den Farbresten auf Rachaels Polo-Shirt vergleichen. Noch lässt nichts vermuten, dass sie übereinstimmen –« Marie Sinclair dürfte diese riesige Leinwand wohl kaum mit einem einzigen Satz Farben bedeckt haben –, »aber ich darf keine Möglichkeit ausschließen.«

»Kein Problem. Ich helfe dir gern.«

Um deinen verletzten Ehemann des Mordes zu überführen?, dachte Evelyn. Doch als sie Dinahs nächste Worte hörte, bekam sie sofort ein schlechtes Gewissen.

»Rachaels Familie tut mir schrecklich leid. Sie muss sich doch all die Jahre gefragt haben ... Ich habe Angst, dass es mir genauso gehen könnte.«

Mit einem Mal ließ ihre Kraft nach, und sie klammerte sich an das Geländer. David griff nach ihrem Ellbogen, um sie zu stützen.

»Dass zwanzig Jahre vergehen und ich mich immer noch fragen werde, was aus Jenna geworden ist.«

30

Evelyn saß am Küchentisch. Sie war dankbar für die Stille und für das Alleinsein. David hatte sich mit einem bloßen »Gute Nacht« von ihr verabschiedet – kein Kuss, keine verstohlene Frage, wann sie Angel zurückerwarte. Vielleicht war er verärgert, weil sie Dinah über Rachaels Identität aufgeklärt hatte. Oder vielleicht hatten ihn auch Dinahs meerblaue Augen in Verwirrung gestürzt.

Und wann kommt Angel endlich nach Hause? Evelyn warf einen Blick auf die Wanduhr. Halb zehn. Eigentlich hätte sie bis neun Uhr wieder daheim sein sollen, weil sie am nächsten Tag zur Schule muss. Für einen Teenager ist Angel überraschend vernünftig, denn sie hat selbst festgestellt, dass sie ohne ihre acht Stunden Schönheitsschlaf nicht auskommt. Besser noch zehn oder elf.

Eine leise Angst begann sich in Evelyns Magengrube zu regen.

Wie hält Dinah das schon seit zwei Monaten aus?, fragte sie sich und bedauerte plötzlich ihre alte Klassenkameradin mehr als je zuvor. Vielleicht hat sie Wilson wirklich umbringen wollen – na, wenn schon! Das hätte ich auch getan.

Ich werde Dinah helfen, Jenna zu finden. Selbst wenn sie ihren Mann töten wollte. Selbst wenn ihr Bruder meine beste Freudin umgebracht hat. Kein Kind sollte allein und in dem Glauben, dass es nicht geliebt wird, davonlaufen. Wie Jenna. Und wie Dinah.

Evelyn erinnerte sich zwanzig Jahre zurück, als sie während des Footballspiels so schrecklich mit sich gehadert hatte, weil ihr der Streich, den sie und Rachael Dinah Zack gespielt hatten, nicht mehr aus dem Kopf ging. Warum holten Dinahs Eltern, die sicher unter den Zuschauern waren, ihr nicht einfach einen zweiten Rock von zu Hause?, hatte sie sich gefragt. Warum hat sich Dinah nicht den Rock einer anderen Cheerleaderin geliehen? Als Mannschaftsführerin war das ihr Recht. Gedankenverloren folgte Evelyn dem Rest der Band zur Halbzeit-Show aufs Spielfeld, wo sie ein paar Mal eine falsche Note spielte und genau dreimal im falschen Moment ausscherte, woraufhin sie sich wünschte, Tuba zu spielen, um sich dahinter verstecken zu können.

Sie begann, die Anzeigetafel zu beobachten, doch das nicht etwa wegen des Punktestandes, sondern weil sie die Uhr im Auge behielt. Wenn die Zeit doch nur schneller vergehen würde, damit sie so tun könnte, als hätte es diesen Abend nie gegeben. Das Spiel ging in die Verlängerung. Die Cheerleader sprangen wie verrückt herum, aber von Dinah war nichts zu sehen.

Schließlich war das Spiel zu Ende. Evelyn ging in die Schule voran und verlor Rachael in der Menge aus den Augen. Sie riss sich die Uniform vom Leib und eilte damit zu ihrem Spind, um sie zusammen mit ihrer Klarinette dort einzuschließen und den Rest des Wochenendes mit Rachael zu verbringen. Sie stopfte die steifen Klamotten in den engen Schrank und drückte gegen die Tür, bis sie sich schloss. Als sie das Vorhängeschloss zuschnappen ließ, hörte sie Stimmen im leeren Flur.

»Ich bin direkt vom Flughafen hergekommen, und du nimmst nicht einmal an dem Umzug teil? Was hast du denn die ganze Zeit gemacht?«

Evelyn erkannte die Stimme der Frau nicht, hörte aber Dinah Zack mit ihrer makellosen Ausrucksweise antworten: »Nichts. Ich habe von der Snackbar aus zugesehen und dabei einen Hamburger gegessen.« Ihre Stimme klang sehr kühl.

»Wie bitte? Du hast gegessen, anstelle von – das war nicht nur das letzte Spiel der Saison, sondern auch dein letztes Spiel als Cheerleaderin in dieser Schule!«

»Damit dürfte ich zweifellos bis in alle Ewigkeit traumatisiert sein.«

Nur eine Reihe von Spinden schützte Evelyn davor, entdeckt zu werden. Sie zog instinktiv den Kopf ein und versuchte sich unsichtbar zu machen. Sie hielt immer noch das kalte Metallschloss in den Fingern und getraute sich nicht, es loszulassen, aus Angst, sich durch ein Geräusch zu verraten. Sie hätte sich lieber bei einem Bankraub erwischen lassen, anstatt in dieser Situation beim Lauschen ertappt zu werden.

»Du kannst dir deinen Sarkasmus sparen, junge Dame. Glaubst du, wir zahlen für deine Tanz- und Turnstunden, damit du dich hier drin vor unseren Freunden und Nachbarn verstecken kannst? Warum hast du nicht den Rock einer Schulkameradin angezogen?«

»Weil sie dann keinen gehabt hätte. Das hielt ich für unfair.«

»Du weißt ganz genau *was* ich meine! Du bist die Mannschaftsführerin! Die Vortänzerin! Das heißt, du musst hart sein, wenn das nötig wäre!«

Das Vorhängeschloss fühlte sich wie Eis in Evelyns Fingern an, aber sie rührte sich nicht. Sie versuchte, nicht zu atmen. Trotz der lauten Stimmen wäre jede noch so leise Bewegung zu hören gewesen.

»Warum soll jemand anderes leiden, weil ich meinen Rock verlegt habe oder er mir gestohlen wurde? Dieses Spiel war für die anderen wichtig.«

»Es war für *mich* wichtig!«

»Weißt du was, Mutter? Aber es war nicht wichtig für *mich*.« Dinah hatte während der Diskussion die Starke gespielt, doch beim letzten Wort stockte ihre Stimme, sie klang fast wie ein echter Teenager. »Komisch, dass du dich überhaupt nicht dafür interessierst, wie *ich* mich dabei fühle.«

»Du wirst dich wie ein Niemand fühlen, wenn du zu einer Drückebergerin wirst, Dinah. Wie oft habe ich dir schon gepredigt, dass Erfolg harte Arbeit bedeutet. Nimm deine Sachen.«

»Warum gehst du nicht in den Club oder kaufst dir noch ein Gemälde? Warum ...«

»Nimm deine Sachen.«

Stille. Dann hatte Evelyn die raschelnden Geräusche von Wäschebeuteln und anderen Gegenständen gehört, die vom Boden hochgehoben wurden und manchmal ein leises Schniefen.

Dinah und ihre Mutter gingen schweigend davon. Sie getraute sich immer noch nicht, richtig Luft zu holen, und ihre Finger waren ganz steif vom Halten des Vorhängeschlosses. Sie schlich wie ein verschrecktes Tier aus der Spindreihe, sah sich vorsichtig um und rannte dann los, bis sie draußen in der kühlen Nachtluft war.

Rachael jedoch wollte sich kein schlechtes Gewissen einreden lassen. Dinahs verkorkste Beziehung zu ihrer Mutter sei wohl kaum ihre Schuld, sagte sie. Solche Situationen gebe es bei den Zacks wahrscheinlich ständig. Vielleicht hätten sie Dinah sogar dabei geholfen, gegen diesen Kontrollfreak von einer Mutter aufzubegehren. Vielleicht war dies der Tropfen gewesen, der das Fass zum Überlaufen gebracht und Dinah davon überzeugt hatte, möglichst weit weg von zu Hause zu studieren. Vielleicht hätten sie Dinah einen Gefallen getan.

Evelyn versuchte, mit diesen Argumenten ihr Gewissen zu beruhigen, aber das Gefühl der Scham war stärker. Es war schlimm genug, dass sie ihre Wut in einer unverhältnismäßigen Weise an Dinah ausgelassen hatte, aber dass ihr Opfer diese Demütigungen klaglos ertrug, führte dazu, dass sich Evelyn ganz schrecklich fühlte. Zwar war das Schicksal im Hinblick auf das Aussehen eines Menschen oft ungerecht, aber im Gegensatz zu ihr – Evelyn – hatte es geradezu eine salomonische Weisheit besessen. Dinah war stärker als Evelyn es jemals sein würde. Sie hatte sich ihrer scheinbar unverdienten Privilegien mehr als würdig erwiesen. Und ich ... Evelyn konnte nicht einmal in Worte fassen, welche Beschreibung sie selbst verdiente.

Rachael tat ihr Bestes, um ihrer Freundin diese Selbstvorwürfe auszureden, aber für den Rest des Schuljahrs und den ganzen Sommer über lag eine Last auf Evelyns Herzen und erst mit der ungewohnten Freiheit auf dem College verblasste allmählich die Erinnerung an ihr schäbiges Tun.

Dieses noch immer latente Schuldgefühl bedeutete jedoch nicht, dass sie Beweise ignorieren oder unter den Tisch fallen lassen oder sich in irgendeiner Weise bemühen würde, Dinah vor dem Gefängnis zu bewahren. Aber falls Jenna noch lebte, musste es einen Weg geben, sie zu finden.

Die nächsten zwanzig Minuten verbrachte Evelyn damit, eine Strategie zu entwickeln, wie man am besten bei der Suche nach Jenna vorgehen könnte. Und gerade als ihr Interesse an dem Thema nachzulassen begann, hörte sie ein Geräusch in der Garage. Die Tür flog auf. Angel und ihr Freund Steve kamen eng umschlungen in die Küche und Evelyn sah sofort, dass ihre Tochter getrunken hatte.

Evelyn flippte nicht aus, schrie nicht, hob nicht einmal die Stimme und tat auch sonst nichts, auch wenn ihr das Herz bis zum Hals schlug. »Ich glaube, du solltest besser ins Bett gehen.«

»Guuuter Plan.« Angel wankte, ohne sich von Steve zu verabschieden, auf die Treppe zu. Evelyn sah den jungen Mann an.

»Vielen Dank, Steven«, sagte sie.

Er war verlegen, grinste aber erleichtert.

»Na dann, gute Nacht.«

Sie wartete, bis er davongefahren war, schaltete das Licht aus und schloss die Haustür ab. Es gab keinen Grund, Angel zu bestrafen – morgen früh würde ihr Brummschädel Strafe genug sein.

DIENSTAG
11. OKTOBER

31

»Wie sich herausgestellt hat«, sagte David am nächsten Morgen am Telefon zu Evelyn, »war der geheimnisvolle Brendan gar nicht so schwer zu finden. Die monatlichen Zahlungen Sinclairs werden von der Bank in Hongkong zu einer Zweigstelle in Pokhara, in Nepal, transferiert. Ist bei diesen Farbproben eigentlich irgendetwas herausgekommen?«

Sie presste das Telefon ans Ohr. »Wie hast du das herausgefunden?«

»Evan Sandowski hat es uns gesagt. Und wir mussten ihm deshalb nicht einmal mit einer richterlichen Verfügung drohen. Darüber hinaus ist Brendan schon in diesem Moment auf dem Weg zu uns. Und auch das freiwillig.«

Genugtuung erfüllte Evelyn. Nachdem sie so viel über den legendären Charme Brendan Sinclairs gehört hatte ... Sie rief sich in Erinnerung, dass seit Rachaels Tod zwanzig Jahre vergangen waren, die angesichts von Brendans Lebensweise sicher Spuren hinterlassen hatten. Der attraktive junge Mann hatte sich wahrscheinlich in einen schlaffen, dickbäuchigen Typen mit Halbglatze verwandelt. »Warum ist er denn so kooperativ?«

»Keine Ahnung. Sinclair wird wahrscheinlich sterben. Vielleicht möchte er sicherstellen, dass seine Schwester die monatlichen Zahlungen weiterhin garantiert.«

Evelyn hatte sich das schnurlose Telefon zwischen Kinn und Schulter geklemmt, um sich eine Tasse Kaffee einzugießen, während Tony so tat, als würde er ihr Gespräch nicht belauschen. »Was ihr vom Gefängnis aus schwerfallen dürfte.«

»Ich glaube nicht, dass Dinah verurteilt wird.«

»Sie scheint das auch nicht anzunehmen. Man sichert sich aber nicht das Wohlwollen der Geschworenen, wenn man die Sachen des im Koma liegenden Ehemannes wegwirft.«

»Ich halte sie für unschuldig.«

Ach. Wirklich? Wer hätte das gedacht?

Offenbar deutete David ihr vielsagendes Schweigen richtig, denn er fuhr erklärend fort: »Ich habe mit der Firma gesprochen, die die Alarmanlage installiert hat. Das Bedienungsfeld lässt sich nicht von einem entfernt liegenden Ort aus aktivieren und es gibt auch keine Zeitschaltuhr. Es muss jemand die Tür geöffnet haben, um den Alarm auszulösen. Patty haben wir ausgeschlossen und ebenso Dinahs Partner, der dasselbe Alibi hat wie Dinah selbst: Beide haben den ganzen Tag mit einer neuen, jungen Angestellten zusammengearbeitet, die keinen Grund hat, uns anzulügen. Es würde auch nicht funktionieren, die Zeit auf dem Bedienungsfeld zu ändern, denn die Nachricht vom Auslösen des Alarms ist um halb neun bei ihnen eingegangen. Also, sollten nicht völlig neue Fakten auftauchen, wird sie nicht angeklagt. Sie wird ihren Anteil des Vermögens bekommen und Wilsons Lebensversicherung dazu. Und die Zahlungen an Brendan werden fortgesetzt.«

»Falls Wilson sterben sollte.«

»Genau, falls er sterben sollte.«

Armer Wilson. Wenn von ihm gesprochen wurde, dann nur in Erwartung seines Ablebens. Doch dann dachte sie an Joshua und ihr Mitleid versiegte. »Wann wird Brendan hier erwartet?«

»Übermorgen. Hast du schon die Farbproben analysiert?«

»Nein, noch nicht. Ich rufe dich an, falls es eine Übereinstimmung gibt. Und David – ich möchte auf jeden Fall mit Brendan reden.«

»Ich auch. Das kannst du mir glauben.«

Als Evelyn aufgelegt hatte, legte Tony die Zeitung zur Seite, in der er angeblich gelesen hatte. »Na, glaubt Loverboy nicht, dass Blondie es getan hat?«

Evelyn trank mit gespielter Gleichgültigkeit einen Schluck von ihrem Kaffee. »Wie kommen Sie bloß immer auf diese Spitznamen? Und wenn es denn schon sein muss, geht es nicht etwas origineller?«

»Okay, lassen Sie mal sehen. Unser obercooler Coolman, der übrigens nicht zum ersten Mal danebenliegen würde, glaubt also, dass der reiche Knackarsch so rein ist wie destilliertes Wasser?«

»Also schön, vergessen Sie, dass ich irgendwas gesagt habe. Wahrscheinlich ist sie wirklich unschuldig. Und wenn nicht, hat sie das perfekte Verbrechen begangen. Denn es ist ihr gelungen, zur selben Zeit an zwei Orten zu sein.«

»Guter Trick. Aber glaubt man diesem Reporter, der so auf Sie steht, gibt es doch jemanden, der sie für schuldig hält.«

»Tony, könnten Sie bitte aufhören, in Rätseln zu sprechen. Dafür ist es einfach zu früh am Morgen.«

Er drehte die Zeitung um und deutete auf ein Kästchen unten auf der Titelseite. »Dieser Cavenaugh, der Ihnen dauernd nachstellt. Er muss Heaton ein paar Runden ausgegeben haben, bevor er ihm die Kamera ins Gesicht hielt, denn dieser Zusammenfassung der gestrigen Nachrichtensendung zufolge – ich zitiere: ›glaubt Strongsvilles Detective Heaton, dass höchstwahrscheinlich ein Mitglied von Wilson Sinclairs eigener Familie aus Rache für den Tod seines Sohnes auf ihn geschossen hat.‹ Also, wie viele Familienmitglieder hat der Mann noch mal, die hier in der Stadt leben?«

Komisch, dass David das Interview nicht erwähnt hatte. »Das wäre jetzt wohl mein Stichwort um zu sagen: ›So blöde kann Heaton doch eigentlich nicht sein‹, aber ich verkneife es mir lieber, denn nach allem, was ich mitbekommen habe, ist er wirklich so blöde, und außerdem kann er Dinah nicht leiden.«

»Er hat Glück, dass Kleinstadt-Cops mit so was durchkommen. Würde er für das Cleveland P.D. arbeiten, hätte man ihn sofort rausgeschmissen. Zu viele Anwälte in der Nachbarschaft. Vergessen Sie nicht, dass heute um zwei ein Planungs-Meeting stattfindet.«

»Nein!«

»Doch. Und vergessen Sie nicht, die Luftströmungserfordernisse zu betonen. Oben rein und unten raus. Nicht etwa umgekehrt.«

»Ist das nicht *Ihre* Aufgabe?« Die Worte waren gesprochen, ehe sie es verhindern konnte. Daher fügte sie hinzu: »Als Vorgesetzer und Chef?«, um seine Entrüstung zu dämpfen, bevor er wütend wurde.

»Es gibt jede Menge Dinge, die in meinen Aufgabenbereich fallen, bis ich beschließe, dass sie es nicht tun. Und jetzt machen Sie sich wieder an die Arbeit. Ich sage Ihnen gern gegen Viertel vor zwei Bescheid.«

»Danke«, sagte sie mühsam beherrscht.

»Ich weiß, dass Sie alles Menschenmögliche getan haben«, sagte Evelyn am Nachmittag zu Sergeant Stoltz. »Ich möchte alles einfach nur noch einmal durchgehen. Wahrscheinlich werden wir zu einem so späten Zeitpunkt nichts Neues mehr ...«

»Kein Problem. Es kann nicht schaden, das Ganze unter einem anderen Blickwinkel zu betrachten.«

Die beiden saßen im Aktenzimmer, dem einzigen ruhigen

Raum im ganzen Gebäude. Evelyn hoffte, dass ihre Lungen imstande sein würden, den Staub in der Luft zu filtern. Jennas Akte lag offen auf dem Metalltisch zwischen ihnen.

»Ich fühle mich diesem Mädchen irgendwie verpflichtet. Ich weiß auch nicht, warum.«

»Suchen Sie sich einen Grund aus. Weil Sie eine Tochter in ihrem Alter haben. Weil Sie an dem Fall ihres Bruders gearbeitet haben. Weil es Jennas eigener Mutter egal zu sein scheint.«

Evelyn öffnete den Bericht von Officer Pam, die an der Schule für Sicherheit sorgte und warf gleichzeitig einen Blick auf ihre Armbanduhr. »Ich hoffe, Jenna weiß das hier zu schätzen, wo immer sie auch sein mag, denn ich verpasse gerade eine Besprechung, und das wird meinen Chef auf die Palme bringen. Wo wir gerade beim Thema sind, Heaton scheint mich mit seinen Blick erdolchen zu wollen.«

»Nehmen Sie's nicht persönlich. Er hätte etwas vorsichtiger mit seinem Wunsch sein sollen, im Mittelpunkt stehen zu wollen. Und jetzt, wo's geklappt hat, weiß er nicht, wie er damit umgehen soll. Rachaels Vater kommt langsam auf Touren und will es jemandem heimzahlen, also versucht Heaton, einen Zeitplan der Ereignisse für einen Tag zusammenzustellen, der zwanzig Jahre her ist. Nachdem er gestern Abend seinen nicht gerade rühmlichen Aufritt in den Nachrichten hatte, weigert sich unser Chef, mit ihm zu reden. Die Medien belästigen ihn ständig, und der Staatsanwalt macht ihm und dem Cleveland P.D. die Hölle heiß, damit es zu einer Anklage gegen Wilson Sinclair kommt, obwohl der Mann wahrscheinlich nicht lange genug leben wird, um sich wegen Totschlags an Joshua zu veranworten, von dem Mord an Rachael Tiffin ganz zu schweigen.«

Evelyn schüttelte den Kopf und vertiefte sich in die unmittelbar nach Jennas Verschwinden verfassten Berichte. Ihre Lehrer gaben zu Protokoll, dass Jenna still und in sich gekehrt gewesen sei und sich – obwohl intelligent – kaum in der Schule angestrengt habe.

Dinah hatte bei ihrer Befragung über Jenna nur wenig Auskunft darüber geben können, welche Freundschaften ihre Tochter pflegte und was sie in ihrer Freizeit tat. Jennas Biologielehrer beschrieb sie als überempfindlich, und ihre Englischlehrerin glaubte angesichts ihrer Aufsätze, dass sie ein Interesse für schwarze Magie entwickelt habe. Außerdem habe sie des Öfteren über den Wicca-Kult gesprochen und häufig Schwarz getragen. Doch die Lehrerin war deshalb nicht beunruhigt gewesen. Sogar Hollywood widme sich momentan diesem Themenkreis und angesichts heutiger Mode-Vorbilder sei das Tragen schwarzer Kleidung nichts Ungewöhnliches.

Da stimmte Evelyn ihr zu. Fantasien über Hexenkulte waren unter jungen Mädchen verbreitet. Sie sehnten sich danach, über ihr Leben bestimmen zu dürfen, aber waren noch nicht alt genug, um Auto fahren oder jobben zu dürfen und manchmal nicht, um einen Freund zu haben. Auch Jenna hatte einen guten Grund, sich nach mehr Selbstbestimmung zu sehnen. Evelyn hegte nicht den geringsten Zweifel, wer das Opfer ihrer bösen Zaubersprüche gewesen wäre.

Hatte Jenna beschlossen, sich nicht mehr gängeln zu lassen und war deshalb davongelaufen? Oder hatte sie noch Fürsorge gebraucht und sich maßlos überschätzt?

Evelyn las die Protokolle mit den Befragungen von Jennas Freunden. Es gab nicht viele, nur vier Mädchen – einschließlich Katie Ryan – und zwei Jungen. Ihre Beziehung schien darin zu bestehen, dass sie alle zur selben Zeit zum Mittagessen in die Schulcafeteria gingen. Die Kids wiederholten im Grund das von den Lehrern Gesagte, fügten allerdings ein paar Details über Jennas Leben zu Hause hinzu. Sie schien sowohl ihre Mutter als auch ihren Stiefvater zu hassen, war aber ganz vernarrt in ihren kleinen Bruder. Sie langweilte ihre Freunde mit seinem Foto und beschrieb zugleich in aller Ausführlichkeit die videospielähnlichen Grausamkeiten, die sie Dinah und Wilson am liebsten zugefügt hätte. Sie hatte zwar nie davon gesprochen, von zu Hause wegzulaufen, doch eine ihrer Äußerung fiel aus dem Rahmen.

Officer Pam besaß offenbar einen überentwickelten Sinn für Genauigkeit oder für Humor, denn sie hatte die Befragung eines der Mädchen wortgetreu wiedergegeben. Es handelte sich dabei um die Ex-Freundin von Steves Bruder Mark. »Zwei Mädchen und zwei Jungs unserer Mittags-Clique wollten diesen Schwachsinn mit der Schul-Talentshow durchziehen, die in ein paar Wochen stattfinden sollte. Aber die waren mit ihrer Tanznummer völlig überfordert. Keiner von denen kann wirklich tanzen, und ich hatte echt keine Lust, da mitzumischen, weil ich wenigstens zugebe, dass ich nicht tanzen kann. Außerdem brauchten sie eine gerade Zahl. Und Jenna und Katie haben nicht mitgemacht, weil sie ja nie irgendwas mitmachen. Also ging es jeden Mittag immer nur um ihre dämliche Tanzerei, als würden sie bei MTV auftreten. Und irgendwann hatte ich es einfach satt und habe vor mich hingestarrt und an den Test gedacht, den ich am nächsten Tag schreiben musste. Und da hörte ich, wie Katie zu Jenna sagte: ›Hast du schon alles gepackt?‹ Ganz so, als würde sie verreisen. Also habe ich Jenna gefragt, wohin es denn gehen solle, weil ich einfach mal über was anderes reden wollte, als über die verdammte Tanznummer. Jenna hat erst mich und dann Katie wütend angestarrt und die machte gleich einen belämmerten Eindruck. Jenna hat Katie ständig rumgeschubst. Die sollte sich endlich mal wehren. Aber ich hatte nicht vor, mich da einzumischen. Also habe ich mir wieder das endlose Gelabere über die Tanznummer angehört. Ein paar Tage später ist mir dann eingefallen, dass das genau der Tag gewesen ist, bevor Jenna verschwand. Und ich dachte, was für ein komischer Zufall und dass ich Ihnen davon erzählen sollte.«

Jenna hatte es offensichtlich vorgezogen, mit leichtem Gepäck zu reisen, sollte sie von zu Hause ausgerissen sein. Aus ihrem Zimmer schien abgesehen von den Sachen, die sie an jenem Tag mit zur Schule genommen hatte, nichts zu fehlen, aber sicher war das nicht. Denn ihre Mutter hatte zugegeben, dass es ihr nicht aufgefallen wäre, wenn ihre Tochter das Haus mit einem vollgestopften Koffer verlassen hätte. Jenna wäre gewiss so vorsichtig gewesen und hätte nur Dinge mitgenommen, deren Fehlen nicht aufgefallen wäre. Vielleicht hatte sie ihre Flucht monatelang geplant. Der Bericht des Vertrauenslehrers erwähnte ihre mittelmäßige Leistung bei den Schulaufgaben, betonte aber die hervorragenden Noten in ihren Aufsätzen. Offensichtlich gab sie sich Mühe, wenn sie etwas interessierte. Und aus ihrem Elternhaus zu fliehen, interessierte sie scheinbar mehr als alles andere.

Evelyn fühlte sich zum ersten Mal seit Tagen weniger bedrückt. Vielleicht war Jenna doch freiwillig verschwunden. Wilson hatte Joshua aus Ungeduld und Frustration geschüttelt, damit sein Sohn nicht mehr schrie. Doch eine gesunde, kräftige Fünfzehnjährige umzubringen, war eine ganz andere Geschichte. Jenna hatte Verachtung für ihr Zuhause gezeigt und die kryptische Bemerkung übers Packen deutete auf einen Plan hin.

Andererseits, falls Wilson Sinclair des Öfteren die Beherrschung verloren hatte und seinen Sohn durch Anwendung von Gewalt getötet hatte, war eine weitere gewalttätige Reaktion einer anderen Person gegenüber nicht auszuschließen. Vielleicht hatte ein Schlag ausgereicht oder ein Stoß in der Nähe der Treppe oder auf den harten Boden. Doch wie hatte es ihm gelingen können, die Leiche zu beseitigen?

Und wie war Rachael Tiffin gestorben? War er ihr als jungem Mädchen in Jennas Alter mit ähnlich katastrophalen Folgen begegnet?

Evelyns Gedanken drehten sich wieder einmal im Kreis.

»Ich glaube, Sie hatten von vornherein recht«, sagte sie laut. Stoltz blickte von dem Zeugnis auf, das sie gerade studierte. »Was Katie Ryan nicht über Jenna weiß ...«

»... ist es nicht wert zu wissen«, beendete Stoltz den Satz. »Vielleicht sollten wir beide uns noch einmal mit Katie unterhalten? Ein kleines Gespräch unter Frauen?«

Evelyn sah auf ihre Uhr. Viertel vor zwei.

»Auf geht's.«

Wie es heißt, lösen Gerüche oft Erinnerungen aus. Dem konnte Evelyn nur zustimmen. Die Highschool in Strongsville roch genauso, wie sie ihre Schule in Erinnerung hatte. Und ihr schien, als wäre sie nie fort gewesen, hätte nie den Abschluss gemacht – die letzten zwanzig Jahr waren plötzlich wie ausgelöscht. Es roch nach Linoleum und Neonlampen und den muffigen Textilien in zerbeulten Spinden.

Zu allem Übel betraten die beiden das Gebäude in einer der kleinen Pausen zwischen den Stunden. Zweitausendsiebenhundert pubertierende Jugendliche stolzierten über die Gänge, darauf bedacht, sich in Szene zu setzen. Evelyn schauderte und hielt sich nahe an Taquisha Stoltz, aus Angst, dass sie zurückbleiben und für immer in ihren Highschool-Jahren gefangen sein würde – ein albtraumhaftes Leben in einer Zwischenwelt.

Die Menge löste sich auf, als die Schüler pünktlich zum zweiten Läuten in ihre Klassenzimmer strömten. Evelyn atmete erleichtert auf.

»Mein Gott, ich hatte tatsächlich vergessen, wie sehr ich die Highschool gehasst habe, bis wir eben hier reinmarschiert sind.«

Stoltz wirkte überrascht. »Aber sind Sie denn nicht öfter hier? Ihre Tochter geht doch in diese Schule, oder?«

Das war etwas anderes. Mit Angel an ihrer Seite spielte sie eine bestimmte, festgelegte Rolle. Ohne diesen Anker schienen plötzlich alle ihre längst vergessen geglaubten Ängste wieder an die Oberfläche zu steigen. »Ich besuche nur die Konzerte oder die Elternsprechtage, wenn nur ein paar Kids rumlaufen. Das ist sozusagen das erste Mal, dass ich diese Meute in freier Wildbahn sehe, wenn Sie verstehen, was ich meine.«

Die Polizistin sagte grinsend leise: »Sie wissen doch, dass diese Wilden Ihre Angst riechen können, oder?«

»Das weiß ich. Das weiß ich nur zu gut. Das können Sie mir glauben.« Sie folgte Stoltz über einen weiteren viel zu hellen Flur, froh, dass wenigstens eine von ihnen den Weg kannte. Spinde erstreckten sich in einer scheinbar nie enden wollenden Reihe. »Es geht nicht nur um die Gegenwart, sondern auch um die Vergangenheit. Dinah und ich hatten beide Spinde in der Nähe.«

»Sah sie schon damals so gut aus?«

Evelyn machte eine Geste und sagte: »An dem Tag, an dem Tod Maello, in den ich fürchterlich verknallt war, sie gefragt hat, ob sie mit ihm zum Abschlussball gehen würde, musste ich gerade mein Geschichtsbuch aus meinem Spind holen. Sie hat ihm eine Abfuhr erteilt.«

»Mmm.« Stoltz drängte Evelyn klugerweise nicht, mehr darüber zu erzählen. »Ich habe die Highschool gemocht. Meine

Klassenkameraden von damals sind heute noch meine besten Freunde.«

»Ich wette, Sie waren keine Streberin, keine Außenseiterin.«

»Ich glaube nicht. Jedenfalls hat man mir nie vorgeworfen, schüchtern zu sein.«

Evelyn lächelte. »Wenn ich ehrlich bin, fand ich die Schule damals nicht als so schrecklich. Kids akzeptieren die Dinge, wie sie sind. Ich habe es nicht persönlich genommen, wenn ich manchmal von den Sport-Cracks rumgeschubst wurde. Heute ärgere ich mich maßlos darüber. Am liebsten würde ich schnurstracks nach Hause laufen und meine Tochter in die Arme nehmen, weil sie jeden Tag die Schule besuchen muss.«

»Ich frage mich, wie viel Jenna wohl eingesteckt hat oder ertragen musste.«

»Oder übel genommen hat. Warten Sie mal eine Sekunde – den Jungen da kenne ich.« Er hatte bei der Hütte mitgeholfen, die Michael Bass im Wald baute. Oder besser gesagt, dabei zugesehen. Er war der Hilfsbereite der Kids gewesen.

»Hallo«, begrüßte Evelyn ihn, als er sich mit drei dicken Lehrbüchern im Arm vor seinem Spind aufrichtete.

»Oh. Hallo.« Als er Stoltz' Uniform sah, wurde er sichtlich blass.

»Ist dir noch irgendwas über Jenna Sinclair eingefallen?«

Sein Blick huschte über den Flur. Kein Kid wollte in den Ruf geraten, jemanden zu verpetzen.

»Niemand wird erfahren, dass wir uns unterhalten haben.«

Er warf ihr einen verdient skeptischen Blick zu. Schließlich standen sie mitten in der Schule. Aber irgendjemand musste ihm einmal Respekt vor Erwachsenen eingeflößt haben, denn er beantwortete gehorsam Evelyns Frage. »Ich weiß wirklich nichts über Jenna Sinclair, Ma'am. Und sie hat Michael in seinem Haus nie besucht. Warum auch? Sie ist doch in eine viel bessere Gegend gezogen.« Er schob seine Bücher unter den anderen Arm und knallte die Tür des Spinds zu. »Wir leben in verschiedenen Welten.«

»Wird in der Schule noch über sie geredet?«

Er dachte kurz nach. »Nicht mehr so oft. Als sie verschwand, da gab es kurz etwas Gerede. Katie hat behauptet, sie sei nach Europa gegangen.«

»Sonst noch irgendwelche Theorien?«

»Na ja, jeder, der hin und wieder die Glotze anmacht, sollte eigentlich wissen, dass sie tot ist. Katie will es nur einfach nicht wahrhaben.«

Ein lautes Läuten war zu hören.

»Ich muss los.« Er schlurfte davon.

»Wie geht's mit der Hütte voran?«

Er drehte sich um, schien für einen Moment verwirrt. »Ach, die. Gar nicht. Ist inzwischen zu kalt, um draußen zu arbeiten.«

Evelyn war erleichert.

Die beiden gingen ins Büro von Officer Pam, die ihnen ihren Schreibtisch zur Verfügung stellte und dann Katie Ryan aus ihrem Keramikkurs holte, was sich im Nachhinein als schlechter Schachzug erwies, denn es brachte ihre wertvollste Zeugin von Beginn an gegen sie auf.

»Das ist mein *Lieblingskurs*. Das Einzige, was ich bei dem ganzen Mist, den sie uns hier beibringen, wirklich *mag*. Was wollen Sie denn?«, fuhr Katie die beiden Frauen an, als sie ins Büro kam.

»Tut mir leid, dass ich dich aus deinem Kurs herausholen lassen musste, Katie«, sagte Evelyn beschwichtigend. »Aber das hier ist wirklich wichtig. Wir müssen wissen, wo Jenna ist.«

Katie sah sie erstaunt an und ließ sich dann mit trotzigem Gesicht auf einen Stuhl fallen. »Ich habe keinen Schimmer, wo Jenna steckt. Das habe ich Ihnen doch schon gesagt. Ich glaube, dass ihr Stiefvater sie getötet hat. Mehr kann ich Ihnen nicht sagen, weil ich keine Beweise habe. Kann ich jetzt wieder gehen? Ich forme gerade ein Einhorn.«

»Erinnerst du dich noch an den Tag vor Jennas Verschwinden?«

»An den Tag *vorher*? Ja, ich denke schon.«

»Erinnerst du dich daran, wie du Jenna beim Mittagessen gefragt hast, ob sie mit dem Packen fertig sei?«

Katie erinnerte sich offensichtlich sehr gut daran. Sie hatte zweifellos eine schauspielerische Begabung, aber in diesem Augenblick geriet sie ihr zum Nachteil. »Nein.«

»Doch, das tust du.«

Katie betrachtete die gerahmten Schriftstücke an der Wand und gab sich große Mühe, distanziert zu wirken, was ihr überhaupt nicht gelang. »Dürfen Sie mich überhaupt befragen, ohne dass meine Eltern dabei sind?«

Stoltz räusperte sich. »Die Anwesenheit eines Erziehungsberechtigten wäre nur dann nötig, wenn wir dich eines Verbrechens verdächtigen würden, was wir aber nicht tun. Aus diesem Grund hast du auch kein Recht auf einen Anwalt.«

Evelyn beugte sich vor. »Hör zu, Katie. Ich bin kein Cop. Es interessiert mich nicht, ob Jenna bestraft wird, weil sie öffentliche Gelder verschwendet. Und ich will sie auch nicht in den Jugendknast schicken. Ich will sie bloß finden. Das ist die Wahrheit.«

Katie begegnete Evelyns Blick mit Skepsis.

»Ich habe eine Tochter, die auch in diese Schule geht«, fuhr Evelyn fort. »Sie ist in der elften Klasse. Ich kann einfach die Vorstellung nicht ertragen, dass Jenna irgendwo allein in dem Glauben umherstreunt, dass sie allen egal ist und sich niemand um sie sorgt. Niemand sollte dieses Gefühl haben und ganz besonders niemand in deinem Alter.«

Katie rührte sich nicht.

»Dinah ist vielleicht nicht die perfekte Mutter gewesen, aber das Leben hat ihr in den letzten zwei Monaten eine harte Lektion erteilt. Jetzt ist es an der Zeit, einige Dinge hinter sich zu lassen. Wilson ist in sehr schlechter Verfassung. Aber selbst wenn er überleben sollte, will sich Dinah von ihm trennen.«

Ihre letzten Worte weckten Katies Interesse. »Wird sie den Kotzbrocken wirklich sausen lassen?«

Evelyn nickte. »Das hat sie mir gestern Abend gesagt. Also sollte Jenna wegen Wilson Sinclair abgehauen sein, besteht kein Grund mehr für sie, wegzubleiben. Joshua ist tot und Jenna muss nach Hause zurückkehren, damit sie um ihn trauern kann. Jenna hat niemanden mehr außer ihrer Mutter.«

Katie hatte auf ihre Hände gestarrt, die sie auf ihrem Schoß ineinanderpresste, bis die Knöchel weiß waren. Nun blickte sie auf und Evelyn wusste, dass sie die Sache vergeigt hatte.

»Das stimmt nicht«, sagte Katie mit Nachdruck. »Sie hat mich.«

»Katie ...«

»Ich habe wirklich keinen Schimmer, wo Jenna ist. Ich habe Ihnen alles erzählt, was ich weiß. Ich glaube immer noch, dass Wilson sie umgebracht hat.« Und dann stand sie ruhig und gelassen auf, schwang sich ihren Rucksack über die Schulter und legte eine Hand auf den Türknauf. »Bitte stören Sie mich beim nächsten Mal nicht wieder bei meinem Töpferkurs«, sagte sie und verschwand.

Evelyn sagte zu Stoltz: »Na, das ist ja prima gelaufen.«

»Machen Sie sich keine Vorwürfe. Sie hatten sie beinahe so weit.«

»Ich weiß.«

»Sie lügt. Und das nicht einmal sehr gut.«

»Und das sagt mir zweierlei«, erklärte Evelyn mit einem Seufzer, halb erleichtert, halb frustriert. »Erstens: Jenna Sinclair lebt. Und zweitens: Katie Ryan weiß genau, wo ihre Freundin steckt.«

32

»Ich weiß nicht recht«, sagte David, als Evelyn ihm von dem Gespräch erzählte. »Katie kam mir ziemlich vernünftig vor, als ich mit ihr gesprochen habe ... Aber wer weiß schon, was im Kopf eines Teenagers vor sich geht! Na ja, du hast da bestimmt mehr Ahnung als ich, trotzdem ... selbst wenn Katie und Jenna diese Geschichte zusammen ausgebrütet haben, heißt es nicht zwangsläufig, dass sie weiß, wo sich Jenna *jetzt* aufhält.«

»Stimmt«, gab Evelyn zu, als sie in Dinahs Einfahrt bogen und hinter Heatons Zivilfahrzeug parkten. »Übrigens haben die Farbproben nichts gebracht. Es handelt sich um Acrylfarben, und das Zeug auf Rachaels Polo-Shirt ist Latexfarbe. Ihr Vater sagte doch, sie habe ihm in jenem Sommer beim Instandsetzen des Hauses geholfen, also stammt die Farbe wahrscheinlich daher.« Sie knöpfte ihre kurze Jacke zu, ehe sie die Autotür öffnete. Den Temperaturen nach zu schließen, wurde es bald Winter. »Wie konnte Brendan Zack so schnell hier sein?«

»Laut Dinah war er mindestens zwei Tage pausenlos unterwegs.«

»Aber warum diese Eile?«

»Wer weiß? Dinah behauptet, er wolle ihr beistehen. Vielleicht will er auch nur seine Interessen wahren, wenn ich mich auch frage, welche das sein könnten – das Geld gehört doch Wilson. Wenn wir Glück haben, will er sich ein paar Dinge von der Seele reden.«

Als Evelyn die Hand nach dem Türgriff ausstreckte, packte

David sie am Arm und der Blick, mit dem er sie ansah, schien bis in ihr tiefstes Inneres zu schauen. »Hör zu, es könnte sein, dass er redet. Es könnte aber auch sein, dass er sich weigert, auch nur einen Ton von sich zu geben. So oder so wird es schwer für dich werden, also überlass die Sache mir. Meinst du, du schaffst das?«

»Ja. Es wird bestimmt nicht leicht, aber ich kriege das schon hin.«

»Gut.« Er strich ihr mit der Hand über die Wange und dann erforschten seine Lippen ihren Mund auf eine Weise, dass sie Heaton vergaß, bis der ans Fenster klopfte.

»Kommt schon! Ich werde nicht den ganzen Tag hier rumstehen und mir eure Peepshow ansehen.«

Evelyn und David stiegen verlegen aus dem Wagen.

Dinah öffnete ihnen die Tür. Sie sah so blass und abgespannt aus, wie Evelyn sie noch nie zuvor erlebt hatte. Alle Energie schien sie verlassen zu haben. Sie war verbraucht und die beeindruckende Frau wirkte plötzlich zart und schwächlich. »Kommt rein!«

Sie geleitete ihre Besucher ohne ein weiteres Wort ins Wohnzimmer und deutete auf einen groß gewachsenen Mann in einem abgetragenen Mantel und derart runtergetretenen Schuhen, dass sie aussahen, als hätte er den Weg von Nepal bis hierher zu Fuß zurückgelegt. Doch selbst die Falten in seinem Gesicht konnten nicht seine Grübchen verbergen, und seine Augen strahlten in einem leuchtenden Blau.

»Das ist mein Bruder Brendan«, sagte Dinah.

»Guten Tag«, begann Heaton. »Ich bin ...«

Evelyn hatte eigentlich gar nichts sagen wollen und erschrak über ihre eigene Stimme. »Haben Sie Rachael getötet?«

»Evelyn!«

Dinah ließ sich auf das Sofa sinken.

»Haben Sie es getan?«

Er sah sie trotz seiner offensichtlichen Erschöpfung mitfühlend an. »Ja, das habe ich.«

Brendan Sinclair stand am Rand von Rachaels Grab und starrte mit hängenden Schultern auf die feuchte Erde. Er passte gut zu dem ihn umgebenden Wald: eine reglose Gestalt in verwittertem Braun. Der Himmel riss für einen Moment auf, und die Sonne schien durch die Baumkronen und verlieh seinem Haar einen kastanienbraunen Glanz. Die Vögel schwiegen. Es war auch kälter geworden, und Evelyn kuschelte sich tiefer in ihren dicken Rollkragenpullover.

David las Brendan Sinclair seine Rechte vor.

Dinah stand etwas entfernt an der Seite und zupfte an ihrem Pullover herum, damit er sie mehr wärmte.

»Ich habe dieses Grab ausgehoben. Ich kann mich nur noch bruchstückhaft an jenen Tag erinnern, aber ich weiß, dass ich mit unserer Schaufel hier ein Loch gegraben habe.«

Er sah sich um. Obwohl die Bäume fast ohne Laub waren, konnte man von dieser Stelle aus kein anderes Haus oder Anwesen sehen. »Die Bäume standen damals noch nicht so dicht. Es war heiß. Ich war ganz verschwitzt.«

Evelyn musterte ihn. Seine Haut war vom Wetter gegerbt, aber da waren keine geplatzten Äderchen zu sehen und sein Blick war klar. Als er sich nun den Mantel auszog, weil er an ein kühles Klima gewohnt war, wiesen seine entblößten Arme unterhalb der kurzen Ärmel keine Einstichspuren auf. Offenbar war er clean. Zwar hätte sein Haar geschnitten werden müssen und er war sehr mager, sah sonst aber völlig unauffällig aus.

»Warum haben Sie das getan?«, platzte Evleyn wieder heraus.

Er war unauffällig bis auf die Augen, die er nun auf sie richtete. »Wenn ich das nur wüsste.«

»Woher haben Sie Rachael Tiffin gekannt, Mr. Zack?«, fragte Heaton auf eine für ihn erstaunlich zurückhaltende Art und Weise.

»Sie hat mir während meines Abschlussjahrs Nachhilfe in Mathematik gegeben. Später habe ich sie immer wieder mal im *Dairy Queen* an der Pearl Road gesehen. Damals hatte ich eine große Schwäche für Süßigkeiten, weil ich Heroin gespritzt habe. Die Pearl Road ist ja nicht so weit entfernt, und ich konnte zu Fuß gehen, wenn mir meine Mutter wieder mal den Wagen weggenommen hatte. Gegen Ende war ich den Wagen dann ganz los – unsere unbezahlten Rechnungen häuften sich, was allerdings nicht ausschließlich mir zu verdanken war.« Er schenkte seiner Schwester ein entschuldigendes Lächeln, doch sie starrte den Boden an.

Brendan ließ sich in dem Laub auf die Knie fallen und legte eine Hand auf einen der Erdhügel, während die Cops darauf warteten, dass er weitersprach. »Rachael tauchte eines Nachmittags im Sommer auf. Ich weiß nicht mehr genau, wie spät es war, wohl so gegen eins oder zwei. Ich habe damals selten auf die Uhr geschaut. Heute tue ich es gar nicht mehr. Die Mönche haben mich gelehrt, dass die Zeit ...«

Er verstummte und warf Evelyn ein betrübtes Lächeln zu.

»Egal. Sie erwischte mich während einer meiner Alkoholexzesse. Wir standen kurz davor umzuziehen – ich wusste nicht einmal wohin – und mein Vater war seit Tagen nicht mehr aus dem Bett gekommen. Meine Mutter bewältigte die Situation indem sie so tat, als laufe alles ausgezeichnet, als geschehe dieser Umzug auf unseren Wunsch hin. Sie ließ einfach nicht locker und versuchte, uns dieser Gehirnwäsche zu unterziehen, damit wir ihr in ihre Fantasiewelt folgten. Mein Hund fiel in den Swimmingpool und ertrank. Der Motor meines Wagens ging kaputt, und er musste abgeschleppt werden. Und Dinah – Dinahs Welt begann zu zerfallen.«

Dinah wandte sich ab, als sie Evelyns prüfenden Blick spürte; sie biss sich sogar auf einen Fingernagel.

»Im Haus der Zacks ging es also recht spannungsgeladen zu, um es einmal milde auszudrücken. Ich versuchte mit diesen Veränderungen umzugehen, wie ich es damals immer tat: Ich trank. Wenn ich das Trinken satt hatte, warf ich mir LSD ein. Und wenn mich das LSD zum Ausflippen brachte, kehrte ich wieder zum Trinken zurück.«

Evelyn stellte überrascht fest, dass sie neben ihm kauerte, um ihm besser zuzuhören. Brendans Augen waren kristallblau mit hellen Flecken, die sie an Luftbläschen in einem Glas Champagner erinnerten.

»Ich erzähle das alles, um Ihnen begreiflich zu machen, warum mein Gedächtnis lückenhaft ist. Das, was geschah, wurde mit den Jahren immer deutlicher, aber es gibt Zeiträume während jenes Tages – während jenes Monats –, an die ich überhaupt keine Erinnerung mehr habe.«

»Okay«, sagte sie. »Fahren Sie fort.«

»Rachael kam zu mir nach Hause. Zumindest nehme ich das an, weil ich mich nicht daran erinnern kann, sie irgendwo abgeholt oder getroffen oder mit ihr telefoniert zu haben. Ich wüsste auch nicht, warum. Ich kannte sie ja kaum. Hatte sogar ihren Namen vergessen. Ich weiß noch, dass ich in der Küche stand und ziemlich verwirrt war, verblüfft, sie dort zu sehen.«

Die arme Rachael. Da nahm sie ihren ganzen Mut zusammen, um sich mit dem Mann ihrer Träume zu treffen, und dann erinnerte sich der nicht einmal an ihren Namen.

»Warum ist sie vorbeigekommen?«

»Keine Ahnung. Sie sprach mit mir – ich kann ihre Stimme noch immer hören –, aber die Worte ergaben keinen Sinn für mich, oder vielleicht konnte ich mich auch nicht lange genug auf das Gesagte konzentrieren. Ich war wie in einem Dämmerzustand. Ich glaube, sie war von mir enttäuscht. Sie wirkte irgendwie enttäuscht.«

Wer konnte es ihr verdenken.

»Es ging irgendwie um Leute aus gutem Hause, die sich zu Tode trinken.«

Dinah verlagerte ihr Gewicht auf das andere Bein, dabei knackte ein Zweig unter ihrem Fuß.

»Ich musste lachen, weil sie glaubte, wir stammten aus ›gutem Hause.‹ Die arme Kleine.« Brendan strich über die Erde am Rand des Grabs und seine Stimme stockte. »Sie wollte sehen, wie die Reichen leben.«

Nein. Sie wollte herausfinden, ob mehr hinter diesen Champagneraugen steckt als ein reicher Junge, der ein Luxusleben führt. Aber ein Mehr hatte es nicht gegeben.

»Damals hörten sich ihre Worte für mich natürlich wie das Geschwätz einer blöden Kuh an – wie das meiner Mutter. Also versuchte ich auf dieselbe Weise mit ihr fertig zu werden: Ich ging zum Kühlschrank und mixte mir einen Martini. In einem großen Wasserglas. Das ist das Letzte, woran ich mich erinnere.«

Brendan sah an Evelyn vorbei zu seiner Schwester hinüber, als warte er auf ihre Vergebung. »Bis ich aufwachte und sie auf dem Küchenboden fand, den Kopf in einer Blutlache.«

Brendan legte jetzt beide Hände auf die Erde des Grabs; er wagte nicht mehr, Evelyns Blick zu begegnen, zu groß waren seine Schuldgefühle.

»Wie haben Sie Rachael umgebracht?«

»Ich glaube, ich habe sie niedergeschlagen, und sie ist mit dem Kopf auf den Fliesenboden geprallt. Vielleicht habe ich sie auch zu Boden geworfen. Ich weiß es nicht mehr.«

»Sind Sie sich ganz sicher, dass Rachael tot war?«, fragte Evelyn, denn sie konnte den Gedanken nicht ertragen, ihre Freundin könnte lebendig begraben worden sein.

»Ganz sicher. Ich habe mein Gesicht über ihren Mund gehalten, und da war kein Atem mehr zu spüren. Und ich habe versucht, den Puls an ihrem Hals zu ertasten. Sie war tot.«

»Zu welcher Tageszeit war das?«

»Das weiß ich nicht genau. Früher Nachmittag, schätze ich.«

»Es war noch hell draußen?«

»Ja.«

»Und niemand hat Sie dabei beobachtet, wie Sie eine Leiche durch den Garten schleiften? Wer hielt sich außer Ihnen noch im Haus auf?«, fragte David.

»Niemand.«

»Sind Sie sich da sicher?«

»Ja. Meine Mutter war mit einem ihrer Bilder zu einer Galerie gefahren, um es zu verkaufen. Mein Vater war mit unserem Steuerberater segeln gegangen. Und Dinah war bei der Parade.« Er blickte flüchtig zu seiner Schwester hinüber und sie nickte. »Deshalb hat mich wahrscheinlich auch kein Nachbar gesehen. Sie waren alle unten an der Pearl Road.«

»Der Umzug?«, fragte Evelyn.

»Ja. Zusammen mit den Cheerleadern, stimmt's?«, antwortete er, fragend den Blick auf Dinah gerichtet.

Sie nickte wieder.

Heaton fragte: »Das geschah also am Mittwoch? Dem ersten Tag der Kirmes?«

»Ja. Ich glaube schon.«

Evelyn hörte nicht mehr zu. Sie war von der Vorstellung überwältigt, dass Rachael bereits tot gewesen war, als sie ihre Freundin auf dem Rasen vor dem Rathaus gesucht hatte. Sie hatte den ganzen Abend auf Rachael gewartet, die sie nie wiedersehen sollte. Die ganze Zeit, während sie geglaubt hatte, Rachael wollte nichts mehr mit ihr zu tun haben und sei, ohne sich zu verabschieden, nach Bryn Mawr verschwunden, hatte Rachael bereits in ihrem Grab gelegen. Und als Evelyn endlich nicht mehr trauerte, hatte sie Allen Tiffin fälschlich des Mordes an seiner Tochter verdächtigt.

Brendan sprach weiter: »Ich habe sie hierher gebracht. Es gibt keinen ernüchternderen Anblick als einen toten Menschen – das hat jeden Tropfen Alkohol aus meinem Körper gejagt. Ich dachte mir, wir ziehen doch sowieso um. Wenn die Leiche lange nicht gefunden wird, werden vielleicht später die neuen Besitzer unseres ehemaligen Anwesens verdächtigt. Dass ich dabei völlig unschuldige Menschen belasten könnte, war mir egal. Ich kaschierte das Grab mit toten Blättern, legte diesen Stein da hin und ging ins Haus zurück, um den Küchenboden zu wischen. Dann zog ich mich um. Und als ich mir gerade einen frischen Drink machte, kam meine Mutter.«

»Wie hat sie reagiert?«

»Worauf denn? Es schien doch alles normal zu sein – das Haus war ordentlich und ich hatte einen Drink in der Hand. Sie war erleichert, mich überhaupt auf den Beinen vorzufinden.« Er blickte zu David auf. »Sie fragen sich bestimmt, warum ich nicht die Polizei gerufen habe, nicht wahr?«

Der Cop nickte.

»Wir waren reich, Detective, so einfach ist das. Die Polizei anzurufen, ist mir nie in den Sinn gekommen.«

Evelyn erstarrte. »Rachael hatte einen Vater, der seit zwanzig Jahre in demselben Haus in der Hoffnung lebt, dass seine Tochter eines Tages zurückkommen würde. Und Sie wussten die ganze Zeit, wo sie war!«

»Ich hatte auch eine Familie. Meine Eltern hätten zwar keine Auszeichnung als Mutter oder Vater des Jahres verdient, aber sie hatten niemandem etwas zuleide getan. Ich konnte ihnen unmöglich zumuten, den ganzen Zirkus eines Prozesses durchzumachen – und vor allem auch nicht Dinah. Sie ist praktisch allein groß geworden. Unsere Eltern haben sich kaum um sie gekümmert und wenn, dann hatten sie kein freundliches Wort für sie übrig. Und ich war auch nicht gerade eine große Hilfe für sie.«

»Ist schon gut, Brendan.« Dinahs Augen glänzten feucht. Tränen. »Niemand muss das erfahren.«

»Dinahs Leben hatte gerade erst angefangen – ich konnte nicht zulassen, dass man sie auf ewig als ›die Schwester des Killers‹ abstempelte.« Er blickte auf und sah Evelyn an. »Das war ich ihr schuldig.«

»Waren Sie Rachael nicht auch etwas schuldig?«, fragte Evelyn.

Brendan stand noch am Grab, den Blick gesenkt, als wünschte er, es wäre sein eigenes.

»Ich habe Rachaels Seele seither um Vergebung gebeten. Und ich glaube, bei einer Geisterbeschwörung vor fünf Jahren hat sie mir endlich verziehen. Ich weiß, dass ich ihr nie etwas Böses antun wollte. Aber ich weiß auch, dass das, was ich ihr und ihrer Familie angetan habe, unverzeihlich ist. Und ich werde diese Last tragen, bis meine Seele wieder mit Brahma, dem Schöpfergott und Lenker des Universums vereinigt ist.«

»Sprechen Sie nicht über Rachael, als hätten Sie sie gekannt!«

»Lass ihn in Ruhe!«, bat Dinah, wahrte aber weiterhin Distanz.

Evelyn sprang auf und packte Brendan an der Vorderseite seines abgetragenen Hemds.« »Sie haben Rachael nicht gekannt! Sie haben sie nur umgebracht!«

Brendan rührte sich nicht. Er stieß sie nicht einmal von sich, als sein Hemd durch ihr wütendes Schütteln zerriss.

Da legte David die Arme um Evelyns Taille und zog sie beiseite.

Evelyn schlug weiter um sich. »Sie war zehmal so viel wert wie Sie!«

Brendan streckte die Hand aus, umfasste eine ihrer Fäuste und hielt sie sanft fest. »Ich weiß.«

»Lass ihn in Ruhe«, bat Dinah wieder. Sie blieb am Rand der Lichtung stehen, als wäre es ihr unerträglich, sich Rachaels Grab weiter zu nähern.

Als Evelyn ruhiger zu atmen begann, löste David seinen Griff und trat zwischen sie und Brendan.

»Können Sie uns noch mehr über den Totschlag an Rachael Tiffin erzählen?«

Brendan schüttelte den Kopf.

»Sind Sie bereit, sich einem Lügendetektortest zu unterziehen?«

»Ja, natürlich. Was immer Sie wollen.« Er rieb die Hände aneinander, um die Erde von Rachaels Grab abzustreifen. »Mein Karma in diesem Leben muss sich endlich vollenden.«

Brendan legte eine Hand unter Evelyns Ellbogen, als sie aus dem Wald heraustraten. Die toten Blätter und Zweige am Boden bildeten einen dichten Teppich. Sein Griff war erstaunlich stark für einen so dünnen Mann. Evelyn entzog ihm ihren Arm mit einer heftigen Bewegung.

Ich hätte ihn so gern gehasst, dachte sie.

Als die kleine Gruppe aus dem Wald kam, stand die Villa der Sinclairs da – ein perfektes Heim für reiche, glückliche Menschen. Sie gingen zu den davor parkenden Streifenwagen. Ein

Van von Channel 15 wartete auf der Straße in der Hoffnung auf interessante Neuigkeiten.

Zwar war die Sonne hinter den Baumwipfeln verschwunden, aber im Dämmerlicht konnte Evelyn den Schriftzug auf dem Auto von Katies Mutter erkennen, die gerade in die Einfahrt einbog. *Ryan's Reinigung.*

»David«, sagte sie. »Ich glaube, ich weiß, wo Jenna steckt.«

Er war mit zwei langen Schritten an ihrer Seite. »Wo?«

Evelyn nickte zu den Ryans hinüber, wo Katie gerade vor der Haustür auftauchte. Sie hielt die Fliegengittertür mit einer Hand auf und versuchte, eine zimtfarben getigerte Katze nach drinnen zu locken.

»Katie!«, rief Evelyn.

»Jenna!«, rief David.

Evelyn sah sich hektisch um, während beide auf den Teenager zugingen. »Wo ist sie?«

Katie musterte beide voller Abneigung. Offensichtlich hatte sie Evelyn die morgendliche Befragung noch nicht vergeben. Sie schaute zu Brendan hinüber, der die Katze mechanisch streichelte. Dinah folgte den anderen langsam in einigem Abstand.

David wirkte wie benommen. Er starrte Katie an, als hätte er sie noch nie gesehen.

Was auch stimmte, wie sich herausstellen sollte.

»Wer ist das?«, fragte er Evelyn.

»Katie, wer sonst.«

»Das ist nicht Katie.«

Das junge Mädchen hatte die Situation offensichtlich vor Evelyn begriffen und zog sich plötzlich in sein Schneckenhaus zurück.

»Doch, das ist sie. Das ist Katie Ryan. Wieso ...«

»Das ist nicht das Mädchen, mit dem ich neulich gesprochen habe.«

Sie starrten sich an. »Aber wer ...«

Katie begann langsam zurückzuweichen, wie jemand, der sich vor einem knurrenden Hund in Sicherheit bringt.

David riss die Fliegengittertür auf und stürzte an ihr vorbei in das große Haus. »Jenna!«

Evelyn war ihm dicht auf den Fersen und rief ihrerseits mit lauter Stimme: »Jenna, komm raus!«

»Wir wissen, dass du hier bist!«, fügte David hinzu und bewegte sich Richtung Flur.

»Sie ist nicht hier!«, rief Katie hinter ihnen. »Sie können nicht einfach hier reinkommen, wenn meine Eltern nicht zu Hause sind! Verschwinden Sie!«

»Jenna, wo bist du?«

»Hier.«

Sie drehten sich um. Im Bogengang zum Esszimmer stand ein junges Mädchen in blauer Jogginghose und blauem Tanktop, dunkle Ringe unter den Augen. »Ich bin hier.«

33

Katie ging zu ihrer Freundin und schlang ihr die Arme um die Taille, als wollte sie sie auf diese Weise vor David und Evelyn beschützen. Als sie die zwei so leibhaftig zusammen vor sich sah, in der Pose wie auf dem schon älteren Foto in Jennas Zimmer, begriff Evelyn, wie diese Verwechslung hatte geschehen können. Die platinblonde Katie sah Dinah ähnlicher als ihre eigene Tochter Jenna.

Sie war unglaublich erleichtert, weil das junge Mädchen noch lebte. Jenna war zwar blass und da war ein gequälter Ausdruck in ihren Augen, aber sie war offenbar unversehrt. »Jenna, ich ...«

»Warum hast du so getan, als ob du Katie wärst?«, fragte David. »Was glaubst du denn ...«

»Ich war nur mal kurz draußen, um die verdammte Katze reinzuholen! Ich war eine Ewigkeit da unten im Keller und wollte einfach frische Luft schnappen. Und dann tauchten plötzlich Sie auf und hielten mich für Katie. Was sollte ich denn da machen?«

»Wie können Sie nach einer vermissten Person suchen, wenn Sie nicht einmal wissen, wie sie aussieht?«, fragte Katie, die sich immer noch an Jenna klammerte.

David öffnete den Mund, schloss ihn aber schnell wieder.

»Ich kenne den Grund«, sagte Jenna und seufzte. »Weil meine liebe Mutter keine Fotos von ihren Kindern hat, stimmt's? Ich bringe nicht mal mehr die Aufnahmen mit nach Hause, die sie in der Schule von uns machen, weil sie ihr ja nie gut genug sind.«

»Jenna?«

Dinah stand in der offenen Verandatür, durch die ihre Stimmen nach draußen gedrungen sein mussten. Sie starrte ihre Tochter an, die perfekten Zähne entblößt, das Gesicht perlmuttartig weiß. »Jenna?«

»Wenn man vom Teufel spricht«, sagte ihre Tochter.

Einen Moment rührte sich niemand. Dann rannte Dinah mit ausgestreckten Armen auf Jenna zu und stieß Katie dabei fast um, weil sie nichts anderes sah als ihre verloren geglaubte Tochter.

Jenna versetzte ihrer Mutter eine laute Ohrfeige.

Dinahs Arme sanken nach unten. Sie berührte die Stelle nicht, wo Jennas Finger rote Abdrücke auf ihrer bleichen Haut hinterlassen hatten.

»Fass mich nicht an!«, schrie Jenna, ohne dabei zurückzuweichen. »Wage es ja nicht, mich anzufassen!« Sie fügte noch einige Kraftausdrücke hinzu, die Evelyn noch nie zuvor gehört hatte.

Dinah rührte sich nicht, ihre Worte waren kaum hörbar. »Jenna, es ... es tut mir leid. Ich weiß, ich hätte ...«

»Oh, toll, jetzt erzähl mir bloß nicht, wie leid es dir tut, weil du es zugelassen hast, dass mich dieser kranke Mistkerl geschlagen und meinen kleinen Bruder getötet hat und das bloß, weil du an sein Geld wolltest. Wenn du jetzt unter Schuldgefühlen leidest, ist mir das echt scheißegal, denn es ist verdammt noch mal zu spät. Hast du das kapiert? Es ist zu spät!«, schrie sie wütend und drohte mit ihrer zur Faust geballten Hand.

David packte ihren Arm und schob dann Dinah behutsam mit der anderen Hand zur Seite, aus der Gefahrenzone. Heaton und Brendan Zack standen da und gafften.

»Du bist also die ganze Zeit über hier gewesen?« Evelyn konnte es immer noch nicht glauben.

»Meine Eltern haben keine Ahnung davon«, sagte Katie, die ihrer Freundin nicht von der Seite wich. »Sie lassen mich in meinem Keller in Ruhe. Das haben Sie wohl mal in irgendeiner Elternzeitschrift gelesen. Sie können ihnen nicht die Schuld ...«

David unterbrach sie. »Wir haben kein Interesse daran, deine Eltern zu belangen, Katie, also beruhige dich wieder. Mich interessiert viel mehr, was Jenna in den letzten beiden Monaten getrieben hat.«

Das Gesicht des Teenagers nahm einen noch misstrauischeren Ausdruck an. »Was meinen Sie damit?«

»Ich wüsste gern, ob du letzten Freitag auf deinen Stiefvater geschossen hast.«

Beide Mädchen öffneten gleichzeitig den Mund, aber ihre Lippen formten verschiedene Buchstaben. Evelyn hätte schwören können, dass Katie zu einem Nein ansetzte, Jenna hingegen zu einem Ja.

David drehte Jenna das Handgelenk auf den Rücken. Das Zuschnappen der Handschellen wirkte wie ein kalter Wasserguss auf die anwesenden Frauen. »Jenna Sinclair, ich verhafte dich wegen Mordversuch an Wilson Sinclair.«

»David«, sagte Dinah mit flehender Stimme. »Nein.«

»Ich habe keine andere Wahl, Dinah. Sie muss sich für ihre Tat verantworten.«

Dinah und Katie stimmten gleichzeitig ein Jammern an. Auf Jennas Gesicht spiegelte sich eine grimmige Zufriedenheit. Sie ließ ihre Mutter nicht einen Moment aus den Augen und registrierte gelassen deren drohenden Zusammenbruch angesichts dieses neuerlichen Schocks.

»... kann und wird gegen dich verwendet werden ...«

Katie rief mit hysterischer Stimme: »Sie können sie nicht verhaften! Sie ist doch erst fünfzehn!«

»Der Mistkerl hatte es nicht anders verdient«, sagte Jenna mit einem Lächeln, das einem Angst einjagen konnte.

David bugsierte das Mädchen zur Tür, ohne sich bei seiner Rechtsbelehrung unterbrechen zu lassen: »Wenn du dir keinen Anwalt leisten kannst ...«

Dinah lief den beiden hinterher, ihrer natürlichen Neigung folgend, Schadensbegrenzung zu betreiben. »Ich komme mit. Sag nichts mehr, Jenna. Kein Wort.«

Als Jenna von David mit festem Griff durch den Vorgarten der Ryans über den Rasen und unter dem gnadenlosen Objektiv der Kamera von Channel 15 abgeführt wurde, sah Jenna Dinah mit bösartigem Lächeln über die Schulter an und sagte: »Ich würde lieber auf dem elektrischen Stuhl sterben, als *dich* jemals wiederzusehen – Mutter.«

Es waren dumme, alberne Worte, aber ihre Stimme besaß eine ungewohnte Schärfe. Dinah blieb wie angewurzelt stehen. Und dort, vor den Augen der Welt, die Dinah immer kontrolliert hatte, verlor sie die Fassung, brach in Tränen aus und sank auf die Knie. Animalische Laute drangen aus ihrer Kehle. Sie weinte nicht um Mitleid zu erregen. Ihr Make-up zerlief, ihre Augen röteten sich, nichts an ihr war mehr schön. Sie schien nicht zu merken, dass ihr Bruder die Arme um ihre Schultern geschlungen hatte oder dass ihre Tochter in einem Streifenwagen weggefahren wurde. Für sie existierte in diesem Augenblick allein dieser überwältigende Schmerz.

Evelyn beobachtete Jenna durch den Einwegspiegel in dem abgedunkelten Raum. Heaton lehnte an der Rückwand irgendwo hinter ihr, wo wenig Licht hinfiel, er aber einen freien Blick durch den Spiegel in den Verhörraum hatte. Das Mädchen saß an einem Metalltisch, auf dem nur ein Plastikbecher mit Wasser und ein Kassettenrekorder standen. Sie hatte sich auf ihrem Stuhl zurückgelehnt, die Beine ausgestreckt und die Arme vor der Brust verschränkt.

Die Tür wurde geöffnet und wieder geschlossen. Evelyn spürte Davids tröstliche Gegenwart an ihrer Seite.

»Wie geht es dir?«, fragte er.

»Es war ein langer Tag, und es ist eine Menge passiert.«

»Das war leider noch nicht alles.«

Sie bekam weiche Knie und lehnte sich an seine Schulter. »Was denn noch?«

»Wilson Sinclair ist vor einer Stunde gestorben.«

Heaton gab ein Knurren von sich. Evelyns Versuch, nichts für den Mann zu empfinden, scheiterte. Das Schicksal hatte ihn – vielleicht in Gestalt seiner Stieftochter – ebenfalls zu einem Opfer gemacht.

David verschränkte die Arme vor der Brust. »Ich kann es kaum glauben, dass dieses kleine Mädchen aus einem Nobelviertel kaltblütig ihren Stiefvater erschossen haben soll. Aber langsam bin ich überzeugt, dass sie tatsächlich die Täterin ist.«

Die Verhaftung und die Stunden im Gefängnis hatten Jenna nicht zerbrochen. Sie starrte in den Spiegel, als wüsste sie von den Zuschauern. Sie hatte nicht einmal in der Schule nachsitzen müssen, doch nun hatte ihr Gesicht den spöttischen, mürrischen Ausdruck einer Prostituierten, die zum zehnten Mal aufgegriffen wurde.

»Hat sie die Tat gestanden?«

»Weder gestanden noch bestritten. Sie lächelt mich bloß an, und das ist nicht gerade ein nettes Lächeln.«

»Ich habe während meiner Dienstjahre schon mit einigen

Teenagern zu tun gehabt«, sagte Heaton in den Raum hinein. »Aber die Kleine hier ist ... außergewöhnlich.«

»Ist sie high?«, fragte Evelyn.

»Alles deutet darauf hin, dass sie stocknüchtern ist«, erwiderte David. »Sie scheint genau zu wissen, was sie tut. Ich habe schon Gruppenvergewaltiger eingebuchtet, die keinen so kühlen Kopf bewahrt haben wie die Kleine da – nicht, nachdem wir sie allein in einer Zelle schmoren ließen. Sie hingegen scheint dabei richtig aufzublühen.«

Evelyn seufzte. »Natürlich tut sie das. Sie möchte ihrer Mutter zeigen, wie tief sie gesunken ist, damit sie ihr klarmachen kann, dass das alles nur Dinahs Schuld war. Das übliche Verhalten in der Pubertät, auch wenn es Kids gewöhnlich nicht derart übertreiben. Die meisten Mädchen leben ihre Gefühle aus, indem sie sich den Bauchnabel piercen lassen und nicht etwa ihren Stiefvater umbringen.«

»Besorgt Dinah ihr einen Anwalt?«

»Sie ist im Augenblick unten und telefoniert. Brendan ist bei ihr. Vermutlich ist es gut, dass er nach Hause gekommen ist. Er ist sehr einfühlsam.«

David sah Evelyn fragend an.

»Ja, schon gut«, sagte sie seufzend. »Habe ich das gerade wirklich über den Mann gesagt, der meine beste Freundin ermordet hat? Ich komme mir wie eine Verräterin vor, dass mir überhaupt ein solcher Gedanke gekommen ist.«

»Es war kein leichter Tag, Evie.«

»Ich würde ihn so gern hassen. Würde so gern das Gefühl haben, dass er es verdient, gehasst zu werden, aber egal wie ich mich auch bemühe ...«

David legte einen Arm um sie und küsste sie auf die Schläfe, ehe er das Mädchen hinter dem Spiegel beobachtete.

»Jenna wird irgendwann wieder normal werden. Trotz ihres Getues ist sie doch nur ein kleines Mädchen – und sie wird kapieren, dass sie ihre Mutter braucht. Es sei denn, sie will im Gefängis sitzen, bis sie einundzwanzig ist.«

»Könnte bei ihr das Erwachsenenstrafrecht zur Anwendung kommen?«

»Ein reiches, weißes Mädchen? Auf keinen Fall. Sie wird ins Jugendgefängnis kommen. Ich wünschte nur, sie würde reden. Sie weigert sich, irgendwelche Einzelheiten zu bestätigen oder zu bestreiten. Sie verrät nicht, wo sie die Waffe herhatte, wo die Waffe jetzt ist, wann sie auf ihn geschossen hat oder auch nur warum.« David rieb sich die Augen. »Sie lächelt immer nur.«

»Vielleicht hat sie es doch nicht getan.«

David dachte kurz nach. »Ich halte sie für die Täterin. Aber ich würde mich nach einem Geständnis besser fühlen.«

Evelyn holte tief Luft. »Darf ich mit ihr reden?«

»Du? Das ist doch gar nicht dein Job.«

»Ich weiß.«

»Normalerweise kommst du nicht einmal in die Nähe von Verdächtigen.«

»Ich weiß. Aber ich habe nach ihr gesucht, habe ihre Freunde befragt und ich kenne ihre Mutter. Vielleicht redet sie ja mit mir. Es kann nicht schaden, oder? Wenn du natürlich der Ansicht bist, es würde die Ermittlungen gefährden …«

Er dachte wieder nach. »Nein, eigentlich nicht. Ich habe ihr ja ihre Rechte vorgelesen.« Er packte sie am Ellbogen, als sie sich abwandte. »Vergiss nicht, den Kassettenrekorder einzuschalten, bevor du anfängst.«

»Okay.«

»Viel Glück.«

Als Evelyn die Tür zum Verhörraum öffnete, hatte sie nicht die leiseste Ahnung, was sie sagen sollte.

Jenna blickte nicht auf, wandte ihren Blick nicht einmal für den Bruchteil einer Sekunde von ihrem Spiegelbild ab. Vielleicht hatte sie diesen stumpfsinnigen Blick in Katies Keller geübt und wollte ihn jetzt beibehalten.

Evelyn setzte sich. Sie gab sich keine Mühe, ihr offensichtliches Missbehagen vor diesem Mädchen zu verbergen, sie riskierte es, sich Jennas Spott auszuliefern. Schließlich war sie nicht hier, um zu beweisen, wer von beiden tougher war. Sie drückte die Aufnahmetaste des alten Kassettenrekorders, nannte ihren Namen, Jennas Namen, Datum und Uhrzeit. Sie hatte noch nie zuvor offiziell einen Zeugen befragt, nahm aber an, dass dieses Prozedere reichte.

»Ich glaube nicht, dass du mich kennst, Jenna ...«

»Katie hat mir von Ihnen erzählt. Sie arbeiten im Leichenschauhaus.«

»Das stimmt.«

»Sie haben Wilsons Kofferraum durchsucht, weil Sie dachten, er hätte mich umgebracht.« Die Vorstellung schien sie zu amüsieren.

»Katie hat mich darauf gebracht. Aber du hast sie instruiert, damit sie der Polizei diesen Floh ins Ohr setzt. Wenn du Wilson wirklich etwas anhängen wolltest, wäre es besser gewesen, du hättest mir ein paar Hinweise hinterlassen.«

»Ich bin nicht weggelaufen, um ihm etwas anzuhängen. Das ist mir erst später eingefallen.«

»Wie lange wolltest du denn von zu Hause wegbleiben? Und warum bist du weggelaufen? Nur, um dann nebenan zu wohnen?«

Jenna richtete ihren Blick wieder auf den Spiegel und schwieg. Aber sie stützte das Kinn auf eine Hand.

»Warum, Jenna?«

Keine Antwort.

»Dann rate ich mal. Du bist eines Tages nicht von der Schule nach Hause gekommen, um die Reaktion deiner Mutter zu testen und die hat dir gar nicht gefallen. Es gab keine Polizei, keinen Aufruf im Rundfunk oder im Fernsehen. Nichts. Du hast dich also gefragt, ob sie deine Abwesenheit überhaupt bemerkt hatte.«

Jenna gab ein Schnauben von sich und rieb sich die rechte Schläfe. Der Adrenalinschub ließ langsam nach, zurück blieb nichts weiter als Erschöpfung – die Realität.

»Also bliebst du weg – zwar nebenan, aber weg. Du wolltest rausfinden, ob sich deine Mutter und Wilson infolge der familiären Belastung trennen würden. Oder ob es ihnen vielleicht egal wäre, was mit dir geschah. Du wolltest sicher sein, ehe du eine Entscheidung über dein weiteres Vorgehen treffen würdest. Und so wurden aus Tagen Wochen – und dann starb Joshua.«

Jennas Gesicht blieb unbeweglich.

»Du konntest nicht um ihn trauern, konntest nicht auf die Beerdigung gehen.«

Die Augen des Mädchens füllten sich mit Tränen.

»Wussten die Ryans, dass du in ihrem Haus lebtest?«

»Nein.«

»Komm schon, Jenna, wir werden diese Leute nicht vor Gericht bringen. Solltest du dich freiwillig dort aufgehalten haben, ist ihnen nichts vorzuwerfen. Doch willst du mir wirklich weismachen, dass du die ganze Zeit über unter ihrem Dach gelebt hast und sie nichts gemerkt haben?«

»Sie sind selten zu Hause.«

»Ja klar und sie vernachlässigen Katie ganz schrecklich.«

Jennas Wimpern zuckten angesichts Evelyns sarkastischen

Tonfalls, aber sie zögerte nicht und sagte: »Sie hatten keinen Schimmer.«

»Ich muss zugeben, du machst das wirklich gut. Es muss schon schwer genug gewesen sein, sich vor den Ryans zu verstecken, aber wie konntest du nur der Verlockung widerstehen, in dein Zimmer zu gehen und etwas von deinen Sachen zu holen?«

Jenna ignorierte die Frage.

»Natürlich, als dann dein Bruder starb ...«

»... ermordet wurde.«

»Ja, ermordet wurde. Aber bis zu seinem Tod war Patty ständig im Haus. Deshalb konntest du nicht hingehen. Warum hast du auf Wilson Sinclair geschossen, Jenna?«

»Nennen Sie mir einen guten Grund, warum ich nicht auf Wilson Sinclair hätte schießen sollen«, antwortete sie mit einem fiesen Lächeln.

»Erzähl mir von ihm. Du willst nicht über dich oder deine Mutter oder Joshua reden. Aber ich wette, du brennst darauf, mir von Wilson Sinclair zu erzählen.«

»Oh, ja.«

»Hast du jemals gesehen, wie er Joshua geschlagen hat?«

»Andauernd.« Jenna stand auf und begann auf- und abzugehen, was aber offenkundig nur dazu diente, sich die Beine zu vertreten und weniger, um sich abzureagieren. Sie sprach von Gewalt, doch ihre Stimme blieb dabei ruhig. »Er hat ihn in den Bauch geboxt und ihn mit der Lampe auf den Kopf geschlagen. Mit der Lampe im Kinderzimmer. Und er hat ihm die Finger verdreht. Bis er anfing zu weinen.«

Evelyn wartete. Als Jenna vor ihr stand, sagte sie: »Du hast nichts davon mit eigenen Augen gesehen, nicht wahr?«

Das Mädchen wirkte überrascht. »Was wollen Sie damit sagen?«

»Was du beschreibst, passt nicht zu seinen Verletzungen.«

»Da ist noch mehr.« Ganz offensichtlich ging es ihr nur um Joshua.

»Das kannst du dir sparen. Es würde nur weiterhelfen, wenn es wahr wäre.«

Jenna ließ sich gegen die Wand sinken und schüttelte empört den Kopf. »Ist Wilson endlich abgekratzt?«

»Er ist vor einer Stunde gestorben.«

Evelyn beobachtete das Mädchen genau, sah, wie Jenna die Neuigkeit verarbeitete, hielt Ausschau nach einem Anzeichen des Bedauerns oder der Angst. Umsonst. Jenna wirkte zwar schockiert, schien aber das Gefühl auszukosten, als sich ihre Überraschung in Befriedigung verwandelte.

»Er starb an Organversagen«, sagte Evelyn. »Meinen Glückwunsch! Denn jetzt wirst du nicht wegen Totschlag, sondern Mord angeklagt.«

Jenna hob ihre Arme in einem anmutigen Bogen und streckte sie in die Höhe, die Sorglosigkeit in Person. »Na und? Ich bin noch minderjährig.«

»Auch bei Minderjährigen wird bei uns oft das Erwachsenenstrafrecht angewandt, Jenna.«

»Bei einem so hübschen, weißen Mädchen wie ich es bin? Das vom Stiefvater misshandelt wurde, der meinen Bruder umgebracht hat? Jetzt kommen Sie schon. Die werden mich weder vor ein Erwachsenengericht stellen noch werde ich von einem Jugendgericht verurteilt.« Jenna hatte gute Gründe, sich keine Sorgen zu machen. Das waren handfeste Argumente, und Evelyn wusste das. »Doch eins können Sie mir glauben: Es wäre mir egal, wenn sie es tun würden. Meinetwegen können sie mich hinrichten. Das ist mir echt egal.«

»Du wirst deine Meinung noch ändern.«

»Ach, wirklich?«

»Du bist erst seit ein paar Stunden eingesperrt, Jenna. Ich frage dich gern noch mal in zwei Wochen. Und dann in zwei Monaten.«

Die Worte hingen zwischen den beiden in der Luft, und langsam wich der selbstzufriedene Ausdruck aus Jennas Gesicht. Zum ersten Mal wirkte sie ernst. Und aufrichtig. Aber nicht eingeschüchtert.

Evelyn schaltete den Kassettenrekorder aus. Das Klicken in dem kleinen Raum war unnatürlich laut.

»Ich kenne deine Mutter. Wir waren zusammen auf der Highschool.«

»War sie damals schon so ein Miststück?«

Evelyn suchte nach den richtigen Worten, fand sie aber nicht. »Sie war wunderschön.«

»Na, so was«, sagte Jenna und seufzte. »Wer hätte das gedacht.«

»Ich glaube allerdings nicht, dass sie glücklich war.«

»Jetzt fühle ich mich richtig schlecht.«

»Kannst du mir bitte einfach mal *zuhören*, Jenna?«

»Warum sollte ich? Sie wollen wohl, dass ich meine Mutter bedauere. Ich nehme an, dass wir von derselben Frau sprechen – der hinreißenden Dinah? Die alles kriegt, was sie will, weil die Männer ihr zu Füßen liegen, wenn sie sie nur anlächelt? Die dieses Arschloch geheiratet hat und es dann zuließ, dass der Mistkerl mich schlägt? Die ein Kind von ihm in die Welt gesetzt hat, um es dann von Patty großziehen und von ihm umbringen zu lassen? Diese Frau soll ich *bedauern*?«

»Du hast jetzt nur noch sie.«

»Na, so was. Da fühle ich mich doch gleich viel besser!«

»Du bist alles, was ihr noch geblieben ist.«

»Oh, das glaube ich nicht. Sie hat immer noch das Haus und das Geld, und sie muss jetzt nicht einmal mehr Wilson ertragen, um reich zu sein. Man könnte sagen, dass ich verdammt viel mehr für sie getan habe, als sie jemals für einen Menschen getan hat.«

Dieses Gespräch ist sinnlos, dachte Evelyn. Es führt zu nichts. »Sie hat deinen Onkel unterstützt. Hat ihm jahrelang Geld geschickt.«

Jenna konnte zwar ihre Angst kaschieren, aber ihre Neugierde nicht.

»Brendan? Der lebt noch?« Sie kehrte an den Tisch zurück und setzte sich. »Sein Foto steht im Wohnzimmer. Ich wollte immer alles über ihn wissen und habe mich gefragt, ob er seine Schwester überhaupt gekannt hat.«

»Würdest du gern mit ihm reden?«

Jenna überlegte eine ganze Weile. Dann zuckte sie mit den Schultern und verwandelte sich mit dieser Geste in die typische Fünfzehnjährige zurück. »Klar. Warum nicht? Ich habe ja sonst nichts zu tun.«

Evelyn stand auf und ging zur Tür. »Möchtest du deine Mutter sehen?«

»Nein.«

»Aber ...«

Jenna war schon wieder kurz davor, auszurasten. Von ihrer zur Schau gestellten Gelassenheit keine Spur mehr.

»Nein. Nein, nein und nochmal nein! Ich habe dieses Miststück so oft zu Gesicht bekommen, dass es für ein ganzes Leben reicht.«

Evelyn verließ den Raum, als David eine spießig aussehende junge Frau hineinbegleitete. Sie hoffte, dass die Lady nicht Dinahs Steueranwältin war – Jenna würde trotz ihrer Zuversicht kompetentere Hilfe brauchen.

Sie machte sich auf die Suche nach Brendan.

34

Sie entdeckte Brendan vor der Cafeteria, in die er seltsamerweise in Begleitung von Marian und Katie Ryan gehen wollte.

»Katie fühlte sich nicht wohl und hier gibt es Tee«, sagte er erklärend und begleitete die drei an einen Tisch. »Ich habe schon seit über zehn Jahren keinen Orange Pekoe mehr getrunken. Wo ich lebe, gibt es nur Bergkräutertee, der wie Kamille schmeckt. Ich habe das Zeug noch nie gemocht, aber es ist gut für die Nebenhöhlen. Nehmen Sie Milch? Zucker? Hoffentlich nicht dieses künstliche Zeugs.«

»Doch. Das künstliche Zeugs. Wie geht es dir jetzt, Katie?«

»Ich durfte sie sehen«, antwortete das junge Mädchen und biss sich auf die blutleeren Lippen. »Sie ist im *Gefängnis*!«

»Ja, was dachtest du denn, Katie? Sie hat einen Menschen erschossen.«

Die Mutter schien ebenso benommen zu sein wie die Tochter. Sie hatte den Arm um Katies Schultern gelegt und hielt ihre schmale Hand. Nun konzentrierten beide sich auf Evelyn. »Könnte Katie wegen Beihilfe angeklagt werden?«

»Da fragen Sie die Falsche. Aber soviel ich weiß, hat niemand ein Interesse daran, Ihre Tochter anzuklagen. Vorausgesetzt, sie kooperiert und beantwortet die ihr gestellten Fragen. Setzen wir uns doch.«

Die übrigen Gäste, die zu Abend gegessen hatten, verließen gerade die Cafeteria. So waren sie allein, außer der Kassiererin. Die vier setzten sich an einen kleinen, wackeligen Tisch. Große Fenster gewährten einen Blick auf die Straße und den zunehmenden Feierabendverkehr, während die Fans zu einem abendlichen Baseballspiel im Jacob's-Field-Stadion zusammenströmten.

»Ich habe doch schon alles erzählt.« Tränen liefen Katie über die Wangen. »Jenna wollte es so. Sie sagte, es würde nichts bringen, wenn ich auch in Schwierigkeiten gerate.«

»Das war das einzig Vernünftige, das sie je getan hat«, sagte ihre Mutter. »Katie hat ihrer Freundin wirklich nur dabei geholfen, sich vor ihren Eltern zu verstecken. Das hat mit Beihilfe nichts zu tun. Sie wusste nichts von den Mordplänen.«

Tränen ließen Katies blaue Augen noch größer aussehen. »Doch, ich wusste Bescheid.«

Katies Mutter reagierte nicht. Offensichtlich hatte sie das schon einmal gehört.

Evelyn atmete tief durch. »Was soll das heißen?«

»Also, ich hatte keine Ahnung, dass sie ihn tatsächlich umbringen wollte!« Die Worte stürzten aus ihr hervor. Ihre Haut war so blass, dass die Sommersprossen auf ihrer Nase deutlich zu sehen waren. »Ich habe ihr bloß mit der Waffe geholfen. Dass sie sie dann dafür benutzen würde, konnte ich doch nicht wissen!«

»Sprichst du von der Schusswaffe?«

Sie nickte. »Sie gehört meinem Vater. Er hat ein paar davon.«

Evelyn zuckte zusammen und verschüttete dabei etwas Tee auf dem weißen Resopaltisch. Tief in ihrem Inneren hatte sie nicht an Jennas Schuld geglaubt. Sie hatte sich einfach nicht vorstellen können, wie diese Fünfzehnjährige kaltblütig auf einen Mann schoss, ganz gleich, welche Sprüche sie auch klopfen mochte. Aber Teenager brachten immer häufiger Menschen um, und Jenna hatte ihren Stiefvater abgrundtief gehasst. »Erzähl mir alles, von Anfang an.«

»Mein Dad besitzt eine Menge Waffen.«

»Die er in einem Schrank aufbewahrt, der immer abgeschlossen ist«, fügte ihre Mutter hinzu.

»Ich weiß, wo er den Schlüssel aufbewahrt.«

»Aber du hast ihn vorher noch nie geöffnet!«

Evelyn fürchtete, dass sie die Geschichte nie zu hören bekommen würde, wenn es so weiterging. »Ist schon gut, Mrs. Ryan. Dafür kann man Sie nicht zur Verantwortung ziehen.« Genau genommen konnte man das schon, aber Evelyn bezweifelte, dass die Polizei die Sache verfolgen würde.

»Atme einmal tief durch, Katie. Durch die Nase einatmen und durch den Mund wieder aus«, ermutigte Brendan das junge Mädchen. »Ein«, sagte er und sah Katie dabei an, wie er jeden Menschen ansah, mit dem er sprach, nämlich so, als hätte er es mit der interessantesten Person zu tun, der er in den letzten zehn Jahren begegnet war. Offenbar handelte er aus Zuneigung, die er allen seinen Mitmenschen entgegenbrachte.

Und das ist das Erstaunlichste an ihm, dachte Evelyn.

»Und wieder aus. Genau. Noch einmal.«

Nachdem Katie eine Weile auf Kommando geatmet hatte, fuhr sie fort. »Jenna hat mir gesagt, sie wolle in die Stadt fahren und ein paar gefälschte Ausweise kaufen und würde dazu eine Waffe brauchen – zum Schutz halt. Nur für ein paar Stunden und mein Dad würde nicht mal erfahren, dass wir sie ausgeliehen haben. Also habe ich ihr gezeigt, wo Dad den Schlüssel aufbewahrt.«

»Und das war am Freitag?«

»Nein, vor einer Woche. Am Tag nachdem Josh gestorben ist.«

Evelyn runzelte die Stirn. Das ergab keinen Sinn. »Was für eine Waffe war das?«

»Auf der Seite stand ›Glock 40‹. Wir haben auch gleich die richtigen Patronen dafür gefunden, weil die Marke auf der Schachtel aufgedruckt war. Aber sie hat den Typen mit den Ausweisen nicht finden können, deshalb haben wir die Pistole wieder zurückgelegt.«

»Und das zweite Mal?«

»Das war am Freitag. Sie hat mich gar nicht erst gefragt, ob sie sie noch einmal ausleihen darf. Aber als ich nach Hause kam, habe ich die Reinigungslösung gerochen. Das ganze Zimmer stank danach. Sie hat behauptet, ihr sei Kaugummi auf den Lauf gekommen und sie hätte den ganzen Morgen versucht, ihn wieder abzukriegen, weil mein Vater doch so ein verdammter Pedant sei, wenn es um seine Sachen geht – was ja auch stimmt. Wir haben alle Fenster geöffnet und viele Kerzen angezündet, um den Geruch zu vertreiben, bevor meine Eltern nach Hause kamen. Wir sind rumgelaufen und haben mit den Armen gewedelt.« Bei dem Gedanken daran musste sie kichern, und für einen Moment erhellte ein Lächeln ihr Gesicht.

Evelyn überlief ein kalter Schauer. Während die süße Katie und die kleine Jenna über ihren dummen Streich lachten, lag Wilson Sinclair im Nachbarhaus und verblutete langsam.

Brendans Gesichtsausdruck nach zu urteilen musste er wohl ebenso empfinden, aber in seinen Augen war keine Empörung, kein Abscheu zu erkennen, nur eine tiefe Traurigkeit.

Und während die Polizei die Wälder nach der Mordwaffe abgesucht hatte, lag sie gereinigt an ihrem Platz im Nachbarhaus.

»Hat Jenna dir erzählt, warum sie die Waffe genommen hat?«

»Ich habe sie danach gefragt, aber sie hat sich um eine Antwort gedrückt. Ich wusste zu der Zeit nicht, dass auf Wilson geschossen worden war. Erst als ich die vielen Streifenwagen sah, wusste ich, das was nicht stimmt.«

»Was hat Jenna da gesagt?«

»Dass ihre Mutter es vermutlich getan hätte.« Katie kaute an einem Daumennagel. »Das habe ich ihr aber nicht abgenommen.«

»Warum nicht?«

»Sie schien sich überhaupt nicht dafür zu interessieren. Eigentlich hätte sie doch von der Möglichkeit fasziniert sein müssen, dass Wilson etwas passiert war. Aber ich habe nicht weitergefragt. So ist das nun mal mit Jenna. Manchmal lässt man sie besser in Ruhe. Ich dachte mir, dass sie wahrscheinlich nach Hause gegangen sein muss, um ein paar Sachen zu holen, während ich in der Schule war. Und dass Wilson sie dabei überrascht hat und sie deswegen auf ihn geschossen hat. Vermutlich, weil er auf sie losgegangen ist.«

»Sag nur das, was du wirklich weißt, Katie«, ermahnte Marian Ryan ihre Tochter.

Katies Aussage beantwortete aber noch nicht die Frage, warum Wilson um halb neun noch immer zu Hause gewesen war und nicht auf dem Weg zur Arbeit. Oder ob Jenna sich mit ihm verabredet hatte. Aber wie? Und warum hätte er ein Treffen mit ihr vereinbaren sollen? Was hatte Jenna gegen ihn in der Hand gehabt?

Und wenn er etwas zu verbergen hatte, warum sprach sie jetzt nicht offen darüber? Alles, was ihren Stiefvater in ein schlechtes Licht rückte, würde sie doch entlasten.

»Was war mit dem Schalldämpfer, Katie?«

»Womit?«

Evelyn beschrieb die Flasche und den mit Reinigungsflüssigkeit getränkten Lappen, der für die Herstellung des Schalldämpfers verwendet worden war. »Das klebrige Zeug auf dem Lauf war kein Kaugummi, sondern Rückstände des Klebebands, das sie benutzt hat, um die Flasche daran zu befestigen. Als sie schoss, wurde der Lauf so heiß, dass das Klebeband schmolz und zu Plastik wurde.«

Katie dachte darüber nach. »Ich weiß nichts von einer Flasche, aber ich habe eine Idee, wo sie den Lappen her hat. Dad hat eine ganze Kiste davon in seinem Arbeitszimmer stehen, wo auch der Waffenschrank ist. Er hat sie aus unserem Geschäft mitgebracht.«

»Wir benutzen solche Lappen zum Auswischen der Trommeln für die chemische Reinigung«, erklärte Marian Ryan.

Evelyn schwenkte den Teebeutel in ihrem Becher hin und her. »Deshalb konnten wir auch eine hohe Konzentration von Perchlorethylen in dem Lappen nachweisen. Ich dachte mir schon so etwas, als ich den Schriftzug auf der Seite Ihres Firmenwagens sah. Das ergibt wesentlich mehr Sinn als ein Täter, der einen Teil seiner alten, chemisch gereinigten Kleidung zur Herstellung eines Schalldämpfers verwendet.«

Katie aber quälte eine einzige Frage: »Ich verstehe bloß nicht, warum sie mir nichts davon erzählt hat. Also, sind wir jetzt noch Freundinnen oder nicht?«

»Sie wird nie wieder einen Fuß in unser Haus setzen«, erklärte ihre Mutter, wie von einer plötzlichen Panik ergriffen. »Nie wieder.«

»*Mom!*«

Evelyn versuchte, das junge Mädchen zu beruhigen. »Ich fürchte, sie wird kaum noch Gelegenheit dazu haben.«

Mrs. Ryan sagte zu Evelyn: »Seien Sie sich da mal nicht so sicher. Sobald Jenna einen Blick ins Jugendgefängnis geworfen hat, wird sie sehr schnell die Entscheidung treffen, ihre Mutter doch nicht so sehr zu hassen. Komm, Katie. Es ist Zeit, nach Hause zu fahren und dein Leben wieder in geordnetere Bahnen zu bringen.«

Katie sprang auf. »Bis dann, Mrs. James.« Sie schenkte Brendan ein kleines Lächeln.

»Immer schön atmen, Katie. Atmen reinigt die Seele.«

»Okay«, sagte sie, nicht sonderlich überzeugt.

An dem kleinen Tisch herrschte Schweigen. Zwei schick gekleidete Anwältinnen kamen in die Cafeteria und tauschten Beleidigungen aus. Die Kassierin stimmte mit ein.

Evelyn nahm ihre Umgebung nicht wahr, so tief war sie in Gedanken versunken.

Wilson Sinclair hat seinen Sohn getötet. Die fünfzehnjährige Jenna hat einen eiskalt geplanten Mord begangen. Ich möchte in ein paar Monaten David heiraten und werde mich für den Rest meines Lebens fragen, ob er an Dinah denkt, wenn wir miteinander schlafen. Und jetzt sitze ich hier und trinke Tee mit Rachaels Mörder. Ein seltsamer Tag!

Und der Tag kam ihr noch seltsamer vor, als Brendan zu ihr sagte: »Ich möchte mich bei Ihnen bedanken, weil Sie mich veranlasst haben, gerade zu diesem Zeitpunkt zurückzukehren. Und ich bin froh, dass Sie Jenna gefunden haben.«

»Offen gesagt, beides geschah ohne Absicht.«

»Vermutlich geschieht das nicht absichtlich. Es sind Ihre Dharmapala – die Schutzgottheiten –, die Sie die Wunden dieser Welt heilen lassen.«

»Die Menschen, mit denen ich tagtäglich zu tun habe, sind bereits tot«, gab sie zu bedenken. »Ich kann sie nicht heilen. Niemand kann das.«

»Aber Sie klären Ungerechtigkeiten auf, wie die Last, die Rachaels Vater so viele Jahre tragen musste. Ihr Tun kann Seelen heilen.« Er lächelte sie plötzlich an. »Es ist viel schwieriger, als den Körper zu heilen. Das hat mir ein Arzt in unserer Klinik schon vor Jahren gesagt.«

»Ihre Klinik?«

»Das Geld, das Dinah jeden Monat schickt, hat schon viel Gutes bewirkt. In den letzten zehn Jahren haben wir eine Schule gebaut und ein Bewässerungssystem installiert. Jetzt planen wir ein neues Klinikgebäude.«

Kompensierten diese Taten etwa, dass er Rachael getötet und sie im Wald begraben hatte?

»Sie vertreten ein einzigartiges moralisches Prinzip, Mr. Zack.«

»Ein fehlerhaftes trifft es wohl eher«, sagte er. »Und ich entdecke im Lauf der Jahre immer mehr Schwachstellen.«

»Sie können sich also nicht mehr erinnern, wie Sie Rachael getötet haben?«

Die Anwältinnen am Nebentisch warfen Evelyn beschwörende Blicke zu, die ausdrücken sollten, dass sie es besser wissen sollte, als ihren Klienten in der Öffentlichkeit zu befragen.

»Inzwischen sind zweiundzwanzig Jahre vergangen, und diese Momente sind für mich noch immer wie ein schwarzes Loch.«

»Sie sagten, Ihre Mutter sei erleichert gewesen, Sie in der Küche anzutreffen. Wieso? Sind Sie damals oft ohnmächtig geworden?«

»Nein – na ja, irgendwie schon. Wo ich auch saß, ich schlief sofort ein. Also vermute ich, dass sie mit Schlimmerem gerechnet hat.«

»Was wollen Sie damit sagen?«

Er nahm einen Schluck von seinem Tee. »Dinah hatte Mutter in der Galerie in der Innenstadt angerufen und ihr gesagt, dass ich betrunkener sei als üblich. Sie hatte also keine Ahnung, wie sie mich vorfinden würde, als sie zur Tür hereinkam.«

»Woher wusste Dinah, dass Sie betrunken waren? Sie haben uns doch gesagt, dass Ihre Schwester nicht zu Hause gewesen sei.«

»Das war sie auch nicht.«

»Sie war bei den Cheerleadern.«

»Ja, wegen der Parade.«

»Sind Sie sich da ganz sicher?«, fragte Evelyn drängend.

»Sie trug ihre Uniform. Die neue Uniform.«

»Die neue?«

»Der Hund hatte an ihrer alten rumgekaut. Sie musste sich extra für die Parade eine neue kaufen.«

»Derselbe Hund, der im Swimmingpool ertrunken ist?«

Er nickte. Doch dann wurde sein Nicken langsamer und Misstrauen war in seinen champagnerfarbenen Augen zu lesen.

»Wie können Sie sich an Dinahs Uniform erinnern, wenn sie nicht zu Hause war?«

»Weil sie vorher kurz zu Hause war, Evelyn. Hören Sie, ich weiß, dass Sie gern etwas über Rachaels letzte Stunden erfahren würden, und ich wünschte, ich könnte Ihnen dabei helfen, das können Sie mir glauben.«

»Dinah hat Rachael weder gesehen noch mit ihr gesprochen?«

»Nein.« Eine gewisse Unsicherheit schlich sich in Brendans Stimme.

»Von wo aus hat Dinah Ihre Mutter angerufen? Damals hatten nur Leute wie Donald Trump ein Handy. Oder hatte sie etwa ein Autotelefon?«

»Nein.«

»Die Teilnehmer des Umzugs sammeln sich mitten auf dem Progress Drive. Dort gibt es kein Telefon. Am Rathaus stehen Münzfernsprecher, aber das liegt am Ende der Strecke. Sie sagten, Ihre Nachbarn hätten nicht gemerkt, dass Sie Rachaels Leiche aus dem Haus geschleppt haben, weil sie alle bei der Parade waren. Also konnte Dinah Ihre Mutter erst anrufen, nachdem der Umzug vorüber war. Aber wie hat Ihre Mutter es dann geschafft, rechtzeitig aus Clevelands City nach Hause zu fahren, um Sie kurz nach der Beseitigung der Spuren mit einem Drink in der Hand anzutreffen?«

»Evelyn, alle meine Zeitangaben sind bestenfalls geschätzt. Ich könnte mich auf die eine oder andere Art um Stunden vertan haben. Und ein Grab zu schaufeln ist ein verdammt schwieriges Unterfangen, wenn man so betrunken ist, dass man kaum aufrecht stehen kann. Tut mir leid, das war taktlos – ich wollte nicht ihre Gefühle verletzen.«

»Keine Sorge, ich bin an ungeschminkte Fakten gewöhnt, aber dieser Fall geht mir besonders an die Nieren.«

»Da weiß ich ein gutes Mittel.«

»Wirklich?«

Er nickte. »Sie sollten es einmal mit Yoga versuchen.«

Jemand ließ sich zu ihrer Rechten auf den Stuhl plumpsen. Kevin Cavenaugh in Begleitung eines Kameramanns. Irgendwie war es ihm gelungen, die helle Cafeteria zu durchqueren, ohne dass Evelyn ihn gesehen hatte.

»Wenn ich Sie auf den aktuellen Stand bringe, geben Sie mir dann endlich ein Exklusivinterview?«

»Wie bitte?«

»Der Fall nimmt ständig eine neue Wendung. Wenn man da nicht auf dem Laufenden bleibt – hallo, Sie sind der Bruder aus Nepal, richtig? Mein Name ist Kevin Cavenaugh von Channel 15. Hätten Sie was dagegen, wenn ich Ihnen einige Fragen stelle?«

»Ja«, sagte Evelyn. »Er hat etwas dagegen. Und ich bin auf dem Laufenden – Jenna ist wieder aufgetaucht und bestreitet nicht, an der Ermordung Ihres Stiefvaters beteiligt gewesen zu sein.«

»Hah! Und genau da irren Sie, Mrs James. Ich bin im Besitz der aktuellsten Informationen. Sie müssen mir nur ein Interview geben, sobald sich die Wogen etwas geglättet haben. Ich zwinge Sie bestimmt nicht, etwas auszuplaudern, wofür Sie gefeuert werden könnten. Ich will nur Ihre ganz persönlichen Antworten. Ich stehe auf persönliche Antworten. Ganz besonders auf Ihre.«

»Mrs. James hatte einen ziemlich anstrengenden Tag«, sagte Brendan.

»Genau.« Evelyn stand auf. »Einen schönen Abend noch, Mr. Cavenaugh.«

»Jetzt seien Sie doch nicht so«, beharrte der Reporter. »Es war einen Versuch wert. Also schön, hier haben Sie's: Dinah Sinclair hat gerade den Mord an ihrem Mann gestanden. Jetzt sind Sie überrascht, stimmt's? Läuft die Kamera, Larry? Na, mach schon!«

»Aber ...«

»Genau, aber – aber die Tochter war es. Aber die Tochter wird nie schuldig gesprochen, wenn die Mutter behauptet, es getan zu haben. Und die Mutter wird nie verurteilt, wenn die Tochter behauptet, es getan zu haben. Da gerät unsere Justiz wieder mal in eine Zwickmühle. Wie wäre es mit einem Kommentar? Sagen Sie mir einfach Ihre persönliche Meinung dazu.«

Evelyn griff nach ihrem Styropor-Becher und ließ ihn in den Abfallkorb fallen. »Nichts für ungut, Mr. Cavenaugh, aber gehen Sie mir bitte aus dem Weg.«

35

Davids Fingerspitzen tasteten über die empfindliche Haut direkt unterhalb ihrer linken Brust und drückten fest gegen eine Rippe.

»Aua.«

»Tut mir leid. Aber du willst doch nicht, dass dir das Ding im falschen Moment runterfällt, oder?« Er schlängelte das Mikrofon samt Draht unter ihrem Bügel-BH hindurch und befestigte es mit einem Streifen Leukofix. »Das wird leider ein bisschen wehtun, wenn wir es wieder abmachen.«

»Damit komme ich schon klar. Ich habe mir bei der Hochzeit meiner Nichte den trägerlosen BH auch mit Leukofix angeklebt.«

Ein Lächeln huschte über sein Gesicht. »Wirklich?«

»Das hat mich zwar etwas Haut gekostet, aber nach ein paar Martinis habe ich nichts mehr gespürt.«

»Dann mixe ich dir ein paar davon im Voraus.«

»Viel schlimmer ist, dass ich das Leukofix meiner Tochter gegeben habe. Angel braucht es für denselben Zweck für den Herbstball in der Schule.«

»An einem Dienstag?«

»Na ja, die Schule glaubte wohl, dass die Kids es an Wochentagen mit dem Feiern nicht so übertreiben werden. Angel hat sich ein schwarzes Etuikleid aus Mikrofaser mit Spaghettiträgern und einen passenden Chiffonschal ausgesucht.«

»Ich wette, sie sieht toll aus.«

»Sehr sexy. Obwohl ich kaum glücklich darüber bin, dass meine siebzehnjährige Tochter sexy aussieht.«

Weil Angel betrunken nach Hause gekommen war, waren die Regeln im Hause James verschärft worden. Sie durfte keinen Tropfen Alkohol mehr trinken und musste pünktlich daheim sein.

David lehnte sich vorsichtig zurück, um sein Werk zu begutachten – in dem mit Technik vollgepackten Fahrzeug zur elektronischen Überwachung war nicht viel Platz. Evelyns weit geschnittener Pullover verbarg die Umrisse des Mikrofons und des Senders.

Sein Gesicht verdüsterte sich. »Du musst das nicht tun.«

»Doch, das muss ich.« Herbstregen prasselte gegen die geschlossenen Fenster. Es war Abend und schon ziemlich kalt.

»Warum? Tust du es für Rachael? Oder um endlich einmal besser als Dinah Zack zu sein?«

Sie öffnete den Mund, schloss ihn aber wieder. »Ich tue es für uns beide.«

»Sie hat bereits zwei Menschen ermordet.«

»Ich weiß.«

Schweißperlen sammelten sich auf Davids Stirn, als sie sich in dem stickigen Van ansahen. Wegen des Platzmangels konnten sie in dem Wagen nur knien, und Evelyns Füße schliefen allmählich ein, weil sie zu lange auf ihren Waden gekauert hatte. Die für die Überwachung zuständigen Cops würden im Schneidersitz auf dem Boden sitzen.

»Willst du dich wirklich in Gefahr bringen? Denk an Angel – und an mich. Liebst du mich überhaupt?«

»Natürlich tue ich das.« Evelyn umfasste sein Gesicht mit beiden Händen. »Ich weiß doch, dass du und die Hälfte der Polizisten von Strongsville am Ende der Straße wartet und dass ihr jedes Wort mitbekommt. Mir wird schon nichts passieren. Ich werfe dir ja auch nicht vor, dass du dich jeden Tag in Gefahr begibst. Das sehe ich nicht als Verrat an, weil ich dich liebe.«

Die Türen des Vans wurden in dem Moment aufgeschoben, als David Evelyn auf den Mund küsste. Ein Schwall kalter Luft drang in den Van.

»Laut Paragraf 2933, Absatz 57 der Neufassung der in Ohio gültigen Gesetze bin ich verpflichtet, euch darauf hinzuweisen, dass eure Unterhaltung aufgezeichnet wurde und gegen euch verwendet werden kann«, sagte Heaton, während Riley grinsend hinter der rechen Schulter des Detectives stand.

Evelyn hätte ihn am liebsten umgebracht.

Die Cops hatten sich vor einem kleinen Spielplatz versammelt, der im Dunkeln verlassen dalag. Eine Einbahnstraße führte über eine schmale Brücke zur Hauptstraße. Dinahs Haus stand an der zweiten Straße rechts. Das Überwachungsteam hatte versichert, die Reichweite des Mikrofons werde genügen. Heaton griff nach seinem Kopfhörer. »Bist du bereit, oder möchtest du erst noch ein bisschen schmusen?«

»Ich bin bereit«, sagte sie und rutschte auf Knien zur Tür.

In der Dunkelheit wirkte Ledgewood mit seinen Hügeln und den gewundenen Straßen etwas unheimlich. Ein eisiger Wind fuhr durch die Wipfel der Bäume und fegte die letzten Blätter von den Ästen, die raschelnd über die Betonstraßen getrieben wurden. Die ländliche, abgeschiedene Gegend war nur schwach beleuchtet. Erleichtert steuerte Evelyn auf die leuchtende Türklingel neben der im Dunkel liegenden Haustür zu.

Dinah öffnete die Tür mit einer ungeduldigen Geste. »*Was ist denn?*«

Evelyn hoffte, dass Dinah nicht das Klopfen ihres Herzens hörte. In ihren Ohren klang es so laut wie dumpfes Hämmern.

»Ist Brendan da?«

»Nein. Er wohnt im *Holiday Inn*. Er brauchte etwas Zeit für sich – irgend so eine Zen-Sache.« Sie verschränkte die Arme vor der Brust. »Erzähl mir nicht, dass auch du ihm verfallen bist. Doch nicht die vernünftige, kleine Evelyn.«

»Das muss früher schwer für dich zu ertragen gewesen sein. Dein Bruder war beliebt, hat aber nie etwas dafür tun müssen. Du hingegen hast dich angestrengt, sämtliche Prüfungen mit Eins bestanden, dich bei allen möglichen Aktivitäten engagiert, hast immer perfekt ausgesehen – und trotzdem konnte dich niemand leiden. Alle haben das immer nur behauptet.«

»Na, du musst es ja wissen. Du warst doch eine von denen. Ist es nicht ein bisschen spät, sich an meinen Bruder ranzumachen?«

Evelyn zog ihren Pullover enger um sich, erinnerte sich aber schnell an den Sender, der unten an ihrem Rücken befestigt war, und zupfte ihn wieder zurecht. Die dicke Wolle fing bereits an einigen Stellen zu fusseln an und war mit Katzenhaaren übersät. Sie hatte den Pullover über eine alte Jeans angezogen, kein Make-up aufgelegt und ihre Haare nicht gekämmt. Sie hatte die Absicht, unprofessionell, ungepflegt und verstört zu wirken, wie eine Frau, die nichts anders im Kopf hat, als ihren eigenen Dämonen nachzujagen.

»Ich wollte ihm nur sagen, dass er Rachael nicht getötet hat und dir mein Beileid zum Tod deines Mannes aussprechen. Darf ich einen Moment reinkommen? Es regnet.«

Ein unsicherer Ausdruck, ganz und gar nicht typisch für Dinah, stahl sich in ihr Gesicht.

Evelyn ließ ihr Zeit zum Überlegen: Sollte sie ihre Feindin ins

Haus lassen und herausfinden, was Evelyn wusste oder mauern und nicht informiert werden? Am Ende gewann natürlich ihr Verlangen nach Macht – in Form von Wissen – die Oberhand.

»Komm rein.« Sie führte Evelyn ins Arbeitszimmer. Auf dem antiken Schreibtisch stand ein Pappkarton. Die Schreibunterlage war mit Papieren bedeckt. Jenna, in einem Sportanzug aus Nylon, schlief, zusammengekrümmt wie ein Baby, auf dem Ledersofa.

»Sprich leise, sie ist völlig fertig. Was hast du da über Rachael gesagt?«

Evelyn stand auf der anderen Seite des Schreibtischs, beugte sich zu Dinah hinüber und kehrte dem schlafenden Mädchen mit einer gewissen Nervosität den Rücken zu.

Wie konnte ein Geständnis im Van aufgezeichnet werden, wenn Dinah flüsterte?

»Meine Mutter lässt auch ihr herzliches Beileid zum Tod deines Mannes ausrichten. Es war wirklich sehr clever, dass ihr beide die Tat gestanden habt. Das erschwert der Staatsanwaltschaft die Anklage. Wenn sie dich anklagt, hast du Jennas Geständnis zu deiner Verteidigung, und wenn sie Jenna anklagt, wird ihre Anwältin dein Geständnis vorlegen.«

»Das scheint dir nicht zu gefallen.« Dinah ließ den Blick über die gerahmten Fotos an der Wand wandern und griff nach einem Schnappschuss, der sie zusammen mit ihrem Bruder und ihrem Großvater zeigte. Sie wickelte das gerahmte Foto in ein Frotteehandtuch, bevor sie es in den Karton legte.

»Ja, das stimmt.«

»Die kleine Evie ist wieder mal die Verliererin.«

Evelyn trat nervös von einem Fuß auf den anderen. Das war nicht schlimm, denn es passte zu ihrer Rolle.

Hoffentlich sind Dinahs Worte auch verständlich, dachte sie.

Die Cops haben keine Möglichkeit, mir ein Zeichen zu geben, falls das Gespräch undeutlich wird.

»Eigentlich sollte ich mich bereits daran gewöhnt haben. Eure Entfremdungs-Nummer, die ihr in den Sechs-Uhr-Nachrichten abgezogen habt, war wirklich klasse. Niemand wird auch nur vermuten, dass ihr beide eure Differenzen beigelegt habt und zusammenarbeitet.«

Dinah nahm ein zweites Foto von der Wand. »Wie kommst du nur auf so etwas?«

»Aus einer ganzen Reihe von Gründen.«

Evelyn argumentierte völlig gelassen, so, wie sie es vor ein paar Stunden mit David, Riley und Heaton vereinbart hatte.

»Da wäre zunächst einmal der zeitliche Ablauf. Du hast das Haus um sieben verlassen. Wilson machte sich für gewöhnlich um acht auf den Weg zur Arbeit. Sein Beruf hatte für Wilson absoluten Vorrang im Leben, deshalb ist es äußerst unwahrscheinlich, dass er sich ohne ersichtlichen Grund verspätet hätte. Er konnte nicht in sein Büro fahren, weil du ihn verblutend auf dem Küchenfußboden zurückgelassen hast. Dann hast du den Alarm scharfgestellt, aber die Tür unverschlossen gelassen. Jenna kam um acht Uhr fünfunddreißig, öffnete die Tür und löste damit den Alarm aus. Niemand hat gefragt, wie jemand ohne Anzeichen gewaltsamen Eindringens und ohne Schlüssel ins Haus gelangen konnte, aber du hättest immer noch behaupten können, vergessen zu haben, die Tür abzuschließen. Jenna hat die unverschlossene Hintertür geöffnet oder mit ihrem Schlüssel die Haustür geöffnet. Sie musste nicht einmal ins Haus gehen, nicht wahr? Dein Plan hat ihr wohl in der Theorie weitaus besser gefallen als in der Praxis, oder?«

»Schhh«, zischte Dinah warnend und wickelte den zweiten Bilderrahmen ein.

»Du hast feinen Mulch zwischen deine Steinplatten im Garten schütten lassen«, fuhr Evelyn fort. »Das sieht sehr hübsch aus, aber das Zeug klebt an den Sohlen. Ein Mörder, der von hinten ins Haus eingedrungen wäre, hätte etwas davon in die hintere Diele getragen ...«, sie deutete zu der Stelle vor der Tür »... und sicher auch in die Küche. Du verlässt also das Haus in dem Glauben, Wilson erschossen zu haben – du musst ziemlich erschrocken gewesen sein, als du zurückkamst und feststellen musstest, dass er nicht tot war.«

»Ich dachte, er sei tot.« Dinah hielt sich die Finger vor den Mund, als hätte sie den Satz unabsichtlich ausgesprochen. Doch dann glaubte sie offenbar, dass das Gesagte sie nicht mit dem Mord in Verbindung bringen könnte, und fügte hinzu: »Er sah zumindest aus, als wäre er tot.«

»Da Wilsons Auto vor der Garage stand, musstest du in der Einfahrt parken und betratest das Haus durch die Tür vorne. Also immer noch kein Mulch.«

»Das ist wirklich faszinierend, Evelyn. Das ist also dein Beweis? Das verräterische Fehlen von Gartenmulch?«

»Das hat dir ein felsenfestes Alibi verschafft. Niemand wusste, dass Jenna noch in der Stadt war, ganz zu schweigen davon, dass sie sich nebenan aufhielt. Sobald euer Fall zu den Akten gelegt worden wäre, hätte Jenna nach Hause kommen und ihr beide ein glückliches Wiedersehen feiern können. Aber wir haben Jenna vorher gefunden und damit euren schönen Plan durchkreuzt.«

»Man kann das ja wohl nicht als ›finden‹ bezeichnen«, korrigierte Dinah sie gelassen und nahm zwei Aktenordner aus dem Regal. »Du bist rein zufällig über Jenna gestolpert.«

»Ich hätte sie gefunden. Denn ich besaß bereits den Schlüssel zu dem Ort, wo sie sich aufhält: Katie. In gewisser Weise hat Wilson mir sogar den nötigen Hinweis geliefert. Wahrscheinlich wäre mir gar nicht aufgefallen, in welcher Branche die Ryans tätig sind, wenn ich nicht durch seine kürzlich erfolgten feindlichen Übernahmen verschiedener Reinigungen darauf aufmerksam geworden wäre. Ich bin überrascht, dass du nicht versucht hast, die Ryans mit in die Sache hineinzuziehen – immerhin hatten sie ein Motiv und die Waffe.«

»Du meine Güte«, sagte Dinah mit unverhohlenem Sarkasmus. »Jetzt, wo du es erwähnst – vielleicht sollte die Polizei lieber mal diese Familie unter die Lupe nehmen, anstatt meine arme Tochter zu schikanieren.«

Ahnt sie, dass ich vedrahtet bin?, fragte sich Evelyn. Und versucht, eine Verteidigungsstrategie aufzubauen, falls sie und ihre Tochter wegen gemeinsam begangenen Mordes angeklagt werden sollten? Evelyn brach unter dem kratzigen Wollpullover der kalte Schweiß aus. Bei Dinah Zack war man nie vor Überraschungen sicher. Diese Frau hatte immer noch ein Ass im Ärmel.

»Der zeitliche Ablauf des Geschehens und die Geschichte mit der Reinigung bringen uns zu dem Schalldämpfer. Du warst schlau genug, nach den Schüssen die Patronenhülsen einzusammeln und keine Mantelgeschosse zu verwenden, sodass die Kugeln so stark verformt waren, dass sie kriminaltechnisch nicht verwertet werden konnten. Aber dafür hast du lächerlich viele Fehler bei der Konstruktion des Schalldämpfers gemacht.«

Dinah blätterte durch ihr Scheckheft und warf es in den Pappkarton. Wilsons Meditationskugeln ignorierte sie. »Mord hat nichts Lächerliches an sich, Evelyn.«

»Natürlich. Entschuldige. Ist mir nur so rausgerutscht.« Auch ihre Stimme hatte jetzt einen sarkastischen Unterton.

Habe ich endlich Dinah Zack besiegt? Jetzt nur nicht übermütig werden. Noch habe ich mein Ziel nicht erreicht. Hoffentlich hört David alles mit!

»Jedes Kaliber über .22 ist zu stark für einen selbst gebastelten Schalldämpfer. Der Schall wird kaum gedämpft, sondern bringt die Flasche zum Platzen – insbesondere, wenn man sie mit Stoff anstatt mit Papier ausstopft. Das dürfte bereits beim ersten Schuss geschehen sein, dem Streifschuss am Kopf. Das Zielen mit einer derart unhandlichen Waffe ist nicht leicht, oder? Wahrscheinlich hattest du vorher keine Gelegenheit, damit zu üben.«

Das Telefon läutete, beide Frauen erschraken. Evelyn drehte sich zu Jenna um, aber das Mädchen rührte sich nicht, und Dinah machte keine Anstalten, den Hörer abzunehmen. Nach dem dritten Läuten sprang der Anrufbeantworter an, aber der Anrufer legte auf.

Dinah atmete tief durch, nahm hinter dem Schreibtisch Platz und zog eine Schublade mit Hängeregistern heraus. »Rede nur weiter, Evelyn. Ich höre zu.«

»Ich habe alles auf Millimeterpapier aufgezeichnet. Die Kugel, die ihn am Hals traf – übrigens wieder kein gezielter Schuss, weil der Rest der Flasche ein Zielen unmöglich machte –, trat unterhalb des Kinns ein und im Nacken aus, ohne dabei eine Aufwärtsneigung aufzuweisen. Wilson fiel zu Boden, und die ihn umgebenden Blutspuren sagten mir, dass er dort liegen blieb und es sich somit um die Stelle handelte, wo er gestanden hat. Ich habe Schmauchspuren dort am Türpfosten gefunden.« Sie deutete mit der Hand zum Küchendurchgang hinter ihr. »Ich bin mir sicher, dass der Mörder in der Türöffnung gestanden hat. Die Kugel drang in einer Höhe von einem Meter neunundfünfzig in Wilsons Körper ein und traf die Wand in einer Höhe von einem Meter sechzig. Schützen zielen mit einer Pistole für gewöhnlich, indem sie die Waffe auf Augenhöhe halten. Du bist einen Meter zweiundsiebzig groß, was bedeutete, dass sich der Schusskanal fast exakt in deiner Augenhöhe befindet. Jenna ist zehn Zentimeter kleiner. Sie hätte die Waffe nach oben richten müssen, um Wilson in einer Höhe von einem Meter neunundfünfzig zu treffen. Und die Kugel hätte die Wand eher in einer Höhe von einem Meter dreiundachtzig getroffen.«

»Das sind zu viele Zahlen für mich, Evelyn.«

»Aber du warst doch immer sehr gut in Mathematik, Dinah. Ich wette, das bist du immer noch. Deine Tochter ist zu klein, um als Täterin in Frage zu kommen. Aber du bist es nicht. Außerdem hätte Jenna keinen Schalldämpfer benötigt – du aber schon. Diese Grundstücke wurden entworfen, um den Hausbesitzern möglichst viel Privatsphäre zu gewähren, doch du konntest das Risiko nicht eingehen, dass ein Nachbar einen Schuss um sieben Uhr morgens anstatt um halb neun hört. Denn dann wäre dein ganzer Plan umsonst gewesen.«

»Ich bezweifele, dass mich irgendein Geschworenengericht wegen bloßer Berechnungen auf einem Bogen Millimeterpapier verurteilen wird.«

Evelyn beugte sich über den Schreibtisch. Sie hoffte inständig, dass Dinah laut genug sprechen würde, damit die zukünftigen Geschworenen sie hören konnten.

»Das wird es nicht. Du hast mal wieder alles perfekt geplant. Aber das Streben nach Perfektion ist nun einmal Teil deiner Persönlichkeit, nicht wahr? Deine Mutter wäre stolz auf dich.«

Dinah schob eine goldene Haarsträhne hinter ihr Ohr und beschäftigte sich weiter mit den Papieren. »Es liegt mir nun einmal nicht, zu prahlen ...«

»Und ob dir das liegt.«

»Du meine Güte, bist du aber reizbar heute Abend! Bist du jetzt fertig? Jenna und ich haben nämlich noch jede Menge zu tun.«

»Ich bin nur neugierig, Dinah. Hast du diese Geschichte von Anfang an mit Jenna zusammen geplant? Ist sie deshalb angeblich weggelaufen? Und hast du dir wegen ihres Verschwindens so wenig Sorgen gemacht, weil du eingeweiht warst?«

Als Jenna plötzlich sprach, zuckten beide Frauen zusammen. »Nein. Sie hat sich wirklich keine großen Sorgen gemacht.«

Das Mädchen musste aufgestanden und unbemerkt zur Tür gegangen sein. Sie lehnte mit der Hüfte an dem dick gepolsterten Sofa und schien sich nicht sonderlich für Evelyn zu interessieren, hatte ihr aber in dieser Position den einzigen Fluchtweg abgeschnitten. Evelyn stellte sich vor das Fenster. Wenigstens mussten sie jetzt nicht mehr flüstern.

Dinah sah ihre Tochter an und sagte: »Jenna hat immer noch ein Hühnchen mit mir zu rupfen, weil meine Fähigkeiten als Mutter zu wünschen übrig lassen. Ich kann ihr das nicht verübeln. Denn ich habe meine Kinder vernachlässigt, um mich um meine Karriere zu kümmern. Ich richte Häuser ein, verdammt noch mal, mehr nicht. Dafür werde ich wohl nie den Nobelpreis bekommen. Trotzdem war mir das wichtiger als meine Kinder.«

Sie zog rasch die Dossiers hervor, nach denen sie gesucht hatte, stand auf, warf sie in den Karton und wischte sich mit dem Handrücken über die Augen, bevor sie weitersprach. Entweder hegte Dinah keinen Verdacht, dass Evelyn verdrahtet war oder sie glaubte, es vermeiden zu können, präzise Aussagen zu machen.

»Wie würdest du dich fühlen, wenn deine totgeglaubte Tochter plötzlich mit einer Waffe vor dir steht und dich bedroht?«

Diese Konfrontation musste stattgefunden haben, nachdem sich Jenna zum ersten Mal die Pistole von Katies Vater ausgeliehen hatte. Am Tag nach dem Tod ihres Bruders.

»Ich habe zugelassen, dass Joshua stirbt und wohl selbst den Tod verdient. In diesem Augenblick erkannte ich, was für ein nutzloses, kaltes Miststück ich war.«

Sie ging zu Jenna und legte ihr einen Arm um die Schultern. »Stell dir vor, wie es ist, deine Tochter um dein eigenes Leben anzuflehen – oder vielmehr, sie davon überzeugen zu müssen, dass du sie liebst. Du bist doch selbst Mutter. Was würdest du tun, wenn du sie verlierst?«

Evelyn sah, wie Dinah ihre Tochter auf die Schläfe küsste und ihr Tränen aus den geschlossenen Augen rannen. Die Worte hatten sie tief getroffen. Sie musste daran denken, dass Angel auf dem Schulball war. Wahrscheinlich aßen die Kids in diesem Augenblick zu Abend, und Steve sagte ihr, wie umwerfend sie aussah. Es ging ihr gut. Sie war in Sicherheit.

»Also hast sie von deiner Liebe überzeugen wollen, indem du auf deinen Mann geschossen hast?«

»Er hatte bereits meinen Sohn umgebracht. Jenna war alles, was mir noch geblieben war.«

Kurz nach Joshuas Tod war Dinah vor Kummer überwältigt gewesen. Doch als Evelyn an dem Abend vor der Beerdigung in ihrem Geschäft im Einkaufszentrum aufgetaucht war, hatte sie sich scheinbar wieder gefangen und ganz normal gewirkt, auch wenn sie hyperaktiv gewesen war. Jetzt kannte Evelyn den Grund dafür. Das Erscheinen Jennas hatte Dinahs Leben einen neuen Sinn gegeben.

»Er hat meinen Sohn umgebracht«, wiederholte Dinah.

»Ich weiß.« Dinah sagte die Wahrheit. Wilson Sinclair hatte es nicht ertragen, mit einem weinenden Baby zusammenzuleben und seinen Sohn zu Tode geschüttelt. Diese Gewöhnlichkeit stellte die eigentlich erschreckende Seite dieser Tragödie dar.

»Gibt's sonst noch was, Evelyn? Wir haben nämlich viel zu tun. Ich richte Brendan aus, dass du vorbeigeschaut hast.« Dinah schloss die Klappen des Kartons und richtete sich auf. »Was soll ich ihm noch mal ausrichten?«

»Dass er Rachael nicht umgebracht hat.«

»Ach ja?«, sagte Dinah und schien den Atem anzuhalten.

»Ja. Denn du hast es getan.«

Wieder läutete das Telefon.

36

Abgesehen von gelegentlichen Kratzgeräuschen war Dinahs murmelnde Stimme klar und deutlich im Überwachungsfahrzeug zu verstehen. Der Sinn ihrer Worte war allerdings weder klar noch deutlich.

»Sie hätte sich fast verraten«, sagte David.

Riley zog immer wieder ein Päckchen Zigaretten hervor, stopfte es dann aber in seine Tasche zurück. Zigarettenqualm wäre für die Polizisten in dem kleinen Van unerträglich gewesen, obwohl sie trotz des Regens ein Ausstellfenster geöffnet hatten.

»Fast reicht aber nicht«, sagte Riley und an Heaton gewandt: »Was machen Sie überhaupt hier?«

»Ich wollte, dass nicht nur ihr beide für Evis Sicherheit verantwortlich seid – nichts für ungut, Milaski.«

»Schon okay«, knurrte David, ziemlich sauer.

»Ich kenne Dinah schon lange, und ich habe keine Lust, meine Beweismittel demnächst irgendeinem Grünschnabel anzuvertrauen. Aber ich sage euch, das reicht nicht für eine Anklage. Geben wir Dinah noch etwas mehr Zeit. Inzwischen sollte jemand im *Holiday Inn* anrufen. Ich will genau wissen, wo ihr Bruder steckt.«

Die Tür des Vans glitt zur Seite und versorgte sie mit frischer Luft. Sergeant Stoltz hielt David ihr Handy hin. »Die Vermittlung hat einen Anruf für Sie durchgestellt.«

»Himmel, können die nicht mal eine Nachricht notieren? Ich ...«

»Es ist Katie Ryan. Sie besteht darauf, mit Ihnen zu sprechen.«

Davids Herz begann zu rasen. »Katie? Was ist passiert?«

»Ich weiß nicht, was da los ist«, jammerte Katie. »Ich glaube, Jenna haut ab.«

»Was meinst du damit?«

»Sie hat jede Menge Zeug in den Wagen ihrer Mutter gepackt. Taschen und Koffer und irgendwelchen Krempel. Außerdem steht ein fremdes Auto vor dem Haus. Ich habe Jenna schon ein paar Mal angerufen, aber sie geht nicht ans Telefon.«

»Katie, mach dir deswegen keine Gedanken. Wir behalten Jenna und ihre Mutter im Auge. Hör auf dort anzurufen und geh ja nicht rüber, hörst du?«

Katie schniefte.

»Hast du mich verstanden? Es ist wirklich sehr wichtig, dass du dich nicht einmischst!«

Für einen Moment herrschte Stille in der Leitung, und David spürte eine nervöse Spannung in der Magengrube. Sie verschwieg ihm irgendetwas, da war er sich sicher. »Katie, willst du mir noch etwas sagen?«

»Die Pistole.«

Oh, nein. »Du hast Jenna die Pistole gegeben ...«

»Nein, hab ich nicht! Aber Mom und ich haben auf dem Rückweg bei *Wendy's* gehalten und ein paar Hamburger gekauft, weil wir noch nichts gegessen hatten, und als wir nach Hause kamen, fiel mir auf, dass die Hintertür nicht abgeschlossen war. Wir mussten doch so schnell zur Polizeiwache aufbrechen, da ...«

»Katie, was ist mit der Pistole?«

»Nachdem meine Mutter gegangen war, wollte ich vorsichtshalber noch mal im Waffenschrank meines Dads nachschauen. Er ist verschlossen, und der Schlüssel ist weg.«

»Könnte es sein, dass deine Mutter ihn woanders hingelegt hat?«

»Dazu hatte sie gar keine Zeit, und sie war auch nicht mal unten. Aber Jenna würde nie ...«

»Denk nicht darüber nach, was Jenna tun oder lassen würde. Bleib, wo du bist, Katie. Das ist mein Ernst.« Er malte sich im Geist die verschiedensten Möglichkeiten aus, und keine davon war erfreulich. »Katie, wo ist deine Mutter jetzt?«

»Meine Eltern mussten zu einem wichtigen Geschäftsessen, das sie nicht ausfallen lassen konnten, weil Mom die Präsidentin von irgendso einem komischen Ortsverband ist, und da wird heute ein Preis verliehen. Ich habe schon versucht, sie anzurufen, aber ihr beschissenes Handy ist außer Reichweite.« Das junge Mädchen schluchzte und fügte hinzu: »Ich kann einfach nicht glauben, dass Jenna verschwindet, ohne es mir zu sagen. Sie hat mir immer alles erzählt.«

»Sind die Türen verschlossen?«

»Welche Türen?«

»Bei euch im Haus, Katie. Sind da die Türen alle verschlossen?«

»Ich denke schon. Meine Eltern achten normalerweise drauf ...«

»Katie, hör mir ganz genau zu. Ich möchte, dass du im Haus bleibst. Lass niemanden rein. Geh nicht ans Telefon. Und geh auf gar keinen Fall zu Jenna rüber, egal, was du hörst oder siehst. Verstanden?«

»Das hat mir meine Mom auch schon gesagt. Aber ...«

»Katie, bitte. Da drüben sind bisher schon zwei Menschen ums Leben gekommen. Also tu dir und mir einen Gefallen und versteck dich! Wir sind ganz in der Nähe, und wir werden das schon regeln. Ich sage dir Bescheid, wenn die Lage wieder sicher ist, okay?«

Katie schluchzte wieder, lauter dieses Mal. Aber David wusste, dass sie nicht aus Angst weinte, denn sie würde sich lieber der Gefahr aussetzen, ermordet zu werden, als zu erleben, wie ihre beste Freundin die Stadt verließ, ohne sich von ihr zu verabschieden. »Okay.«

Er beendete das Gespräch und wandte sich den anderen Cops zu. »Wir haben ein Problem.«

»Was hast du denn jetzt vor? Willst du etwa mit Jenna in euer Haus auf den Cayman-Inseln verschwinden?«

Dinahs Gesichtszüge schienen schärfer zu werden. Evelyn ermahnte sich, die Nervöse und Erschrockene zu spielen. »Katies Mutter hat mir erzählt, dass du ihre Tochter einmal dorthin mitgenommen hast. Und Jeffrey erwähnte beiläufig, dass du Stoffe im Süden von Ohio im Notfall selbst abholen würdest. Außerdem hörte Riley nicht auf, von den Spielzeugen deines Mannes zu erzählen. Du fliegst die Maschine selbst, nicht wahr?«

»Überrascht dich das?«

Diese unglaubliche Kontrolle. Diese unglaubliche Stärke.

»Nein, das überrascht mich nicht im Mindesten.«

Auf diese Weise musste sie sich keine Sorgen wegen der Sicherheitsbestimmungen machen, bei Linienflügen obligatorisch. Sie brauchte keinen Pass. Das Einzige, was sie brauchte, war Kerosin. Und einmal im Ausland konnte nichts und niemand sie zwingen, auf rechtmäßigem Weg zurückzukehren.

»Was ist mit dem Geld?«

Dinah klopfte auf den Karton und seufzte. »Es geht doch immer nur um's Geld, nicht wahr? Es hätte doch niemand im Ernst geglaubt, dass ich das Haus, mein Geschäft etcetera einfach so aufgeben würde, bloß um meine Tochter vor einer Mordanklage zu bewahren. Aber was niemand weiß, ist, dass Wilson nicht der

Einzige in der Familie war, der sich mit Zahlen auskannte. Ich werde davon genug haben, keine Sorge.«

Evelyn dachte kurz nach. »Ihr habt euch im College kennengelernt.«

»Ich habe eine Weile Finanz- und Rechnungswesen studiert, bevor ich mich meiner kreativen Seite zugewandt habe. Also was war das jetzt mit Rachael?«

»Du hast alle in dem Glauben gelassen, dass dein Geschäft keinen Gewinn abwirft, aber das Geld heimlich ins Ausland geschafft, stimmt's?«

»Der Laden läuft großartig. Ich habe die Gewinne in die eigene Tasche gesteckt und Wilson die Differenz bezahlen lassen. Er wollte eine schöne Frau, ich wollte ein finanzielles Polster. Ich habe nur sichergestellt, dass er seinen Teil der Abmachung einhielt.«

»Weiß dein Partner davon?«

»Jeffrey? Oh, ein wirklich netter Kerl, aber leider kann er nicht gut rechnen.«

Langsam begriff Evelyn das ungeheure Ausmaß ihrer Worte. »Du hast das alles schon sehr lange im Voraus geplant.«

Dinah zog erst einen Schmollmund, dann sagte sie mit einem hämischen Grinsen: »Also jetzt urteile bitte nicht zu hart, Evelyn. Ich habe mein Geld doch nur zusammengehalten, weil ich Angst hatte, dass Wilson mich wegen dieser Tussi hätte sitzen lassen können.«

»Du wusstest also von ihr, ehe David es dir erzählt hat?«

Dinah schnaubte. »Also bitte! Er hat sie doch schon seit drei Jahren gevögelt. Sollte ich da etwa das Risiko eingehen, dass sie ihn überredet, mich zu verlassen? Und wäre es nicht Carrie gewesen, dann über kurz oder lang eine andere. Auch ich werde mal fünfundvierzig oder fünzig sein wie jede Frau, und er hätte sich eine neue Vorzeigefrau geangelt, und ich hätte nichts weiter gehabt als die Kopie des Ehevertrags. Daher hatte ich einen Plan für den Notfall. Auch wenn nicht alles so gelaufen ist, wie ich es erwartet habe. Übrigens wohl auch nicht, wie Wilson es erwartet hatte.«

Jenna stampfte ungeduldig mit dem Fuß auf. »Komm jetzt endlich, wir müssen los.«

»Aber nicht eher, bis ich die Geschichte zu Ende gehört habe. Also los, Evelyn. Erzähl mir von Rachael.«

»Sie war meine beste Freundin. Und du hast sie getötet.«

»Na und? Erwartest du jetzt etwa ein Geständnis?«

»Nein. Ich bin hier, um dir etwas zu gestehen.«

37

»Evie ist sicher«, beharrte Riley. »Sie reden nur. Wenn eine der beiden die Pistole hat, heißt das nicht, dass sie sie gegen Evie einsetzen werden.«

David hatte Verlangen nach einer Zigarette, obwohl er nicht rauchte. Aber er hätte seine Hände gern mit etwas anderem beschäftigt, als sie zu Fäusten zu ballen. »Ich dachte, du hättest keine Lust, neue Leute von der Spurensicherung einzuarbeiten.«

»Hört euch doch an, was Dinah sagt. Bisher war nichts Belastendes dabei. Dinah spielt immer noch, weil sie glaubt, dass sie als Siegerin aus dieser Geschichte hervorgehen wird. Diese Pistole ist ihre letzte Waffe und sie hofft, dass sie sie nicht benutzen muss.«

»Das würde sie nur glauben, wenn sie überzeugt wäre, dass Evelyn allein dort ist, ohne Unterstützung. Was bedeutet, dass sie sie umbringen und verschwinden kann und es einen halben Tag dauern könnte, ehe wir sie überhaupt vermissen.«

»Vielleicht«, sagte Heaton. »Aber Ihr Partner hat recht, die Lage ist im Augenblick stabil. Lassen wir Evelyn noch ein bisschen weitermachen. Möglicherweise kriegen wir doch noch etwas Brauchbares aus dieser blöden Ziege heraus.«

Im Innern des Vans war es stickiger als zuvor. »Ihre Prioritäten sind ganz andere als meine«, sagte David giftig.

Heaton räumte das ohne Zögern ein. »Mag sein. Aber das hier ist mein Fall, das ist meine Operation und ich habe hier die Leitung. Und ich sage, wir warten ab und hören zu.«

»Wie wird sich der Tod einer zivilen Mitarbeiterin wohl auf Ihre Karriere auswirken, Heaton?«

»Sie hat sich freiwillig gemeldet«, rief ihm Heaton in Erinnerung. »Damit bin ich aus dem Schneider.«

Dinah reagierte nicht, aber Jenna starrte Evelyn verunsichert an. Von dem zähen kleinen Luder aus dem Verhörraum war nichts mehr zu entdecken. Sie war einfach nur noch müde und erschöpft. Mutter und Tochter warteten darauf, dass Evelyn weitersprach.

»Ist schon komisch, wie uns die Ereignisse aus der Jugendzeit ein Leben lang begleiten. Ob es daran liegt, dass diese Jahre uns nachhaltig prägen? Weil wir von unseren Gefühlen getrieben werden und uns erst noch finden müssen?«

»Worauf willst du hinaus, Evelyn?«

»Ich habe dir deinen Rock gestohlen.«

Dinah brauchte eine Weile, ehe sie begriff, was Evelyn meinte. Ihre Stirn legte sich in Falten, die sich aber schnell wieder glätteten. »Oh, du meinst meinen Cheerleader-Rock. Beim letzten Football-Spiel.« Sie lachte und kehrte zum Schreibtisch zurück. »Mit dieser Geschichte habe ich heute Abend wirklich nicht gerechnet.«

»Du wusstest es?«

»Du bist damals nach dem Spiel wie ein geprügelter Hund im Flur an mir vorbeigelaufen. Du hättest dir genauso gut ein Schild mit der Aufschrift ›Ich bin's gewesen‹ umhängen können. Du musst dich nicht bei mir entschuldigen – ich habe mich darüber totgelacht. Ich dachte, dass du und Rachael wahrscheinlich mindestens drei Monate gebraucht habt, um euch diesen Plan auszudenken.«

»Aber es tut mir wirklich leid. Du hast diese Uniform geliebt.«

Evelyn hatte den dringenden Wunsch, sich hinzusetzen. Plötzlich überfiel sie eine große Müdigkeit, ihre Wachsamkeit ließ nach. Sie lehnte sich gegen das Fensterbrett.

»Du hast euren Hund ertränkt, weil er sie zerbissen hat, und dann hast du eine nagelneue gekauft, um sie bei dieser einen, letzten Parade zu tragen.«

Jenna sah ihre Mutter fragend an. »Geht es um diese Tote im Wald?«

»Sie hieß Rachael Tiffin«, sagte Evelyn. »Sobald wir das herausgefunden und es dir erzählt haben, hast du dich an die Arbeit gemacht. Zunächst dachte ich, die grünen Wollfasern stammten von der Uniform, die alle Mitglieder der Band trugen. Aber die hatten wir seit dem vorangegangenen Herbst nicht mehr getragen. Warum also sollte Rachael immer noch Fasern davon auf ihrem Shirt haben? Du hingegen konntest dir eine letzte Zurschaustellung in deinem hübschen kleinen Röckchen nicht verkneifen. Also hast du die Kirmes erwähnt, um uns so früh wie möglich dein Alibi plausibel zu machen.

Als Nächstes musstest du Brendan zurückholen, damit er wieder einmal als Täter herhalten konnte. Kein Wunder, dass du dich derart bemüht hast, herauszufinden, ob wir den genauen Zeitpunkt von Rachaels Verschwinden kannten. Es hätte dir natürlich perfekt in den Kram gepasst, ihren Tod ebenfalls Wilson in die Schuhe zu schieben. Er hatte ja bereits ein Kind getötet, also wäre ihm durchaus auch dieser Mord zuzutrauen gewesen, nicht wahr? Dein Mann als Täter hätte besser ausgesehen als dein eigener Bruder.«

Evelyn schwieg einen Augenblick in der Hoffnung, dass Dinah einknicken und endlich die Worte aus ihrem Mund kommen würden, die eine Verhaftung rechtfertigten. Aber die Eisprinzessin trug ihren Titel nicht umsonst. Sie blieb cool wie immer.

»Doch Wilson wohnte noch nicht in diesem Haus, und so hast du deinen eigenen Bruder ein zweites Mal geopfert. Er lebt inzwischen mehr Jahre im Exil als Rachael alt war und das völlig zu Unrecht. Jenna hat in diesem Verhörraum gesessen und sich gefragt, ob Brendan dich wirklich gekannt hat. Nein, hat er nicht. Niemand kannte dich. Es war ein Fehler, ihn herzuholen. Er hat sofort gestanden, aber nur, dass er neben der Leiche aufgewacht sei. Er hat *geglaubt*, die Tat begangen zu haben. Aber ich bin da anderer Ansicht.«

»Natürlich bist du das, so wie alle Frauen, die Brendan kennenlernen. Sie halten ihn für einen Engel.«

»Durch die Schüsse auf Wilson bin ich darauf gekommen. Die Suche nach der Schusswaffe hat uns zu Rachael geführt – aber als ich erkannte, dass du Rachael getötet und dich dann an einen belebten Ort begeben hast, um dir ein Alibi zu verschaffen, wurde mir klar, wie die Tat verübt worden sein musste. Du hast dich an deine bereits bewährte Strategie gehalten, auf ihn geschossen, den Tatort verlassen und dir ein Alibi verschafft. Wilson führte uns zu Rachael, und Rachael war der Schlüssel zu dem Mord an Wilson. Es sieht fast so aus, als hätten sich deine Opfer gegen dich verschworen.«

Dinah lächelte süffisant. »Ich war nicht zu Hause, als Rachael starb.«

»Sicher warst du das. Brendan erinnert sich, dich in deiner Uniform gesehen zu haben – das muss gewesen sein, ehe du dich auf den Weg zur Parade gemacht hast. Du hast deinen nagelneuen Minirock angezogen und dich für dein letztes Bad in der heimischen Menge schön gemacht. Und als du nach unten stolziert kamst, war dein Bruder mal wieder sturzbetrunken und Rachael war bei ihm – ausgerechnet Rachael.«

Dinahs Lächeln erstarb.

»Ausgerechnet Rachael, die dir und deinem Reichtum nie den gebührenden Respekt entgegengebracht hat, die dir das letzte Football-Spiel deiner Highschool-Karriere ruiniert hat, die an deiner Stelle das Stipendium für das Bryn-Mawr-College bekommen hat! Die den Mut besaß zu glauben, sie könne deinen Bruder retten ... denn sie wusste alles über Alkoholismus. Sie wusste, wie es war, einen Alkoholiker zum Vater zu haben. Hat sie sich erdreistet, Mitgefühl für dich zu empfinden? Hat sie gesagt, dass du nicht allein seist?«

Dinah lehnte sich gegen den Schreibtisch. Jenna wirkte wie erstarrt.

»Oder hat sie dich darauf hingewiesen, dass dein sexy Outfit nicht über die Tatsache hinwegtäuschen konnte, dass du trotz deines Reichtums ebenso leiden musstest wie sie?«

Dinah rührte sich nicht, atmete aber heftig.

»Hast du sie aus diesem Grund getötet?«

Das einzige Geräusch im Haus war das Rauschen des Regens im Garten. Im Zimmer schien die Zeit stillzustehen.

Dinah griff plötzlich in den Karton und zog eine glänzende, schwarze Pistole hervor. Es war die Glock 40, Katies Vaters Waffe. Evelyn starrte in die Mündung der Pistole ohne einen Laut von sich zu geben.

»Ich habe nie kapiert, worauf sich dieses kleine Aas etwas eingebildet hat«, flüsterte Dinah.

»Was hat sie gesagt?«, fragte Heaton.

»Das habe ich auch nicht verstanden«, sagte David. »Aber es hörte sich wie eine Drohung an. Lasst uns reingehen.«

»Keine Scheinwerfer, keine Sirenen«, schlug Riley vor. »Sie darf nichts merken. Und hört weiter zu – sollte Evie mehr aus ihr rausbekommen, umso besser.«

David öffnete die Seitentür des Vans und rannte auf seinen Wagen zu, wobei er den Kopfhörer mit beiden Händen gegen die Ohren presste.

Evelyn zwang sich, die Glock nicht mehr anzustarren.

»Meine Eltern haben die Hälfte ihres Vermögens ausgegeben, um meinen lieben Bruder vor dem Gefängnis zu bewahren und die andere Hälfte haben sie versoffen«, redete Dinah weiter. »Wir mussten unsere Möbel verkaufen, weil sie nicht in die Bruchbude passten, in die wir umzogen. Ich musste mir nicht viele Gedanken um die Miami University machen, auf die ich nun gehen würde, weil dort keiner kapieren würde, dass ich meine Klamotten vom letzten Jahr trug!«

»Ohne Geld warst du ein Niemand«, mutmaßte Evelyn mit gepresster Stimme. »Du hattest weder den Charme deines Bruders noch echte Freunde. Kein Wunder, dass du verzweifelt warst. Musst du die Pistole denn unbedingt auf mich gerichtet halten?«

David, Riley, ich hoffe, ihr hört zu!

»Wir verloren unser Zuhause, und dieses Biest kam vorbei, um sich an unserer Niederlage zu weiden. Sie hat mich gehasst, hielt sich aber gleichzeitig für etwas Besseres, weil sie kein Make-up trug und in Lumpen rumlief. Wir hatten dieselben Noten in denselben Fächern, aber sie glaubte, mir intellektuell und moralisch überlegen zu sein. Sie kam in unser Haus und spionierte meinem Bruder nach. Wohl in der Hoffnung, dass ihn seine Arbeitslosigkeit in eine solche Verweiflung getrieben hatte, dass er bereit wäre, mit ihr auszugehen. Und trotzdem war da dieses herablassende Lächeln in ihrem Gesicht. Sie war ein größeres Miststück als ich an meinem schlimmsten Tag hätte werden können!«

Zorn stieg in Evelyn auf und breitete sich in ihrem ganzen Körper aus. »Also hast du dich um sie gekümmert.«

»Und ob ich das habe.« Dinah wedelte zur Demonstration mit der Pistole durch die Luft, doch sie war so verkrampft, dass sie den Abzug berührte und sich ein Schuss löste. Die Kugel flog nur ein paar Zentimeter an Evelyns Kopf vorbei durchs Fenster, das klirrend zu Bruch ging. Sie war wie erstarrt. Glücklicherweise schützte sie der dicke Wollpullover vor den winzigen, umherfliegenden Scherben.

Jenna stieß einen Schrei aus.

Dinahs Gesicht drückte Panik aus. Sie hatte einen Fehler gemacht.

»Lass uns gehen«, drängte Jenna ihre Mutter. »Raus hier!«

Dinah schüttelte den Kopf. »Evelyn möchte wissen, was mit ihrer Freundin geschehen ist, und ich werde es ihr erzählen. Ich fühlte mich an diesem Tag zum ersten Mal in diesem langen, beschissenen Sommer richtig gut. Und dann komme ich in die Küche und mein Bruder schläft mal wieder seinen Rausch aus und sabbert auf den Küchentisch. Und irgendein Mädchen, das ich zuerst gar nicht erkannt habe, steht da mit einer Cola in der Hand. Sie hat mich von oben bis unten gemustert und gesagt: ›Seid gegrüßt, Eure Majestät.‹«

»Und du hast das als Beleidigung empfunden?«

»Mein ganzes Leben ging den Bach runter, und dann soll ich mir einen solchen Scheißdreck von einer totalen Loserin anhören? Ich habe mich wie von Sinnen auf sie gestürzt, ihr die Hände um den Hals gelegt und ihren Kopf auf den Fliesenboden geschlagen.«

Das letzte Stück Glas fiel aus dem Rahmen und zerbrach auf dem marmornen Fensterbrett. Evelyn merkte es kaum und auch nicht den hereinwehenden kühlen Luftstrom.

»Da ist ihr das Grinsen endlich vergangen.«

38

»Los!«, schrie Riley. »Mach schon!«

David presste das Gaspedal bis zum Anschlag durch, und der Crown Vic schoss ohne Licht und Sirene vorwärts. Er drückte eine Hörmuschel gegen sein Ohr und steuerte den Wagen mit nur einer Hand auf die schmale Brücke zu. »Sag was Evelyn. So sag doch was!«

Ein Lichtblitz ließ ihn aufblicken, den Bruchteil einer Sekunde später krachte er in die Seite eines weißen Vans mit der Aufschrift *Channel 15 On the Spot News*. Die beiden Fahrzeuge verkeilten sich mit einem hässlichen Quietschen ineinander und blieben stehen.

Evelyns Kehle war wie ausgedörrt, und ihre Stimme klang heiser. »Du vergisst etwas.«

»Ach ja? Und was?«

»Ich habe einen Plastikstreifen in Rachaels Grab entdeckt, der sich wohl einmal in ihrem Mund befunden hatte. Kein Wunder, dass du grün im Gesicht wurdest, als ich an jenem ersten Tag die Pompons erwähnt habe. Hast du versucht, sie damit zu ersticken?«

»Das hatte ich ja ganz vergessen«, sagte Dinah mit nachdenklicher Stimme. »Ja, richtig, ich hatte einen in der Hand ...«

»Du hast sie also einfach in eurer Küche verbluten lassen, genauso wie du es mit Wilson gemacht hast. Dann hast du deine Mutter angerufen und bist zur Parade gegangen, in der Hoffnung, dass deine Mutter nach Hause kommen, Brendan mit der

Leiche finden und entweder die Polizei rufen oder ihm dabei helfen würde, die Tat zu vertuschen. Ganz egal wie, du wärst aus dem Schneider gewesen. Du musst ziemlich verwirrt gewesen sein, als du nach Hause kamst und alles normal zu sein schien.«

»Nein, eigentlich nicht. Ich habe jahrelang vermutet, dass meine Mutter Brendan dabei erwischt hat, wie er versuchte, die Leiche loszuwerden. In gewisser Weise ist es schade, denn sie hätte bessere Arbeit geleistet. Wenigstens hätte sie das verdammte Ding bestimmt nicht im eigenen Garten vergraben.«

»Es war kein Ding, sondern ein Mensch. Ein junges Mädchen, kaum älter als Jenna.«

Dinahs Lippen verzogen sich zu einem breiten Lächeln. »Ich nehme alles zurück. Also, was fangen wir jetzt mit dir an?«

Evelyn hatte nicht über ein Geständis hinausgedacht und auch keine Ausstiegsstrategie geplant. »Willst du mich erschießen, Dinah?«

»In unserem Garten ist gerade ein Grab freigeworden.«

Seltsamerweise hatte Evelyn überhaupt keine Angst. Ihr ganzer Körper loderte immer noch vor Zorn. Doch dann? Würde die Angst kommen. »Ein Mord mehr oder weniger spielt doch kaum eine Rolle, oder?«

»Oh, doch. Bei Wilson käme ich vor einem Geschworenengericht bestimmt mit einem blauen Auge davon, aber bei dir ist das anders. Du wärst ein sympathischeres Opfer.«

»Das war Rachael auch.«

»Lass uns endlich gehen«, sagte Jenna wieder. Sie hüpfte nervös auf der Stelle.

»Wir bringen dich in einen der leeren Abstellräume im Keller. Die haben alle ein Vorhängeschloss. Bis du gefunden wirst, sind wir längst über alle Berge.« Dinah schwenkte ungeduldig die Waffe. »Komm schon.«

Evelyn rührte sich nicht von der Stelle.

»Mach schon. Willst du Angel zur Waise machen?«

Evelyn überlief ein kalter Schauer, aber sie versuchte, Dinah trotzdem hinzuhalten. »Kann ich wenigstens mit Brendan reden? Er muss es wissen.«

»Du hältst dich wohl für sehr schlau, was? Meinetwegen kannst du das alles der ganzen Welt erzählen. Mir ist es egal.«

»Du gibst dein Zuhause auf? Nach allem, was du getan hast, um es zurückzubekommen?«

Evelyn versuchte, einen klaren Gedanken zu fassen. Im Keller lagen die alten Malermesser. Auf der Arbeitsplatte neben der Spüle stand ein Messerblock mit Steakmessern darin. Aber Dinah würde sie erschießen, ehe sie eins davon greifen konnte. David und Riley mussten den Schuss gehört haben und kamen ihr bestimmt bald zu Hilfe. Was würde geschehen, wenn sie das Haus umzingelt hatten?

Dinah würde sie wahrscheinlich erschießen, allein um mit ihr abzurechnen.

Ihre alte Klassenkameradin hielt plötzlich Jenna die Glock hin. »Nimm du die, Schatz.«

Jenna reagierte nicht. »Was soll ich denn damit?«

Dinah wackelte ungeduldig mit der Pistole hin und her. »Halt sie einfach damit in Schach, bis ich ...«

Evelyn drehte sich mit einer schnellen Bewegung um und sprang durch das kaputte Fenster, ohne Rücksicht auf das Fliegengitter und die Glasreste, die noch im Rahmen steckten. Sie spürte einen scharfen Schmerz in ihren Handflächen, als sie sich aufstützte.

Sie landete in immergrünen Sträuchern, zerkratzte sich dabei das Gesicht und verhedderte sich im Geäst. Sie konnte sich befreien, glitt aber auf den feuchten Steinplatten aus und fiel hin. Sie hörte, wie die Hintertür gegen die Wand knallte und wusste, dass sie es nie bis zu ihrem Auto schaffen würde. Sie musste in die andere Richtung fliehen, in den Wald, und versuchen, die beiden Sinclairs von Katie Ryan fernzuhalten.

Sie hatte erst zwei Schritte zurückgelegt, als Jenna sie mit voller Wucht rammte und zu Fall brachte. Beide landeten mit lautem Klatschen auf der Terrasse und Evelyn spürte, wie ein heftiger Schmerz durch ihre Rippen schoss. Sie trat nach dem Mädchen und erwischte die Fünfzehnjährige dabei im Gesicht. Jenna heulte vor Schmerz auf und ließ von ihr ab.

»Aufhören! Sofort aufhören!«

Dinah war vor die Hintertür getreten. Eingerahmt vom Licht, das nach draußen drang, war auch die Glock in ihrer Hand deutlich zu erkennen.

Evelyn hatte keine andere Wahl, als weiter Richtung Wald zu rennen, obwohl sie dabei riskierte, erschossen zu werden. Dinah hatte nichts zu verlieren, es sei denn, sie wollte fliehen und hoffen, es bis zum Flughafen zu schaffen, ehe Evelyn die Polizei alarmierte. Aber eine solche Entscheidung würde sie niemals treffen. Dinah hatte in ihrem Leben immer alle Trümpfe in der Hand gehalten und jedes Spiel gewonnen.

Evelyn spürte den Luftzug an ihrem Ohr, noch ehe sie den Knall hörte. Dann hörte sie Dinah hinter sich schreien. Der Teil ihres Gehirns, der noch eines klaren Gedankens fähig war, registrierte voller Erstaunen, was Dinah schrie.

»Jenna!«

Evelyn tauchte in den tiefschwarzen Wald ein. Zweige zerkratzten ihr das Gesicht, und die nassen Blätter waren glitschig. Der Sender hatte sich gelöst und schlug gegen ihr Hinterteil. Dabei riss er an den Klebestreifen auf ihrer Haut. Sie hielt beim Laufen die Arme vor dem Körper ausgestreckt, stolperte trotzdem und prallte öfter gegen Büsche und Baumstämme, sodass es ihr den Atem verschlug. Sie drehte sich einmal um und sah Dinah am Waldrand stehen, eine zierliche Person mit langem Haar, die eine Pistole in der Hand hielt.

Dinah hatte zu ihrer Tochter gesagt: »Nimm *die* hier«, woraus Evelyn schloss, dass die beiden mehr als eine Schusswaffe zur Verfügung hatten.

Und plötzlich kam Jenna auf sie zugerannt.

»Was, zum Teufel, machen Sie denn da?«, schrie David und wischte sich das Blut aus den Augen. Er war mit der Stirn so fest gegen das Lenkrad geprallt, dass ihm die Ohren klangen.

»Was *ich* mache?«, sagte Kevin Cavenaugh. »*Sie* sind doch derjenige, der das Stoppschild überfahren hat! Und dabei sind Sie auch noch ohne Licht unterwegs! Mein Kameramann ist bewusstlos!«

»Was machen Sie denn hier?«

»Meine Arbeit. Und die besteht im Augenblick darin, Ihnen zu folgen. Was ist hier los?«

Als David den angerichteten Schaden an beiden Autos sah, fühlte er sich noch mieser. Sein Crown Vic hatte sich tief in die Seite des Vans von Channel 15 gebohrt, und nur ein Kran würde die beiden schrottreifen Fahrzeuge trennen können. Schlimmer aber war, dass die Fahrzeuge das Ende der Brücke blockierten, was bedeutete, dass die vier Streifenwagen hinter ihnen nicht zu Dinahs Haus fahren konnten. Evelyn war möglicherweise angeschossen worden, und keiner von ihnen konnte ihr schnell helfen.

Er drehte sich um. »Riley! Fordere Verstärkung und einen Krankenwagen zum Haus der Sinclairs an und schick auch einen hierher.«

Dann drehte er sich um und begann zu rennen.

Was soll ich nur tun?

Sie war nie weiter als bis zu Rachaels Grab gegangen und wusste, dass sie, wenn sie weiterlief, irgendwann in die Schlucht stürzen würde, auf deren anderer Seite der Bonnie Park lag, der an einem kalten Herbstabend sicher verlassen dalag.

Falls ich überhaupt so weit komme, ohne mir vorher die Knochen zu brechen.

Die Beamten waren noch nicht eingetroffen, und Evelyn konnte nicht sicher sein, ob das Mikrofon funktioniert hatte. Sie konnte damit nicht einmal Hilfe anfordern, ohne dabei ihre Position zu verraten. Allein die Tatsache, dass Dinah sie im Wald würde kaum entdecken können, machte ihr etwas Hoffnung.

Plötzlich trat Evelyn mit dem linken Fuß in ein Loch und ging mit einem dumpfen Aufschlag in die Knie. Eine Kugel flog mit einem singenden Geräusch über ihren Kopf hinweg und schlug mit einem jaulenden Klatschen in einen Baumstamm ein. Sie griff in die toten Blätter, zog sich an einem großen Stein in die Höhe und rannte weiter.

Irgendwo im Dunkeln hörte sie einen erstickten Aufschrei, gefolgt von einem eigenartig gedämpften Knacken. Dann herrschte Stille.

Der Regen hatte ihren Pullover völlig durchnässt. Zwischen den Bäumen war es bis auf das schwache Mondlicht dunkel, so blieb sie unsichtbar.

Ich hätte mich auch genauso gut im Grand Canyon verlaufen können, dachte sie resigniert.

Sie lehnte sich frierend und erschöpft gegen einen Baumstamm, atmete gierig die kalte Nachtluft ein und versuchte, kein Geräusch zu machen. Ihre Augen hatten sich inzwischen an die Dunkelheit gewöhnt. Der Wald verwandelte sich in eine Landschaft aus schwarzgrauen Tönen in allen Schattierungen.

Im dunklen Dickicht des Waldes konnte Evelyn keine Bewegung erkennen. Doch da hörte sie ein leises Stöhnen.

Plötzlich begriff sie, in was für ein Loch sie getreten war – Rachaels Grab. Vielleicht war Jenna dasselbe passiert. Wieder hörte sie ein Stöhnen.

»Jenna!«, rief Dinah vom Waldrand her.

Evelyn hätte davonlaufen können, doch das war gefährlich.

Dann kämpfe ich lieber, auch wenn das ebenso gefährlich ist.

Ohne einen weiteren Gedanken an mögliche Konsequenzen zu verschwenden, lief Evelyn zu der Stelle zurück, wo das Grab gewesen war. Sie rechnete damit, dass ihr gleich Kugeln um die Ohren fliegen würden. Doch sie hörte nichts als ihr Keuchen.

Dann sah sie den schemenhaften Umriss einer Gestalt. Jenna lag in dem etwa einen Meter tiefen Grab. Sie stöhnte, lag aber regungslos da. Evelyn tastete nach unten und berührte verklebtes Haar.

Ob sich Jenna versehentlich selbst angeschossen hatte?

Als sich Evelyn mit der linken Hand abstützte, spürte sie die raue Oberfläche des Markierungssteins neben dem Grab. Jenna musste wohl das Gleichgewicht verloren haben und hatte den Sturz nicht mit den Armen abfangen können. Sie war mit dem Kopf auf den Stein geschlagen.

Evelyn schob sich vorsichtig in Rachaels Grab. Sie ertastete die Pistole, die Jenna fallen gelassen hatte, kletterte wieder heraus und brach sich zwei Nägel ab, als sie sich mit dem Oberkörper über die Grube beugte, Jenna an ihrem T-Shirt packte und sie herauszog. Sie schleifte das bewusstlose Mädchen hinter einen großen Baum nördlich des Erdlochs, die Glock in der anderen Hand.

Was nun?

Jenna atmete flach, aber gleichmäßig. Hin und wieder durchlief ihren Körper ein leichtes Zittern. Evelyn tastete nach der Wunde. Ihre Hand war voller Blut. Falls sie nicht bald Hilfe bekämen, würde Jenna verbluten.

Sie legte die Pistole auf den Boden, griff unter ihren Pullover und riss den Draht ab, um dem Mädchen die Hände zu fesseln.

»Jenna!«

Evelyns erstarrte. Doch sie überwand ihre Panik und antwortete nach kurzem Zögern.

»Sie ist bei mir. Ich habe sie in meiner Gewalt.«

Dinah blieb stehen. Evelyn wagte einen vorsichtigen Blick und sah, dass sie auf der anderen Seite von Rachaels Grab stand, von der Dunkelheit geschützt.

»Was soll das heißen?«

»Sie ist gestürzt und hat das Bewusstsein verloren. Ich habe sie gefesselt und halte ihr die Pistole an den Kopf.« Die letzte Aussage entsprach nicht ganz der Wahrheit. Evelyn war noch damit beschäftigt, Jenna mit den dünnen Drähten zu verschnüren.

»Bist du verrückt geworden? Lass sie in Ruhe!« Nach kurzem Schweigen fragte Dinah mit mühsam beherrschter Stimme: »Geht es ihr gut?«

»Keine Ahnung. Ich kann das im Dunkeln nicht beurteilen. Aber sie blutet am Kopf, weil sie auf einen Stein gestürzt ist.«

Evelyn zog den Knoten so fest sie nur konnte. Dann tastete sie über die kalte Erde und die feuchten Blätter auf der Suche nach der Pistole. Wo habe ich die nur hingelegt?

»Du Miststück! Warum hast du ... Lass mich zu ihr. Vielleicht braucht sie einen Arzt.«

Evelyn antwortete mit erzwungener Gelassenheit: »Sie braucht auf jeden Fall einen Arzt. Sonst verblutet sie. Wenn sie nicht vorher erfriert. Du rufst besser einen Krankenwagen.«

»Also schön, ich gebe auf. Wenn wir sie ins Krankenhaus bringen, lege ich ein volles Geständnis ab. Ich tue alles, was du willst. Du musst nur herkommen und mich zu ihr lassen.«

»Für wie blöd hältst du mich?«

Evelyns Hand umfasste die Waffe. Habe ich wirklich vor, sie auf ein Kind zu richten? Dinah kann mich sowieso nicht sehen. Sie tastete nach der Halsschlagader und hoffte, dass Jenna das Bewusstsein wiedererlangte.

»Was hast du vor, Evelyn? Willst du meine Tochter etwa erschießen? Dazu bist du nicht fähig.«

»Jenna kommt voll und ganz nach dir. Sie hat gerade auf mich geschossen, also kannst du kein Mitleid von mir erwarten. Außerdem hast du vor zwanzig Jahren meine beste Freundin getötet und deinem Bruder die Tat in die Schuhe geschoben. Warum sollte ich dir auch nur ein Wort glauben?«

Schweigen.

Evelyn fing an zu zittern. Sie wusste nicht, ob vor Angst oder vor Kälte.

»Dein Plan hätte funktionieren können, weil der Staatsanwalt keine Beweise haben würde, nur Indizien, und die Geschworenen sich niemals einig geworden wären, wen sie verurteilen sollten – dich oder deinen Bruder. Du hättest also gar nicht davonlaufen müssen.«

»*Hätte, wäre, könnte, würde,* das hat mir nie gereicht. Weil du Jenna gefunden hast, wurde alles zu riskant.«

»Aber davonzulaufen kommt doch einem Schuldeingeständnis gleich! Du hättest einfach nur warten müssen und wärst wahrscheinlich ungestraft davongekommen.«

»Ich habe mein ganzes Leben mit Warten verbracht.«

Und plötzlich verstand Evelyn, warum Dinah so reagiert hatte. »Du bist durchgedreht, stimmt's?«

»Wie bitte?«

»Diesen Stress hat die perfekte Dinah Zack schließlich nicht mehr ertragen. Die perfekte Schönheit, das perfekte Kind, die perfekte Ehefrau. Als die anderen herausfanden, dass du keine perfekte Mutter bist, bekam deine Welt Risse, richtig?«

»Was weißt du denn schon davon?«

»Vielleicht mehr als du ahnst.«

»Deshalb muss ich für Jenna sorgen. Komm schon, Evelyn, du hast doch selbst eine Tochter.«

»Genau. Und die möchte ich auf gar keinen Fall allein lassen. Deshalb bin ich jetzt ziemlich verzweifelt. Verzweifelt genug, um jemanden zu erschießen.«

»Ich glaube dir immer noch nicht«, sagte Dinah, rührte sich jedoch nicht von der Stelle.

Evelyn riskierte einen weiteren Blick und erkannte eine dunkle Gestalt in einiger Entfernung, die in ihre Richtung starrte, als könnte sie sie klar und deutlich sehen. Ein schmaler Streifen Mondlicht fiel auf den Lauf ihrer Pistole.

»Du hast zwei Möglichkeiten, Dinah. Du kannst deine Waffe zu mir herüberwerfen und wir rufen die Polizei und einen Krankenwagen für Jenna.« Sie ließ ihre Worte wirken.

»Oder?«

Oder was? Sie hatte doch selbst keinen blassen Schimmer. Sie improvisierte die ganze Zeit nur und hoffte, dass ihr irgendetwas einfallen würde. »Oder du verschwindest. Nimm deine Unterlagen und was du sonst noch brauchst und hau ab.«

»Und du würdest mich einfach so gehen lassen?«, sagte Dinah viel zu schnell, woraus Evelyn schloss, dass sie es nicht einmal in Erwägung zog. Nein, sie musste nichts weiter tun als warten, bis sie ein freies Schussfeld hatte, sie ihre Tochter verarzten und dann mit ihr fliehen konnte.

»Ich werde hier noch eine Weile zu tun haben. Denn es wird etwas dauern, bis ich Jenna ins Haus gebracht und den Krankenwagen gerufen habe. Das ist deine letzte Chance. Ergreife sie!«

Dinahs Stimme war eisiger als die Nachtluft. »Glaubst du wirklich, ich würde meine Tochter noch einmal im Stich lassen?«

Evelyn schluckte. »Ich lasse dir keine andere Wahl.«

»Es gibt immer eine Wahl, Evelyn. Und ich bin kein Mensch, der Entscheidungen leichtfertig trifft. Aber eins werde ich sicher nicht zulassen: dass sich so ein Nichts wie du mir in den Weg stellt!«

Evelyn legte sich einen von Jennas Armen um den Hals, was nicht einfach war, denn ihr Jogginganzug war durch den Regen schlüpfrig geworden. Außerdem wehrte sich das Mädchen dagegen.

»Bei mir ist alles total schiefgelaufen«, erklärte Dinah. »Ich habe eine letzte Chance, und die nutze ich jetzt!«

Evelyn versuchte, ein Stöhnen zu unterdrücken. Sie rappelte sich mühsam mit ihrer Last auf und hielt die schlaffe Jenna mit dem linken Arm vor ihren Körper gepresst. Mit der rechten Hand umklammerte sie die Pistole.

»Es gibt nur ein Problem, Dinah.«

»Und das wäre?«

»Ich habe Jenna.«

Sie machte einen Schritt nach rechts und geriet unter ihrer Last ins Taumeln. Mühsam hielt sie Jenna weiter aufrecht an sich gepresst und hoffte, dass Dinah sie trotz der Dunkelheit sehen konnte.

»Was bedeutet, dass ich auf dich schießen kann, aber du nicht auf mich. Dann würdest du deine Tochter treffen.«

Dinah richtete ihre Waffe auf Evelyn. »Ich kann gut schießen.«

»Im Dunkeln? Willst du dieses Risiko wirklich eingehen?«

»Jenna!«

»Sie kann dich nicht hören«, sagte Evelyn, obwohl sich Jenna in diesem Moment regte. »Wir werden Folgendes tun: Wirf die Pistole zu mir rüber.«

»Sie könnte losgehen.«

»Was soll das? Darüber hättest du früher nachdenken sollen.«

Jenna streckte sich.

»Wirf sie weg! Sofort!«

»Jenna!«

Das Mädchen stieß Evelyn von sich, boxte sie mit beiden Händen in die Rippen. Evelyn stolperte rückwärts und verlor das Gleichgewicht. Es gelang ihr, den Sturz mit den Händen abzufangen, ohne ihre Waffe zu verlieren.

»Schieß doch!«, befahl Jenna ihrer Mutter.

Äste bohrten sich in Evelyns Rücken, rissen ihr die Haut auf, als sie versuchte, sich aus der Hocke aufzurappeln. Wie in Zeitlupe erblickte sie ein explosionsartig helles Licht, einem Feuerwerkskörper gleich, das sich in jedem eiskalten Regentropfen widerspiegelte, Dinahs Gesicht und die Augen erleuchtete und Jenna in eine Silhouette verwandelte.

Sie wappnete sich innerlich, jeden Moment getroffen zu werden.

Doch kein Schuss fiel.

Mit nur Gebüsch im Rücken und ohne schützende Baumstämme konnte sie nirgends in Deckung gehen. Und sie sah den im Mondlicht glitzernden Lauf der Glock. Noch immer war er auf sie gerichtet.

Sie würde ihre Waffe nie schnell genug heben können, geschweige denn zielen, weil sie Dinah nicht einmal richtig sehen konnte. Und falls sie abdrückte, würde das ihre Position verraten und wäre ihr Todesurteil. Trotzdem schoss sie.

Plötzlich wurde die schwarze Nacht zu einem verwaschenen Grau, und sie hörte ein dumpfes, knirschendes Geräusch und das Knacken von Ästen unter einem plötzlich darauf fallenden Gewicht.

Auch Evelyn ließ sich auf den feuchten Waldboden fallen und wartete, was als Nächstes geschehen würde. Zwar wusste sie, was passiert war. Sie wusste es in dem Augenblick, als sie Dinah fallen und die hingestreckte Gestalt Jennas im Aufblitzen ihres Mündungsfeuers auf dem Boden liegen gesehen hatte. Doch sie war nicht bereit, das Geschehene zu begreifen. Noch nicht.

Stattdessen hörte sie dem Wind und dem Regen zu, hörte das Rascheln des Laubs, das Rachael Tiffins Grab langsam zudeckte. Jetzt fing sie auch wieder an zu atmen, bewusst zu atmen.

Im dunklen Wald war Dinahs regungslose Gestalt kaum zu erkennen. Doch Jenna lag halb im Mondlicht, eine Hand in Evelyns Richtung ausgestreckt, einen Fuß im offenen Grab.

In der Ferne hörte sie David rufen: »Evelyn! Evelyn!«

»Hier«, versuchte sie laut zu antworten, doch sie brachte nur ein Flüstern zustande.

Atme.

Ein, aus.

Ein, aus.

Jennas Finger zuckten.

39

»Tut das weh?«, fragte der ernste junge Mann Evelyn.

Sie schüttelte den Kopf. »Es ist alles taub.«

»Möchten Sie noch eine Decke?«

»Nein. Ich will nur nach Hause.«

Der Sanitäter befestigte den Verband um ihre Hand mit einem Stück weißen Klebebands. »Ich glaube, dass ich alle Glassplitter entfernt habe, aber Sie sollten zur Sicherheit in die Notaufnahme fahren, da gibt es wenigstens vernünftiges Licht.«

Er sah sich in Dinahs Einfahrt um. Bei jeder Kopfbewegung fiel ein Schauer aus Regentropfen von seinem Haar herab. David und Riley standen dicht beieinander im Garten. Heaton war in Begleitung von zwei Cops in den Wald zurückgegangen, um die Pistolen zu holen.

Evelyn fröstelte, sagte aber: »Klar. Mach ich.« Was eine Lüge war. Sie wollte nur noch nach Hause. Sie würde sich mit einer Pinzette und Wasserstoffperoxid selbst verarzten – es waren viele Schnitte, aber keiner von ihnen tief. Sie spürte eine Hand auf ihrer Schulter, dann ließ sich Brendan neben sie auf die Stoßstange des Krankenwagens sinken.

»Es tut mir leid«, sagte sie.

»Sie sehen aus, als wäre Ihnen kalt.« Er legte einen Arm um sie und versuchte, sie durch die klammen Decken hindurch zu wärmen. »In Nepal – wohin ich aller Wahrscheinlichkeit nach nicht zurückkehren werde – würde das Wetter als sehr milde bezeichnet werden.«

Sie wollte gerade antworten: *Das ist aber schade*, sparte sich aber ihre oberflächliche Bemerkung. Denn sie würde gern noch einmal mit Brendan reden. Er hatte – wenn auch nicht direkt – Einfluss auf ihr Leben gehabt. Hätte es ihn nicht gegeben, wäre Rachael nicht ermordet worden. Wäre er nicht zurückgekommen, hätte sie vielleicht nie die Wahrheit erfahren.

»Ich möchte wenigstens etwas für Jenna tun. Und wenn ich ihr nur dabei helfen kann, sich in dem Jugendheim einzugewöhnen, in welches man sie stecken wird. Ich bin ihr bisher nie ein Onkel gewesen, aber sie hat jetzt nur noch mich.«

»Nur noch Sie?«

»Dinah ist tot.«

Sie musste schluchzen. »Das tut mir leid.«

Brendan legte den Arm fester um sie und gab ihr einen Kuss auf die Schläfe, so wie Dinah es vor einer Stunde bei ihrer Tochter getan hatte. »Ich habe zwanzig Jahre in dem Glauben gelebt, ein junges Mädchen getötet zu haben. Sie haben eine große Last von meiner Seele genommen, Evelyn. Vielleicht auch von der meiner Schwester.

»Es tut mir leid«, wiederholte Evelyn und klapperte mit den Zähnen. »Schrecklich leid ...«

MITTWOCH
19. OKTOBER

40

Das Sofa muss wieder mal abgesaugt werden, dachte Evelyn. Ein Katzenhaar kitzelte sie in der Nase. Aber sie rührte sich nicht, blieb zusammengerollt auf der Seite liegen und starrte auf den Fernsehschirm, wo ein Arzt des Metro General Hospitals während einer Pressekonferenz erklärte, dass Jenna Sinclairs Zustand stabil sei, nachdem man ihr eine Kugel aus dem rechten Lungenflügel entfernt habe.

»Ich habe Dinah erschossen, Mom.« Das wiederholte sie nun schon seit Tagen immer wieder. Das musste für eine Frau wie ihre Mutter, die es nicht einmal übers Herz brachte, eine Ameise mit dem Fuß zu zertreten, einfach unbegreiflich sein. »Ich habe sie getötet.«

Dorothy strich ihrer Tochter übers Haar. »Du hattest doch keine andere Wahl, mein Schatz.«

Typisch ihre Mutter! Evelyn hätte sechs Menschen erschießen können und ihre Mutter hätte trotzdem dasselbe gesagt und ihr Tun gerechtfertigt. Evelyn tat jeder Mensch leid, der keine solche Mutter hatte. Ob die Dinge sich wohl anders entwickelt hätten, hätte Dinah auch ein solches Glück gehabt?

Dinah und Wilson hatten sich nichts als eine glückliche Familie gewünscht, hatten alles anders machen wollen als ihre Eltern. Warum war ihnen das nicht gelungen?

Evelyn hatte sich eine Woche freigenommen. Sie war nach ein paar Tagen ins Institut zurückgekehrt, um wieder zu arbeiten, hatte aber nur einen einzigen Blick auf die Leichen geworfen, die auf ihren Bahren den Flur säumten und war sofort wieder nach Hause gegangen. Tony hatte ungefähr zehn Minuten lang Verständnis gezeigt, bevor er vage Drohungen hinsichtlich der gefährdeten Arbeitsplätze jener Mitarbeiter ausstieß, die nicht zum nächsten Planungs-Meeting am Mittwoch erscheinen würden.

Ein Teil von ihr weigerte sich, je wieder von diesem Sofa aufzustehen, doch ein anderer Teil rief ihr in Erinnerung, dass sie den Entwurf des FTIR-Raums mit der Architektin abklären musste, sie nichts zu essen im Kühlschrank hatte und bald zu heiraten beabsichtigte, weshalb sie langsam einmal über Einladungen und Kleider und einige radikale Veränderungen in ihrem Leben nachdenken sollte. Sie könnte ja mit der Küche beginnen. Die Cremetöne rauswerfen und sich einmal an kräftigere Farben wagen. Um das auszudrücken, was sie in den letzten Tagen über sich herausgefunden hatte.

Aber was habe ich eigentlich über mich herausgefunden? Dass ich bereit bin, Menschen zu erschießen, wenn ich es für notwendig halte?

Das Telefon läutete. Weder ihre Mutter noch Evelyn machten Anstalten, den Anruf entgegenzunehmen. Es läutete schon seit Tagen ohne Unterlass.

Kevin Cavenaughs Stimme erklang, als er auf ihren Anrufbeantworter sprach. »Evelyn, ich bin's. Ich wollte mich entschuldigen, dass ich Sie neulich wieder einmal in Todesgefahr gebracht habe. Werden Sie mich jemals zurückrufen? Wenigstens ein paar gute Neuigkeiten habe ich: Mein Kameraman wurde aus dem Krankenhaus entlassen, und Ihr Freund hat mir versprochen, mich nicht zu verhaften, wenn ich ihm im Gegenzug verspreche, weder ihn noch die Behörde zu verklagen. Rufen Sie mich doch an, sobald es Ihre Zeit erlaubt. Es geht mir nicht um ein Interview. Ich würde einfach nur gern mit Ihnen plaudern. Meine Telefonnummer lautet ...«

Evelyn fand seine Stimme merkwürdigerweise beruhigend, hatte aber trotzdem nicht die Absicht, ihn zurückzurufen.

Ihre Mutter sprach weiter, als wären sie nicht unterbrochen worden. »Bietet die Stadt Cleveland den Beamten, die in der Ausübung ihrer Pflichten von ihren Waffen Gebrauch machen müssen, keine psychologische Unterstützung an?«

»Das gilt für Cops. Aber ich bin kein Cop. Es gehört nicht zu meinen Pflichten, auf jemanden zu schießen. Das Gerichtsmedizinische Institut vertritt die Ansicht, dass seine Mitarbeiter mit dem Tod vertraut sein müssen und dass Menschen erschossen werden. Wenn nicht, hat man nichts in diesem Job verloren.«

Allein die Vorstellung, dass ihr ihre Mutter, ein Kriegskind, vorschlug, sie solle eine Therapie machen, war wie ein kalter Wasserguss für Evelyn und machte ihr bewusst, dass sie überlebt hatte, dass da Geschirr in der Spüle stand und Beweismittel im Labor darauf warteten, untersucht zu werden, und dass sie endlich aufstehen und sich um das Abendessen kümmern sollte, weil David schon bald nach Hause kommen würde.

Als gerade der nächste TV-Beitrag über die heißesten Halloween-Kostüme der Saison begann, kam Angel durch die Garagentür ins Haus gestürmt. Sie warf eine Mappe, eine Lunchbox, eine winzige Handtasche und einen Rucksack von sich, der offenbar mit Zementblöcken gefüllt war, so wie er bei dem Aufprall den Küchentisch erzittern ließ. Dann schlüpfte sie aus ihrer Jeansjacke und ließ sich in einen Sessel fallen.

»Heulst du dich immer noch an Grandmas Schulter aus, Mom?«

»Dafür sind Mütter da«, entgegnete Evelyn, ehe Dorothy protestieren konnte.

»Mütter sind dafür da, ihre Töchter in die Bibliothek und den Bastelladen zu fahren. Mrs. Evans hat endlich von den alten Griechen genug und macht jetzt mit den Römern weiter. Steve und ich müssen ein maßstabsgetreues Modell des Kolosseums bauen – inklusive Plastiktigern und ein paar knackigen Gladiatoren. Und natürlich mit jeder Menge Blut und Togas und diesen Blätterdingern, die sie damals auf dem Kopf getragen haben. Jetzt, zur Halloween-Zeit, sollte es nicht allzu schwer sein, künstliches Blut aufzutreiben, oder?«

»Deine Mutter ist momentan nicht in der Lage ...«, fing Dorothy an.

Evelyn setzte sich auf. »Tiger?«

»Massenweise«, sagte Angel. »Unser Modell wird um Klassen besser werden, als das von Summer McDowell.«

Evelyn musterte ihre Tochter einen Moment und stand dann auf. »Ich hole nur schnell meine Handtasche.«